聊斋志异选

（清）蒲松龄◎著

名师批注　无障碍阅读　有声伴读　原创手绘

北方妇女儿童出版社

图书在版编目（CIP）数据

聊斋志异选 / (清) 蒲松龄著. -- 长春：北方妇女儿童出版社, 2021.1

（悦享丛书）

ISBN 978-7-5585-4926-7

Ⅰ. ①聊… Ⅱ. ①蒲… Ⅲ. ①笔记小说－中国－清代 Ⅳ. ①I242.1

中国版本图书馆CIP数据核字(2020)第248452号

聊斋志异选

LIAOZHAI ZHIYI XUAN

出版人 师晓晖

责任编辑 张晓峰

装帧设计 旧雨出版

开　　本 787毫米×1092毫米　1/16

印　　张 17

字　　数 420千字

版　　次 2021年1月第1版

印　　次 2023年1月第1次印刷

印　　刷 北京市兴怀印刷厂

出　　版 北方妇女儿童出版社

发　　行 北方妇女儿童出版社

地　　址 长春市福祉大路5788号

电　　话 总编办：0431-81629600

定　　价 42.80元

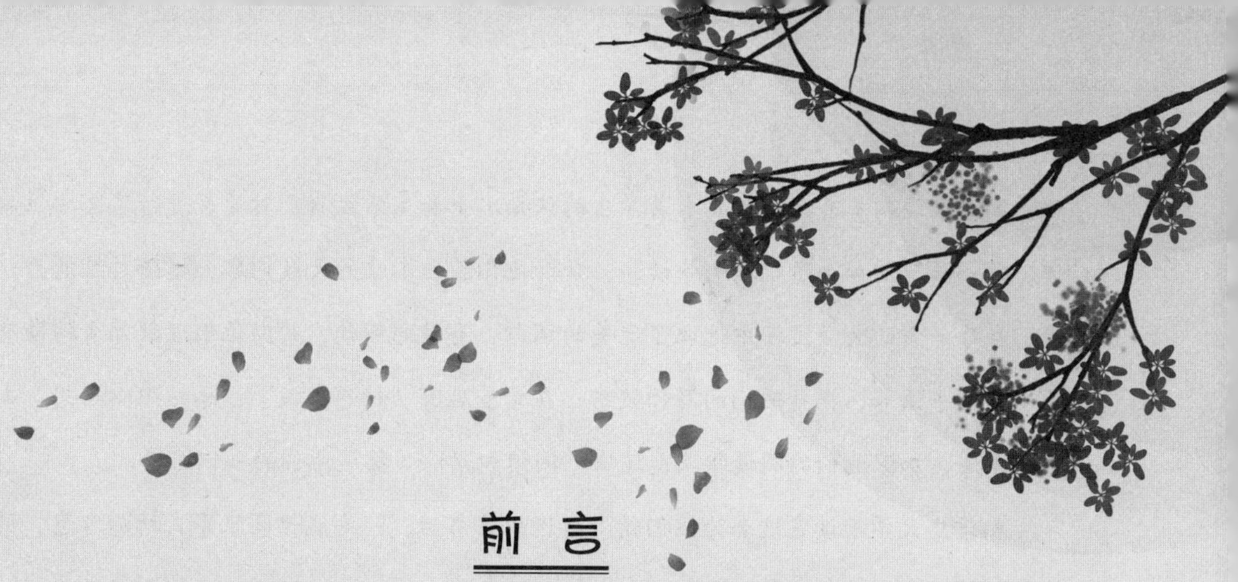

前 言

Preface

德国诗人歌德说过：“读一本好书，就等于和一位高尚的人对话。”阅读中外文学名著，简直就是在和一位位文学大师对话。他们创作的名著，纵贯古今，横跨中外，大浪淘沙，沙里淘金，成为全人类共同的宝贵财富。

名著是历史的回音壁，是自然的旅行册。它可以拉近古今的距离：我们阅读名著可以探访在时间长河中和我们擦肩而过的人，看看他们怎样面对生活。它可以缩短地域间的距离：我们阅读名著便可足不出户而卧游千山万水，体察各地的风土人情。

名著是全人类智慧的结晶，那里面充满了智者的箴言。谁读了《论语》《老子》，不觉得是大师们站在人类思想的巅峰上，为我们播撒智慧的种子？我们阅读他们的书，就是站在巨人的肩膀上俯瞰世界。

名著是人类感情的储藏室，是传承文明的火炬手。它们展示着人类审视、确认、表现自身情感的过程，表现出一种摆脱生活的琐杂而趋向美与高尚的努力，其深厚的底蕴总是能够在我们的生活中唤起这种寓于诗意的情怀，因而具有永恒的魅力。

名著是真、善、美的化身，是人类生活中难得的一片净土。大师们在炼狱中心灵首先得到了净化，他们的作品无处不放射着高尚的光辉。在紧张而浮躁的社会中，我们的心灵有时会由于四处奔波而疲惫，由于过于好斗而阴暗，这时阅读名著绝对能使我们变得宁静而高尚，在阅读的过程中抚慰心灵的创痕，涤荡心灵的浮尘。

本套丛书有《红楼梦》《水浒传》等中国传统名著，还有《钢铁是怎样炼成的》《格林童话》等国外经典名著，可以带领学生领略中外人文差异，徜徉思想之海，探索文字奥秘。编者在编制本套丛书时，本着学生的认知水平和生活经验，对原著进行了全方位的解读。每一章节前加上了“精彩导读”，帮助他们获取本章的大致内容，增强总结能力；同时，在每一章的大量文段中选取了优美的词句，有精彩解读，帮助他们理解作者的情感变化、写作手法等，提升他们的写作技巧；在章节后有“精彩点拨”，总结中心思想，剖析艺术手法，加深他们的阅读印象；还有“阅读积累”，拓展他们的知识层面。

相信广大学子读完这套为他们精心打造的丛书后，一定能开阔眼界，增加智慧，健全人格，铸就人生的新境界！

编　者

学问速递

作者素描

蒲松龄，清朝著名的文学家，字留仙，一字剑臣，号柳泉居士，世称聊斋先生，山东淄川（今山东淄博市淄川区）人，出身于地主兼小商人家庭。他自幼聪敏好学，喜欢诗文，闻名乡里；少年时代，家道中落，生活贫困。他自小热衷于功名，然屡试不第，19岁考取秀才，直到71岁时方为岁贡生；中年时曾任幕客，以后以教书为业，过着穷困潦倒的生活。他对现实生活极为不满，同情穷苦百姓的不幸遭遇。在与封建社会各阶层人物进行广泛的接触与交游中，通过细致的观察和全面的了解，积累了大量的创作素材，反映在了他的作品中。

蒲松龄一生的创作十分丰富，除小说外，还有诗、文、词、赋、戏曲、俚曲等。他的成就主要表现在短篇小说集《聊斋志异》上。该书运用浪漫主义手法，通过精灵神鬼、花妖狐魅的神话传说，揭露和抨击封建礼教的束缚、科举制度的腐朽和封建社会的黑暗，歌颂了敢于反抗叛逆、争取自由的斗争精神，反映了封建社会末期的现实生活，表现了作者理想中的人物和生活境界。该书情节生动、文字凝练，艺术价值极高。该书的出现，让唐代以来文言小说衰落的局面得到了改变。蒲松龄以《聊斋志异》一书一直为后世所称道。

内容精讲

《聊斋志异》，文言短篇小说集，清蒲松龄作。现存版本主要有：手稿本，仅存上半部；乾隆十六年（1751年）历城张希杰《铸雪斋钞本聊斋志异》，分十二卷，有目四百八十八篇；乾隆三十一年（1766年）青柯亭刻本，为现存最早刻本，即一般通行本底本，分十六卷，四百余篇，但篇目并不完全。1962年中华书局会校会注会评本采录最为完备，计四百九十一篇。其故事大都采自民间传说和野史逸闻，经过蒲松龄的艺术加工，以谈狐说鬼的形式概括当时的社会关系。作品的内容十分广泛，或暴露当时黑暗腐败的政治，揭露科举制度的罪恶和弊端；或描绘青年男女真诚相爱，歌颂反封建的“叛逆”性格；也存在着因果报应思想和宿命论色彩。在体裁上多为故事完整、情节曲折、人物形象鲜明的短篇小说，构思奇妙，语言生动，引人入胜。另有一部分篇幅短小、记述简要的笔记小说。小部分作品描写作者的亲历见闻，具有素描、特写性质。《聊斋志异》是我国文学史上成就最高的文言短篇小说集。

经典书评

故事从多方面赞美大众对幸福生活的追求，猛烈抨击各种邪恶势力、封建思想和浅薄的社会风气，反映清初社会复杂的阶级斗争和社会矛盾，闪耀着资本主义萌芽时期的民主主义思想光辉，但也杂有某些封建迷信、因果报应成分，反映出作者思想和时代的局限性。作品想象丰富，构思奇特，“用传奇法，而以志怪”（鲁迅语），为其独特风格，具有浓厚的浪漫主义色彩。人物个性鲜明，“花妖狐魅，多具人情，和易可亲，妄为异类，而又偶见鹘突，知复非人”，别具艺术魅力。语言简练生动，工丽典雅，汇集了唐宋传奇文学语言和明清口语的精华，形成“古艳”特色的聊斋文体，极富表现力，又具有规范性，故向以脍炙人口著称，被誉为“短篇小说之王”，对后世文学创作具有深远影响。

角色卡片

婴　宁

婴宁本来是狐狸所生，由鬼母抚养长大。她偏偏“孜孜憨笑，似全无心肝者”，不管到哪里，总是毫无顾忌地放声大笑，似乎对那些礼教全然不懂和不顾。作者反复描写她爱笑的特征，并充满了赞叹之情，反映出作者对封建礼教的蔑视。

聂小倩

小说塑造了聂小倩这样一个具有两重性的人物，她有妖媚惑人、助妖害人的一面，又有向往人间、善良和重情义的一面。小说通过她与宁采臣的感情纠葛，把一个渴望重新做人、摆脱恶妖控制的女子的形象塑造得十分生动，使之具有了性格上的光彩与个性。

目录

contents

悦享丛书 yue xiang cong shu

卷一

卷二

卷　三

卷　四

卷 五

卷 六

卷 七

卷 八

卷 九

卷 十

卷十一

卷十二

卷 一

精彩导读

“卷一”中蒲松龄凭着对生活的敏锐观察，客观上写出了封建社会中血淋淋的阶级压迫的现实。《考城隍》所表现的思想，是儒和释的思想。此篇写阴间一处城隍缺任，到阳间招考，主考者唯才录用了宋公。当宋公提出家有七旬老母，不能远亲赴任时，又稽其母寿籍，给假九年；后九年，母果卒，宋公营葬既毕，浣濯入室而殁，即赴城隍之任。宣扬了仁孝之心的儒家思想，同时，通过写阴间主考者能够用人唯才一事，含蓄地讽刺了当时取士唯亲、衡文唯故的科举考试的黑暗。

考城隍

我姐夫的祖父名叫宋焘，是本县的廪生。有一天，他生病卧床，见一个小官吏，拿着帖子，牵着一匹额上有白毛的马来找他，对他说：“请你去考试。”宋公说：“考官还没来，为什么马上就考试？”来的官吏也不多说，只是催宋公上路。宋公没办法，只好带病骑上马跟他走了。

走的这一路很生疏，到了一座城郭，好像是一个都城。一霎时他就跟那人进入了王府，只见王府内的宫殿非常辉煌华丽。正面大殿内坐着十几位官员，他都不认得是什么人，唯有关帝神他认得。殿外屋檐下摆着两张桌子、两个坐墩，已经有一个秀才坐在那里，宋公便与这人并肩坐下。桌上分别放着笔和纸。

不多时，就发下试题来，一看上面有八个字：“一人二人，有心无心。”一会儿，两人的文章就写完了，呈交殿上。宋公文章中有这样的句子：“有心为善，虽善不赏；无心为恶，虽恶不罚。”诸位神人传着看完，称赞不已，便传叫宋公上殿，下令说：“河南缺一个城隍神，你很称职。”宋公听了，才恍然大悟，随即叩头在地，哭着说：“大神错爱我，叫我去当城隍，不敢推辞。只是我家有老母，七十多岁了，无人奉养，请求大神准我侍候母亲离世后，再去上任。”正面坐着一位像帝王的人，叫人取来宋公母亲的寿命簿来查看。一个长着胡子的官吏捧过簿子来翻看一遍，禀告说：“还有阳寿九年。”诸神都犹豫了，一时拿不出主意，关帝神说："不妨先叫张生代理九年吧！"便对宋公说："本应叫你马上去上任，念你有孝心，给你九年假期，到时再叫你来。"接着关帝神又勉励了秀才几句话，两个考生便叩头下殿。

秀才握着宋公的手送到郊外，介绍说自己是长山县人，姓张，还给宋公作送别诗一首。原文都忘记了，宋公只记得有这样的句子："有花有酒春常在，无烛无灯夜自明。"宋公便上马作别而回。

宋公到了家，像是做了一个梦醒来，那时他已死了三天了。他母亲听见棺材中有呻吟声，打开棺材见他醒了过来，就把他扶出来，他过了半天才会说话。后来，他到长山县打听，果然有个姓张的秀才在这一天死去了。

情景描写

展现了事件的离奇。

九年后，宋公的母亲果然去世。宋公料理完了丧事，洗了个澡，穿上新衣服，进屋就死了。

他的岳父家住城中西门里。一天，岳父忽然见宋公骑着红缨大马，带着许多车马，到他家拜别。一家人都非常惊疑，不知道宋公已成了神人了，急忙跑到他家一问，才知道他已经死了。

宋公自己记有小传，可惜兵荒马乱中没有存下来。这里的记载只是个大概而已。

画　壁

江西的孟龙潭，与朱举人客居在京城。他们偶然来到一座寺院，见殿堂僧舍都不太宽敞，只有一位云游四方的老僧暂住在里面。老僧见有客人进门，便整理了一下衣服出来迎接，引导他俩在寺内游览。大殿中塑着手足都作鸟爪形状的志公像。两边墙上的壁画非常精妙，上面的人物栩栩如生。东边墙壁上画着好多散花的天女，她们中间有一个垂发少女，手拈鲜花面带微笑，樱桃小嘴像要说话，眼睛也像要转动起来。朱举人紧盯着她看了很久，不觉神摇意动，顿时沉浸在倾心爱慕的凝思之中。

词苑撷英

栩栩如生：形容艺术形象非常生动，像活的一样。

忽然间他感到自己的身子飘飘悠悠，像是驾着云雾，已经来到了壁画中。见殿堂楼阁重重叠叠，不再是人间的景象。有一位老僧在座上宣讲佛法，四周众多僧人围绕着听讲。朱举人站立其中。不一会儿，好像有人偷偷牵他的衣襟。他回头一看，原来是那个垂发少女，正微笑着走开。朱举人便立即跟在她的身后。过了曲曲折折的栅栏，少女进了一间小房舍，朱举人停下脚步不敢再往前走。少女回过头来，举起手中的花，远远地向他打招呼，朱举人这才跟了进去。不久少女关上门出去，嘱咐朱举人不要咳嗽弄出动静。夜里她又来到。这样过了两天，二人的事被少女的女伴们发觉了，她们一起把朱举人搜了出来，对少女开玩笑说："腹内的小儿已多大了，还想垂发吗？"说完，她们拿来头簪耳环，催促她改梳成少妇发型。少女羞得说不出话来。一个女伴说："姊妹们，我们不要在这里久待，恐怕人家不高兴。"众女伴笑着离去。朱举人看了看少女，像云一样形状的发髻高耸着，束发髻的凤钗低垂着，比垂发时更加明艳。

忽然，朱举人听到皮靴走路的铿铿声，并伴随着绳锁哗哗啦啦的声响，随即又传来乱纷纷的喧哗争辩的声音。少女惊起，与朱举人一起偷偷地往外看去，就见有个穿着金甲的神人，黑脸如漆，手握绳锁，提着大槌，身旁有很多女子围绕。金甲神说："全到了没有？"众女回答："已经全到了。"他又说："若有藏匿下界凡人的，你们要立即告发，不要自己找罪受！"众女子同声说："没有。"金甲神转过身来，像鱼鹰一样凶狠地看着周围，要进行搜查。少女非常害怕，吓得面如死灰，慌张失措地对朱举人说："赶快藏到床底下。"她自己则打开墙上的小门，仓皇逃去。朱举人趴在床底下，大气不敢出，不久听到皮靴声来到房内，又走了出去。一会儿，众人的喧闹声渐渐远去，朱举人的心情才稍稍安稳了一点儿。然而门外总是有来往说话议论的人，他心神不宁地趴了很久，觉得耳如蝉鸣、眼里冒火，几乎没法忍耐，但也只有静静听着，等待少女归来，竟然不再记得自己是从哪里来的了。

当时孟龙潭在大殿中，转眼不见了朱举人，便很奇怪地问老僧。老僧笑着说："去听宣讲佛法去了。"孟龙潭问道："在什么地方？"老僧回答说："不远。"过了一会儿，老僧用手指弹着墙壁呼唤说："朱施主游玩这么久了，怎么还不归来？"立即见壁画上出现了朱举人的像，他侧耳站立，像是听见了。老僧又呼唤说："你的游伴久等了。"朱举人于是飘飘忽忽从墙壁上下来，灰心呆立、目瞪足软。孟龙潭大为吃惊，慢慢地问他。原来朱举人刚才正伏在床下，听到叩墙声如雷，因此出来听听看看。这时他们再看壁画上那个拈花少女，已是螺髻高翘，不再垂发了。朱举人很惊异地向老僧行礼，问他这是怎么回事。老僧笑着说："幻觉生自人心，贫僧怎么能解呢！"朱举人胸中郁闷不舒，孟龙潭心中则惊骇无主。两人立即起身告辞，顺阶而下出门离去。

王六郎

有个姓许的人，家住淄川县城北，以打鱼为生。他每天傍晚总要带酒到河边去，边喝酒边打鱼。而喝酒前，又总是先斟上一盅祭奠一下，并祷告说："河中的溺鬼，请来喝酒吧！"这样便习以为常了。其他人往往打鱼很少，而他每天都打满筐的鱼。

一天傍晚，许某正在独自饮酒，见一少年走来，在他身边转来转去。许某让他同饮，少年也不推辞，二人便对饮起来。这一夜竟连一条鱼也没能打到，许某有些丧气。少年起立躬身说："我到下游为你赶鱼。"说罢，朝下游飘然走去。一会儿，少年回来说："大群鱼来了！"果然听到有许多鱼吞吃饵食的声音。许某便撒网，一网捕了数十尾尺把长的大鱼。许某非常高兴，对少年深表感谢。少年欲走，许某送鱼给他，少年不要，并说："屡次喝你的好酒，这点儿小事怎能提到感谢呢？如你不嫌麻烦，我将常来找你。"许某说："才相见一晚，怎说多次？你如愿来相助，我是求之不得，可我怎样报答你呢？"于是便问少年姓名。少年说："我姓王，没有名字，你就叫我王六郎吧。"说罢，便告辞而去。

> **词苑撷英**
> 飘然：形容轻捷或迅速的样子。

次日，许某将鱼卖掉，顺便多买了些酒。当晚，许某来到河边时，六郎早已先在等候，二人便开怀畅饮。饮几杯后，六郎便为许某赶鱼。就这样半年过去了。一天，六郎忽然对许某说："你我相识，情同手足，可是，我们马上就要分别了。"说得很是悲伤。许某甚为诧异，问六郎为何这样，六郎考虑再三，才说："你我既然亲如兄弟，我说了你也不必惊讶。如今将要分别，无妨如实告知：我实际上是一个鬼，只因生前饮酒过量，醉后溺水而死，已经好几年了。以前你之所以捕到比别人更多的鱼，都是因为我暗中帮你驱赶，以此来酬谢奠酒之情。明日我的期限已满，将有人来代替我，我将要投生，你我相聚只有今晚了，所以我不能平静。"许某听了起初十分害怕，然而，因为长期相处，不再恐惧，反而难过起来。于是，他满满斟了一杯酒捧在手中说："六郎，我敬你这杯酒！望你饮了不要难过。你我从此不能相见，虽很伤

> **词苑撷英**
> 溺水：淹没在水里。

心，但你由此解脱灾难，我应该祝贺你。不要悲伤，应该高兴才是！”于是，二人继续畅饮。许某问六郎：“何人来相替？”六郎说：“兄长明天可在河边阴凉处等候，正当午时，有一女子渡河，溺水而死，即是替我之人。”二人听到村鸡鸣叫，方洒泪而别。

次日，许某在河边暗暗观看，想知道会发生什么事情。中午时，果有一怀抱婴儿的妇女，到河边便坠入水中。婴儿被抛在岸上，举手蹬脚地啼哭。妇女几次浮上沉下，后竟又水淋淋地爬上河岸，坐在地上稍稍休息后，抱起婴儿走了。

当许某看到妇女掉入水中时，很不忍心，想去相救，但一想这是六郎的替身，便打消救人的念头。当又看到妇人未溺死，心中怀疑六郎所言有些荒唐。

词苑撷英

荒唐：（思想、言行）错误到使人觉得奇怪的程度。

当晚，许某仍到原地去打鱼，而六郎早已在那里，说：“现在又相聚了，可暂先不说分别的事。”许某问六郎白天的事。六郎说：“本来那女子是替我的，但我怜她怀中婴儿，不忍心为了自己一人而伤两个人的性命。因此，我决定舍弃这个机会，但又不知何时再有替死的人。也许是你我缘分未尽啊。”许某慨叹地说：“你这种仁慈之心，总会感动上天的。”从此，二人一如既往，饮酒捕鱼。

过了几天，六郎又来向许某告别，许某以为又有替六郎之人。六郎说：“不是的，我上次的好心果然感动了上天，因而招我为招远县邬镇的土地，明日要去赴任。如你不忘咱俩的交情，就不要嫌路远，去招远看我。”许某祝贺说：“贤弟因正直而做了神仙，我感到十分欣慰。但人和神仙之间相隔遥远，即使我不怕路远，又怎样才能见到你呢？”六郎说：“只管前往，不要顾虑。”再三嘱咐而去。

词苑撷英

欣慰：喜欢而心安。

许某回到家，便要置办行装东下招远。他的妻子笑着说：“这一去几百里路，即使有这个地方，恐怕和一个泥偶像也无法交谈。”许某不听，毅然去了招远，问当地居民，果然有个邬镇。他找到了邬镇，便住进一个客店，向主人打听土地祠在什么地方。主人惊异地说：“客人莫非姓许？”许某说：“是的，但是您是怎么知道的？”店主人又问：“客人莫非是淄川人？”许某说：“是的，不过您又是怎么知道的？”

店主人并不回答，很快地走出去。过了一会儿，只见丈夫抱着小儿，大姑娘、小媳妇在门外偷看。村里人纷纷到来，围看许某，如四面围墙一般。许某更为惊异。大家告诉他说："前几夜，梦见神人来告知：有一个淄川姓许的人将来此地，可以给些资助。因而在此等候多时。"许某甚为奇怪，便到土地祠祭祀六郎，祷告说："自从与你分别后，睡梦中都铭记在心，为此远道而来赴昔日之约。又蒙你托梦告知村里人，心中十分感谢。很惭愧我没有厚礼可赠，只有一杯薄酒，如不嫌弃，当如过去在河边那样对饮一番。"祷告毕，又烧了些纸钱。顷刻见到一阵旋风起于神座之后，旋转许久才散去。

当夜，许某梦到六郎来到，衣冠楚楚的，与过去大不相同。六郎致谢道："有劳你远道而来看望我，使我又欢喜又悲伤。但我现在有职务在身，不便与你相会，近在咫尺，却如远隔山河，心中十分凄怆。村中人有微薄的礼物相赠，就算代我酬谢一下旧日的好友。当你回去的时候，我必来相送。"

许某住了几天，打算回家，大家殷勤挽留，每天早晚都轮流做东道主为许某饯行。许某坚决告辞，村中人争着送来许多礼物，为他充实行装。不到一天，送的礼物就装满行囊。男女老少都聚集来送许某出村。忽然刮起一阵旋风，跟随许某十余里路。许某对着旋风再拜说："六郎珍重，不要远送了。你心怀仁爱，自然能为一方百姓造福，无须老朋友嘱咐了。"旋风又盘旋许久才离去。村中的人也都嗟叹着返回了。

许某回到家里，家境稍稍宽裕些，便不再打鱼了。后来见到招远的人，他都向他们打听土地的情况，据说土地灵验得像传说的那样，远近闻名。

偷　桃

我童年的时候，一次到济南府参加考试，正巧遇到过春节。按旧风俗，春节的前一天，城里各行各业做生意的，要抬着彩楼，吹吹打打地到布政司衙门去祝贺春节，这叫作"演春"。我也跟着朋友到那里去看热闹。

那天，游人很多，人们把四面围得像堵墙，水泄不通。大堂上坐着四位官员，身上都穿着红袍，东西面对坐着。那时我年纪还小，也不懂得堂上是什么官员，只听得人声嘈杂，鼓乐喧天，震耳欲聋。忽然有一个人，领着一个披头散发的童子，挑着一副担子，走上堂来，好像说了一些话，只是人声鼎沸，也听不见他说了些什么，只见大堂上的人在笑。接着，就有个穿黑色衣服的衙役传话说，让他们演戏。那人答应了，刚要表演，又问道："要什么戏法？"堂上的人相互商量了几句，就见有个衙役走下堂来，问他有什么拿手的好戏法。那人回答道："我能颠倒生物的时令，生长出各种各样的东西。"衙役回到堂上禀报后，又走下来，说叫他表演取桃子。

要戏法的点头答应了，脱下衣服盖在竹箱上，故意装出一副埋怨的样子说："长官们委实不明白事理，眼下冰还没有化，叫我哪里去取桃子呢？不去取吧，怕惹得长官生气，这可叫我怎么办？"他的儿子说："父亲已经答应了，又怎么好推辞呢？"要戏法的人为难了一阵子，说道："我认真想过了，眼下还是初春天气，冰雪还未融化，在人间哪里能找得到桃子啊？只有王母娘娘那蟠桃园里四季如春，兴许会有桃子。可是，必须到天上去偷，才能得到桃子。"儿子说："嘻！天可以像有台阶似的走上去吗？"要戏法的说："我自有办法。"说完，就打开竹箱子，从里面取出一团绳子，大约有几十丈长。他理出一个绳头儿，向空中一抛，绳子竟然挂在半空，好像有什么东西牵着似的。眼看着绳子不断上升，愈升愈高，隐隐约约地升到云端，他手中的绳子也用完了。这时，他把儿子叫到身边，说："孩子你来，我老了，身体疲乏、笨拙，上不去，你替我走一趟吧。"接着就把绳子头儿交给儿子，说："抓着这根绳子就可登上去。"

儿子接过绳子，脸上显出很为难的样子，埋怨说："爹爹真是老糊涂了，这样一条细细的绳子，就叫我顺着它爬上万丈高天。假若中途绳子断了，掉下来就是粉身碎骨。"父亲哄着却又严肃地说："我已经出口答应人家了，后悔也来不及了，还是麻烦儿子去走一趟。你不要怕苦，万一能偷得来桃子，一定能得到百金的赏赐，那时我一定给你娶个漂亮的媳妇。"儿子无奈，用手拉住绳子，盘旋着向上攀去；脚随着手向上移动，活像蜘蛛走丝网那样，渐渐没入云端看不见了。过了一会儿，从天上掉下一个桃子，像碗口那么大。要戏法的很高兴，用双手捧着桃子，献到堂上。堂上的官员看了老半天，也说不清是真是假。这时，绳子忽然从天上落下来，要戏法的惊惶失色地喊道："糟了！天上有人把绳子砍断了，我儿子可怎么下来啊？"又过了一会儿，又掉下个东西来，一看，原来是他儿子的头。他捧着儿子的头哭着说："这一定是偷桃时，被那看守的人发现了，我的儿子算完了。"正哭得伤心时，从天上又掉下一只脚来；不一会儿，肢体、躯干都纷纷落下来。

要戏法的人很是伤心，一件一件地都捡起来装进箱子，然后盖上盖说："老汉只有这么个儿子，每天跟我走南闯北。今天遵照长官的严命，没有料到遭到这样的惨祸，只好把他背回去安葬。"于是，他走到堂上，跪下哀求说："为了去偷桃子，我儿子被杀害了！大人们可怜小人，请赏给几个钱，也好收拾儿子尸骨。日后，我死了也当报答各位长官的恩情。"

堂上的官员很惊骇，各自拿出许多银钱赏他。他接过钱缠到腰上，从堂上走下来，用手拍打着箱子，招呼说："儿啊，不赶快出来谢谢各位大人的赏钱，还要等到什么时候！"忽然，一个披头散发的小孩用头顶开箱盖，从箱子里走出来，在朝堂上叩头。一看，原来就是他的儿子。

因为这个戏法耍得太神奇了，直到现在我还记得很深刻。

娇娜

书生孔雪笠是孔圣人的后裔，为人宽厚有涵养，善于作诗。他有位挚友在浙江天台当县令，来信请他去。孔生应邀前往，而县令恰恰去世了，于是他漂泊无依，穷困潦倒，回不了家，只好寄居在普陀寺，被寺僧雇用，抄录经文。

普陀寺西面百步开外，有单先生家的宅院。单先生是世家子弟，因为打了一场大官司，家境败落，人口也少了，便迁移到乡下居住，这座宅子于是空闲起来。有一天，大雪纷飞，路上静悄悄的没有行人。孔生偶然经过单家门口，看见一个少年从里面出来。少年容貌姣好，仪态风雅，看到孔生，便过来向他行礼，略致问候以后，就邀请他进家说话。孔生很喜欢少年，非常高兴地跟他进了门。见房屋虽然不太宽敞，但是处处悬着锦缎帏幔，墙壁上挂着许多古人的字画。案头上有一册书，封面题名《琅嬛琐记》。他翻阅了一下，内容都是过去从未见过的。

词苑撷英

家境：家庭的经济状况。

孔生见少年住在这座宅院，以为他是单家的主人，也就不再问他的姓氏家族了。少年详细地询问了孔生的经历，很同情他，劝他设馆教书。孔生叹息道："我这流落在外的人，谁能推荐我呢？"少年说："如果不嫌弃我拙劣，我愿意拜您为师。"孔生大喜，不敢当少年的老师，请他以朋友相待。孔生便问少年说："您家里为什么老关着大门？"少年回答道："这是单家的宅子，以前因为单公子回乡居住，所以空闲了很久。我姓皇甫，祖先住在陕西，因为家宅被野火烧了，所以暂且借居安顿在这里。"孔生这才知道少年不是单家的主人。当晚，两人相谈甚欢，非常高兴，少年就留下孔生和他同床睡了。

词苑撷英

拙劣：笨拙而低劣。

第二天一大早，就有个小书童进屋来生着了炭火。少年先起床进了内宅，孔生还围着被子在床上坐着。书童进来说："太公来了。"孔生大惊，急忙起床。一位白发老人进来，向孔生殷切地感谢说："先生不嫌弃我那愚顽小子，愿意教他念书。他才初学读书习字，请不要因为朋友的关系，而按同辈看待他。"说完后，送上一套锦缎衣服、一顶貂皮帽子，鞋和袜子各一双。老人看孔生梳洗完了，于是吩咐上酒上菜。房内摆设的桌椅和人们穿着的衣裙光彩耀眼，不知道是什么东西做成的。酒过数巡，老人起身告辞，拄着拐杖走了。

吃完了饭，皇甫公子送上所学的功课，都是些古文诗词，并无当时的八股文。孔生问他是何缘故，公子笑着回答说："我不是为了求取功名。"到了傍晚，公子又摆上酒菜说道："今夜尽情欢饮，明天便不允许这样了。"又喊书童说："看看太公睡了没有。如果睡了，可悄悄把香奴叫来。"书童去不久，先用绣囊把琵琶带了回来。过了片刻，一个侍女进来，身穿红装，艳丽无比。公子让她弹奏《湘妃》曲。她用象牙拨子勾动琴弦，旋律激扬哀烈，节拍不像以前所听到的。公子又让她用大杯斟酒，二人一直喝到三更天才罢。

第二天，两人早起一同读书。公子非常聪慧，过目成诵。两三个月后，下笔成文，令人惊叹叫绝。他们约好每五天饮酒一次，每次饮酒必定叫香奴来陪。一天晚上，喝到半醉的时候，孔生的两只眼睛紧紧地盯住了香奴。公子已经明白了他的心意，说："这个侍女是老父亲抚养的。您离家既远又无妻室，我替您日夜筹划已经很久了，想为您找一位美貌的妻子。"孔生说："假若真要帮我的忙，必须找一个像香奴这样的。"公子笑着说："您真正成了'少见而多怪'的人了，要是认为香奴漂亮的话，那您的心愿也太容易满足了。"

过了半年多，孔生想到郊野去游玩，到了大门口，见两扇门板外边上着锁，便问公子是什么原因。公子说："家父恐怕我结交一些朋友扰乱心绪，所以闭门谢客。"孔生听说后也就安下心来。

当时正值盛夏湿热季节，他们便把书房移到园亭中。孔生的胸膛上突然肿起一个像桃样的疮疖，过了一夜竟然长得像碗一样大了。他疼痛难忍，呻吟不止。公子日夜守候，连吃饭睡觉都顾不上。又过了几天，孔生痛得更加厉害，渐渐不能吃喝了。太公也来探望，父子相对叹息。公子说："我前天夜里考虑，先生的病情，只有娇娜妹妹能治疗。我已派人到外祖母家去叫她了，怎么这么久还没到来？"话刚说完，书童进来说道："娜姑到了，姨婆和松姑也一同来了。"父子俩急忙进了内宅。公子领着妹妹娇娜来看孔生。娇娜正当十三四岁，美艳聪慧，窈窕多姿。孔生一见到她的美貌，顿时忘记了呻吟，精神也为之一爽。公子便对妹妹说："这是我的好朋友，我们不亚于同胞兄弟，妹妹要好好为他医治。"娇娜于是收起自己的羞容，垂着长袖，靠在床上为孔生诊断病情。手把手之间，孔生闻到娇娜身上散发着的芳香胜于兰花。娇娜笑着说："得这种病，心脉都动了。病情虽然危急，但是还可医治，只是皮肤疮块已经凝结，非割皮削肉不可。"说完就脱下手臂上的金镯安放到孔生的患处，慢慢压了下去。疮疖突起一寸多，高出金镯以外，而疮根的红肿部位，都被收在镯内，不像以前如碗那样大了。娇娜又用另一只手掀起衣襟，解下佩刀，刀刃比纸还薄。她一手按镯一手握刀，轻轻沿着疮根割去。紫血顺着刀流出来，沾染了床席。孔生贪恋娇娜的美姿，不仅不觉得疼痛，反而还怕早早割完，没法再和她多偎傍一会儿。不多时，娇娜把疮上的烂肉都割了下来，圆团团的就像树上削下来的瘤子。娇娜又叫人拿水来，把割开的伤口洗净，然后从嘴里吐出一粒红丸，像弹丸一样大小，放到割去了疮疖的肉上，用手按着它旋转。才转了一圈，孔生就觉得热火蒸腾；再一圈，便觉得习习发痒；转完三圈，已是浑身清凉，透入骨髓。娇娜收起红丸放回嘴里，说："治好了！"说完便快步走了。孔生一跃起身追出门外感谢，觉得长时间的病痛像是一下子全没了，而心里却挂念着娇娜的美貌，再也无法控制自己。

从此孔生闭卷呆坐，百无聊赖。公子已经看出他的心事，说："我为您物色了很久，终于选得一位好姑娘。"孔生问："是谁呀？"公子回答说："也是我的亲属。"孔生苦想了好长时间，只是说："不必了。"然后面对墙壁吟诵元稹的诗句道："曾经沧海难为水，除却巫山不是云。"公子领会了他的意思，说："家父仰慕您的大才，常想联为婚姻。只是我仅有一个小妹娇娜，年龄又太小。我还有个姨表姐阿松，已十八岁了，长相不俗。如果不信的话，松表姐天天都来游园亭，您等候在前厢房，可以望见她。"孔生便按公子说的到了那里，果然见娇娜和一个美人一起来了。这女子画眉弯如蚕蛾的触须，纤瘦的小脚穿着凤头绣鞋，与娇娜难分上下。孔生大喜，便求公子做媒。

知识延伸

蚕蛾：蚕蛾的形状像蝴蝶，全身披着白色鳞毛，但由于两对翅较小，已失去飞翔能力。蚕蛾的头部呈小球状，长有鼓起的复眼和触角；胸部长有三对足及两对翅；腹部已无腹足，末端体节演化为外生殖器。

词苑撷英

做媒：当媒人；给人介绍婚姻。

第二天公子从内宅出来，向孔生祝贺说："事情办好了。"于是清扫另一个院子，为孔生举行婚礼。这天夜里，鼓乐齐鸣，热闹异常。孔生觉得好似月亮中的仙女忽然来和他同衾而卧，竟然怀疑广寒宫殿即在眼前，未必在云霄之上了。结婚之后，孔生心里非常满足。

一天夜里，公子对孔生说："您对我增长学问的指点我永远不会忘怀。只是最近单公子解除官司回来，索要宅子很急。我家想要离开此地西去。看样子你我已很难再相聚，因而离别情绪搅得心里非常难受。"孔生愿意跟随他家西行。公子劝他还是回山东故乡，孔生感到很为难。公子说："不用忧虑，可立即送您走。"

不多时，太公领着松娘到来，拿出一百两黄金赠送给孔生。公子伸出两手紧握着孔生夫妇的手，叮嘱二人闭上眼睛不要看。他们飘然腾空，只觉得耳边的风声呼呼地响。过了很久，公子说："到了。"孔生睁开眼，见果然回到了家乡。这才知道公子并非人类。他高兴地叫开家门。母亲出乎意料地看到他，又看到漂亮的儿媳，全家都非常喜悦。等到回头一看，公子早已无影无踪了。松娘侍奉婆母很孝顺，她的美貌和贤惠的名声传诵远近。

后来孔生考中了进士，被授予延安府司理官职，携带着家眷上任了。他的母亲因为路远没一同去。松娘生了个男孩，取名叫小宦。孔生后来因冒犯了御史行台而被罢官，受阻回不了家乡。有一次他偶然到郊外打猎，碰见了一位美貌少年，骑着匹黑马驹，频频回头看他。孔生仔细看了看，原来是皇甫公子，急忙收缰勒马。两人相认，悲喜交加。公子邀请孔生跟他一起回家去。他们走到一村，树木茂密，浓荫蔽日。进了公子家，孔生见门上饰有金色的泡钉，仿佛世族大家。孔生问娇娜妹子的近况，知道她已经出嫁了；又知岳母也已去世，非常感慨伤心。他住了一宿回去，又和妻子一同返回来。这时，正好娇娜也来了，她抱过孔生的儿子上下抛逗着玩，说："姐姐乱了我家的种了。"孔生拜谢她先前的恩德，娇娜笑道："姐夫显贵了，疮口已经好了，没忘记疼吧？"她的丈夫吴郎也来拜见。娇娜夫妇在这里住了两夜才离去。

一天，皇甫公子忽带忧愁的神色，对孔生说道："天降灾祸，您能相救吗？"孔生虽然不知将要发生什么事，但却立即表示自己甘愿承当。公子急忙出去，招呼全家人来到，排列在堂上向孔生礼拜。孔生大为惊异，急问缘故。公子说："我们不是人类，而是狐狸。今有雷霆劫难，您愿意以身抵挡，我们就都能生存；不然的话，请您抱着孩子走吧，免得让您受牵累。"孔生发誓与公子全家共存亡。于是公子让孔生手执利剑站立在门口，叮嘱他说："就算是霹雳轰击，你也不要动！"孔生按公子说的去办，果然见阴云密布，白昼如夜，昏天黑地。他回头一看住过的地方，宽大的房舍没有了，只有一座高大的坟冢，还有个深不见底的大洞穴。他正在惊疑不定的时候，霹雳一声巨响，震撼山岳；狂风暴雨骤起，把老树都连根拔出。他虽然感到耳聋眼花，却依然屹立在那里

词苑撷英

无影无踪：没有一点儿踪影。形容完全消失，不知去向。踪：踪迹。

知识延伸

御史行台：元朝中央设御史台，掌纠查百官善恶、政治得失。各重要地区设行御史台，以监察诸省。

一动不动。在浓烟黑雾之中，他忽见有个鬼样的怪物，尖嘴长爪，从深洞中抓出一个人来，随着烟雾上升。孔生瞥了一眼那人的衣裳鞋子，觉得很像娇娜，急忙一跃而起，用利剑向怪物刺去，随后从空中堕落一物。突然又一个炸雷爆裂，孔生被震倒在地，竟然昏死过去。

过了一会儿，天晴云散，娇娜自己慢慢苏醒过来。当她看到孔生死在身旁时，便大哭着说道："孔郎为我而死，我为什么还活着！"松娘也从洞内出来，一起把孔生抬了回去。娇娜让松娘捧着孔生的头，让公子用金簪拨开孔生的牙齿；她自己两手撮着孔生的腮，用舌头把口里的红丸送到他的嘴里，又口对口地往里吹气。红丸随着气进入孔生的喉咙，发出咯咯的响声。不一会儿，孔生竟苏醒过来，见亲属们都在面前，仿佛如梦中醒来。于是一家团圆，不再惊慌，万分喜悦。

孔生认为墓穴不可久住，提议让大家和他一同回自己的故乡。满屋的人都交口称好，只有娇娜不高兴。孔生请她与吴郎一起去，娇娜又怕公婆舍不得小儿子，一整天也没商量出结果。忽然见吴家的一个小仆人，汗流满面气喘吁吁地来到。大家惊慌地再三追问他，才知道吴郎家也在同一天遭难，全家都死了。娇娜听说，顿足悲伤，啼哭不止。大家一起慰劝她。直到这时，大家一同随孔生回归故乡的计划才算定下来。孔生进城料理了几天，回来就连夜催促整理行装。

孔生回到家乡后，把自己的一处闲弃的园子给皇甫公子一家住，平常反锁着园门，只有孔生和松娘来到，才开门。孔生与公子、娇娜兄妹在一起，下棋、饮酒、谈天、聚会，亲密得就像一家人。孔生的儿子小宦长大了，容貌美好，有狐狸的神情。他到城里去游玩，人们都知道他是狐狸生的儿子。

狐入瓶

万村石家的媳妇被狐狸精缠上，一家人很担忧，却打发不走它。妇人门后有个瓶，每次听见妇人的公公回来，狐精就藏入瓶内。妇人多次看在眼里，便记在心里，也不吭气。

一次，狐又钻入瓶内，妇人急忙用棉絮塞住瓶口，把瓶放到锅里煮。瓶热后狐狸在瓶内喊："太热了，别胡闹！"妇人不答话，继续煮。狐精在瓶里喊得更急，时间一长就听不到动静了。妇人拔开塞子看时，仅有一堆毛和几滴血而已。

鬼哭

谢迁造反时，官宦人家的宅第都被贼占据着，成了贼窝子。有个叫王七襄的学使，家里住的贼尤其多。官兵破城后，扫荡群贼，死尸填满了台阶，血顺门而流。

王学使进了城，回到家里，命人把盗贼的尸首抬出去，把血迹洗刷干净，这才住下。

但是大白天就常常见到鬼，夜晚床下磷火乱飞，墙角还时常有鬼哭，很不安宁。

一天，有个叫王皞迪的书生借住在王公家。夜里听到床下有小声连连叫道："皞迪！皞迪！"过了一会儿，声音渐大，并说："我死得好苦呀！"随后就哭起来，接着满院子里都有哭声。王公听见后，手持宝剑到王生屋里，大声说："你们不知道我是王学院吗？"只听见众鬼嗤嗤冷笑。

王公不得已，于是设了水陆道场，命和尚、道士念经超度，夜里做了饭抛到院子里让群鬼吃。这时就见院子里磷火点点，到处都是。

先前一个为王公看大门的姓王的人病得很厉害，已经昏迷几天不知人事了。闹鬼的这天，他忽然伸了伸身子，像是醒过来了。他老婆见这情形就给他端来饭，他却说："刚才主人不知为什么在院子里施饭，我也跟大伙一块儿吃，这不才吃饱了回来，所以不觉得饿。"

自此以后，鬼都绝迹了。

知识延伸

磷火：磷化氢燃烧时产生的火焰。磷与水或碱相互作用时产生磷化氢和少量的五氧化二磷，这是无色可以自燃的气体。人和动物的尸体腐烂时也可分解出磷化氢。夜间我们在野外看到的白色带蓝绿色的火焰就是磷火。

焦 螟

董默庵在朝中当侍读官。他家里被狐精扰乱，砖瓦石沙经常像下雹子一样从天上落下来。全家人拖老带小纷纷奔逃躲藏，等平静了才能出来干活儿。董公对此深感忧虑，于是借了司马孙祚庭的宅子暂住，然而狐精仍旧扰乱，和在家时一样。

一天，董公在待漏院等待上朝时，与同事们说出这件奇怪的事。有一位大臣说："关东道士焦螟，现在内城住着，主持降妖的法术，听说很灵验。"于是董公就登门拜访焦道士请他帮助降妖。焦道士用朱笔写了一道符，叫董公回家贴到墙上。董公回家照办后，狐精一点儿不怕，抛掷砖石反而更加厉害了。不得已，董公只好又去求道士。焦道士大怒，亲自去董府，筑坛台作法术。他作法不多时，见一个大狐趴在坛下。董府家人受害很长时间了，早就恨得咬牙切齿，一个丫鬟上去就打了狐狸一下，却忽然倒在地上断了气。道士

知识延伸

法术：迷信指神仙或术士、巫婆等所施行的呼风唤雨、驱鬼除病等手段。如画符、念咒等。

说："这个东西很狷獗，我都不能一下子降服它，这女子怎敢轻易冒犯它呢？"接着又说："正好，我可以借这女子之口向狐狸问话。"便用手指着丫鬟，口中念咒。丫鬟忽地起来跪在坛下。道士问狐狸住哪里，丫鬟口里说出狐狸的话："我本来生活在西域，来京城的一共有十八只。"道士又说："这是朝廷官员住的京城，怎么能容你们这些东西长久住下去？赶快走吧！"狐狸不回答。道士大怒，拍着桌子说："你还想违抗我的命令吗？若再迟延，道法可不容你！"狐狸这才皱起眉头有点儿害怕的样子，表示愿奉教命。道士又催它快走。这时丫鬟又倒下没气了，过了很长时间，才苏醒过来。接着众人只见四五块白团滚滚如圆球一般，顺着屋檐滚动，一个跟着一个，一转眼的工夫就都离去了。从此，董公家就安定无事了。

叶 生

河南淮阳有个姓叶的秀才，不知道他的名字。他的文章辞赋，在当时首屈一指，但是命运不济，他始终未能考中举人。

恰巧关东的丁乘鹤来担任淮阳县令。他见到叶生的文章，认为不同寻常，便召叶生来谈话，结果非常高兴，便让叶生在官府读书，并资助他学习的费用，还时常拿钱粮救济他家。到了开科考试的时候，丁公在学使面前称赞叶生，使叶生得了科试第一名。丁公对叶生的前途寄予极大的希望。乡试考完，丁公要叶生的文稿来阅读，拍案叫好。没料想时运限人，文章虽好命不佳，发榜后，叶生仍旧名落孙山。他垂头丧气地回到家，感觉辜负了丁公的期望，很惭愧，身形消瘦，呆如木偶。丁公听说，召他来劝慰了一番，叶生泪落不止。丁公很同情他，约好等自己三年任满进京，带着他一起北上。叶生非常感激，辞别丁公回家，从此闭门不出。

没过多久，叶生病倒在床上。丁公经常送东西慰问他，可是叶生服用了一百多服药，根本不见效。丁公正巧因冒犯上司被免了官职，将要离任回乡。他给叶生写了封信，大致的意思说："我东归的日期已经定了，之所以迟迟不走，是为了等待您。您若早晨来到，我晚上就可以上路了。"信被送到了病床上，叶生看着信哭得非常伤心，让送信人捎话给丁公说："我的病很重，很难立即痊愈，请您先动身吧。"送信人回去如实说了。丁公不忍心就走，仍慢慢等着他。

过了几天，看门的人忽然通报说叶生来了。丁公大喜，迎上前来慰问他。叶生说："因为小人的病，有劳先生您久等，我心里怎么也不安宁，今天有幸可以跟随在您身边了。"丁公于是整理行装赶早上路。

丁公回到家，让儿子拜叶生为师，并让人好好伺候叶生，自己早晚都和他住在一起。丁公子名叫再昌，当时十六岁，还不能写文章，但是特别聪慧，文章看上两三遍，就不会再忘记。过了一年，公子便能落笔成文。加上丁公的力量，于是公子进了县学成为秀才。叶生把自己过去考举人的范文习作，全部抄下来教公子诵读。结果乡试出的七个题目，都在准备的习作中，无一脱漏，公子考了个第二名。

一天，丁公对叶生说："您拿出自己学问的剩余部分，就使我的儿子成了名。然而您这贤才却被长期埋没，有什么办法呢！"叶生说："这恐怕是命中注定的吧。不过能托您家的福为文章吐口气，让天下人知道我半生的沦落不是因为文章低劣，我的心愿也就足了。况且读书之人能得一知己，也没什么遗憾了。何必非要穿上官服，抛掉秀才衣裳，才说是发迹走运呢！"丁公认为叶生长期客居外省，怕他耽误了参加岁试，便劝他回家。叶生听说后脸上现出了凄惨不乐的神色。丁公不忍心强让他走，就叮嘱公子到京城参加会试时，一定要为叶生捐纳个监生。

丁公子考中了进士，被授部中主政。上任时带着叶生，并送他进太学国子监读书，与他早晚在一起。过了一年，叶生参加顺天府乡试，终于考中了举人。正遇上丁公子奉派主管河南公务，他就对叶生说："此去离您的家乡不远。先生已经功成名就，衣锦还乡该何等令人高兴。"叶生也很喜悦。他们择定吉日上路。到了淮阳县界，丁公子派仆人用马车护送叶生回了家。

叶生到家下车，看见自己的门户很萧条，心里非常难过。他慢慢地走到院子里。妻子正好拿着簸箕从屋里出来，猛然看到叶生，吓得扔了簸箕就走。叶生凄惨地说："我现在已经中了举人了。才三四年不见，怎么你竟不认识我了？"妻子站在远处对他说："您死了已经很久了，怎么又说显贵了呢？之所以一直停放着您的棺木没有埋葬，是因为家里贫穷和儿子太小的缘故。如今儿子阿大已经成人，正要选择墓地为您安葬。请不要作怪来惊吓活人。"叶生听完这些话，显得非常伤感和懊恼。他慢慢进了屋，见自己的棺材还停放在那里，便一下扑到地上没了踪影。妻子惊恐地看了看，只见叶生的衣帽鞋袜脱落在地上。她悲痛极了，抱起地上的衣服伤心地大哭起来。儿子从学堂回来，看见门前拴着马车。他问明赶车人的来历，吓得急忙跑去告诉母亲。母亲便流着眼泪把见到的情景告诉了儿子。娘俩又仔细询问了护送叶生的仆人，才得知事情的始末。

仆人返回，如实报告了主人。丁公子听说，泪水浸湿了胸前的衣服。他立即乘着马车哭奔到叶生的灵堂祭拜，出钱修墓办理丧事，用举人的葬礼安葬了叶生；又送了很多钱财给叶生的儿子，并为他请了老师教读。后来丁公子向学使推荐，使叶生的儿子第二年入县学成了秀才。

王　成

王成，原是平原县一个旧官僚家的子弟。他生性懒惰，生活越来越没着落。后来只剩下几间破屋，他与妻子睡在破草席上，经常互相怨骂，难以度日。

当时正是炎热的夏季，村子外边原来有个周家的花园，已经墙倒屋塌，只剩下一个亭子。村里有许多人来这里住宿乘凉，王成也在其中。有一天，天亮后，睡在这里的人都走了。太阳升起三竿高了，王成才起来，摇摇晃晃地想要回家，忽然看见草丛中有一枚金钗。他拾起来一看，上面刻着“仪宾府造”一行小字。王成的祖父原来是衡恭王府的仪宾，家里的旧物很多都是这种款式，因此王成拿着金钗踌躇了半天。这时有个老婆婆来寻金钗，王成虽然很穷，但秉性耿直，急忙拿出来交给了她。老婆婆很高兴，极力称赞王成的品德，说：“金钗不值几个钱，可这是已故丈夫的遗物。”王成问：“您夫君是谁呀？”老婆婆回答说：“是已故仪宾王柬之。”王成吃惊地说：“那是我祖父！你们怎么认识的？”老婆婆也惊讶地说：“你就是王柬之的孙子吗？我是狐仙。一百年前，我同你祖父相好。你祖父死后，我就隐居起来了。今天经过这里时遗失了金钗，恰好被你拾到，这不是上天的安排吗！”王成也曾听说过祖父有个狐妻，便相信了老婆婆的话，邀请她到家中坐。老婆婆跟他去了。王成叫妻子出来相见，只见妻子穿着破烂衣服，面黄肌瘦。老婆婆叹息说：“咳！王柬之的孙子竟然穷到这种地步！”又见破锅旧灶没有一丝烟火，老婆婆说：“家境如此，你们靠什么生活呢？”王妻就把贫苦的状况细细地述说给老婆婆听，忍不住呜呜咽咽哭泣起来。老婆婆把金钗交给王妻，让她到市上当了钱买些米来暂且度日，三天以后再来相见。王成挽留她，老婆婆说：“一个妻子你还养活不了，我在这里，你只能仰望屋顶，无可奈何，有什么用呢？”说完径自去了。王成对妻子讲了老婆婆的来历，妻子很害怕。王成称颂老婆婆的仁义，让妻子像待婆母那样侍奉她，妻子答应了。三天后，老婆婆果然来了，拿出一些银子，让王成买米、面各一石。夜里她就同王成的妻子一块睡在短床上。妻子开始很害怕，但后来看到她心意诚恳，就不再疑心了。

> **语言描写**
> 老婆婆揭示了自己的身份。

> **词苑撷英**
> 懒惰：不爱劳动和工作；不勤快。

第二天，老婆婆对王成说：“孙子不要再懒惰了，应该做点儿小买卖。坐吃山空怎么能长久呢？”王成告诉她没有本钱。老婆婆说：“你祖父在时，金银绸缎任凭我取。我因自己是世外之人，不需要这些东西，所以没有多拿过，只积攒下买花粉的四十两银子，至今还存着。长久放在我那儿也没用处，你可以拿去全买成葛布，立即赶到京城卖掉，可赚点儿利钱。”王成听从了她的话，买了五十多匹葛布回来。老婆婆让他马上收拾行装，估计六七天就可以到京城，并嘱咐王成：“要勤不要懒，要快不能慢。如果晚到一天，后悔就晚了。”王成恭敬地答应了，带着货物上了路。

王成中途遇雨，衣服和鞋子全湿透了。他平生从未经历过风霜之苦，疲倦不堪，就决定暂时在旅店歇息。不想大雨下了一整夜，房檐雨流如绳。过了一夜，道路更加泥泞难走。王成见来往的行人，积水没过脚脖，心中怕苦。等到中午，雨才不下了。但一会儿，阴云密布，又下起大雨，王成只好又住了一宿才走。快到京城时，听说葛布价格飞涨，王成心中暗暗高兴。进京后，来到客店解下行装，店主非常惋惜他来晚了。原来，南方的道路刚开通，葛布运至京城的极少；贝勒府又急着购买，价格顿时上涨，比平时贵三倍，前一天才刚购满数额。后来的人都很失望。店主人把缘故告诉王成，王成闷闷不乐。过了一天，葛布运到京城的越来越多，价格更下跌了。王成因为没有利润不肯出售，迟延了十余天，算计食宿花费很多，更加烦闷忧愁。店主人劝他把葛布贱卖掉，改做别的买卖，王成只好听从了，亏了十几两银子，把布全部脱了手。早晨起来，王成准备回去，打开行囊一看，银子全没了。王成惊慌地告诉店主人，主人也没有办法。有人让王成报告官府，要店主偿还。王成叹息说：“这是我命该如此，和店主有什么关系？”店主听说后很感激他，赠送他五两银子，劝慰他让他回去。王成自己考虑着没脸回去见老婆婆，里里外外地犹豫徘徊，进退两难。

一天，王成恰好看见有斗鹌鹑的，一赌就是几千文钱。斗鹌鹑的人每买一只鹌鹑，常常花费不止一百文。他忽然心中一动，算了算行囊中的钱，仅够贩卖鹌鹑的，就回去同店主人商议。店主人极力怂恿他，并且约好让他借住店中，管饭吃，不收他钱。王成很高兴，就上路了。他买了满满一担鹌鹑，又回到京城。店主人很高兴，祝他早点儿卖光。到了夜里，大雨一直下到天明。天亮后，街上水流如河，雨还是没停。王成只好住在店里等待晴天。可是雨一连下了好几天不停。看看笼中，鹌鹑慢慢死了一些。王成害怕极了，不知怎么办才好。又过了一天，死得更多，仅剩下几只，合并到一个笼子内养着。过了一夜又去看，只有一只还活着。王成告诉了店主人，忍不住泪流满面。店主人也为他叹息。王成觉得银两亏尽，有家难回，只想寻死。店主人劝慰他，同他一块去看那只活下来的鹌鹑。店主人仔细审视一番后说：“这只鹌鹑好像不同寻常。那些死了的鹌鹑，未必不是被它斗杀的。你现在也闲着没事，就训练训练它，如果是个良种，用它来赌博也可以谋生。”王成遵照店主人的意思去做了。驯好以后，店主人让他拿着到街头，赌些酒饭吃。这只鹌鹑十分健壮，几次都赢了。店主人很欢喜，交给王成些银子，让他去与富家子弟赌，又是屡赌屡胜。过了半年多，王成积攒了二十两银子，心里渐感宽慰，把这只鹌鹑看作性命一般。

起先，有个大亲王好斗鹌鹑。每逢元宵节，就放民间养鹌鹑的进王府与他的鹌鹑角斗。店主人告诉王成说：“现在发财可以说很容易，所不知道的就是你的运气如何了。”于是就把大亲王府斗鹌鹑的事告诉他，带他一起前去，嘱咐说：“如果败了，就自认丧气出来；倘若万一斗胜了，大亲王肯定要买下来，你不要答应。如果他强买，你看我的脸色行事，等我点头后再答应他。”王成说：“行。”

来到王府，来斗鹌鹑的人已经拥挤在殿阶下。不一会儿，亲王走出御殿，左右随从宣告说：“有愿斗的上来。”立即有一个人手把鹌鹑，快步上去。亲王命令放出王府的鹌鹑，客人也放出自己的，两只鹌鹑刚一搏斗，客方已经败了，亲王大笑。不一会儿，登台败下来的已有好几个人。店主人说：“可以了。”他和王成登上台。亲王端详了一下王成的鹌鹑，说：“眼睛里有怒脉，这是只凶猛善斗的，不可轻敌！”命取一只叫铁嘴的鹌鹑来对阵。经过一番跃腾搏斗，王府的鹌鹑败下阵来。又选出更好的，但换一只败一只。亲王急忙命取来宫中的玉鹑。片刻工夫，有人把着一只鹌鹑出来。只见它全身雪白，像鹭鸟一样，神骏不凡。王成胆怯了，跪下请求罢休，说：“大王的鹌鹑是神物，我怕伤了我的鸟，砸了我的饭碗。”亲王笑着说：“放出来吧！如果你的斗死了，我会重重地赔偿你的。”王成这才放出鹌鹑，亲王的玉鹑直扑过来。这时王成的那只正像怒鸡一样伏在那里严阵以待。玉鹑猛地一啄，王成的鹌鹑突然飞起，像仙鹤似的攻击它。两只鹌鹑上下飞腾，相持了很久，玉鹑渐渐不支了。而王成的鹌鹑却更加气盛勇猛，越斗越急。不一会儿玉鹑雪白的羽毛纷纷被啄落，垂翅而逃。周围观看的上千人无不赞叹、羡慕王成的鹌鹑。

亲王于是把这鹌鹑要过来放在手上亲自把着它，从嘴到爪，审视一遍，问王成说：“你的鹌鹑卖吗？”王成回答说：“小人没什么产业，与它相依为命，不愿卖它。”亲王说：“赐你好价钱，中等人家的财产马上可以到手，你愿意吗？”王成低头思索了许久说：“本来不愿意卖，大王既然这么喜欢它，如大王真能让我得到一份衣食不愁的产业，我还有什么可求的呢？”亲王便问价钱，王成回答说一千两银子。亲王笑着

知识延伸

鹌鹑：体型较小而滚圆，羽色多较暗淡，通常雌雄相差不大，上体均具红褐色及黑色横纹。

词苑撷英

相依为命：互相依靠过活，谁也离不开谁。

说："痴男子！这是什么珍宝，能值一千两银子？"王成说："大王不认为它是宝，小人我却认为价值连城的宝玉也没它值钱。"亲王说："为什么？"王成说："小人拿着它到市上去赌斗，每次能得几两银子，换成米，一家十几口人指望它吃饭，没有挨饿受冻之忧，什么宝物能比得上它？"亲王说："我不亏待你，给你二百两银子。"王成摇头。亲王又加百两。王成看了店主人一眼，见店主人没动声色，便说："承蒙大王愿买，我愿减一百两，九百两银子卖了。"亲王说："算了吧，谁肯用九百两银子换一只鹌鹑！"王成装起鹌鹑就要走，亲王忙喊："养鹌鹑的人回来！养鹌鹑的人回来！我实实在在给你六百两银子，肯就卖，否则就算了！"王成又看店主人，店主人仍没什么表情。王成心中已非常满足，唯恐失掉这次机会，说："以这个数卖给你，心中实在不情愿。但讨还了半天价买卖若不成，得罪了王爷我担当不起。没别的办法，只好按王爷的意思办！"王爷很高兴，立刻称出银子交给他。王成装好银子，拜谢赏赐出来。店主人埋怨说："我怎么说的？你这样急着自己做主卖了。再还一下价，八百两银子到手了。"王成回去后，把银子扔在桌上，请店主人自己拿，店主人不要。王成再三相让，店主人才把他的饭钱算清收下。

王成整治好行装回到家，详细述说了自己的经历，拿出银子让大家共享快乐。老婆婆让他买了三百亩良田，盖房子置家具，居然又恢复了祖上的世家景象。老婆婆每天很早就起床，让王成督促佣工耕种；王成的妻子督促家人纺织。稍有懒惰，老婆婆就斥责他俩。夫妇两人安守本分，不敢有怨言。过了三年，家里更富了，老婆婆辞别要走。夫妻二人共同挽留她，直到难过地流泪，老婆婆才留了下来。可第二天早晨，夫妻二人去问安时，老婆婆已经杳无踪影了。

青凤

山西太原的耿家，原来是官宦世家，宅院宽阔，气势宏大。后来家势衰落，接连成片的楼房瓦舍，大多都空废着，于是发生了许多奇怪的事情。屋门总是自开自关，家人常常半夜里惊醒呼喊。耿家房主对此很担忧，便搬到别墅里去住，只留下一个老翁看着门。从此宅院更加荒凉败落，有时还能听到里面说笑唱歌吹奏乐器的声音。

耿家房主的侄子叫耿去病，性格狂放不羁。他嘱咐看门的老翁只要听见或看到了什么，就跑去告诉他。到了夜里，老翁见楼上灯光闪烁，就去告诉了他。耿生要去看看是什么东西在作怪，老翁劝阻他，他不听。耿生本来就很熟悉院内的房屋门户，便手拔蓬蒿，顺着曲折的路径进了院子。他登上楼房，没看见有什么奇怪的情景。穿过这座楼再往后走，他听见有轻微的说话声，偷偷看去，见两支巨大的蜡烛燃烧着，照得四周通明如同白昼。一位头戴儒冠的老头朝南坐着，一位老妇人坐在他的对面，二人都在四十以上的年纪。朝东坐着一位年轻人，二十多岁；右边坐着一位女子，才刚十五六岁的样子。酒菜摆了满满一桌，四人正围坐着说笑。

耿生突然走进房内，笑着喊道："有一个不速之客来到！"里面的人大为惊慌，奔逃躲避。只有老头出来呵斥道："是谁闯进人家的内室来了？"耿生说："这是我家的内室，却被您占了。美酒自己饮，也不邀请主人，岂不有点儿太吝啬？"老头仔细看了看他说："你不是这里的主人。"耿生说："我是狂生耿去病，主人的侄子。"老头致敬说："久仰大名！久仰大名！"作揖请耿生入座，喊家人撤换酒肴。耿生不让他换，老头就为耿生斟上酒。耿生说："咱们是老世交了，刚才酒席上的人没必要回避，还请他们来一起喝酒吧。"老头喊道："孝儿！"不一会儿，年轻人从外面进来了。老头对耿生说："这是我的儿子。"孝儿行了个拱手礼坐下。耿生大致问了一下他们的家族姓氏。老头说道："我叫义君，姓胡。"耿生一向豪爽，谈笑风生。孝儿也很超脱，不同凡俗。两人倾怀畅谈，意气相投，非常喜悦。耿生二十一岁，比孝儿大两岁，就称他为弟。胡叟说道："听说您的祖父曾经编纂过一部《涂山外传》，您知道吗？"耿生回答说："知道。"胡叟说："我是涂山氏的后裔。自唐朝以后的家谱世系我仍然记得，五代以上的就失传了，希望公子能够指教。"耿生大致叙述了涂山女嫁给大禹并帮助他治水的功劳，言谈中丽词妙语，犹如泉涌。胡叟听了大喜，对孝儿说道："今天有幸听到了以前从未听到过的事情。公子也不是外人，可请你母亲和青凤一起来听听，也好让她们知道我们祖宗的功德。"孝儿便走进了帐幔里面。

一会儿，老妇人带着女子出来了。耿生仔细看去，女子柔弱的身姿现出万般娇态，美丽的眼睛流露出聪慧的神色，人间再也找不出比她更漂亮的女子了。胡叟指着妇人说："这是我的老妻。"又指着女子说："这是青凤，我的侄女，很聪明，所见所闻总是牢记不忘，因此叫来让她听听这些事情。"耿生叙述完了又喝酒，两眼紧紧盯着青凤，连眼珠子都不转了。青凤察觉了，就低下了头。耿生暗中去踩青凤的脚，青凤急忙把脚往后缩，脸上也没有怒色。耿生神摇意动，控制不住自己，拍案大声说道："若能得到像青凤这样的妻子，南面为王都不换！"妇人见耿生渐醉渐狂，便急忙和青凤一同起身，撩开帏幔走了。耿生很失望，便辞别了胡叟，但心里老挂念着青凤，片刻都忘不了。到了夜里，耿生又登上楼去，里面兰麝芳香仍存，凝神等待了一整夜，始终寂静无声。他回家和妻子商议，想把家搬到楼上去住，盼望能再遇见青凤。妻子不同意，耿生于是自己前去，住在楼上读书。

夜里，耿生刚刚靠在桌子上，只见一个鬼披头散发地进了门，脸黑如漆，瞪着两眼看着耿生。耿生笑了笑，用手指蘸着墨汁涂黑自己的脸，目光灼灼地和鬼对视，那鬼很羞惭地走了。第二天晚上，夜已经很深了，耿生吹灭了蜡烛正想睡觉，忽然听见楼后面的门插销发出呯的一声响。耿生急忙起来过去探看，原来门扇半开了。不一会儿听到细碎的脚步声，有人拿着点燃的蜡烛从房子里出来。一看，竟是青凤。青凤猛然看见耿生，吓得往后便退，急忙回去把两扇门关上。耿生直挺挺地跪下，对门内的青凤说："小生冒着危险而来，确实是因为您的缘故。幸好这里没有别人，您能让我握一下手，我死了也不遗憾了。"青凤远远地隔着门说："您对我情深意挚，我岂能不知道！只是叔父管束得很严，我不敢答应您的要求。"耿生苦苦哀求说："我现在也不敢再有和您握手的奢望了，只想见您一面就满足了。"青凤好似同意了，开门出来，抓着耿生的胳膊拉他起来。

耿生喜出望外，两个人携手到了楼下。耿生把青凤抱起来放在自己的膝上。青凤说道："幸好有缘分，过了今夜，就是相思也没有用了。"耿生问："为什么？"青凤回答说："阿叔畏惧您太狂，所以变成厉鬼来吓唬您，您却纹丝不动。现在他已另找好了别的住处，全家人都搬东西到新居去了。我留下看守，明天就走了。"说完就想离去，说："恐怕叔叔回来。"耿生硬不让她走，想和她亲热。正在相持不下的时候，胡叟不声不响地进来了。青凤又羞又怕，无地自容，低着头倚在床上，手拈衣带不说话。胡叟愤怒地说："贱丫头辱没了我的门户，再不快走，就用鞭子抽你了！"青凤低着头急忙走了，胡叟也跟了出去。耿生尾随在后面，听见胡叟不住地怒骂，又听见青凤嘤嘤地小声抽泣。耿生心如刀割，大声说："罪在小生身上，与青凤有什么关系？倘若饶了青凤，任你刀砍斧剁，小生甘愿自身承受！"过了很长时间，一点儿动静也没有了，耿生这才回去睡觉。

词苑撷英

不声不响：形容不说话，不出声。

从此以后，宅院里再也没出现过怪异的声音。耿生的叔叔听说后认为耿生不同寻常，愿意把房子卖给他住，也不计较价钱多少。耿生很乐意，便把家搬了过来。住了一年多，耿生觉得非常舒适，但一刻也没忘记青凤。

词苑撷英

不同寻常：形容不同于平常的事物。

正巧清明节上坟回来，耿生见到两只小狐狸被大狗追逼。一只钻进荒草丛中逃窜了；另一只惊慌失措，沿路奔跑，看见耿生，便依依不舍地哀啼着，很温顺地伏首垂耳，好似求他援救。耿生很可怜它，便解开衣襟，把它提起来抱回了家。关上门，把它放在床上，一看竟是青凤。耿生大喜，赶忙慰问她。青凤说："刚才和丫鬟在外面游玩，遭此大难。如果不是郎君相救，我必定葬身狗腹无疑。希望您不要因为我不是人类而厌恶我。"耿生说："我天天都思念你，真是魂牵梦萦。现在见到你，如获至宝，怎会厌恶呢！"青凤说："这也是天数，不是因为遭此大难，怎么能够跟随您呢？而且这真是太幸运了！丫鬟一定以为我已经死了，这样正好可以和您终生在一起了。”耿生很高兴，便整理好另一间屋让青凤住下。

过了两年多，一天夜里耿生正在读书，孝儿忽然进来了。耿生放下书卷，惊讶地问他来干什么。孝儿跪在地上，悲伤地说：“家父将遭横难，非您不能拯救。他本想亲自来求您，又恐怕您不愿见他，所以只好让我来了。”耿生问：“什么事？”孝儿说：“您认识莫三郎吗？”耿生说：“他是我同窗学友的儿子。”孝儿说：“明日他将经过您的门前。倘若他携带着猎来的狐狸，希望您能把它要过来留下。”耿生说：“那一年楼下的羞辱，我至今耿耿于怀，他的事我不想过问。要我帮忙的话，非让青凤来求不可！”孝儿落泪说：“凤妹已死于荒野三年了！”耿生气愤地用袖子一拂衣服，说：“既然如此，那怨恨就更深了！”说完拿起书卷高声朗读起来，再也不去理他。孝儿从地上爬起来，失声痛哭，用衣袖遮掩着脸走了。耿生到了青凤那里，把事情告诉了她。青凤大惊失色地说：“你究竟救不救他？”耿生说道：“救是肯定救他。刚才之所以没答应，是想报复一下他以前的蛮横罢了。”青凤这才高兴地说：“我小时候就失去了父母，依靠叔叔才长起来。过去虽然受到他的责罚，按照家规也是应该那样的。”耿生说：“的确是这样，只是我耿耿于怀罢了。假若你那次真死了，我决不会救他。”青凤笑着说：“你的心可真狠啊！”

第二天，莫三郎果然来到，他骑着胸带饰金的骏马，佩戴着绣有猛虎的弓套，侍从众多，很有声势。耿生出门迎接他，见他猎获的禽兽非常多。其中有一只黑狐狸，伤口流出的血把皮毛都染红了。耿生用手摸了摸它，发现身上还温和。耿生便假说自己的皮衣破了，请求要这只狐狸的皮来补缀。莫三郎很慷慨地解下它相赠。耿生把狐狸交给了青凤，这才去与客人欢饮。客人走了以后，青凤把狐狸抱在怀里，过了三天它才苏醒，一转身又变成了胡叟。胡叟一抬眼看见了青凤，怀疑这不是在人间。青凤把事情的前后经过说给他听。胡叟于是向耿生下拜，面色羞惭，对以前的事情表示歉意，又很高兴地看着青凤说：“我本来就说你不曾死，今天果真证实了。”青凤对耿生说：“您若爱怜我的话，还求您把楼房借给我家住，好让我能够对老人尽点儿孝心。”耿生答应了她的要求。胡叟面带愧色地道谢告别而去。

到了夜里，胡叟全家果然搬来了。从此两家亲如一家，不再互相猜忌。耿生在书房居住，孝儿经常来与他交谈。耿生的正妻生的儿子渐渐长大了，耿生就让孝儿做他的老师。孝儿循循善诱，很有老师的风范。

画 皮

太原的王生，清晨早起赶路，遇到一个女子，怀里抱着个包袱，独自在路上奔跑，显得很吃力的样子。王生急忙赶上去一看，是一个十几岁的漂亮女子。王生心中很爱慕她，问道："你怎么天不亮就独自一人赶路？"女子说："你一个走路的人，又不能解除别人的愁闷，问我干什么？"王生说："你有什么忧愁？如果我能效力，决不推辞！"女子很悲伤地说："父母贪财，把我卖给有钱人家做小老婆。那家的大老婆非常妒恨我，每天早上骂，晚上打，折磨得我实在受不了了，想逃到远处去。"王生问："你要到哪里去？"女子说："逃亡的人，哪有一定的去处？"王生说："我家离这里不远，就委屈你到我家去吧。"女子听了很高兴，答应了。王生替她背着包袱，领着她一起回家。

女子进了门，看到屋里没人，问："先生怎么没有家口？"王生回答说："这是我的书房。"女子说："这地方很好。你如果可怜我，想救我，就要保守秘密，别让别人知道。"王生答应了，于是二人便睡在了一处。女子藏在书房里，过了许多天也没人知道。王生把这事稍微向妻子陈氏露了点儿风声，妻子怀疑这女子是大户人家的陪嫁女，劝王生打发她走。王生不听。

有一天，王生偶然到集市上，遇见一位道士。道士看见王生，露出很惊愕的样子，问道："你遇到什么了？"王生回答说："没遇到什么。"道士说："你周身邪气围绕，怎么说没有？"王生又竭力辩白，道士只好走了，说："真蠢啊！世上竟有死到临头还不醒悟的人。"王生听了道士的话很诧异，不禁怀疑起那个女子，但转念一想，那明明是个美妙女郎，怎么会是妖怪？肯定是道士要假借镇邪祛灾骗饭吃。不一会儿，王生来到书房门口，发现门从里面关着，进不去，便心中疑虑，于是从墙缺处跳进院子。见房门也紧紧关着，他就悄悄地靠近窗口往屋里瞧，只见一个狰狞的恶鬼，面色青绿，龇着锯齿般的尖牙，拿着彩笔，正在往一张铺在床上的人皮上画画。画完后，恶鬼扔掉彩笔，举起人皮，像抖衣服那样抖了抖，披在了身上，就立即变成了个女子。王生见此情景，恐惧万分，像狗一样悄悄地爬了出来，急忙去追赶道士，可道士已经不知到哪里去了。王生到处寻找，最后在野外碰见道士。王生直挺挺地跪在地上，求道士搭救。道士说："让我替你赶走它吧。这东西也费了不少苦心，才找到个替身，我也不忍心伤害它的性命。"说完，把一柄拂尘交给王生，叫王生挂在卧室门上。临别时，道士约他第二天在青帝庙会面。

王生回到家，不敢进书房，就睡到妻子屋里，把拂尘挂到门上。到一更时，王生听到门外有动静，自己不敢去看，叫妻子从门缝里瞧瞧。只见一个女子走过来，看见房门上的拂尘，不敢进来，站在门外气得咬牙切齿，过了很久才离去。不一会儿，女子又回来了，骂着说："道士吓唬我！总不能把吃到嘴里的东西再吐出来吧！"说着，摘下拂尘，弄得粉碎，打破房门来到屋里，径直登上王生的床，抓出心来捧着走了。陈氏大声哭叫，女仆听到声音进来，用灯一照，王生已经死了，到处溅满了污血。陈氏吓得不敢哭出声，只淌眼泪。

第二天，陈氏让弟弟二郎跑去找道士。道士发怒地说："我本来可怜它，鬼东西竟敢这样！”道士就跟着二郎来到王家，那女子已不知到哪里去了。道士抬头四下里看了看，说：“幸亏没逃远。”问：“南院是谁家？”二郎说：“是我的住处。”道士说：“那鬼现在你家。”二郎吃了一惊，认为不在他家。道士问他说：“你家可曾有一个不认识的人来？”二郎回答说：“我一早就到青帝庙去了，实在不知道，等我回家问问。”去了不多时又返回来，说：“果然有这事。早晨有一个老妇人来过，她想给我们家当仆人，操持家务，我妻子留下了她，现在还在家中。”道士说：“就是这个东西。”于是同二郎一块去了南院。进了院子，道士手握一把木剑，站在院当中，大喝道：“孽障！赔我的拂尘来！”那老妇人在屋里，吓得惊慌失措，面无血色，蹿出门想逃。道士追赶上一剑砍去，老妇人倒在地上，身上的人皮哗的一声脱落下来，变成了一个恶鬼，躺在那里像猪一样号叫着。道士用木剑砍下恶鬼的头，鬼的身子化成一股浓烟，在地上旋成一堆。道士取出一个葫芦，拔下塞子，放在烟中，只听嗖嗖地像吸气一样，眨眼间浓烟便都被吸进葫芦里去了。道士把葫芦口塞严，装进口袋里。大家看那张人皮，眉眼手脚，一样不缺。道士卷起人皮，发出像卷画轴一样的声音，也装在口袋里，便告辞要走。陈氏迎门跪拜着，哭求道士救活王生。道士推辞无能为力。陈氏更悲伤了，趴在地上不起来。道士沉思了一会儿，说：“我法术浅薄，确实不能起死回生。我指给你一人，他或许能救活你丈夫，你去求他，他肯定会有办法。”陈氏问：“是什么人？”道士说：“集市上有个疯子，时常躺在粪堆里。你去求他试试，他若侮辱你，你也不要生气。”二郎也听说过这个疯子，于是告别了道士，同陈氏一块去了。

神态描写

表现出老妇人的极度恐惧。

词苑撷英

浅薄：意思是肤浅。多指人的学识、修养等，也指社会风气浇薄；轻浮；鄙薄；简慢；轻微；微薄。

到了集市上，见一个疯乞丐在路上颠颠倒倒地唱着歌，拖着三尺长的鼻涕，脏得让人不敢靠近。陈氏跪着爬到他跟前，疯子笑着说：“美人喜欢我吗？”陈氏讲了缘故，疯子又大笑着说：“人人都可以做丈夫，何必非得救活他？”陈氏苦苦哀求，疯子叫道：“怪哉！人死了，求我救活他，我是阎王爷吗？”疯子说着生气地用木棒打陈氏。陈氏忍痛挨打。集市上的人渐渐围拢过来，像堵墙一样围着他们。疯子咳了口痰，吐了满满一把，举到陈氏嘴前说："吃了它！"陈氏脸涨得通红，面有难色，继而又想到道士的嘱咐，只得硬着头皮吃了。咽到喉中，觉得像团棉絮，叽里咕噜咽下去，最后堵在了胸口间。疯子大声笑着说："美人喜欢我哟！"接着站起身，头也不回地走了。陈氏在后面跟着，见他走进庙里。陈氏进去一看，不知到哪里去了，前前后后仔细搜寻，竟没一点儿踪影。陈氏又悔恨又羞愧地回去了。

回家后，陈氏既痛心丈夫死得惨，又悔恨吞痰的羞辱，哭得前仰后合，只求一死。她想给丈夫擦洗血污，收尸入棺，家里人都远远地站着看，没有敢靠近的。陈氏一边收拾一边哭，哭得声嘶力竭，忽然想呕吐，觉得胸中那块堵着的东西，猛劲儿冲出来，来不及回头，已经掉进丈夫的腹腔中。陈氏吃惊地一看，原来是颗人心，在腹腔中突突地跳动，热气蒸腾像冒烟一样。陈氏大为惊异，急忙用两手合起丈夫的腹腔，用尽力气挤抱着；稍一松劲儿，就有热气从缝儿中冒出来。于是她便撕了块绸子捆扎起来，用手抚摸着尸体，觉得渐渐温暖起来；又盖上被子，半夜里打开被子一看，王生鼻中有了气息。天亮后，王生竟然活了，说："恍恍惚惚像做了场梦，只觉得肚子隐隐约约有点儿痛。"看看原来的伤口，已经结了个铜钱大的痂，不久就全好了。

精彩点拨

《画皮》是一篇寓言性小说。吃人的狞鬼用“画皮术”将自己装扮成妖艳的美女，以诱骗祸害世人，这是作者在多欺多诈的现实社会里为巧伪之人所作的画像，是对社会上那些“当面是人，背后是鬼”的两面派人物的形象化概括，借以告诫人们：要提高自己的警觉性和辨识能力，不要为贪占眼前便宜而忘记恶人的狡诈，要认真接受别人的忠告。至于篇中关于王生“爱人之色渔之”，导致妻子“食人之唾”的天道好还、因果报应的描写，表现了作者思想的局限性。作品中对恶鬼的形貌、动作、语言及所披画皮的描写，形象细致而又极富人情味。《画皮》将志怪小说寓言化，使种种奇异的情节、画面富于意境和哲理性，手法夸张，寓意明朗，具有较强的艺术魅力。

阅读积累

道士

道教的宗教职业者。他们奉守道教的经典戒规并熟悉各种祭祷仪式。西汉以前并无道士之称。东汉张道陵创立“五斗米道”后，人们才开始称其门徒为“道士”。《一切道经音义妙门由起》载，道士有六阶：一为天真道士，二为神仙道士，三为山居道士，四为出家道士，五为在家道士，六为祭酒道士。金、元间，全真等派兴起，又有出家的全真道士和在家的正一道士之分。此外，有时也称“方士”为道士。

卷 二

精彩导读

“卷二”中许多优秀的作品，较之以前的文言小说，更加重了对人物环境、行动状况、心理表现等方面的描写。《陆判》叙述鬼神替人换心换头的故事。陵阳朱秀才胆大，与十王殿中的判官神像结交成酒友。判官姓陆，常去朱家饮酒，为朱尔旦修改文章，发现他太笨，于是半夜为他剖胸换心，朱尔旦从此聪明异常，考中举人。他嫌妻子不漂亮，求陆判为其妻换头。附近吴家少女被无赖杀死，陆判将吴家女之头拿来装在朱妻颈上，朱妻遂貌美。吴家发觉，告官府。陆判又让吴家女托梦，说明真相，捉拿真凶。

陆 判

陵阳人朱尔旦，字小明，性情豪放。但他生性迟钝，读书虽然很勤苦，却一直没有成名。

一天，朱尔旦跟几个文友一块喝酒。有人跟他开玩笑说：“你以豪放闻名，如能在深夜去十王殿，把左廊下那个判官背了来，我们大家就做东请你喝酒。”原来，陵阳有座十王殿，殿里供奉着的鬼神像都是木头雕成的，妆饰得栩栩如生。在大殿东廊里有个站着的判官，绿色脸膛，红色胡须，相貌尤其狰狞凶恶。有人曾听见夜间两廊里传出审讯拷打声。凡进过殿的人，无不毛骨悚然，所以大家提出这个要求来为难朱尔旦。朱尔旦听了，一笑而起，径自离席而去。过了不久，只听门外大叫：“我把大胡子宗师请来了！”大家刚站起来，朱尔旦已经背着判官走了进来。他把判官放在桌子上，端起酒杯来连敬了三杯。众人看见判官的模样，一个个在座位上惊恐不安，忙请朱尔旦再背回去。朱尔旦又举起酒杯，把酒祭奠在地上，祷告说：“学生粗鲁无礼，谅大宗师不会见怪！我的家距此不远，请您什么时候有兴致了去喝两杯，千万不要拘于人神有别而见外！”说完，将判官背了回去。

第二天，大家果然请朱尔旦喝酒。一直喝到天黑，朱尔旦喝得醉醺醺地回到家中。酒瘾没过，他又掌上灯，一个人自斟自饮。忽然，有个人一掀门帘走了进来。朱尔旦抬头一看，竟是那个判官！他忙站起身说：“咦！看来我要死了！昨晚冒犯了您，今晚是来要我命的吧？”判官的大胡子一动一动的，微笑着说：“不是的，昨晚承蒙你慷慨相邀，今晚正好有空，所以特来赴你这位通达之人的约会。”朱尔旦大喜，拉着判官的衣服请他快坐下，自己起来刷洗酒具，又烧上火要温酒。判官说：“天气暖和，我们凉喝吧。”朱尔旦听从，把酒瓶放在桌子上，跑去告诉家人置办菜肴、水果。他妻子知道后，大吃一惊，劝阻他躲在屋里别出去了。朱尔旦不听，等她准备好菜肴，就端了过去，又换了酒杯，两个人便对饮起来。朱尔旦询问判官的姓名，判官说：“我姓陆，没有名字。”朱尔旦跟他谈论起古典学问，判官对答如流。朱尔旦又问他：“懂得现时的八股文吗？”判官说：“好坏还能分得出来，阴间里读书作文跟人世差不多。”陆判官酒量极大，一连喝了十大杯。朱尔旦因为已喝了一整天，不觉大醉，趴在桌子上沉沉睡去。等到一觉醒来，只见残烛昏黄，鬼客已经走了。

词苑撷英

对答如流：回答问话像流水一样流畅。形容反应快，口才好。

从此后，陆判官两三天就来一次，两人更加融洽，经常同床而眠。朱尔旦把自己的文章习作呈给陆判官看，陆判官拿起红笔批改一番，都说不好。一夜，两人喝过酒后，朱尔旦醉了，自己先去睡下了，陆判官还在自饮。朱尔旦睡梦中，忽觉脏腑有点儿疼痛，醒了一看，只见陆判官端坐床前，已经给他剖开肚子，掏出肠子来，正在一根一根地理着。朱尔旦惊愕地说：“我们并无仇怨，为什么要杀我呢？”陆判官笑着说：“你别害怕，我要为你换颗聪明的心。”说完，不紧不慢地把肠子理好，放进朱尔旦的肚子里，把刀口合上，最后用裹脚布把腰缠起来。一切完毕，朱尔旦见床上一点儿血迹也没有，只觉得肚子上稍微有些发麻。又见陆判官把一团肉块放到桌子上，朱尔旦问是什么东西。陆判官说：“这就是你原来的那颗心。你文思不敏捷，我知道是因为你心窍被堵塞的缘故。刚才我在阴间里，从千万颗心中选了最好的一颗，替你换上了，留下这个补足缺数吧。”说完，便起身掩上房门走了。

知识延伸

脏腑：中医把心、肝、脾、肺、肾称为五脏；把胃、胆、大肠、小肠、膀胱和三焦称为六腑，合称脏腑。

天明后，朱尔旦解开带子一看，伤口已经好了，只在肚子上留下了一条红线。从此以后，他文思大进，文章过目不忘。过了几天，他再拿自己的文章给陆判官看，陆判官说：“可以了，不过你福气薄，不能做大官，顶多中个举人而已。”朱尔旦问：“什么时候考中？”“今年必考第一！”陆判官回答。不久，朱尔旦以头名考中秀才，秋天科考时又中了头名举人。他的同窗好友一向瞧不起他，等见了他的考试文章，不禁面面相觑，大为惊讶。仔细询问朱尔旦，才知道是陆判官给他换了慧心的结果。众人便请朱尔旦把陆判官给大家介绍介绍，都想结交他。陆判官痛快地答应了。众人便大摆酒席，等着招待陆判官。

到了一更时分，陆判官来了。只见他红色的大胡子飘动着，炯炯的目光像闪电一样，直透人心。众人脸上茫然失色，牙齿不禁咯咯作响，过了不久便一个跟着一个地离席逃走了。朱尔旦便请陆判官到自己家去喝酒，二人喝得醉醺醺的时候，朱尔旦说："你替我洗肠换心，我受你的恩惠也不少了！我还有件事想麻烦你，不知可以吗？"陆判官请他说。朱尔旦说："心肠既能换，想来面目也可以换了。我的结发妻子身子倒还不坏，只是眉眼不太漂亮，还想麻烦你动动刀斧，怎么样？"陆判官笑着说："好吧，让我慢慢想办法。"

过了几天，陆判官半夜来敲门，朱尔旦急忙起床请他进来。点上蜡烛一照，见陆判官用衣襟包着个东西，朱尔旦问是什么。陆判官说："你上次嘱咐我的事，一直不好物色。刚才恰巧得到一个美人头，特来履行诺言来了！"朱尔旦拨开他的衣襟一看，见那脑袋脖子上的血还是湿的。陆判官催促快去卧室，不要惊动鸡犬。朱尔旦担心妻子卧室的门晚上闩上了。陆判官到了以后，伸出一只手一推，门就开了。进了卧室，见朱尔旦的妻子侧身熟睡在床上。陆判官把那颗脑袋交给朱尔旦抱着，自己从靴子中摸出一把匕首，一只手按住朱妻的脖子，另一只手像切豆腐一样用力一割，朱妻的脑袋就滚落在枕头一边了。陆判官急忙从朱尔旦怀中取过那颗美人头，安在朱妻脖子上，又仔细看了看是否周正，用力按了按，然后移过枕头，塞到朱妻脑袋下面。一切完毕，陆判官命朱尔旦把割下的脑袋埋到一处无人的地方，自己才离去了。

朱妻第二天醒来，觉得脖子上微微发麻，脸上干巴巴的，用手一搓，有些血片，大吃一惊，忙喊丫鬟取水洗脸。丫鬟端水进来，见她一脸血污，惊骇万分。朱妻洗了脸，一盆水全变成了红色。她一抬头，丫鬟猛然见她面目全非，更加吃惊。朱妻自己取过镜子来照了照，惊愕万分，百思不得其解。朱尔旦进来后，告诉了妻子陆判官给换头的经过，又反复打量妻子，见她秀眉弯弯，腮两边一对酒窝，真像是画上的美人。解开衣领一看，脖子上只留下了一圈红线，红线上下的皮肤颜色截然不同。

在此以前，吴侍御有个女儿，非常漂亮，先后两次定亲，但都没过门，丈夫就死了，所以十九岁了还没嫁人。上元节时，吴女去逛十王殿，当时游人又多又杂，内中有个无赖窥视到她容貌艳丽，便暗暗访查到她的家，夜晚用梯子翻墙进院，从她卧室的门上打个洞钻进去，先把一个丫鬟杀死在床下，然后威逼要奸淫吴女。吴女奋力抗拒，大声呼救。无赖发怒，一刀把她脑袋砍了下来。吴夫人隐约听见女儿卧室里有动静，喊丫鬟去察看。丫鬟一见房间里的尸体，差点儿吓死过去。全家人都起来了，把尸体停放在堂屋里，把吴女的头放在她的脖子一侧。一家人号啕大哭，乱了一整夜。第二天黎明，吴夫人掀开女儿尸体上的被子一看，身子在，头却不见了，气得她将看守尸体的侍女挨个痛打了一顿，还以为是她们看守不严，被狗叼去吃了。吴侍御立即把女儿被杀的事告诉了郡府，郡守严令限期缉捕凶手，可三个月过去了，凶手仍没抓到。

不久，朱尔旦的妻子换了脑袋的奇异消息，渐渐传入吴侍御的耳朵里。他起了疑团，派了一个老妈子借故去朱家探看。老妈子一见朱夫人的模样，立刻惊骇地跑回来告诉了吴公。吴公见女儿的尸体还在，心中惊疑不定，猜测可能是朱尔旦用邪术杀了女儿，便亲自去盘问朱尔旦。朱尔旦说："我妻子在睡梦中被换了脑袋，实在不知是怎么回事！说我杀了你女儿，真是冤枉！"吴公不信，告了郡府。郡守又把朱尔旦的家人抓了去审讯，结果和朱尔旦说的一样，郡守也判断不清。朱尔旦回家后，向陆判官求计。陆判官说："这不难，我让他女儿自己说清楚。"到了夜晚，吴侍御梦见女儿跟自己说："女儿是被苏溪的杨大年杀害的，与朱举人没有关系。朱举人嫌妻子长得丑，所以陆判官把女儿的头给朱妻换上了。现在女儿虽然死了，但脑袋还活着，愿我们家不要跟朱举人为仇。"吴侍御醒后，忙把梦告诉了夫人，夫人也做了个同样的梦。于是吴侍御又把此事告诉了郡府。郡守一问，果然有个杨大年，立即抓了来一拷问，杨大年供认了罪行。吴侍御便去拜访朱尔旦，请求见一见朱夫人，认了朱夫人为女儿，和朱尔旦结成了翁婿。于是众人把朱夫人的脑袋安在吴女尸体上埋葬了。

后来，朱尔旦又三次进京考进士，都因为违反了考场规矩而被黜名。他由此灰心丧气，不再想做官。过了三十年，有一晚，陆判官告诉朱尔旦说："你的寿命快到头了。"朱尔旦询问死的日期，陆判官回答说五天后。朱尔旦问："能挽救吗？"陆判官说："生死全由天定，人怎能改变呢？况且在通达人看来，生和死是一样的，何必活着就认为是快乐，而死了就觉得悲哀呢？"朱尔旦听了，觉得很对，便置办起寿衣棺材。五天后，他穿着盛装去世了。

第二天，朱夫人正扶着灵柩痛哭，朱尔旦忽然飘飘忽忽地从外面走来了。朱夫人害怕，朱尔旦说："我确实是鬼，但和活着时没什么两样。我挂念着你们孤儿寡母，实在是恋恋不舍啊！"夫人听了，号啕大哭，泪水一直流到胸前。朱尔旦爱抚地劝慰着妻子。夫人说："古时有还魂的说法，你既然有灵，为什么不再托生呢？"朱尔旦说："天数怎能违背呢？"妻子又问："你在阴间做些什么？"朱尔旦回答说："陆判官推荐我掌管文书，还封了官爵，也没什么苦

知识延伸

进士：中国古代科举制度中，通过最后一级朝廷考试者，即殿试及第者，称为进士。此称始见于《礼记·王制》。隋大业年间始置进士科目。唐亦设此科，凡应试者谓之举进士，中试者皆称进士。

词苑撷英

爱抚：疼爱抚慰。

处。”妻子还想再问，朱尔旦说：“陆公跟我一块来了，快点儿准备酒菜吧。”说完便出去了。朱夫人立即按丈夫吩咐的去准备，一会儿，便听见陆判官和朱尔旦二人在室内饮酒欢笑，高腔大嗓，宛如生前。到了半夜，她再往屋里一看，二人已都不见了。

从此以后，朱尔旦几天就来一次，有时就在家里和妻子同宿，顺便料理料理家务事。当时，他的儿子朱玮才五岁。朱尔旦来了后，就抱着他。朱玮长到七八岁，朱尔旦又在灯下教他读书。儿子很聪明，九岁能写文章，十五岁考进了县学，还依然不知道自己的父亲早已去世多年。但此后，朱尔旦来的次数渐渐少了，有时个把月才来一次。

词苑撷英

料理：处理、整理。

又一天晚上，朱尔旦来了，跟妻子说：“现在要和你永别了！”妻子问：“你要去哪里？”朱尔旦回答说：“我被任命为太华卿，马上就要去远方赴任了。公务繁忙，路途又遥远，所以不能再来了。”妻子和儿子听了，抱着他痛哭。朱尔旦安慰他们说：“不要这样！儿子已长大成人，家境也还过得去，世上哪有百年不散的夫妻？”又看着儿子嘱咐说：“好好做人，不要荒废了学业，十年后还能见面。”说完，径直出门走了，从此再没来过。

词苑撷英

荒废：不利用；浪费（时间）。

后来，朱玮二十五岁时考中了进士，做了行人官，奉皇帝令去祭祀西岳华山。路过华阴的时候，忽然有支打着仪仗的人马，急速冲来，也不回避朱玮的队伍。朱玮十分惊异，细看对方车中坐着的人，竟是父亲！朱玮忙跳下马来，跪在路边痛哭。父亲停下车子，说：“你做官的声誉很好，我可以闭目了。”朱玮哭着跪在地上不起来。朱尔旦不顾，催促车辆飞速驰去；刚走了不几步，又回头望了望，解下身上的佩刀，派个人回来送给朱玮，远远地喊道：“佩上这把刀，可以富贵！”朱玮要追着跟去，只见父亲的车马从人，飘飘忽忽地像风一样，瞬间便消失不见了。朱玮怅痛了很久，无可奈何，抽出父亲送的刀看了看，制作极其精细，刀上刻着一行字：“胆欲大而心欲小，智欲圆而行欲方。”

后来，朱玮做官一直做到司马，生了五个儿子，依次是：朱沉、朱潜、朱沕、朱浑、朱深。有一晚，朱玮梦见父亲告诉自己说：“佩刀应赠给朱浑。”朱玮听从了。后来朱浑官至总宪，很有政声。

婴　宁

莒县罗店的王子服很早就死了父亲。他非常聪明，十四岁时考中了秀才。母亲十分疼爱他，平时不让他到野外去玩。王子服先是聘了萧家的女儿为妻，但萧女还没过门就死了，所以他一直都没娶亲。

一次，正赶上上元节，王子服一个舅舅家的儿子吴生，来邀请他出去游玩。二人刚走到村外，舅家来了一个仆人，把吴生叫走了。王子服见四处游玩的女子很多，便乘兴独自游逛。只见一个女郎带着个丫鬟，手里拈着一枝梅花走过来。那女郎生得艳丽无比，脸上笑容可掬。王子服呆呆地注视着她，眼睛一眨不眨，竟忘了顾忌。女郎走过去几步后，回头看着丫鬟说："这小伙子目光灼灼，像贼一样！"便把花扔到地上，说笑着径自走了。王子服捡起花来，惆怅了很久，像丢了魂儿一样，怏怏地走回来。回到家中，他把花藏到枕头底下，垂着头，一声不响地睡下了，饭也不吃。他的母亲十分忧虑，以为他着魔了，请来和尚道士驱邪，王子服却病得更厉害，不久就消瘦下来。母亲又请来医生，开方吃药，还是不管用，整天迷迷糊糊。母亲抚摸着问他得病的缘由，他默默不语。正好吴生来了，王母便嘱咐他暗中询问儿子。吴生来到床前，王子服见了他，流下泪来。吴生近前，说了些安慰的话，渐渐问起他的病由。王子服全部实说了，并请他替自己想想办法。吴生笑着说："你也太痴了！这有什么难办的，我替你查访查访那女子。她既然徒步在野外走，必定不是大家闺秀。如果她还没定亲，事情当然好办；就是定了亲，咱们豁出去多花点儿彩礼，也会办成，只要你病好了，这事包在我身上！"王子服听了，脸上露出了笑容。吴生出来告诉王母经过，便开始四处探访那女郎的下落，但虽多方查找，仍没一点儿头绪。王母大为忧虑，一筹莫展。

王子服自吴生走后，心情舒畅，也肯稍稍吃点儿饭了。过了几天，吴生又来了，王子服便问他事情怎样了。吴生哄他说："已打听明白了！我以为是谁呢，原来是我姑姑家的女儿，还是你的姨表妹呢！还没定亲，虽说是内亲不宜通婚，但实话告诉他们，没有不成的！"王子服喜笑颜开，问："她家住在哪里？"吴生骗他说："住在西南山中，离这里有三十多里路。"王子服又再三嘱咐，吴生大包大揽地应承着走了。从此后，王子服饭量日增，身体一天天好起来，摸摸枕头底下的那枝梅花，虽然枯萎了，但并没有凋落。王子服凝神摆弄着花枝，如同那女郎就在面前。

又过了很久，王子服奇怪吴生怎么不来了，便写了封请柬，让人去请。吴生借故推托，不肯来。王子服十分生气，郁郁不欢。母亲担心他又要犯病，急急忙忙地给他提亲。但每次和他商量，他都摇头不愿，只是天天盼着吴生来。吴生一直没有音讯，王子服更加怨恨。转而一想，那女子的家离这里只三十里路，何必仰仗他人呢？于是把那枝梅花掖到袖子里，也不告诉家人，自己一人负气去了。

王子服孤孤单单地走着，也无处问路，只是望着南山走去。走了三十多里，已进入山中。只见乱山重叠，满目葱绿，令人神清气爽。山中静悄悄的，没有一个行人，只有弯弯曲曲的山路无声地伸向山的深处。远远望见谷底，在丛花乱树中，隐隐约约有个小村庄。

王子服便走下山，进入村中。村里房屋不多，都是茅屋，但非常干净整洁。朝北的一家，大门掩映在丝丝垂柳中，墙内的桃花、杏花开得繁杂茂盛，中间夹杂着几棵修竹，野鸟在花丛中欢快地鸣唱着。王子服以为是谁家的花园，不敢贸然进去。回头见对门有块巨石，非常光滑洁净，他便走过去坐在上面歇息。一会儿，听见墙内有个女子拉长着声音叫“小荣”，声音娇媚清细。王子服正在凝神谛听，只见一个女子手拿一枝杏花，自东往西走来，边走边低着头，正在往头上插花，一抬头看见王子服，便不再插，含着笑走进院里去了。王子服仔细一看，正是上元节遇到的那个女郎！他心中大喜，想进去又没个理由，想称呼姨母，担心从没来往，怕弄错了。门口也没个人可以问问，急得他坐立不安，徘徊犹豫，从早晨一直挨到太阳西斜，真是望眼欲穿，连饥渴都忘记了。不时见一个女子从院内露出半张脸来窥探，似乎惊讶他还不走。

词苑撷英

窥探：暗中察看。

忽然，一个老太太扶着拐杖走了出来，看着王子服说：“哪里来的小伙子，听说从早晨就在这里，一直待到现在，要干什么？莫不是饿了？”王子服急忙起身作揖，回答说：“我是来探亲的。”老太太耳朵聋，没听清，王子服又大声说了一遍，老太太才问：“你的亲戚姓什么？”王子服答不上来。老太太笑着说：“真稀奇啊！姓名都不知道，还探什么亲？我看你这小伙子，也是个书呆子。不如跟我回家，吃点儿粗茶淡饭，家中有床，住上一晚，等明早回家问清姓氏，再来探亲也不迟。”王子服正好肚子饿了，想吃点儿东西，而且进去又能接近那美人，所以十分高兴，于是跟着老太太走进院子。只见院内白石砌路，路两边都是红花，花片乱纷纷地布满了路面、石阶。顺白石路曲曲折折地往西走，又开了一个门，院子里满是豆棚瓜架。老太太将王子服请进室内，只见粉白的墙壁，光明如镜；窗外有棵茂盛的海棠花，花枝从窗子里伸进屋里。室内桌椅床褥，都非常洁净。王子服刚坐下，便隐约见有个人在窗外窥视。老太太喊道：“小荣，快去做饭！”外面有个丫鬟高声答应。坐下后，王子服详细地讲了自己的家世。老太太问：“你的外祖父莫非姓吴吗？”王子服回答说：“是的。”老太太惊讶地说：“你原来是我的外甥！你母亲是我妹妹。这些年来，因为我

词苑撷英

隐约：看起来或听起来不很清楚；感觉不很明显。

们家很穷，又没个男子撑家，所以和你家很少来往，渐渐就断了音讯。外甥长这么大了，我还不认识。”王子服说：“我这次来就是探望姨母，急匆匆地忘了姓氏。”老太太说：“我家姓秦，我一辈子没有生育，只有个女儿，也是侍妾生的。她母亲改嫁走了，把她留给我抚养。她人倒不笨，只是缺少教训，整天嘻嘻哈哈的，也不知愁。过会儿，我让她来见见你，你们认识认识。”过了不久，丫鬟端上饭来，还有只熟鸡。老太太一个劲儿让王子服多吃。吃完，丫鬟收拾起餐具，老太太吩咐说：“去叫宁姑来！”丫鬟答应着去了。

过了很久，听见门外隐隐约约有笑声。老太太喊道：“婴宁，你姨表兄在这里！”门外仍是嗤嗤地笑。丫鬟将她推进屋来，她还捂着嘴，笑个不停。老太太嗔怪地说：“有客人在，你嘻嘻哈哈的，像什么样子！”婴宁强忍住笑站着，王子服朝她作了一揖。老太太说：“这位王郎是你姨家的孩子。一家人还不认识，也太可笑了。”王子服问道：“妹子多大了？”老太太没听明白他的问话。王子服又问了一遍，婴宁忍不住又笑得前仰后合。老太太对王子服说：“我说她少教训，你也看见了。十六岁了，又傻又痴，还像个小孩。”王子服说：“妹子小我一岁。”老太太说：“外甥已十七岁了？莫不是庚午年生属马的？”王子服点头答应。老太太又问：“外甥媳妇是哪家的？”王子服回答说：“还没有。”老太太说：“像外甥这样的才貌，怎么十七岁了还没娶亲？婴宁也没婆家，你们俩倒挺般配，可惜是内亲。”王子服默默不语，只管盯着婴宁看。丫鬟小声跟婴宁说：“目光灼灼，贼腔没改！”婴宁听了又大笑起来，回头看着丫鬟说：“去看看碧桃开了没有？”便急忙起身，用袖子捂着嘴，迈着碎步匆匆地出去了。她刚到门外，就纵声大笑。老太太也站起身，唤丫鬟抱了被褥来，替王子服整理床铺，又对他说：“外甥来一趟不容易，就住三五天吧，慢慢再送你回去。如嫌幽闷，屋后有个小花园，可以去消遣消遣，还有书读。”

第二天，王子服来到屋后，果然有个半亩大的小花园。地上细草如毡，鲜艳的花朵点缀在草地里。有三间草房，四周全是花草树木。王子服穿过花丛，信步走着，忽听树上传来簌簌的声音，仰头一看，原来是婴宁在树上。她看见王子服，哈哈大笑起来，像要从树上掉下来。王子服急忙喊道：“别这样，当心掉下来！”婴宁边笑边往下爬，快到地上的时候，一失手摔了下来，才住了笑声。王子服扶起她来，暗暗地捏了一下她的手腕。婴宁笑声又作，倚在树上笑得不能走路了，过了很久才住了声。王子服等她笑够了，从袖子里拿出那枝梅花给她看。婴宁接过去说：“都枯干了，还留着干吗？”王子服说：“这是上元节时妹子扔下的，所以保存着。”婴宁问：“保存它有什么意思？”王子服说：“以表示相爱不忘之意。自从上元节遇见你，我天天思念，得了重病，自以为活不成了。没想到今天竟见到了你，求你可怜可怜我！”婴宁说：“这算什么大事，我们是至亲，吝惜什么？等你回去时，我让老仆把园里的花折一大捆，给你背去。”王子服说：“妹子傻吗？”“怎么是傻呢？”“我不是爱花，是爱拿花的人！”“我们这样疏远的亲戚，谈什么爱？”王子服说：“我所谓的爱，不是亲戚之间的爱，是夫妻之间的爱。”婴宁不解地问：“有什么不同吗？”王子服说：“夜里同床共枕啊。”婴宁低头想了半天，说：“我不习惯和生人睡一起。”还没说完，丫鬟悄悄地走了过来，王子服惶急地逃走了。

过了会儿，王子服和婴宁同到老太太处。老太太问：“你们去哪儿了？”婴宁回答说在园里一起说话来着。老太太说：“饭熟了这么久了，有什么说不完的话，说了这么长时间！”婴宁说：“大哥想和我一块睡觉。”话没说完，王子服大窘，急忙拿眼瞪她。婴宁微微一笑，不说了。幸亏老太太耳朵聋，没听见，还在絮絮叨叨地追问，王子服忙用别的话掩饰。过了会儿，王子服小声责备婴宁。婴宁说：“刚才的话不该说吗？”王子服说：“这是背人的话。”婴宁说：“背别人，怎能背老母呢？况且睡觉也是常事，有什么可忌讳的？”王子服恨她不开窍，又没办法让她醒悟。刚吃完饭，家里有人牵了两头驴来找他。

原来，王子服的母亲见他出去后，过了很久没回来，才开始怀疑。村里搜了好几遍，竟没有踪影，因此去问吴生。吴生想起自己过去说过的话，便让王母派人去西南山村中寻找。一连找了好几个村子，才找到这里。王子服走出大门，正巧碰上。王子服便回去告诉老太太，而且请求带着婴宁一块回家。老太太欢喜地说：“我早就有去看妹妹的心愿，但我老了，走不得远路。你能带你表妹去，认识认识阿姨，这很好。”于是呼唤婴宁，婴宁笑着来了。老太太说：“有什么喜事，总是笑不够？如果不笑，就是完美的人了！”说着生气地瞪了她一眼。又说：“你大哥要带你去姨家，快去收拾收拾。”招待王家的来人吃过酒饭，老太太才送他们出门，嘱咐婴宁说：“你姨家田产很多，能养活闲人。去后不忙回来，学点儿诗文礼节，将来也好伺候公婆。就麻烦你姨，替你找个好女婿。”王子服和婴宁一块上了路；直到山坳，回头一望，还依稀看见老太太倚着门朝这边眺望。

回到家中，王子服的母亲见儿子领来个美丽的姑娘，惊讶地问是谁。王子服回答说是姨家的女儿。母亲说：“过去吴生告诉你的话，都是骗你的。我并没有妹妹，哪来的外甥女儿？”又询问婴宁。婴宁说：“我不是现在的母亲生的。我父亲姓秦，他死时，我还在怀抱中，不记事。”母亲说：“我有个姐姐嫁给了姓秦的，倒是真的。但她已死了很久了，哪能还在人世上呢？”又问婴宁她现在母亲的模样、身上的标记，都一一符合。母亲怀疑说：“是我姐姐的模样，但她已死了多年了，怎么可能还活着？”正疑虑间，吴生来了，婴宁忙避入内室。吴生问知缘故，茫然不解。过了很久，他忽然问：“这个女子是不是叫婴宁？”王子服说是。吴生连称怪事。王子服问他怎么了，吴生说：“我嫁给秦家的那个姑姑去世后，姑丈单身被狐狸迷住，得病死去。狐狸生了个女儿，名字就叫婴宁，当时睡在床上，家里人都见过。姑丈去世后，狐狸还经常来。后来求天师在墙壁上贴上符，狐狸才带着女儿走了。这女子莫非就是那个狐狸生的女孩吗？”三人都在猜疑。只听屋里一片嘻嘻哈哈，全是婴宁的笑声。母亲说：“这姑娘也太憨了！”吴生要求看看她。母亲走进屋，婴宁还在大笑不顾。母亲催促她出去见客，她才极力憋住笑声，又面对着墙忍了好一会儿，才走出屋子。刚一施礼，她返身就跑进屋内，放声大笑，一屋子的人都被逗得笑了起来。吴生便自告奋勇，到西南山中看个究竟，就便做媒提亲。寻到那个小村庄所在的地方，只见房屋全没有了，只有山花零落而已。吴生想起秦家姑姑下葬的地方，好像就在这一带，但坟墓湮没，辨认不出来，只得又惊奇、又叹息地返了回来。王母怀疑婴宁也是鬼，便进去将吴生的寻访结果告诉婴宁，婴宁一点儿也不害怕。王母又怜惜她没有家，婴宁却一点儿也不悲伤，整天只是憨笑，众人都猜不透她。王母叫她和自己的小女儿一块住。婴宁每天早晨都来请安，做的针线活精巧无比，只是好笑，谁也禁不住。她的笑，虽然狂放，但不损美，众人都爱看她笑。邻居的姑娘媳妇都争着结交她。

词苑撷英

狂放：形容任性放荡。

王母选了个好日子，要为儿子和婴宁成亲，但终究还是怕婴宁是鬼。一次，王母偷偷地在太阳底下观察婴宁，见她的影子和正常人的一样。到了吉日，王母便让婴宁穿上华丽的服装，行新妇礼。婴宁笑得弯着腰直不起来，只得作罢。王子服因为她憨痴，生恐她泄露了房中隐事，但婴宁却十分保密，不肯对外人多说一句话。每当王母生气或忧愁时，婴宁来到，一笑就化解了。有时奴婢们犯了过错，恐怕遭到鞭打，也总是求婴宁先到母亲房里说话，然后奴婢再去见王母，总是免了处罚。

词苑撷英

物色：原指形貌。引申为按一定的标准去挑选。

婴宁爱花成癖，寻遍了亲戚家，到处物色佳种，还偷偷地典当金钗首饰买花。不几个月，院里院外到处是鲜花。院后有棵木香树，紧挨着西邻家。婴宁常常爬到树上，摘花插到头上玩。婆母每次碰见，总要斥责她一番，婴宁还是不改。一天，婴宁又爬树时，被西邻家的儿子看见。西邻的儿子见到她的美貌，不禁神魂颠倒。婴宁也不回避，还笑了笑。西邻子以为她看上了自己，样子更加狂荡。婴宁指了指墙根，笑着走了。西邻子以为是指给他约会的地方，大喜过望。到了傍晚，西邻子到婴宁指的地方，果然见婴宁在那里，便扑上去抱在怀里。忽觉下身像被锥子刺了一下，痛彻心扉，他大声号叫着跌倒在地。仔细一看，哪里是婴宁，原来是一根枯木桩子躺倒在墙边。他父亲听到叫声，急忙跑过来询问。儿子只是呻吟，也不言语。妻子来了，才讲了实情。点上灯往孔洞里照了照，见里面有个巨大的蝎子，像小螃蟹一样。老头劈碎了木桩，捉住蝎子杀了，把儿子背回家中，半夜就死了。老头向官府告了王子服，揭发婴宁是妖异。县令素来仰慕王子服的才华，深知他是个老实厚道的书生，认为老头是诬告，要打老头棍子。多亏王子服求情，县令才免了责打，将老头赶出了大堂。婆母对婴宁说："你平时那样痴狂，我早知会乐极生悲的，幸亏县令英明，没有牵累我们。如果碰上那种糊涂官，一定会逮了媳妇去公堂对质。那时，我儿还有什么脸面见亲戚邻居啊！"婴宁听了严肃地发誓：今后决不再笑了！母亲说："人哪有不笑的，只是要看时候。"但婴宁从此后竟不再笑，有时故意逗她，她也不笑，但脸上也没忧愁的样子。

一晚，婴宁忽然对着王子服哭泣起来。王子服很诧异，婴宁哽咽着说："过去我因为跟你的日子还少，说了怕让你惊骇奇怪；现在婆母和你对待我都十分爱怜，没有二心，我就实说了，谅不会有碍吧？我本是狐狸生的，母亲临走时，把我托付给鬼母，我们相依十多年，才有今天。我又没有兄弟，能依靠的只有你。我的鬼母孤寂地住在山中地下，没人怜惜她，若不能让她和我父亲合葬，她在九泉之下也是遗憾的。你若不嫌麻烦和破费，让地下的人消除了悲痛，那么天下养女孩儿的人，也许就不再忍心将女孩溺死或丢弃了！"王子服答应下来，但担心坟墓迷失在荒草里，不好寻找。婴宁说不必担心。

到了商定的那天，王子服和婴宁用车载着棺材去了。婴宁在一片乱草丛里，指了指坟墓的地方，发掘后，果然找到了那老太太的尸体，还没腐烂。婴宁抚着尸体，悲哀地痛哭起来。王子服把尸体拉回来，寻到秦某的坟墓，把他们合葬了。这天夜晚，王子服梦见老太太来向他致谢，醒后，跟婴宁讲了这事情。婴宁说："我昨夜见到她了，嘱咐她不要惊吓了你。"王子服后悔没有挽留住她。婴宁说："她是鬼，这里活人多、阳气盛，她怎能久住呢？"王子服又问起小荣，婴宁说："她也是狐，最聪明，是我狐母留下照顾我的，常摄来食物喂养我，所以我总是在想念着她。昨晚问我鬼母，说是她已嫁人了。"

从此以后，每年的寒食，王子服夫妻二人都要到秦家墓地祭扫，从不间断。过了一年，婴宁生了个儿子，还在怀抱中时，就不怕生人，见人就笑，真像他的母亲啊。

聂小倩

宁采臣，浙江人，性情慷慨豪爽，品行端正，经常对人说："我终生不找第二个女人。"有一次，他去金华，来到北郊的一个寺庙中，解下行装休息。寺中殿塔壮丽，但是蓬蒿长得比人还高，好像很长时间没有人来过。东西两边的僧舍，门都虚掩着，只有南面一个小房子，门锁像是新的；再看看殿堂的东面角落，长着满把粗的竹子，台阶下一个大水池，池中开满了野荷花。宁生很喜欢这里的清幽寂静，当时正赶上学使举行考试，城里房价昂贵，宁生想住在这里，于是就散步等僧人回来。

太阳落山的时候，来了一个书生，开了南边房子的门。宁采臣上前行礼，并告诉他自己想借住这里。那书生说："这些屋子没有房主，我也是暂住这里的。你如愿意住在这荒凉的地方，我也可早晚请教，那真是太好了。"宁采臣很高兴，弄来稻草铺在地上当床，支上木板当桌子，打算长期住在这里。这天夜里，月亮高洁，清光似水。宁生和那书生在殿廊下促膝交谈，各自通报姓名。书生说："我姓燕，字赤霞。"宁生以为他也是赶考的书生，但听他的声音不像浙江人，就问他是哪里人。书生回答："陕西人。"语气诚恳朴实。过了一会儿，两人无话可谈了，就拱手告别，回房睡觉。

宁生因为住到一个新地方，很久不能入睡，忽听屋子北面有低声说话的声音，好像有家口。宁生起来伏在北墙的石头窗下，偷偷察看。见短墙外面有个小院落，有个四十多岁的妇人，还有一个老妈妈，穿着暗红色衣服，头上插着银质梳形首饰，驼背弯腰，老态龙钟，两人正在月光下对话。只听妇人说："小倩怎么这么久还不来？"老妈妈说："差不多快来了！"妇人说："是不是对姥姥有怨言？"老妈妈说："没听说，但看样子有点儿不舒畅。"妇人说："那丫头不是好相处的！"话没说完，来了一个十七八岁的女子，很漂亮。老妈妈笑着说："背地不说人，我们两个正说着，小妖精就不声不响悄悄地来了，幸亏没说你的短处。"又说："小娘子真是漂亮得像画上的人，老身若是男子，也被你把魂勾去了。"女子说："姥姥不夸奖我，还有谁说我的好呢？"妇人同女子不知又说了些什么。宁生以为她们是邻人的家眷，就躺下睡觉不再听了。又过了一会儿，院外才寂静无声了。宁生刚要睡着，觉得有人进了屋子，急忙起身查看，原来是北院的那个女子。宁生惊奇地问她干什么。女子说："月夜睡不着，愿与你共享夫妇之乐。"宁生严肃地说："你应提防别人议论，我也怕人说闲话。只要稍一失足，就会丧失道德，丢尽脸面。"女子说："夜里没有人知道。"宁生又斥责她，女子犹豫着像还有话说。宁生大声呵斥："快走！不然，我就喊南屋的书生！"女子害怕，才走了；走出门又返回来，把一锭黄金放在褥子上。宁生拿起来扔到庭外的台阶上，说："不义之财，脏了我的口袋！"女子羞愧地退了出去，拾起金子，自言自语地说："这个汉子真是铁石心肠！"

细节描写

表现出主人公的正直。

第二天早晨，有一个兰溪的书生带着仆人来准备考试，住在庙中的东厢房里，夜里突然死了，脚心有一小孔，像锥子刺的，血细细地流出来。众人都不知道是什么缘故。第二天夜里，仆人也死了，症状同那书生一样。到了晚上，燕生回来，宁生问他这事，燕生认为是鬼干的。宁生平素刚直不阿，没有放在心上。到了半夜，那女子又来了，对宁生说：

词苑撷英

刚直不阿：形容刚强正直，不迎合，不偏袒。

“我见的人多了，没见过像你这样刚直心肠的。你实在是圣贤，我不敢欺骗你。我叫小倩，姓聂，十八岁就死了，葬在寺庙旁边，常被妖物胁迫干些下贱的事，厚着脸皮伺候人家，实在不是我乐意干的。如今寺中没有可杀的人，恐怕夜叉要来害你了！”宁生害怕，求她给想个办法。女子说：“你与燕生住在一起，就可以免祸。”宁生问：“你为什么不迷惑燕生呢？”小倩说：“他是一个奇人，我不敢靠近。”宁生问：“你用什么办法迷惑人？”小倩说：“和我亲热的人，我就偷偷用锥子刺他的脚。等他昏迷过去不省人事，我就摄取他的血，供妖物饮用；或者用黄金引诱，但那不是金子，是罗刹鬼骨，如人留下它，就会被截取出心肝。这两种办法，都是投人们的所好。”宁生感谢她，问她戒备的日期。小倩回答说明天晚上。临别时她流着泪说：“我陷进苦海，找不着岸边。郎君义气冲天，一定能救苦救难。你如肯把我的朽骨装殓起来，回去葬在安静的墓地，你的大恩大德就如同再给我一次生命一样！”宁生毅然答应，问她葬在什么地方。小倩说：“只要记住，白杨树上有乌鸦巢的地方就是。”说完走出门去，一下子消失了。

第二天，宁生怕燕生外出，早早把他请来，辰时后就备下酒菜，留意观察燕生的举止，并约他在一个屋里睡觉。燕生推辞说自己性情孤僻，爱清静。宁生不听，硬把他的行李搬过来。燕生没办法，只得把床搬过来，并嘱咐说：“我知道你是个大丈夫，很仰慕你。我有些隐衷，很难一下子说清楚。希望你不要翻看我的箱子、包袱，否则，对我们两人都不利！”宁生恭敬地答应。说完两人都躺下，燕生把箱子放在窗台上，往枕头上一躺，不多时鼾声如雷。宁生睡不着，将近一更时，窗子外边隐隐约约有人影。一会儿，那影子靠近窗子向里偷看，目光闪闪。宁生害怕，正想呼喊燕生，忽然有个东西冲破箱子，直飞出去，像一匹耀眼的白练，撞断了窗上的石棂，倏然一射又马上返回箱中，像闪电似的熄灭了。燕生警觉地起来，宁生装睡偷偷地看着。燕生搬过箱子查看了一遍，拿出一件东西，对着月光闻闻看看。宁生见那东西白光晶莹，有二寸来长，宽如一韭菜叶。燕生看完了，又结结实实地包了好几层，仍然放进箱子里，自言自语说：“什么老妖魔，竟有这么大的胆子，敢来弄坏箱子！”接着又躺下了。宁生大为惊奇，起来问燕生，并把刚才见到的情景告诉他。燕生说：“既然我们交情已深，我不能再隐瞒了。我是个剑客，刚才要不是窗户上的石棂，那妖魔当时就死了。它虽然没死，现在也受伤了。”宁生问：“你藏的是什么东西？”燕生说：“是剑，刚才闻了闻它，有妖魔的气味。”宁生想看一看，燕生慷慨地拿出来给他看，原来是把莹莹闪光的小剑。宁生于是更加敬重燕生。天亮后，他发现窗户外边有血迹。他出寺往北，见一座座荒坟中，果然有棵白杨树，树上有个乌鸦巢。等迁坟的事情安排妥当，宁生收拾行装准备回去。燕生为他饯行送别，情谊深厚，又把一个破皮囊赠送给宁生，说：“这是剑袋，好好珍藏，可以辟邪驱鬼。”宁生想跟他学剑术，燕生说：“像你这样有信义又刚直的人，可以做剑客；但你是富贵中人，不是这条道上的人。”宁生托词有个妹妹葬在这里，挖掘出那女子的尸骨，收敛起来，用衣、被包好，租船回家了。

宁生的书房靠着荒野，他就在那里营造坟墓，把小倩葬在了书房外面。祭奠的时候，他祈祷说："怜你是个孤魂，把你葬在书房边，相互听得见歌声和哭声，不再受雄鬼的欺凌。请你饮一杯浆水，算不得清洁甘美，愿你不要嫌弃。"祷告完了就要回去。这时后边有人喊他："请你慢点儿，等我一起走！"宁生回头一看，原来是小倩。小倩欢喜地谢他说："你这样讲信义，我就是死十次，也不能报答你！请让我跟你回去，拜见公婆，给你做婢妾都不后悔。"宁生细细地看她，白里透红的肌肤，如同细笋的一双脚，白天一看，更加艳丽娇嫩。于是，宁生就同她一块来到书房，嘱咐她坐着稍等一会儿，自己先进去禀告母亲，母亲听了很惊愕。这时宁生的妻子已病了很久，母亲告诫他不要走漏风声，怕吓坏了他的妻子。待说完，小倩已经轻盈地走进来，跪拜在地上。宁生说："这就是小倩。"母亲惊恐地看着她，不知如何是好。小倩对母亲说："女儿飘然一身，远离父母兄弟，承蒙公子照顾，恩泽深厚。愿意做婢妾，来报答公子的恩情。"母亲见她温柔秀美，十分可爱，才敢同她讲话，说："小娘子看得起我儿，老身十分喜欢。但我这一生就这一个儿子，还指望他传宗接代，不敢让他娶个鬼媳妇。"小倩说："女儿确实没有二心，我是九泉下的人，既然不能得到母亲的信任，请让我把公子当兄长侍奉。跟着老母亲，早晚伺候您，怎么样？"母亲怜惜她的诚意，答应了。小倩便想拜见嫂子，母亲托词她有病。小倩便没有去，又立即进了厨房，代替母亲料理饮食，出来进去，像早就住熟了似的。天黑了，母亲害怕她，让她回去睡觉，不给她安排床褥。小倩知道母亲的用意，最后就走了；路过宁生的书房，想进去，又退了回来，在门外徘徊，好像害怕什么。宁生叫她，小倩说："屋里剑气吓人，以前在路上没有见你，就是这个缘故。"宁生明白是那个皮囊，就取来挂到别的房里，小倩才进去。她靠近烛光坐下，坐了一会儿，没说一句话。过了好长时间，小倩才问："你夜里读书吗？我小时候读过《楞严经》，如今大半都忘了。求你给我一卷，夜里没事，请兄长指正。"宁生答应了。小倩又坐了一会儿，还是不说话；二更快过去了，也不说走。宁生催促她，小倩凄惨地说："我一个外地来的孤魂，特别害怕荒墓。"宁生说："书房中没有别的床可睡，况且我们是兄妹，也应避嫌。"小倩起身，愁眉苦脸的像要哭出来，她脚步迟疑，慢慢走出房门，踏过台阶不见了。宁生暗暗可怜她，想留她在别的床上住下，又怕母亲责备。小倩清晨就来给母亲问安，捧着脸盆侍奉洗漱。操劳家务，没有不合母亲心意的；到了黄昏就告退辞去，常到书房，就着烛光读经书，发觉宁生想睡了，才惨然离去。

先前，宁生的妻子病了，不能做家务，母亲累得疲惫不堪。自从小倩来了，母亲非常安逸，心中十分感激，待她一天比一天亲热，就像自己的女儿，竟然忘记她是鬼了，不忍心晚上再赶她走，就留她同睡同起。小倩刚来时，从不吃东西、喝水，半年后渐渐喝点儿稀饭汤。宁生和母亲都很溺爱她，避讳说她是鬼，别人也就不知道。没多久，宁生的妻子死了。母亲私下有娶小倩做媳妇的意思，又怕对儿子不利。小倩多少知道母亲的心思，就乘机告诉母亲说："在这里住了一年多，母亲应当知道儿的心肠了。我为了不祸害行人，才跟郎君来到这里。我没有别的意思，只因公子光明磊落，为天下人所敬重，实在是想依靠他帮助几年，借以博得皇帝的封诰，在九泉之下也觉光彩。"母亲也知道她没有恶意，只是怕她不能生儿育女。小倩说："子女是天给的，郎君命中注定有福，会有三个光宗耀祖的儿子，不会因为有鬼妻就没子孙。"母亲相信了她，便同儿子商议。宁生很高兴，就摆下酒宴，告诉了亲戚朋友。有人要求见见新媳妇。小倩穿着漂亮衣服，坦然地出来拜客。满屋的人都惊诧地看着她，不仅不疑心她是鬼，反而怀疑她是仙女。于是宁生五服之内的亲属，都带着礼物向小倩祝贺，争着与她交往。小倩善于画兰花和梅花，总是以画酬答。凡得到她画的人都把画珍藏着，感到很荣耀。

一天，小倩低头俯在窗前，心情惆怅，像掉了魂。她忽然问："皮囊在什么地方？"宁生说："因为你害怕它，所以放到别的房里了。"小倩说："我接受活人的气息已经很长时间了，不再害怕了，应该拿来挂在床头！"宁生问她怎么了？小倩说："三天来，我心中恐惧不安。想是金华的妖物，恨我远远地藏起来，怕早晚会找到这里。"宁生就把皮囊拿来。小倩反复看着，说："这是剑仙装人头用的。破旧到这种程度，不知道杀了多少人！我今天见了它，身上还起鸡皮疙瘩。"说完便把剑袋挂在床头。第二天，小倩又让移挂在门上。她夜晚对着蜡烛坐着，叫宁生也不要睡。忽然，有一个东西像飞鸟一样落下来，小倩惊慌地藏进帷幕中。宁生一看，这东西形状像夜叉，电目血舌，两只爪子抓挠着伸过来。到了门口又停住，徘徊了很久，渐渐靠近皮囊，用爪子摘取，好像要把它抓裂。皮囊内忽然咯的一响，变得有两个竹筐那么大，恍惚有一个鬼怪突出半个身子，把夜叉一把揪进去，接着就寂静无声了，皮囊也顿时缩回原来的大小。宁生既害怕又惊诧。小倩出来，非常高兴地说："没事了！"他们一块往皮囊里看看，见只有几斗清水而已。几年以后，宁生果然考取了进士，小倩生了个男孩。宁生又纳了个妾，她们又各自生了一个男孩。三个孩子后来都做了官，而且官声很好。

> **知识延伸**
> 五服：古时丧服按照跟死者关系的亲疏分为五种，指高祖父、曾祖父、祖父、父亲、自身五代。后来用出没出五服表示家族关系的远近。

> **词苑撷英**
> 皮囊：皮制的袋子。

丁前溪

丁前溪，诸城人，家中富有钱粮，好仗义疏财，抱打不平，最钦佩古代侠客郭解的为人。御史行台听说后，调查了解他，丁前溪就逃跑了。到安丘，遇上下雨，他就到一家旅舍暂避。一直到中午，雨仍下个不停。这时，有个少年过来，用丰盛的饭菜招待他。转眼天黑了，雨仍下得很大，丁前溪只好去少年家过夜。那少年既照顾他的食宿，又照料他的马，处处细心周到。丁前溪问那少年的姓名。少年回答说："我家主人姓杨，我是他的内侄。主人喜好交往，刚才有事情出去了，现只有他的妻子在家。家中贫穷，拿不出更好的东西款待你，请多多包涵。"丁前溪又问主人的职业，得知杨某并无资产，唯有靠开设赌场养家糊口。

第二天，仍旧阴雨连绵，但主人照顾丁前溪照样热情周到，无丝毫怠慢。傍晚铡草喂马时，丁前溪见饲料长短不齐，且一把干一把湿，觉得奇怪，就问少年。少年说："实不相瞒，我家穷得无草喂马，这还是娘子让我从屋顶上撤下来的茅草呢！"丁前溪越发奇怪，以为这是主人借此向他要钱。天亮后，见雨已停，他便收拾好行李，拿出银子给少年。少年不要，丁前溪硬塞给他。少年无可奈何，拿着银子进屋请示女主人，一会儿就出来把银子还给了丁前溪，并说："娘子说，我们不是靠这个来赚钱吃饭的。主人在外，常常好几天不捎回一文钱来；你是客人，怎么能向你索要报酬呢？"丁前溪听了很受感动，连声赞扬，叹服女主人的为人，临走时再三嘱咐说："我是诸城的丁前溪，主人回来后，请你转告他，让他闲暇时到我家一聚。"

丁前溪走后数年没有音信。这年碰上闹饥荒，杨家穷困到极点。没有办法，杨妻就劝丈夫去找丁前溪请求接济，杨某答应了，到了诸城，找到丁前溪的家，让看门人通报了姓名，可丁前溪怎么也想不起这个人来。杨某就将当年的事对仆人说了一遍，丁前溪听后，慌得趿拉着鞋就跑出来迎客。见杨某衣着破烂，鞋子露着脚后跟，他就请杨某到暖和的屋子里，设宴盛情款待，礼仪隆重，非同寻常。次日，丁前溪又为杨某赶制衣帽鞋袜。杨某被打扮得焕然一新，心里热乎乎的，很激动，觉得丁前溪很讲义气够朋友。但一想到家中断炊的情形，他便增添了忧愁，只盼望主人能快点儿接济点儿钱粮，自己好赶回家去。又住了几天，见主人还没有送别的意思，杨某急得忍不住对丁前溪说："我考虑再三，不能再瞒你了。我来时，家中米不满升。如今我受到你的盛情款待，当然很高兴，可家里的妻子怎么过呢？"丁前溪笑着说："这些事你不用惦念，我已经全部替你办妥了。请放心再住几天，让我给你凑点儿路费。"丁前溪就派人去召集众赌徒来聚赌，让杨某向赢方抽头渔利，一夜间就得到了百两银子。丁前溪这才送杨某回家。

杨某进家门一看，全家衣着焕然一新，妻子身边还有个丫鬟伺候。杨某吃惊地问妻子发生了什么事情。妻子说："你走后，第二天就有人赶着马车送来了布匹、粮食，堆了满满一屋，说是丁客人让送的。还带来个丫鬟，供我使唤。"杨某激动不已。从此，杨家过上了小康生活，再也用不着设赌场赚钱度日了。

造畜

装神弄鬼欺骗人的巫术可以说五花八门，不止一种。有的巫术是以美味作诱饵，引诱人吃。一旦有人吃下去，便会神志不清，身不由己地跟着他走，这俗称“打絮巴”，在江南一带称“扯絮”。小孩无知，常常受骗上当，深受其害。还有一种巫术能把人变成牲畜，称“造畜”。这种巫术在江北一带很少见，黄河以南常有。

一天，扬州某旅店进来一个人，他牵着五头驴，顺手拴在马厩下，嘱咐店伙计说：“我一会儿就回来。”并嘱咐：“不要给它们水喝。”说完就出去了。那些驴被太阳晒得暴躁不安，又踢又叫。店主就把它们牵到阴凉处。驴一见水，挣扎着奔过去，店主就让驴饮足。转眼工夫，只见驴在地上打滚，尘土飞扬中，立即变成了妇人。店主非常惊异，问那些妇人是怎么回事。妇人们舌根发硬，说不出话来。店主忙将她们藏到屋里。一会儿，驴的主人回来了，把牵来的五只羊又拴到院子里；发现驴不见了，便惊慌地询问店主。店主忙上前拉他坐下，又命人端上饭菜，宽慰说：“你先吃饭，驴马上就来了。”店主出去，让羊饮足水，羊一打滚，又全都变成了小孩儿。于是他将此事偷偷地告到郡里。官府立即派人捉拿住那巫士，一顿乱棒便将他打死了。

词苑撷英
暴躁：遇事急躁，容易发怒。

凤阳士人

凤阳县有个读书人，要出远门求学，临行前对妻子说：“我半年后就回来。”没想到他一去十多个月，竟音讯全无。妻子天天思念着他。

一夜，妻子上床躺下后，见皎洁的月光透过窗纱照进屋内，不禁勾起了她对丈夫的思念之情。正在辗转反侧，难以入睡时，忽然有个头插珠花、身穿绛色裙子的美丽女郎，掀开门帘走了进来，笑着问她道：“姐姐，你莫不是想见见你丈夫吗？”妻子急忙答应着起床，女郎便请她跟自己走。妻子怕路远难走，女郎请她不要担忧。出门后，女郎挽着妻子的手，踏着月色，一起往前走去。约走了几十步，妻子见女郎走得非常快，自己又走不动，便喊她等等，要回去换双鞋子。女郎扶她坐在路边，从自己脚上脱下鞋子，借给她穿上。妻子大喜，穿在脚上竟很合适，于是，又起身跟着女郎，大步如飞地继续赶路。

词苑撷英
皎洁：（月亮等）明亮而洁白。

不一会儿，妻子就见丈夫骑着一头白骡子迎面走来。他

词苑撷英

奔波：忙忙碌碌地往来奔走。

知识延伸

琵琶：弦乐器，用木料制成，有四根弦，琴身呈瓜子形，上部有长柄，柄端向后弯曲。

看见妻子，大吃一惊，急忙下骡问道："你要去哪里？"妻子说："正要去找你呢。"丈夫又问那女郎是谁。妻子还没来得及回答，女郎已捂着嘴笑着说："先不要问了吧，娘子奔波了一夜，很不容易。郎君又星夜赶路，想必人和牲口都很累了。我家距这里不远，请你们前去住宿，明天一早再走不迟。"夫妻四下一看，见几步外就有一个村庄，三人便同行，进入村内一个院子里。女郎喊起已经睡下的奴婢，做饭招待客人，又说："今晚月色明亮，我们不必点灯了，就坐在花台上的石凳上吧。"丈夫将骡子拴在房檐前的一根大柱子上，就坐下了。女郎对妻子说："我的鞋子大，可能不大合脚，路上穿着很不舒服吧？你回去时有骡子骑了，请把鞋还给我吧。"妻子连声道谢，把鞋还给了她。一会儿，酒菜便摆了上来。女郎斟上酒说："你们夫妻久别重逢，今晚团聚，我借这杯薄酒，表示庆贺！"丈夫也端起酒来回敬。主客欢声笑语，杯盏交错，十分投机。渐渐地，丈夫一双眼老盯着女郎，频频用话挑逗她；对久别重逢的妻子，却一句亲热的话也没有。女郎也秋波送情，娇笑着说些情意脉脉而又隐晦的话。妻子只好默默地坐着，装作听不懂的样子。

又过了很久，丈夫和女郎酒意更浓，说的话越发轻薄起来。女郎又拿起个大杯劝客，丈夫推辞说喝醉了，女郎更加苦劝。丈夫便笑着说："你如肯为我唱支曲子，我就喝了！"女郎答应，随即以象牙板拨弄琵琶，唱道："黄昏卸得残妆罢，窗外西风冷透纱。听蕉声，一阵一阵细雨下。何处与人闲磕牙？望穿秋水，不见还家，潸潸泪似麻。又是想他，又是恨他，手拿着红绣鞋儿占鬼卦。"唱完，笑着说："这是市井里巷中的俗调，不配让你听。因现今流行这种调子，所以姑且模仿模仿。"话声娇滴滴的，神态更加风骚。丈夫被迷得神魂颠倒，再也控制不住自己。一会儿，女郎假装醉了，离席走开。丈夫也站起身，尾随着她去了。过了很久，二人还没回来。伺候三人的奴婢又累又困，都趴在廊下睡着了。只剩下妻子一人坐着，孤孤单单的，心里又羞又气，愤懑不堪，想要逃走，但夜色茫茫，又不记得来时的路。她心中踌躇着，不知如何办好，便站起身，偷偷去看二人在干什么。她刚走近窗子，便从屋里隐约传来男女狂荡的声音。她又细听了听，只听见丈夫平时和自己在床上说的亲热话，这时正向那女郎尽情倾吐，不禁气得手直哆嗦，心里发颤，可又没办法阻止他们，自己真恨不得跑出门去，跳到沟里死了算了！

妻子气愤地刚走出门外，忽然看见弟弟三郎骑着马走来。三郎看见姐姐，急忙跳下马来询问怎么了。妻子向弟弟诉说了事情的经过。三郎大怒，立即跟姐姐回去，径直冲进那女郎家里。只见屋门紧闭，里面仍在传出咕咕哝哝的情话。三郎举起块斗大的石头，往窗子上猛力砸去，窗格子被砸碎，石头直飞了进去。只听屋里大声喊道："郎君脑袋破了，怎么办！"妻子听了，惊愕万分，大哭起来，埋怨弟弟说："我没有要你杀死我丈夫，现在可怎么办？"三郎瞪着眼说："你呜呜哭着求我来，刚替你出了心中这口恶气，你就又护着丈夫，怨怪弟弟！我不愿供你支使！"说完返身就想走。妻子急忙拉住他的衣服，说："你不带我一起走，要到哪里去？"三郎一挥手，把姐姐推倒在地上，自己脱身而去。妻子一下惊醒，才知道是做了个梦。

第二天，丈夫果然回来了，骑着匹白骡子。妻子见了非常惊疑，心里嘀咕着嘴上却没说。过后谈起来时，丈夫那一夜也做了个梦，梦中的所见所遇，和妻子做的梦完全一样。二人大感惊骇。不久，三郎听说姐夫从远方回来，也来探问。说话间，三郎对姐夫说："昨夜我梦见你回来，今天果然就回来了，太奇怪了！"姐夫笑着说："幸亏没被石头砸死！"三郎惊愕地询问这话是什么意思。姐夫便将自己和妻子做的梦告诉了他。三郎大吃一惊，原来这晚三郎也梦见姐姐向他哭诉，自己往窗子上抛石头。三个梦完全相符，只是不知那女郎是什么人。

耿十八

新城人耿十八，病势垂危，自知将不久于人世。弥留之际他对妻子说："早晚之间就要永别了，我死后，改嫁或守寡由你选择，请说明你的打算。"妻子听了默不作声。耿十八坚持要她表态，说："守寡当然好，再嫁也是人之常情。趁我还活着把事情挑明，有什么妨碍！马上与你诀别，你守寡，我感到安慰；你决意嫁人，我也就不再牵肠挂肚，了结了这份心事！"妻子神色凄然地说："咱家穷得叮当响，你活着都吃不上饭，死后，我指望什么守寡啊？"耿十八听了，猛地抓住妻子的胳膊，恨恨地说："你的心真狠啊！"随后便咽了气，可那死死抓住妻子胳膊的手却不松开，吓得她大喊大叫。家里人闻声赶来，连忙让两个有力气的人使劲将耿十八的手掰开，才将他妻子的胳膊抽出来。

耿十八不知自己已经死了，信步走出家门，见门前有十几辆小车，每辆车上坐着十个人，每个人的名字都写在方纸上，贴在车上。一个押车的人看到耿十八，督促他快上车。耿十八上车后，见已经坐着九个人，加上自己正好十人。又见名单上自己的名字写在最后。他听到车子吱吱咯咯得很响，声音刺耳，也不知自己要去什么地方。

耿十八转眼来到一个场所，听见有人说："这里是思乡地。"听到这名字，耿十八疑惑不解，又听见押车人互相窃窃私语说："今天铡了三个人。"耿十八越发害怕。再仔细听听他们说的，都是些关于阴曹地府的事情，他这才恍然大悟，自言自语地说："我这不是变成鬼了吗？"立刻想到家中倒没有值得挂念的事情，唯独老母年事已高，妻子嫁人后，撇下老母无人侍奉。想到这里，他不由地难过得泪水涟涟。

走着走着，他忽然看见前面有座数丈高台，游人很多。他们蓬头垢面，身戴枷锁，哭着叫着，上去又下来，听人说这就是"望乡台"。众人来到这里，纷纷从车上跳下来，你争我抢地往台子上爬。押车人用鞭子抽打他们，禁止他们往台子上爬，唯独轮到耿十八时，催他上去看看。耿十八一气登了几十级台阶，才到台子的最顶端，抬头一看，自家的庭院、房屋如在眼前，但室内却看不清楚，烟笼雾绕。耿十八触景生情，心里顿感凄恻难受，不能自制。他回头看时，一个短衣打扮的人站在身边，询问耿十八的姓名。耿十八如实相告。那人自称是东海的匠人。他见耿十八伤心的样子，就问："你有什么放心不下的事情吗？"耿十八就把事情的始末告诉了他。匠人与耿十八商量，想跳台逃跑。耿十八胆小，怕小鬼来追拿他。匠人再三说没事。耿十八又怕跳台时跌着，匠人就让他学自己的样子，便率先纵身跳下去。耿十八果然也随着跳下，竟安然无恙地着了地，更庆幸无人察觉。看见来时乘坐的车仍停在台下，两人急忙拼命奔逃。刚跑出几步，耿十八忽然想起自己的名字还贴在车上，怕被人发现按名捉回，连忙返回车旁，用手指沾上唾液把自己的名字擦去，这才放心地猛跑。

> **词苑撷英**
> 凄恻：形容哀伤，悲痛。

> **词苑撷英**
> 安然无恙：原指人平安没有疾病。后泛指平平安安没有受到任何损伤。

两人跑得气喘吁吁，也不敢歇一歇，时间不长，就跑到了耿十八的家。匠人把耿十八送到屋里，耿十八猛然看到自己的尸体，一下就苏醒过来，顿时感到精疲力竭、口干舌燥，急呼要喝水。家人大吃一惊，连忙给他端水来。耿十八一气喝了足足一大桶，随后就猛地站了起来，先是叩首作拜状，接着又到门外拱手作揖，回屋后就直挺挺地躺到床上不再动弹。家人被他怪异的行为弄蒙了，怀疑他不是真活过来了。然而再仔细地观察一下，并没发现什么异样的地方。家人再靠到他身边询问，他才清清楚楚地说出事情的始末。家人问他："你出门干什么？"他回答说："去和匠人告别。"家人又问他："你怎么喝那么多水？"他回答说："先是我喝，后是匠人喝。"家人喂他汤饭，没过几天他就恢复了健康。经过这事，耿十八很讨厌、鄙视他的妻子，再也不与她同床共枕了。

快刀

明代末年，济南府属下各地有很多强盗，每个县都设置军队，捕到强盗就杀掉。章丘县的强盗尤其多。这个县的官军中有一个士兵佩带的刀特别锋利，杀人不用费劲儿。一天，官军捕获了十几个强盗，全部押赴法场斩首。其中一个强盗认得这个士兵，便犹豫地凑上前去说："听说您的刀最快，砍头不用砍第二次，求您杀我吧！"士兵说："好吧，你跟在我身边，不要离开我。"强盗跟着士兵来到刑场，士兵一刀砍去，强盗的脑袋骨碌一声掉下来，滚到数步之外，一边在地上打着转，一边还大声称赞道："好快的刀！"

侠女

南京有一个姓顾的书生，博学多才，能写会画，但他家里却非常贫穷。因为母亲年老，顾生不忍离开老母膝下，只好天天给人家画画，得点儿钱维持生计。顾生已经二十五岁了，还没娶妻。他家对门是一所空房子，一个老太太和一个少女借住在里边。因为她们家里没有男人，所以也从来没有人问过她们是什么人。

一天，顾生偶然从外头回家，见对门的女子从他母亲房里出来。女子有十八九岁，长得秀丽风雅，世间无人能比，迎头碰见顾生，也不太回避，但神情冷峻威严。这女子走后，顾生走到母亲房里询问母亲。母亲说："刚才来的是对门的女郎，来向我借剪刀尺子。她说她家也只有一个母亲，别无他人。我看这个女孩子不像穷人家的，问她为什么不嫁人，她说母亲年老无人侍奉。明天我过去看看她母亲，顺便暗示一下。如果她们要求不高，我们结亲，你可以代养她的母亲。"

第二天，顾母去女郎家里拜访，见她母亲是一个聋老太太，她家里穷得没有隔夜粮，便问她们靠什么维持生活。老太太回答说靠女儿做针线活。顾母慢慢试探着说了一起过日子的想法，老太太似乎同意，但女儿默默不语，意思不太愿意。顾母没有再说什么，就回家了。回到家里她仔细想了一下当时的情况，对顾生说："莫不是女子嫌我们家穷？这孩子为人严肃，不说也不笑，长得虽艳如桃李，性情却冷如冰霜，真是个怪人！"母子俩猜疑了一会儿，也就罢了。

一天，顾生坐在房子一端作画，有个少年来求他画幅画。这少年长得很漂亮，但样子很轻薄。顾生问他从哪里来，他说是"邻村"的。自此以后，每三两天少年就来一次，稍稍熟了点儿，就渐渐与顾生说笑。顾生拥抱他，他也不太拒绝，随即关系暧昧起来。从此，两人来往更加亲热。一次，那少年见女郎走过，用眼盯着她走远，问顾生是谁。顾生说是"对门的女子"。少年说："这女子长得这么漂亮，神情却非常可怕！"一会儿，顾生到母亲屋里。母亲说："刚才女子来借米，说是断炊已经一天了。这个女孩子很孝顺，家里穷得可怜，应该多少周济她一些。"顾生听了母亲的话，就背一斗米去她家，并转告了母亲的话。女子留下来，也不说感谢的话。自此，女子也常到顾生家，见到顾母做衣服或鞋子，就拿过来替顾母做，出出进进，帮着操持家务，就像顾家的儿媳妇一样。顾生看到这样，越发感激女子。后来顾家每次得到别人送来的礼物，总是分一半给女子的母亲。而女子也仍不说感谢一类的客气话。

一次，顾母的阴处生病，疼得日夜喊叫，女子天天来看望她，给她擦洗换药，一天来三四次。顾母很是不安，但女子却从不嫌脏。顾母说："唉！我们家到哪里娶到个像你这样的媳妇，早晚伺候老身到死！"说罢就哭起来。女子安慰她说："你儿子很孝顺，胜过我们孤女寡母几百倍呢！"顾母又说："在我床头来来去去的，这岂是孝子能办得到的？况且老身已是暮年之人，早晚难保不入土，我所不放心的就是没有后代根苗。"她俩正说着，顾生进屋来。顾母哭着对儿子说："我们欠姑娘的太多了，你不要忘记，要报答她的大恩大德呀！"顾生听了，向女子施礼感谢。女子说："你照顾我母亲，我都没有谢你，你何必谢我呢？"于是顾生更加敬爱她。然而女子的举止一直很严肃，顾生一点儿也不敢轻易接近她。

一天，女子出门回来，顾生注视着她。她忽然一回头，向顾生嫣然一笑。顾生喜出望外，就跟在女子后面进了她家的门。顾生想亲近她，女子也不拒绝，欣然同意。事后，女子告诫顾生说："这事只可一而不可再！"顾生没表示同意，就回了家。到了次日，顾生又约女子相会，女子非常严肃地连理也不理他就走了。此后，女子仍天天来顾家，天天相见，并不给顾生好话听、好脸色看。有时顾生说句笑话逗她，她就冷语拒绝。有一次，女子忽然在没有人的地方问顾生："前几天常来的那个少年是谁？"顾生告诉了她。女子接着说："那人举止轻佻，几次对我无礼！因为是你的朋友，我没有理他。请转告他，要再对我无礼，他是不想活了！"到了当天晚上，顾生把女子的话告诉了那少年，并且告诫他说："你要小心，她可不是好惹的！"少年说："既然她不可侵犯，你怎么侵犯了她呢？"顾生表白并无其事。少年又说："若是没有事，怎么男女之间不好说的话她都说给你呢？"顾生一时回答不上来。少年又说："请你也转告她，不要装模作样！不然的话，我就到处给你们宣扬！"顾生听了很生气，怒形于色，那少年就走了。

一天晚上，顾生正一个人坐在屋里，女子忽然来了，笑着说："我与你情缘未断，这岂不是天意！"顾生高兴得不得了，急忙把女子抱在怀里。忽然听到有脚步声，两人惊慌地起来，就见少年推门进来。顾生惊问："你要干什么？"少年笑着说："我来看贞洁的人呀！"又望着女子说："今天不怪我了！"女子柳眉倒竖，脸面发红，一句话不说，急忙翻开上衣，露出一个皮囊，随手抽出一把匕首，闪闪发光。少年一见，吓得拔腿就跑。女子追出门外，四下一看，不见踪影，便把匕首往空中一抛，嘎嘎有声，一道亮光像长虹一样，接着就有一件东西"扑"地落在地上。顾生急忙用蜡烛一照，见是一只白狐，已经身首两处了，他顿时大惊失色。女子说："这就是你恋着的好朋友！我本来想饶了它，谁知它偏偏不想活！"说着便收了匕首放在鞘里。顾生又拉女子进屋，女子说："刚才让妖精来扫了兴，请等明晚吧！"说罢出门就走了。

第二天晚上，女子果然又来了，二人便共同欢好。顾生问她有什么法术，女子说：

“这不是你应该知道的，需要保密。泄露了，恐怕对你不利。”顾生又与女子商量嫁娶的事。女子说：“我们已经同床共枕，我又帮助你干家务，已经成了夫妻，还谈什么嫁娶呢？”顾生又说：“你是不是嫌我家穷？”女子说：“你家固然穷，难道我家富有？今晚相会正是可怜你穷呀！”临走时又对顾生说：“这种见不得人的事情，不能次数太多。该来的时候我自然就来；不该来的时候，你强求也没有用。”以后两人遇到一起，顾生每每想引她单独说句话，女子每次都避开。但是她来顾家缝衣做饭，料理家务依然如故，不亚于真正的媳妇。

又过了几个月，女子的母亲去世了，顾生竭尽全力帮助女子料理丧事。女子从此就一个人过日子。顾生想：“女子一个人住在家里，可以随便去找她了。”于是他就跳墙进了女子的院子，隔着窗子叫她，但喊了好几声，却没有人答应。他看看门，门关得好好的，人却没在屋里。顾生暗想：“女子可能与别人约会。”第二夜，又去探看，仍和昨晚一样，他便将一个玉佩放在窗台上回家了。隔了一天，顾生与女子在顾母房里相遇，顾生走出房来，女子也追了出来，对顾生说：“你怀疑我了？人都有自己的心事，有的不能随便告诉别人。今天不叫你怀疑，也不可能，但是有一件急事你得赶快帮我想法子。”顾生问是什么事，女子说：“我已怀孕八个月了，恐怕不久就要生了。我的身份还不清楚，只能给你生下来，但不能帮你抚养。你可把秘密告诉你母亲，找一个奶妈，假说是抱了个小孩，不能说是我生的。”顾生答应后，告诉了母亲。他母亲笑着说：“这个姑娘真奇怪，娶她不愿意，却与我儿私自相好。”他母亲高兴地同意了他们的要求，只等生下孩子再说。

又过了一个多月，一连几天女子都没有来顾家。顾母心里有疑虑，就去女子家探看。一看大门关得严严的，院子里寂静无声。叫门很长时间，女子才蓬头垢面从屋里出来，请顾母进了屋，又把门关上。顾母进屋一看，一个小婴儿已在床上了。顾母惊讶地问：“生了多久了？”回答说：“三天了。”顾母解开小褥子一看，是一个小男孩，宽宽的脑门，非常可爱。顾母高兴地说：“我的儿，你已经为老身生孙子了。今后你孤单一人，哪里去安身？”女子说：“我还有一件心事未了，不能告诉母亲。等夜里没有人时，可把小儿抱去。”

顾母回到家里，与儿子说了这一切，心里都暗暗觉得奇怪。到了夜里，便把婴儿抱回去了。又过了几天，夜半三更时，女子忽然推开顾生的门进来，手里提着一个皮口袋，笑着对顾生说：“我的大事已办完了，从此咱们就分别了。”顾生急着问是什么原因，女子说：“你帮我奉养母亲的恩德，我一生不会忘记。以前我曾对你说过‘可一而不可二’，是说报答你的恩情不在于与你同居，而是因你家贫不能娶妻，想给你留下后代根苗。本来希望一次就能怀孕，谁知又来了月事，所以破戒又与你同房了一次。今日既已报答了你的大恩大德，我的心事也已了却了，没有什么遗憾了！”顾生问：“皮袋中是什么东西？”女子回答说：“仇人的头。”打开一看，血肉模糊。顾生非常惊慌，细问原因。女子说：“过去一直没有与你说，就是因为事情机密，怕走漏了风声。今天大事已经成功，不妨告诉你。我本是浙江人，父亲官居司马，为仇人陷害，被满门抄斩。我背着母亲逃了出来，隐姓埋名三年了。之所以没有立即报仇，就是因为有老母在世。后来老母去世，却又有一婴儿在肚内，因此又推迟了一些时间。那些夜晚我没在家，是去探一探仇人家的道路和门户，怕不熟，出了差错。”说罢，就出了顾生房门，回头又嘱咐说：“我所生的孩子，你要好好地养着。你福薄且没有多少寿限，这个孩子可以给你光宗耀祖。夜已深了，不要惊动老母亲，我走了。”顾生心生凄凉，正想问她到哪里去，女子身子一闪，像电光一亮，就不见了。顾生呆呆地站在那里像木头一样，一直过了很久很久。

到了天亮，顾生告诉了他母亲，母子两人只有感叹而已。三年后，顾生果然死了。他的儿子十八岁就中了进士，奉养祖母，直到送终。

酒 友

有个车生，家产还算不上中等人家。可是整天饮酒，晚上如不饮上三大杯便不能睡觉。因此，床头的酒瓮经常不空。

一天夜里，车生睡醒，一转身，觉得好像有个人同他睡在一块。起初他以为是盖在身上的衣服掉了，用手一摸，毛茸茸的一件东西，像猫但比猫大，他用灯一照，发现原来是只狐狸，像犬一样卧着，醉得呼呼大睡。他一看自己的酒瓶，全空了，就笑着说：“这是我的酒友啊！”车生不忍心惊醒它，就给它盖上衣服，用胳膊搂着它一起睡下，又留着烛光看它的变化。半夜里，狐狸欠身伸腰，睡醒了。车生笑着说：“睡得真美啊！”他打开盖着的衣服一看，是一位俊俏书生。书生起身在床前跪拜，叩谢车生的不杀之恩。车生说：“我嗜酒成癖，但人们都认为我痴。你才是我的知己，如果你不疑心，我们就结为酒友。”说着又拉他上床睡下，说：“你可以常来，我们不要互相猜疑。”狐狸答应了。车生早晨醒了以后狐狸已经走了，他就准备了一些美酒，专门等候着狐狸来。

到了晚上，狐狸果然来了，二人促膝畅饮。狐狸酒量很大，说话诙谐，两人相见恨晚。狐狸说：“几次来饮你的美酒，怎么报答你呢？”车生说：“斗酒之欢，何必挂在嘴上？”狐狸说：“虽然这样，你并不富裕，弄点儿酒钱很不容易，我应当为你筹划点儿酒资。”第二天晚上，狐狸来告诉车生说：“从这里往东南七里路，路边有遗失的金钱，你可早点儿去捡来。”第二天早上车生去了，果然拾到二两银子，于是就买了佳肴，以备夜里饮酒用。狐狸又告诉车生说：“院后的地窖里藏着银子，你应当挖出来！”车生按它说的做了，果然挖出成百上千的银钱。车生高兴地说：“我口袋里有钱了，不用再为买酒犯愁了。”狐狸说：“不对。车辙中的那点儿水怎么够长时间捧用呢？我要再为你想个法子。”又过了一天，狐狸告诉车生说：“集市上的荞麦价钱很便宜，这是奇货，你可以囤积。”车生听从了狐狸的话，收买了四十多石荞麦，人们都笑话他。没过多长时间，天大旱，地里的谷子、豆子都枯死了，只有荞麦还可以种。车生卖荞麦种，赚了比原来多十倍的钱，从此就很富裕了。他又买了二百亩肥沃的良田，狐狸说多种麦子，麦子就丰收；多种高粱，高粱就丰收。种植的早与晚，都让狐狸决定。车生同狐狸的关系越来越好，狐狸称呼车生的妻子为嫂，把车生的孩子看作自己的儿子。后来车生死了，狐狸就不再来了。

莲　香

沂州有个书生，姓桑，名晓，字子明，少年时成了孤儿，一个人在红花埠居住。桑生性情文静，不好交往。除了每天去东邻吃两顿饭外，其余时间都在住所。东邻的书生与他开玩笑说："你独自一人住在这院子里，不怕有鬼狐吗？"桑生笑着说："大丈夫还怕鬼狐？雄的来了，我有利剑；雌的来了，我还要开门收留它呢！"东邻的书生回去后，与朋友们谋划好了，到了晚上用梯子越墙把一个妓女送进桑生住的院子里。那妓女走到桑生的房子前，轻叩房门。桑生瞧了瞧，问她是谁。那妓女自称是鬼。桑生非常恐惧，牙齿咯咯地响。妓女在门外徘徊了一会儿才离开了。

第二天凌晨，东邻的书生来到桑生的书斋，桑生把夜间遇鬼的事诉说了一遍，并说要回家。东邻的书生拍手大笑，讥笑他说："怎么不开门留她呢？"桑生一下明白是假鬼，随即安心照常住下来。

过了半年，夜里又有个女子叩门。桑生以为又是朋友与他开玩笑，便开门请女子进来。一看，原来是个倾国倾城的美人。桑生吃惊地问她是从哪里来的。女子说："我叫莲香，是西邻的妓女。"因为红花埠一带妓院很多，桑生也便信而不疑。随后，两人灭烛登床，亲热欢好。从此，每隔三五夜莲香就来一次。

一天晚上，桑生独自坐在书斋里，对着灯凝想，一个女子轻轻推门进来。桑生以为是莲香来了，忙起身与她说话，一照面，却并不认识这女子。这女子十五六岁，还没束发，两臂下垂，长袖拖地，十分风流美丽，走起路来，飘然若仙。桑生十分惊奇，怀疑她是狐精。女子说："我是良家女子，姓李。爱慕你高雅风流，希望你能见爱。"桑生一听欣喜异常，急忙去拉她的手，却凉如冰块，他吃惊地问："怎么这样凉啊？"女子回答说："我自幼身单体弱，今晚来时又蒙了一身霜露，怎么能不凉呢？"说罢宽衣上床，竟是处女。女子说："我为情缘，把贞操交给了你。若不嫌我丑

> **词苑撷英**
> 文静：（性格、举止等）文雅安静。

> **词苑撷英**
> 倾国倾城：倾，倾覆；城，国。原指因女色而亡国。后多形容妇女容貌极美。

陋，愿常来陪伴，这里还有别人来吧？”桑生说：“没有别人，只是西邻有个妓女，但不常来。”李女说：“应当避开她，我不同于妓院里的人，请您一定保密。可以她来我去，她去我来。”不一会儿，雄鸡报晓，李女便起身告辞，临走，将一只绣鞋赠给桑生，说：“这是我脚上穿的，常摆弄它可寄托你的思念之情，但是有外人在场时，千万别摆弄它。”桑生接过绣鞋一看，尖尖的像锥子，很喜欢。第二天晚上没人在屋，桑生就把鞋拿出来摆弄。李女忽然轻飘飘地来了，两人又亲热一番。此后，只要拿出绣鞋，李女便随即来到。桑生奇怪地询问原因，李女笑着说：“是碰巧了。”

一天夜间，莲香来到书房，吃惊地问道：“桑郎，你的气色怎么这样不好啊？”桑生说：“我自己不觉得。”莲香便起身告辞，约好十天后再相会。莲香走后，李女每夜都来，从没间断。李女问桑生：“你的情人怎么这么长时间不来？”桑生便把两人十天之约告诉了她。李女笑着说：“你看我比得上莲香美吗？”桑生说：“你两人可称双绝，但相比之下，莲香的体肤要比你温暖些。”李女闻言变色说：“你说双美，是对我说，她必定是月宫嫦娥，我一定比不上她。”因此很不高兴。算计起来，十天的约期已到。她嘱咐桑生不要说出去，到时她要偷偷地看一看莲香。

次夜，莲香果然来了，与桑生嬉笑言谈，非常融洽。睡觉时，莲香大为惊骇地说：“坏了！才十天不见，你怎么劳损疲困到这个程度啊？你保证没别的女人来过吗？”桑生问她为什么这样说。莲香说：“我观察你的精神气色，脉象虚乱如丝，是被鬼缠身的症状。”

次夜，李女进门，桑生就问：“你偷看莲香长得怎样？”李女答：“确实很美。我原来便认为人间没有如此美貌的人，果然是个狐！她走后，我一直跟着，原来她住在南山一个山洞里。”桑生怀疑李女忌妒，也没理会她的话。

隔了一夜，桑生对莲香戏言：“我是绝对不信，可偏有人说你是狐精。”莲香慌忙问：“是谁说的？”桑生笑着说：“是我自己和你闹着玩的。”莲香说：“狐狸哪些地方与人不一样？”桑生说：“被狐狸迷住的人都会得病，严重的还会丧命，因此很可怕。”莲香说：“不是这样。像你这般年龄，行房三天后，精气便可复原，纵然是狐狸，也没什么害处。假若天天纵情淫乐，人比狐狸更厉害。世间死了那么多淫徒、色鬼，难道都是被狐狸迷惑死的吗？虽是如此，必定有人在背后说我的坏话。”桑生竭力表白没有，莲香追问得更急。迫不得已，桑生就实说了。莲香说：“我本来就奇怪你为什么这样衰弱，为什么弱得这么快，难道李女不是人吗？你先不要声张，明晚，我也像她那样，偷偷看看她。”

到了夜间，李女来到，与桑生才说了几句话，便听到窗外有人咳嗽，慌忙离去。莲香进屋对桑生说：“你太危险了！李女真是鬼！若还贪恋她的美色，不与她一刀两断的话，你的死期就近了！”桑生以为莲香嫉妒李女，也没吭声。莲香说：“我知道你割不断与她的感情，可是我也不忍心看你死去。明天，我会带药来医治你的病毒，幸亏中毒不深，十天就可治好。请允许我看护着你康复。”

次夜，莲香果然带了一小包药来，给桑生服药不大工夫，就泻了两三次。桑生只觉得内脏清爽，精神倍增，心中虽然感激莲香，但始终不信自己患的是鬼病。莲香夜夜同床陪伴着桑生，他几次求欢，都被莲香拒绝了。几天后，桑生的身体又健壮起来。莲香临走时，殷切地嘱咐桑生，一定要断绝与李女的关系，桑生假意答应了。

待到桑生夜间闭门后，又在灯下将绣鞋拿出来把玩。李女忽然来了，几天不见，她一脸不高兴。桑生说："她天天为我煎药治病，请不要怨她，对你好不好在我。"李女这才稍稍高兴些。桑生在枕边小声说："我最爱你了，但有人说你是鬼。"李女张口结舌了很久，才骂道："这一定是那个骚狐狸精乱说一气来迷惑你的！你若不与她断绝往来，我就不再来了。"说完就呜呜地哭，桑生说了无数劝慰的好话，她才罢休。

隔了一夜，莲香来了，知道李女又来过，生气地说："你是一定想死了！"桑生笑着说："你怎么这样妒忌她呢？"莲香更气恼地说："你得了绝症，我为你治好了，不妒忌的人又怎样做呢？"桑生仍假托玩笑说："李女说，前几天我的病是狐狸作祟造成的。"莲香叹了口气说："真像你说的这样，你就太执迷不悟了！万一不好，我纵有一百张嘴也解释不清了。请从此分别，一百天后，我再来看躺在病床上的你。"桑生挽留她，莲香不听，气愤地去了。

从此，李女无夜不来与桑生欢会。大约过了两个月，桑生便觉得浑身乏力，萎靡不振。起初他还自我安慰，后来，一天天变得枯瘦如柴，每顿饭只能喝一碗粥。他本想回家调养，但还是恋着李女不忍离去，挨了几天，终于病倒在床上，再也起不来了。邻生见他病重，天天派书童来送饭送水。直到这时，桑生才怀疑李女，对她说："我悔不该不听莲香的话，弄到这步田地！"说完便昏死过去，过了好久才苏醒过来，睁眼四下看了看，李女早没了踪影，从此关系断绝。

桑生一个人躺在空房里，盼望莲香盼得望眼欲穿。一天，他正在想念莲香时，忽然有人掀帘进来。睁眼一看，果然是莲香。莲香走到床前，嘲笑着说："乡巴佬，我是瞎说吗？"桑生泣不成声，过了一阵，说自己知道错了，求莲香快救命。莲香说："你已病入膏肓，实在无法救治了。我这是来向你诀别的，以证明我并不是出于嫉妒。"桑生非常难

知识延伸

狐狸精：迷信的人认为狐狸能修炼成精，变成女子迷惑人。

词苑撷英

萎靡不振：萎靡，颓丧。形容精神不振，意志消沉。

过地说："我枕头底下有件东西，烦你替我把它弄坏！"莲香找出，见是只绣鞋，便拿到灯下，反复细看。李女忽然进来，一见莲香，转身想逃，莲香用身体挡住了门。李女很窘，急得不知从哪里走。桑生数落着指责李女，李女无言以对。莲香笑着说："我今天才有机会与你当面对质。以前你说桑郎的病不是你造成的，今天看你怎样说？"李女低头谢罪。莲香说："这么漂亮的美人，怎么会为了爱结仇呢？"李女跪在地上哭得很悲痛，恳请莲香救救桑生。

词苑撷英

数落：列举过失而指责，泛指责备。

莲香便把李女扶起来，详细询问她的生平。李女说："我是李通判的女儿。少年夭亡，埋在院外，我好比死了的春蚕，情丝未断，与桑郎交好，是我的心愿。置他于死地，确实不是出于本心。"莲香说："听说鬼都愿置人于死地，以图死后在阴间可以常在一起，是吗？"李女说："不是，两个鬼在一块，没什么乐趣。如有乐趣，阴间的少年郎难道少吗？"莲香说："傻呀！夜夜交欢，人都受不了，何况是鬼呢？"李女也问："听说狐能迷人致死，你有什么法术能不致如此呢？"莲香说："你说的是那些采人精血补养自身的狐，我不是那一类的。因此，世间有不害人的狐，而绝没有不害人的鬼，这是因为鬼的阴气太盛了！"桑生听了她们的对话，才知道鬼狐都是真的。幸亏相处已久，他根本没觉得害怕，但一想到自己已是奄奄一息的人，不由得失声痛哭起来。莲香问李女："你有救桑郎的办法吗？"李女红着脸摇头，说无能为力。莲香笑说："恐怕桑郎身体健壮后，醋娘子又要吃杨梅了。"李女拜了拜说："如有高明医生救得桑郎，使我不负罪郎君，我一定在阴间老老实实，哪敢有脸再到人间来！"莲香解开药袋，取出药来说："我早就知道有今天。分别后，我跑遍了三山五岳，采集草药，历时三个多月，才配齐了药方。损劳过度待毙的人，服用后没有不康复的。但是，病因谁得，还须由谁出药引子，这就不得不转求你全力协助。"李女问："需要什么？"莲香说："樱桃小口中的一点儿唾液罢了。我将药丸放进他口中，烦你口对口用唾液把它送下去。"李女听罢羞得面红耳赤，低着头直瞅着绣鞋犯难。莲香取笑说："妹妹最得意的就只有绣鞋！"李女更感羞惭，无地自容。莲香又说："这不是你往常最熟练的技巧吗？今天怎么这样吝啬？"说罢将药丸放入

词苑撷英

面红耳赤：形容因急躁、害羞等脸上发红的样子。

桑生的口中，转身催促李女。李女不得已，只好口对口地输送唾液。莲香说：“再唾。”李女唾了一口，一连三四次，药丸才被送下去。不一会儿，就听到桑生的肚子雷鸣般地响起来。莲香又给他服下一丸后，亲自为他接唇布气。桑生觉得丹田发热，精神焕发。莲香说：“病好了。”这时雄鸡报晓，李女彷徨地走了。

莲香因桑生初愈，还需调养，特别是吃喝没有着落，便将院门反锁，让人误认为桑生已回家，借以断绝与外界的来往，自己日夜护理他。李女也每夜必来，殷勤伺候，侍奉莲香也像亲姐姐一般。莲香也很疼爱她，过了三个月，桑生完全恢复了健康。此后，李女一连好几夜没来，有时来了，也只是看一看便走；对坐时，也总是闷闷不乐。莲香曾多次留她与桑生共寝，她都坚决不肯。有一次桑生追上她，硬把她抱回来，觉得她身子轻如草人。李女走不成，回来便和衣而卧，身子蜷曲起来不到二尺长。莲香越发爱怜她，示意桑生拥抱她，但无论怎样，也摇不醒她。桑生无奈只好自己睡下，再醒来找她时，又不知去向了。此后十几天，李女再也没来过。桑生非常想念她，经常拿出绣鞋来与莲香共同把玩。莲香说：“如此美貌的女子，我见了都很喜欢她，何况你们男人呢？”桑生说：“以前，一动绣鞋，她立刻就到，心里很怀疑，但是始终没想到她是鬼。现在见鞋思人，实在太令人难过了。”说着说着，泪流满面。

这以前，有个姓张的财主，他的女儿名叫燕儿，十五岁时死了，过了一夜又苏醒过来，睁眼一看，起身就向外跑。张财主急忙关上门。她出不去，便说：“我是李通判女儿的灵魂，感谢桑郎的关照，我送给他的绣鞋还在他那里。我真的是鬼啊，关起我来有什么好处呀！”张翁听她说得有些缘故，就问她为何来到这里。燕儿低头看了一下，自己也解释不清楚。旁边有人说桑生已回家养病了，燕儿执意分辩说没有，家人非常怀疑。东邻的书生听说这事，就从墙头上偷偷观察桑生的住处，见桑生正与一个美女说话，就突然闯了进去，仓促之间，已不见女子的踪影。邻生很惊疑，再三追问桑生。桑生笑着说：“我过去与你说过，雌的来了我就留下她！”邻生将燕儿刚才的话，向桑生说了一遍。桑生马上开锁出门，想去打听一下，但转念一想没有去的理由，十分苦恼。

张母听说桑生果然没有回家，越发觉得奇怪，就派佣女到桑生那里要绣鞋。桑生将鞋交给她。燕儿见到绣鞋十分高兴，急忙试穿，绣鞋却比脚小了一寸多。她大吃一惊，拿过镜子一照，模模糊糊地像是明白自己是借尸还魂了，于是便把以前发生的事细细说了一遍。张母这才相信了。燕儿对镜哭着说：“我对那时的容貌很有自信，但是每当见了莲香姐，还自愧不如。而今成了这个样子，做人还不如做鬼呢！”拿着绣鞋放声大哭，谁也劝说不住。她哭完后，蒙上被子就躺在床上，饭也不吃。不久，她全身浮肿起来，七天不吃东西，也没死，而浮肿却渐渐消了。此后，她便饥饿难忍，开始吃饭；过了几天，浑身发痒，脱了一层皮。早晨起床时，睡鞋掉下来，她拾起来再穿时，鞋子又肥又大。她试穿以前的绣鞋，肥瘦正合适。她很是喜欢，再照镜子，眉眼已和过去一样，更为高兴，梳洗打扮好了，去见母亲。凡是见到她的人都非常高兴。

莲香听说这一奇闻，就劝桑生向张家提亲。桑生觉得两家贫富悬殊，没敢唐突去提。

不久，逢张母寿辰，桑生就随着张家的子婿们前去祝寿。张母见帖上有桑生的名字，就让燕儿躲在帘子后偷偷辨认。桑生最后一个到，燕儿急忙跑上去，拉住桑生的袖子，要跟他一块回家。张母训斥她一顿，燕儿才害羞地回到屋里。桑生仔细辨认燕儿，确是李女再生，不觉流泪，拜倒在张母面前不起来。张母忙上前把他扶了起来，并不轻视他。桑生出来后，就托燕儿的舅舅前去提亲。张母议定下良辰吉日，招桑生为养老女婿。桑生回去，把这件事情告诉莲香，并商量怎么办。莲香难过了好一阵子，才决定要和桑生分别，桑生大吃一惊，泪如雨下。莲香说："你被人家招赘成婚，我跟着去，有什么脸面？"桑生再三考虑，还是先把莲香送回家去，再回来迎娶燕儿。莲香应允。桑生把实情告诉了张家。张家听说他已有了妻子，便怒气冲冲地训斥他。燕儿在一旁极力为桑生辩解，张家才同意了桑生的请求。

词苑撷英

轻视：指小看或讨厌。

婚期到了，桑生亲自去迎娶燕儿。他家的摆设本来很不像样，可是等迎亲回来时，从大门到新房，全是花毡铺地，千百只灯笼蜡烛，照耀得如同白昼。莲香扶新娘入了洞房，蒙头绸一揭下，她们就高兴得像以前那样。莲香陪伴他俩喝合卺酒，细细询问了燕儿还魂的事。燕儿说："那天离开后，心中闷闷不乐，觉得自己是鬼，没脸见你们，决定再也不回坟里去了，便随风飘游，每每见到世上的人，就非常羡慕。白天藏在草丛中，夜里便由着自己的脚信步走。偶然到了张家，见一个少女病死在床上，魂就附到她身上，没想到真的活了。"莲香听了，沉默了好久，像是在思索什么。

过了两个月，莲香生下一个儿子，但产后得病，日渐沉重。她握住燕儿的手说："我只好把孩子托付给你了，希望你能把他当作亲生儿子来抚养。"燕儿流下了眼泪，并千方百计地劝慰她，几次要给她请医生，都被她拒绝了。眼看着莲香生命垂危，只有一丝气息，桑生和燕儿都难过得哭泣。忽然她又睁开眼说道："不要这样，你们愿我活，我却愿意死。若有缘分，十年之后还能再见面。"说完就断了气。掀开被子要给她穿寿衣时，她已化为狐。桑生不忍心，仍以隆重的葬礼安葬了她。

词苑撷英

垂危：形容病重将死。垂，将要。

知识延伸

缘分：迷信的人认为人与人之间有命中注定的遇合的机会；泛指人与人或人与事物之间发生联系的可能性。

莲香生的孩子，取名狐儿。燕儿抚养他如同亲生，每逢清明节，都抱着他到莲香的坟上哭祭。后来，桑生考中了举人，家境渐渐富裕起来。而燕儿一直没有生育。狐儿聪明伶俐，只是体弱多病。燕儿就经常劝桑生再娶一妾。

一天，丫鬟忽来禀报：“门外有个老婆子，领着个女孩要卖。”燕儿就让领进来看看，乍见面，便吃惊地说：“莲香姐转世了！”桑生细看那女孩，酷似莲香，也觉惊异，便问：“多大了？”回答说：“十四岁。”又问：“聘金要多少？”老太婆答：“我这孤老婆子，只有这么个闺女，但愿能给找个好人家，我也有个吃饭的地方，日后老骨头不至于丢在荒山野谷中，也就满足了。”桑生多付了些银两，买下了姑娘。

燕儿握住姑娘的手，来到内屋，托起她的下颌笑问：“你认识我吗？”姑娘回答：“不认识。”细问她的身世，姑娘说：“我姓韦，父亲在徐城卖酒，已死了三年了。”燕儿数着指头细算，莲香已死了整十四年，再仔细观察姑娘的容貌神态，无处不像莲香，于是拍拍她的头大声叫道：“莲姐！莲姐！你说十年后再见面，当真没骗我。”姑娘像大梦初醒似的“咦”了一声，盯着燕儿细看。桑生见状高兴地笑着说：“这真是‘似曾相识燕归来’啊！”姑娘流着泪说道：“是了！听母亲说，我一出生就会说话，家中人以为是不祥之兆，让我喝了狗血，就忘记了前世因果，今天才如梦初醒。娘子，你就是那个不愿做鬼的李妹妹吗？”三人共同回忆前生的事，百感交集。

寒食节那天，燕儿说：“今天是我与桑郎每年哭祭姐姐的日子。”便与姑娘同到莲香墓前，见墓地野草丛生，树也长高了。姑娘也触景伤情地叹息。燕儿对桑生说：“我与莲香姐两世都是好友，不忍分离，应该把前世的尸骨同葬一墓。”桑生听从她的意见，就挖开李女的坟，取出尸骨，运回来与莲香的合葬在一起。亲友们知道这桩怪事后，都穿着吉庆的服装赶来观看葬礼，不约而同地来的有几百人。

我庚戌年南游到了沂州，下雨天走不了，住在旅店里。有个叫刘子敬的，是桑生家的一个表亲，拿出同乡王子章写的《桑生传》万余字，我得以细看了一下。这里只是故事的大概情况。

阿　宝

广东西边有个叫孙子楚的人，是个名士。他生来有六个手指，性格憨厚，口齿迟钝。别人骗他，他都信以为真。有时遇到座席上有歌妓在，他远远地看见转身便走了。别人知道他有这种脾气，就把他骗来，让妓女挑逗逼迫他。他就羞得脸一直红到脖子，汗珠直往下淌。大家因此而笑话他，并给他起了一个形容他呆痴的外号“孙痴”并到处传说。

本县有个大商人某翁，可与王侯比富，他的亲戚都是有钱有势的人家。大富商有个女儿叫阿宝，长得非常漂亮，她的父母正忙着为她挑选佳婿。许多名门贵族的子弟争着来求亲，商人都没看中。正巧孙子楚的妻子死了，有人捉弄他，劝他到大富商家提亲。孙子楚也没想想自己的情况，竟托媒人去了。商人也知道孙子楚的名字，但嫌他太穷没答应。媒人要离开的时候，正好遇上阿宝。阿宝问什么事，媒人讲了来意，阿宝便开玩笑地说：

“他如能把那个多余的指头砍了，我就嫁给他。”媒婆把这话告诉了孙子楚。孙子楚自言道：“这不难。”媒婆走后，孙子楚便用斧头把第六个指头剁去了，血流如注，痛得他几乎死了过去。过了几天，孙子楚刚能起床，便到媒婆家把已剁掉六指的手给她看。媒婆吓了一跳，忙去富商家告诉了阿宝。阿宝也很惊奇，又开了个玩笑说孙子楚还得去掉那个痴劲儿才行。孙子楚听后大声辩解，说自己并不痴呆，然而却没有机会当面向阿宝表白。他转念一想，阿宝也未必美如天仙，何必把自己的身价抬那么高，因此求亲的念头也就凉了下来。

正好清明节到了，按风俗这一天是妇女们到郊外踏青的日子。一些轻薄少年也结伴同行，对妇女们评头论足，随意调笑。有几个文朋诗友也硬把孙子楚拉去了，有的嘲笑他说：“不想看看你那可意的美人吗？”孙子楚知道大家在戏弄自己，但因为受了阿宝的嘲弄，也想见见阿宝是个什么样的人，所以便欣然随大家边走边看。众人远远地见一个女子在树下歇息，一群恶少把她围得像一堵墙似的。朋友们说：“这一定是阿宝了。”跑过去一看，果然是阿宝。她真是美丽无比，十分动人。一会儿，围观的人越来越多，阿宝急忙起身走了。众人神魂颠倒，评头论足，简直要发狂了，唯有孙子楚默默无语。大家都走开了，可回头一看，孙子楚仍然呆呆地站在那儿，喊他也不答应。大家来拉他说：“魂儿随阿宝去了吗？”孙子楚还是不说话。大家因为他平时就呆板少语，也不奇怪。有人推着他，有人拉着他，回家去了。

孙子楚到家后，一头倒在床上，整天昏睡不起，像醉了一样，喊也喊不醒。家里人以为他丢了魂儿，到野外给他叫魂儿也不见效。用劲儿拍打着问他，他才含糊朦胧地说：“我在阿宝家。”再细问他时，又默默无语了。家里人心里害怕，也不知是怎么回事。

当初，孙子楚见阿宝走了，心里非常难舍，觉得自己的身子也跟她走了，渐渐地靠在了她的衣带上，也没有人呵斥他，于是跟阿宝回了家，坐着躺着都和阿宝在一起，到了夜里便与阿宝交欢，很是亲热欢愉，可就是觉得肚子里特别饿，想回家一趟，却不认得回家的路。阿宝每每梦到与人交合，问他的名字，都是说：“我是孙子楚。”阿宝心里很奇怪，可也不便于告诉别人。

孙子楚躺了三天，眼看就要断气了。家里人又急又怕，就托人到商人家里恳求给孙子楚招魂儿。商人笑着说：“平时素无往来，怎么会把魂儿丢在我家呢？”孙家哀求不已，商人才答应了。巫婆拿着孙子楚的旧衣服、草席子来到商人家。阿宝知道了巫婆的来意后，害怕极了，不让巫婆到别处去，直接把巫婆带到自己房中，任凭巫婆招呼一番后离去了。巫婆刚回到孙家门口，屋内床上的孙子楚就已经呻吟起来了。醒后，他还能清清楚楚地说出阿宝室内摆设用具的名字和颜色，一点儿不错。阿宝听说后，更加害怕了，但心里也感到了孙子楚的情义之深。

孙子楚能起床后，不论坐着，还是站着，总是若有所思，精神恍惚，好像丢了什么，常打听阿宝的消息，盼望能再见到阿宝。浴佛节那天，听说阿宝将要到水月寺烧香，孙子楚一早就在路旁等候，直看得头晕眼花，到中午阿宝才来。阿宝从车里看到了孙子楚，用纤手撩起帘子目不转睛地注视着他。孙子楚更加动了情，就在后面跟着走。阿宝忽然让丫鬟来问他的姓名。孙子楚很殷勤地说了，更加魂魄摇荡，直到车走了以后，他才回家。

孙子楚回家后，旧病复发，不吃不喝，昏睡中喊着阿宝的名字，直恨自己的灵魂不能再像上次那样到阿宝的家里去。他家中养了一只鹦鹉，这时突然死了，小孩子拿着在床边玩。孙子楚看见了心想，我如果能变成鹦鹉，展翅就可飞到阿宝的房里了。心里正想着，身子果然已变成了一只鹦鹉，翩然飞了出去，一直飞到了阿宝的房中。阿宝高兴地捉住它，将它的腿用绳子绑住，用麻籽喂它。鹦鹉忽然口吐人声说："姐姐别绑我，我是孙子楚啊！"阿宝吓了一跳，忙解开绳子，鹦鹉也不飞走。阿宝对着鹦鹉祷告说："你的深情已铭刻在我心中。现在我们人禽不同类，良姻怎么能复圆呢？"鹦鹉说："能在你的身边，我的心就已经满足了。"其他人喂它，它不吃，只有阿宝喂它，才肯吃。阿宝坐下，鹦鹉就蹲在她的膝上；阿宝躺下，鹦鹉就偎在她的身边。这样过了三天，阿宝很可怜它，就悄悄派人去察看孙子楚，见孙子楚僵卧在床上已断气三天了，只是心口窝还有点儿温暖。阿宝又祷告说："你要是能重新变成人，我就是死也要与你相伴。"鹦鹉说："你骗我！"阿宝立刻发起誓来。鹦鹉斜着眼睛，好像在思索什么。一会儿，阿宝把鞋脱到床下，鹦鹉猛地冲下，用嘴叼起鞋来飞走了。阿宝急忙呼叫它，鹦鹉已经飞远了。阿宝派个老妈妈前去探望，孙子楚果然已经醒过来了。

孙家的人见鹦鹉叼来一只绣鞋，落地便死了，正感到奇怪，孙子楚已醒来。他刚醒就开始找鞋，大家都不知道是怎么回事，正好阿宝家的老妈妈赶到了。老妈妈进房看到孙子楚，就问他鞋在哪里。孙子楚说："鞋是阿宝发誓的信物，请你代我转告，我孙子楚不会忘记她金子般的诺言的。"老妈妈回来把话照样说了一遍，阿宝更是奇怪，便让丫鬟把这些事故意泄露给自己的母亲。母亲又详细询问明白后才说："孙子楚这个人还是有才学的，名声也不错，但却像司马相如一样贫寒。选了几年的女婿，最后得到的竟是这样的，恐

> **词苑撷英**
> 头晕眼花：头发昏，眼发花。

> **词苑撷英**
> 殷勤：热情而周到。

> **词苑撷英**
> 探望：意思是张望或看望（多指远道）。

怕会被显贵们笑话。”阿宝因为鞋的缘故，不肯他嫁，父母只好听了她的。有人跑去告诉孙子楚这个消息，孙子楚非常高兴，病立刻全好了。

阿宝的父母想把孙子楚招赘过来。阿宝说：“女婿不应该长住在岳父家里，何况他家又贫穷，住长了会让人家瞧不起。女儿既然已经答应了他，住草屋、吃粗饭绝无怨言。”孙子楚于是去迎娶新娘成婚，两人相见如隔世的夫妻又团圆了一样高兴。

自此以后，孙子楚家有了阿宝的嫁妆，增加了财物家产，生活有了好转。孙子楚只是迷在书里，不知道治家理财。阿宝是个善于当家过日子的人，家中诸事都不用孙子楚操心。过了三年，家中更富了，可孙子楚忽然得热病死了。阿宝哭得非常悲痛，眼里的泪水始终没有干过，觉也不睡，饭也不吃，谁劝也不听，乘夜里上吊了。丫鬟发现后，急忙救护，才醒了过来，可总也不吃东西。三天后，家人召集亲友，准备给孙子楚送葬，却听到棺材里传出呻吟之声，打开一看，孙子楚复活了。孙子楚说：“我见到了阎王，阎王说我这个人生平朴实诚恳，命令我当了部曹。忽然有人说：‘孙部曹的妻子将要到了。’阎王查了生死簿，说：‘她还不到死的时候。’又有人说：‘已经三天不吃饭了。’阎王回身说：‘你妻子的节义行为感动了我，让你再生阳世吧。’于是就派马夫牵着马把我送了回来。”

从此以后，孙子楚身体渐渐恢复了正常。这年适逢乡试，进考场之前，一群少年戏弄孙子楚，一起拟了七个偏怪的试题，把孙子楚骗到僻静之处，说：“这是有人通过关系得到的试题，因咱们友好才偷偷地告诉你。”孙子楚信以为真，黑天白日地琢磨，准备好了七篇八股文，大家都暗暗地笑他。当时主考官考虑到用过去的题目会有抄袭之弊，有意地一反常规，试题发下来，竟与孙子楚准备的七题一模一样，孙子楚中了乡试头名。第二年，他又中了进士，进了翰林院。皇上听说了孙子楚这些怪事，把他招来询问，孙子楚全都如实地奏明了。皇上非常称赞和高兴，后又召见阿宝，赏赐了很多东西。

九山王

曹州府有一个姓李的书生，家里很富有，但住宅不宽敞。宅子后面有一个几亩地的园子，一直荒废着。

一天，一个老头来租他的房子住，愿出一百两银子作租金。李生以没有多余的房子为由谢绝他。老头对李生说：“请你放心收下租金，不要顾虑。”李生也不知道他的意思，就暂且收下租金，看看是怎么回事。

过了一天，村里的人见有车马家眷进了李家的大门，纷纷扬扬好像有很多人。大家都怀疑李家怎么住得下这么多人。有的来问李生，李生却一点儿也不知道这是怎么回事，回家看了看，并没有任何迹象和动静。

又过了几天，租房子的老头忽然来拜访，对李生说：“搬来贵府已经好几天了，事事都得重新安排，又得支锅做饭，又得打铺睡觉，一直没来得及拜访主人。今天叫小女做了顿饭，请你一定赏光过去坐坐。”李公子当即跟着老头去赴宴。

一走进他家后面的园子，忽见房舍一片，非常华丽，都是新盖的。进入正房，房里陈设也很漂亮。酒鼎正在廊下沸着，茶炉的烟也从厨房里袅袅地升向天空。刚落座一会儿，就有人端上了酒菜，尽是山珍海味。时常看到门外有少年人来来往往，又听到男女青年聒聒地说话，欢声笑语不绝于耳，家人奴婢像有一百多人。李生心里已经明白，这家人是狐。

李生喝完了酒回到自己房里，心里暗起杀机。他每次去赶集，就买下一些硫黄、芒硝，积攒了几百斤，暗暗布满后园。等他布置好了，就骤然点燃，顿时满园烈火冲天，浓烟滚滚，烧得臭不可闻。群狐乱叫之声惊天动地，嘈杂一片。烧了一阵子，大火才灭了。李生进园子一看，满园都是烧死的狐狸，不计其数。老头自外面进来，满脸悲惨，责怪李公子说：“我与你远日无仇，近日无恨，租你的荒园出银百两作租金，也算对得起你。你怎么忍心灭我的全家！这个仇，哪有不报的道理！”说完，愤然而去。李生怕它们来报复，加强了防范。可是一年多的时间，没有任何动静。

词苑撷英

嘈杂：（声音）杂乱。

顺治初年，山中盗贼群起，约聚集了一万人，官兵也不能剿灭他们。李生因为家中人多财丰，天天发愁，怕盗贼下山来抢劫。正在为难之际，村中来了一个算命先生，自称“南山翁”，算人的生死命运，祸福吉凶，了然如他亲见，一时名声大振。李公子也请他来家算卦，算命先生一进屋就肃然起敬，惊呼：“足下乃真主也！”李生听了大吃一惊，以为这是无稽之谈。算命先生却郑重其事地坚持这样说。李生半信半疑，对算命先生说：“哪有白手起家而成了帝王的？”算命先生说：“不然！自古帝王、君主有很多是出身于匹夫的，有谁生下来就是天子呢？”李生仍持怀疑态度，但对算命先生却尊敬起来，请他上坐。算命先生竟以“卧龙”自居，提议先准备胄甲几千套，弓箭几千副。李生顾虑招不起人马来。算命先生说：“臣愿为大王联合诸山人马，订立盟约，并宣扬大王为真龙天子，山中将领、士卒必然前来响应。”李生很高兴，便让算命先生去按计划行事。他把家里藏的银子全部拿出来，制造胄甲，购买弓箭，准备起事。隔了几天，算命先生来说：“凭借大王的福威，加上我

词苑撷英

无稽之谈：没有根据的说法。

的三寸不烂之舌，各山头领没有不愿归你指挥的。”果然，没出十天，就有数千人马来归顺。于是李生便拜算命先生为军师，竖起大旗，设置五色彩旗，占据山头，建造围墙，一时声势大振。县官带兵来剿，算命先生指挥兵马，打得官兵大败而归。县官害怕，报告了兖州知州。兖州兵远来讨伐，算命先生又指挥人马埋伏起来，一举将兖州兵打得大败，伤亡惨重。从此，李生声势更大，人马到了一万多。李生便自立为“九山王”。算命先生愁马少，又谋划派一支兵抢劫了京城解往江南的军马。于是“九山王”威震天下，加封算命先生为“护国大将军”。

知识延伸
知州：古代地方官名。宋代派京官暂行统治一州的称“权知军州事”，简称“知州”。明清两代为州级行政官吏的正式名称。

从此，李生在山上高枕无忧，非常自负，以为黄袍加身称王称帝的日子为期不远了。不料，东抚因为夺马一事，已经准备进剿他们；后又得到兖州兵败的报告，发精兵数千，分六路包剿“九山王”。这时人喊马叫，遍布山谷。“九山王”大为震惊，呼唤算命先生来商议对策，却已不见人了。“九山王”束手无策，登上山顶一望，长叹道：“我今日才知朝廷的势力之大呀！”

不久，官兵攻破山寨，李生被擒，妻子老小全家被杀。他这才明白，算命先生就是当年的老狐狸，原来是以让李生灭门来报复李生的。

张　诚

河南有个姓张的人，祖籍是山东人。明朝末年山东大乱，他的妻子被清兵抢走了。张某常年客居河南，后来就在河南安了家，娶了妻子，生了个儿子取名张讷。不久，妻子死了，张某又娶了一个妻子，也生了个儿子，取名张诚。继室牛氏性情凶悍，常嫉恨张讷，把他当作牛马使唤，给他吃粗劣的饭食，又让张讷上山砍柴，责令他每天必须砍够一担。如果砍不够，就鞭打辱骂，张讷几乎无法忍受。牛氏对亲生的儿子张诚，则像宝贝一样，偷偷给他吃甜美的食物，让他到学堂去读书。

词苑撷英
凶悍：形容凶猛强悍。

后来，张诚渐渐长大了，性情忠厚、孝顺。他不忍心哥哥那样劳累，暗自劝说母亲，牛氏不听。一天，张讷进山砍柴，还没砍完，忽然下起暴雨，他只好躲避在岩石下。雨停了，天也黑了，他肚子太饿，只好背着柴回家。牛氏看到砍的柴不够数，就发怒不给他饭吃。张讷饥饿难忍，只得进屋躺下。张诚从学堂回来，看见哥哥沮丧的样子，就问："病了？"张讷说："饿的。"张诚问他原因，张讷把实情说了。张诚悲伤地出去了。过了一会儿，张诚怀里揣着饼来送给哥哥吃。哥哥问他饼是哪来的，他说："我从家中偷了面，让邻居做的。你只管吃，不要说出去。"张讷吃了饼，嘱咐弟弟说："以后不要这样了！事情泄漏了会连累你的。况且一天吃一顿饭虽然饿，也不会饿死。"张诚说："哥哥本来身体就弱，怎么能多打柴呢！"

第二天，吃过饭后，张诚偷偷上山，来到哥哥砍柴的地方。哥哥见到他，惊奇地问："你来干什么？"张诚回答说："帮哥哥砍柴。"张讷问："谁叫你来的！"他说："是我自己来的。"张讷说："别说弟弟不能砍柴，就是能砍，也不行。"催促他快回去。张诚不听，手脚并用扯着柴禾，还说："明天要带斧头来。"哥哥过去制止他，见他的手指出血，鞋也磨破了，心痛地说："你不快回去，我就用斧头割颈自杀！"张诚才回去了。哥哥送了他一半路，才又回去。张讷砍完柴回家，又到学堂去，嘱咐弟弟的老师说："我弟弟年龄小，要严加看管，不要让他出去，山里虎狼很多。"老师说："上午不知他到什么地方去了，我已经责打了他。"张讷回到家，对张诚说："不听我的话，挨打了吧？"张诚笑着说："没有。"第二天，张诚怀里揣着斧头又上山了。哥哥惊骇地说："我再三告诉你不要来，你怎么又来了？"张诚不说话，急忙砍起柴来，累得汗流满面，一刻不停。约莫砍得够一捆了，也不向哥哥告辞，便回去了。老师又责打了他。张诚就把实情告诉老师，老师赞叹张诚的品行，也就不禁止他了。哥哥屡次劝阻他，他始终不听。

一天，张讷兄弟俩同其他一些人到山中砍柴。突然来了一只老虎，众人都害怕地伏在地上，老虎径直把张诚叼走了。老虎叼着人走得慢，被张讷追上。他使劲用斧头砍去，正中虎胯。老虎疼得狂奔起来，张讷再也追不上了，痛哭着

语言描写

张讷说要自杀，而且是心痛地说，表现了自己刚烈的性格。

词苑撷英

约莫：指估计。

返回来。众人都安慰他，他哭得更悲痛了，说："我弟弟不同于别人家的弟弟，况且是为我死的，我还活着干什么！"接着就用斧头朝自己的脖颈砍去。众人急忙救时，斧头已经砍入肉中一寸多，血如泉涌，昏死过去。众人害怕极了，撕了衣衫给张讷裹住伤口，一起扶他回家。后母牛氏哭着骂道："你杀了我儿子，想在脖子上浅浅割一下来搪塞吗？"张讷呻吟着说："母亲不要烦恼！弟弟死了，我绝不会活着！"众人把他放到床上，伤口疼得睡不着，只是白天黑夜靠着墙壁坐着哭泣。父亲害怕他也死了，时常到床前喂他点饭，牛氏见了总是大骂一顿。张讷于是不再吃东西，三天之后就死了。

词苑撷英
搪塞：形容敷衍塞责。

村里有一个巫师"走无常"，张讷的魂魄在路上遇见他，诉说了自己的苦难，又询问弟弟在什么地方。巫师说没看见，但反身带着张讷走了。来到一个都市，看见一个穿黑衣衫的人，从城中出来。巫师截住他，替张讷打听张诚。黑衣人从佩囊中拿出文牒查看，上面有一百多男女的姓名，但没有姓张的。巫师怀疑在别的文牒上，黑衣人说："这条路属我管，怎么会有差错？"张讷不信张诚没死，一定要巫师同他进城。城中新鬼旧鬼来来往往，也有老相识，问他们，没有人知道张诚的下落。忽然众鬼一齐叫："菩萨来了！"张讷抬头看去，见云中有一个高大的人，浑身上下散放光芒，顿时世界一片光明。巫师向张讷贺喜说："大郎真有福气！菩萨几十年才到阴间一次，给众冤鬼拔苦救难，今天你正好就碰上了！"于是拉张讷一起跪倒。众鬼纷纷嚷嚷，合掌齐诵慈悲救苦的祷词，欢腾之声震天动地。菩萨用杨柳枝遍洒甘露，水珠细如尘雾。不一会儿，云霞、光明都不见了，菩萨也不知哪里去了。张讷觉得脖子上沾有甘露，斧头砍的伤口不再疼痛了。巫师仍领着他一同回家，看见村里的门，才告辞。张讷死了两天，突然又苏醒过来，把自己遇到的事讲了一遍，说张诚没有死。后母认为这是他编造的骗人的鬼话，反而辱骂他。张讷满肚子委屈无法申辩。摸摸创痕已全好了，便支撑着起来，叩拜父亲说："我将穿云入海去寻找弟弟。如果见不到弟弟，我一辈子也不会回来。愿父亲

词苑撷英
文牒：案卷，文书。

以为儿子已经死了。”张老汉领他到没人的地方，相对哭泣了一阵，也没敢留他。

张讷离家出走后，大街小巷到处寻访弟弟的下落。路上盘缠用光了，就要着饭走。过了一年，来到金陵。一天，张讷衣衫褴褛佝偻着身子，正在路上走着，忽然看见十几个骑马的过来，他到路旁躲避。其中有一人像个官长，年纪有四十来岁，健壮的兵卒，高大的骏马，前呼后拥。随行的一个少年骑着一匹小马，不住地看张讷。因为他是富贵人家的公子，张讷不敢抬头看。少年勒住马，忽然跳下马来，大叫：“这不是我哥哥吗！”张讷抬头仔细一看，原来是张诚！他握着弟弟的手放声大哭。张诚也哭着说：“哥哥怎么流落到这个地步？”张讷说了事情的缘由，张诚更伤心了。骑马的人都来问缘故，并告知了官长。官长命人腾出一匹马给张讷骑，一同回到他的家里。张讷这才详细地问了张诚后来的经过。

原来，老虎叼走了张诚，不知什么时候把他扔在了路旁，张诚在路旁躺了一宿。正好张别驾从京都来，路过这里。见张诚相貌文雅，爱怜地抚摸他。张诚渐渐苏醒过来，说了自己的家乡住处，可是已经相距很远了。张别驾将他带回家中，又用药给他敷伤口，过了几天才完全康复。张别驾没有儿子，就认他做儿子。刚才张诚是跟随张别驾去游玩回来。张诚把经过全部告诉哥哥，刚说完，张别驾进来了，张讷对他拜谢不已。张诚到里面，捧出新衣服，给哥哥换上；又置办了酒菜叙谈离后经过。张别驾问：“贵家族在河南有多少人口？”张讷说：“没有。父亲小时候是山东人，流落到河南。”张别驾说：“我也是山东人。你的家乡归哪里管辖？”张讷回答说：“曾听父亲说过，属东昌府管辖。”张别驾惊喜地说：“我们是同乡！为什么流落到河南？”张讷说：“明末清兵入境，抢走了我的前母。父亲遭遇战祸，家产被扫荡一空。先是在西边做生意，往来熟悉了，就在那儿定居了。”张别驾惊奇地问：“你父亲叫什么名字？”张讷告诉了他，张别驾瞠目结舌。又低头想着什么，急步走进内室。不一会儿，太夫人出来了，张讷兄弟两人一同叩拜。拜毕，太夫人问张讷说："你是张炳之的孙子吗？"张讷说："是。"太夫人哭着对张别驾说："这是你弟弟啊！"张讷兄弟俩不知是怎么回事。太夫人说："我跟你父亲三年，流落到北边去，跟了黑固山半年，生了你的这个哥哥。又过了半年，黑固山死了，你哥哥补官在旗下，做了别驾。如今已解任了，常常思念家乡，就脱离了旗籍，恢复了原来的宗族。多次派人到山东打听你父亲的下落，没有一点消息。怎么会知道你父亲西迁了呢！"于是又对别驾说："你把弟弟当儿子，真是罪过！"张别驾说："以前我问过张诚，张诚没有说过是山东人，想必是他年幼不记得了。"就按年龄排次序：别驾四十一岁，为兄长；张诚十六岁最小；张讷二十二岁为老二。别驾得了两个弟弟，非常欢喜，同他们住在一间屋里，尽述离散的端由，商量着回归故里的事情。太夫人怕不被容纳。张别驾说："能在一起过就在一起，不能在一起就分开过。天下哪有没有父亲的人呢？"于是就卖了房子，置办行装，定好日子起程。

回到家乡，张讷和张诚先到家中给父亲报信。父亲自从张讷走后，妻子牛氏也死了，孤苦伶仃，对影自叹。忽然见张讷回来，惊喜交加，恍恍惚惚；又看到了张诚，高兴得说不出话来，只是流泪。兄弟俩又告诉说别驾母子来了，张老汉惊呆了，也不会哭，也不会笑了，只呆呆地站着。不多会儿，别驾进来，拜见父亲。太夫人抱住张老汉相对大哭。看见婢女仆人屋里屋外都站满了，张老汉不知如何是好。张诚不见母亲，一问，才知已经死了，哭得昏了过去，有一顿饭工夫才苏醒过来。张别驾拿出钱来，建造楼阁。请了老师教两个弟弟读书。槽中马群欢腾，室内人声喧闹，居然成了大户人家。

口　技

村里来了一个年轻的女人，有二十四五岁。她带着一个盛药的皮囊，到这里来行医看病。有的人去找她看病，她自己不能开药方子，要等到晚间问一问各位神仙。晚上，她把一间小房子打扫得干干净净，把自己关在里面。大伙儿围绕在门窗口，斜着头侧着耳朵静静地听，只听里面在小声私语，谁也不敢咳嗽一声。屋里屋外，黑洞洞的一片，没有一点儿动静。

大约到半夜的时候，忽然听到门帘微动的声音。女子在屋里说："九姑来了吗？"一女子回答说："来了。"又问："蜡梅也跟着九姑来了？"好似一个丫头的声音，说："来了。"三个人话语间杂，唠叨起来没个完。过了一会儿，又听到帘钩响动的响声，女子说："六姑来了？"接着听到几个女子杂乱的说话声："春梅也抱小郎君来了吗？"一个女子说："这个顽皮的小家伙，怎么哄也不睡，定要跟来。身子有百十斤重，背着真累死人。"马上又听到女子殷勤的接待声，九姑的问讯声，六姑与姊妹们的寒暄客套声，两个丫头的互相慰劳声，小孩儿的嬉闹声，一齐嘈嘈杂杂地传出来。就听女子笑着说："小郎君倒很好玩耍，老远地抱了个猫来。”接着说话的声音渐渐地稀疏下来。门帘又响了一声，满屋里都喧哗起来，说：“四姑来得怎么这样晚？”听到一个女孩子细微的声音，说：“路足有一千多里，我同阿姑走了这么长时间才到，阿姑走得太慢了。”于是各人问寒问暖的声音，移动座位的声音，招呼着加座的声音，各种声音并作，喧闹满屋，有一顿饭的工夫才静下来。接着就听到女子问病求药的声音。九姑说当用人参，六姑认为当用黄芪，四姑说该用白术。协商了一会儿，听到九姑叫人拿笔墨砚台来。不久，听到折纸的唰唰声，拔下笔帽扔到桌子上的叮当声，隆隆的研墨声。接着就听到把笔投到桌儿上的碰撞声，抓药包纸的沙沙声。过了一会儿，女子掀开门帘，招呼着病人的名字，把药包和药方一起递了出来。她转身入室后，立刻听到三位姑娘做别的声音，三个丫头的道别声，小儿哑哑的叫声，小猫儿的呜呜声，又一时并发起来。九姑的声音清晰悠扬，六姑的声音和缓苍老，四姑的声音娇滴婉转，以及三个丫头的声音，各有自己的特点，听着完全可以辨别得清楚。大家感到很惊讶，认为真是神来了，回家试试药方，也并不怎么灵验。这就是民间流传的口技，特意借这种方法卖药罢了。但她的口技水平，也真够高超的了。

词苑撷英

喧哗：形容声音大而杂乱。

动作描写

唰唰声、沙沙声、隆隆声都是这些动作发出来的。这里表现了人物的动作，人物形象跃然纸上。

以前，朋友王心逸曾讲过：他在京城时，偶尔从集市上经过，听到一阵管弦音乐的声音，围着看的人好像一堵墙。他到跟前一看，是一位少年用优美的声音在演唱，他手中并没有乐器，只用一个指头按着脸颊，一边按一边唱，听起来铿锵有声，与弦乐没什么差别，这也是口技一类的技巧啊。

词苑撷英

铿锵：形容有节奏而响亮的声音。

红　玉

广平县的冯老头有个儿子，字相如，父子都是秀才。老头年近六十，性格耿直，但家中一贫如洗。几年间，老太太和儿媳相继死去，一切家务都得冯老头自己操劳。

一天夜里，相如坐在月光下，忽见东邻的女子在墙上向这边偷看。相如仔细看她，很漂亮；相如走近她，女子向他微笑；相如向她招手，女子不过来也不走开。相如再三请求，女子才从墙上爬梯子过来。于是，两人睡在了一起。相如问她的姓名，女子说：“我是邻家的女儿，叫红玉。”冯生很喜欢她，和她约定永远相好，红玉答应了。从此，两人便夜夜往来。

大约过了半年多，一夜冯老头半夜起来，听到儿子房里有女子的说笑声，偷偷一看，见一个女子在里面。冯老头大怒，把儿子叫出来，骂道：“你这畜生干了些什么事！咱家如此穷苦，你不刻苦攻读，反而学做淫荡之事。被人知道，丧你的品德；别人不知道，也损你的阳寿！”冯生跪下认错，流着泪说一定悔改。冯老头又叱呵红玉说：“女子不守闺戒，既玷污了自己，又玷污了别人！倘若这事被人发觉，丢丑的该不只是我们一家！”骂完了，气愤地回去睡觉了。红玉流着泪说：“父亲的训诲，实在让人羞愧。我们两人的缘分尽了！”冯生说：“父亲在，我不能自作主张。你如果有情，还应当忍辱为好。”女子坚决绝交，冯生就哭了起来。女子对他说：“我与你没有媒妁之言、父母之命，私相结合，怎么能白头偕老？此地有一个佳偶，你可以聘娶她。”冯生说家中贫穷，女子说：“明天晚上等着我，我为你想个办法。”第二天夜里，红玉果然来了，拿出四十两银子送给冯生，说：“离这儿六十里，有个吴村，村中卫家的姑娘，十八岁了，因为要的彩礼很高，所以还没有许配人家。你以重金满足她家的要求，一定会答应你的。”说完就告别走了。

冯生找机会告诉父亲，想到吴村相亲，但隐瞒了红玉赠送银子的事。冯老头担心家穷没钱，不让儿子去。冯生婉转地说：“只是去试探一下，看怎么样。”冯老头点头答应了。冯生就借了仆人和车马，到了卫家。姓卫的老头是个庄户人，冯生招呼他出来，和他说要提亲。卫老头知道冯生家是有声望的家族，又见他仪表堂堂，性情豁达，心里应允了，可担心他家不舍得花钱。冯生听他说话吞吞吐吐，明白他的意思，就把银子都拿出来放在桌上。卫老头才高兴了，请邻居的书生做中人，用红纸写了婚约。冯生进屋拜见岳母，见他们住的房子十分狭窄。卫女正依偎在母亲身后，冯生稍微斜眼看了她一眼，见卫女虽然是贫家装束，但光彩艳丽，心中暗暗高兴。卫老头借房子款待女婿，又对冯生说：“公子不必亲自迎娶，等我为女儿多少准备些衣服嫁妆，用花轿送去。”冯生同他定下成亲的日期，就回去了。回家后，冯生骗父亲说卫家喜爱清寒门第，不要彩礼，冯老头也很高兴。到了日子，卫家果然送女儿来了。卫女过门后，勤俭孝顺，夫妻感情深厚。过了两年，生了一个男孩，取名福儿。

一次，赶上清明节，冯生夫妇两人抱着孩子去扫墓，遇到县里一位姓宋的绅士。姓宋的当过御史，因行贿罪被免职，回家隐居，但仍然大施淫威。这天，他也上坟回来，看见卫女很漂亮，问村里的人，得知是冯生的媳妇。姓宋的以为冯生是个穷秀才，用重金贿赂他就可以打动他的心，便派家人去透口风。冯生乍听到这消息，顿时满脸怒气；转念一想，敌不过宋家的势力，便收敛怒容，换上笑脸，进去告诉父亲。冯老头一听大怒，跑出去对着宋家的家人，指天画地，臭骂了一通，宋家的人像老鼠一样逃跑了。姓宋的也生了气，竟派了好多人闯入冯生家，殴打冯老头和冯生，吵闹得像开了锅。卫女听到，把孩子扔在床上，披散着头发大声呼救。那帮家伙一拥而上，将她抬起，哄然离去。冯老头父子两人受了重伤，倒在地上呻吟，小孩子在屋里呱呱啼哭。邻居们都可怜他们，把父子两人扶到床上。过了一天，冯生能拄着拐杖起来了，老头却气得吃不下饭，吐血死了。冯生大哭，抱着儿子去告状，一直告到省督抚，不知告了多少遍，还是申不了冤。后来冯生听说妻子不屈从那姓宋的，死了。他更加悲痛，满肚子的冤恨，无处申诉；多次想去路上刺杀姓宋的，又怕他仆人多，儿子又没处寄托，日夜哀思，觉也睡不着。

知识延伸

督抚：总督和巡抚合称督抚，明清两代的地方军政长官。督抚有权决定徒刑的判决，对流刑、充军、发遣可以做终审判决，但需要报请刑部复核。

一天，忽然有一个大汉来到冯家慰问。那人长着蜷曲的络腮胡子，四方脸，跟冯家从无交往。冯生拉他坐下，刚想问他的家乡姓名，客人突然问道："你有杀父之仇，夺妻之恨，难道忘了报仇吗？"冯生怀疑他是宋家的侦探，只是用假话应酬着。客人气得眼眶像要裂开，怒睁双目，猛然起身，边往外走边说："我以为你是一个君子，现在才知道是个不足挂齿的庸俗之辈！"冯生见他果然是个异人，忙跪下挽留他，说："我实在是怕宋家的人来试探我，现在把心里话全部告诉你，我卧薪尝胆，伺机报仇，已经很长时间了。只是可怜我这襁褓中的婴儿，怕断了冯家香火。你是位义士，能否为我抚养孩子？"客人说："这是妇人们的事，我做不到！你想托付别人的事，请你自己去做，而你想自己去做的事，我愿意替你去办！"冯生听了，跪在地上直磕响头。客人看也不看，就出去了。冯生追出去问他的姓氏，客人说："如不成功，不受人埋怨，成功了也不受人报答！"说完就走了。冯生害怕招来灾祸，抱着儿子逃走了。

词苑撷英

卧薪尝胆：形容一个人忍辱负重、发愤图强，最终苦尽甘来。

到了夜里，宋家所有的人都睡了，有个人越过几道墙进去，杀了姓宋的父子三人和一个媳妇、一个奴婢。宋家拿了状纸告到官府，官府大惊。宋家咬定是冯生干的，官府便派衙役捉拿冯生。冯生逃得不知去向，官府更加相信是冯生杀的人。宋家仆人同官府衙役到处搜捕，夜里来到南山，听到小孩啼哭，跟踪过去，将冯生抓住，捆起来带回去。小孩哭得更厉害了，那帮人夺过孩子扔掉了。冯生怨恨得要死过去。见到县令，县令问冯生："你为什么杀人？"冯生说：

词苑撷英

衙役：衙门里的差役。

“冤枉啊！他是夜里死的，我在白天就出门了，而且抱着呱呱啼哭的孩子，怎么能越墙杀人？”县令说：“没杀人，你为什么逃走？”冯生哑口无言，无法辩解，被关进狱中。冯生哭着说：“我死了不可惜，孤儿有什么罪？”县令说：“你杀的人多了，杀你的儿子，有什么可怨的！”冯生被革除功名，屡次受到酷刑，始终没有招供。

语言描写
通过县令的话，表现了县令的性格。县令的形象很丰满。

这天夜里，县令刚睡下，听到有东西打在床上，震震有声。县令吓得大喊大叫，全家都被他惊醒了，围过来用蜡烛一照，原来是一把锋利如霜的短刀，扎入床内一寸多，牢牢地拔不出来。县令看了，失魂落魄，派人拿着刀枪到处搜索，没有一点儿踪迹。县令心中很胆怯，又认为姓宋的已经死了，没什么可怕的，就把案件呈报上级衙门，替冯生辩解开脱，把冯生释放了。

冯生回到家，瓮里没有一粒粮食，孤身一人对着空荡荡的屋子。幸亏邻居怜悯他，送了点儿吃的来，才勉强度日。一想到大仇已报，冯生便露出笑容，又想到遭受这次残酷的灾祸，几乎全家被害，又不断地落泪；接着又想到半辈子穷透了，又失去了儿子，断了香火，不禁在没人的地方失声痛哭，不能抑制。如此过了半年，官府对犯人的追捕也松懈了，冯生就去哀求县令，要求把卫氏的尸骨判给他。等把妻子的尸骨埋葬好回到家里，冯生悲痛欲绝，在空床上翻来覆去，觉得没法再活了。

词苑撷英
悲痛欲绝：形容悲哀伤心到了极点。

忽然听到有敲门声，冯生定神细听，听见门外有人正低声和小孩说话。冯生急忙起身，从门缝儿里往外看了看，好像是个女子。刚打开门，那女子便问：“大冤已经昭雪，庆幸你安然无恙！”声音很熟悉，但仓促之间想不起是谁。用烛光一照，原来是红玉，挽着一个小孩，在她腿边嬉笑。冯生来不及询问，就抱着红玉呜呜哭开了。红玉也潸然泪下，接着把小孩推到他面前说：“你忘了父亲了吗？”小孩牵住红玉的衣服，目光灼灼地看着冯生。冯生仔细一看，原来是福儿，非常吃惊，哭着说：“儿子是从哪里找到的？”红玉说：“实话告诉你，往日我说是邻居的女儿，是假的，我其实是狐仙。那天刚巧夜间走路，看见孩子在谷口啼哭，就抱到陕西抚养。听说大难已经过去，就带他来与你团聚了。”冯生挥泪拜谢。小孩在红玉怀中，像依偎在母亲怀里，竟然不再认得父亲了。

天还没亮，红玉就急忙起床，冯生问她干什么。她回答说：“我想回去。”冯生光着身子跪在床头，哭得抬不起头来。红玉笑着说：“我骗你的，如今家道新创，非早起晚睡不可。”接着就剪除杂草，清扫庭院，像男人一样操作。冯生忧虑家中贫穷，不能维持生活。红玉说：“只管闭门苦读，不要问家中盈亏，还不至于饿死人吧。”就拿出钱来买了纺织工具，租下几十亩田地，雇了佣人耕作。她自己扛着锄头除草，拉来藤萝修补房屋，天天如此。村里人听到冯生的媳妇如此贤惠，都愿意帮助她。大约过了半年，人丁兴旺，家里富裕了，冯生说：“已经是劫后余生了，多亏你白手起家。只有一件事没有安排妥当，怎么办？”问他什么事，他说：“考试的日期已经临近，秀才的资格还没恢复。”红玉笑着说：“我前几天已把四两银子寄给了学官，你的名字已重新登记上了。如果等你说，早就误事了！”冯生更觉得神奇。这次考试冯生中了举人，这年三十六岁，家中肥田连片，房屋宽阔深广。红玉轻盈柔美，好像随风可以飘去，但操作胜过农家妇女。虽然是严冬，又很劳苦，但她的双手还是细腻如脂，她说自己二十八岁了，别人看上去就像二十才出头的人。

> **知识延伸**
> 藤萝：又名紫藤萝，是优良的观花藤木植物，缠绕茎，羽状复叶，小叶长椭圆形。

林四娘

青州道的陈宝钥公，是福建人。一天夜晚，他独自一人在书房里看书。有一个女子掀帘进来，陈公抬头一看，不认得这女子。女子长得艳丽绝世，身上穿着宫里的服装，笑着对陈公说：“冷冷清清的深夜里，独自一人坐着，不觉得寂寞吗？”陈公惊奇地问她是什么人。女子说：“妾家住得不远，就在你的西邻。”陈公想她可能是个鬼，但心里却非常喜欢她，于是走过来挽着她的手请她一起坐下。女子说话言辞风雅，陈公很是赏识，坐在女子身边拥抱她，女子也不太拒绝，四下看看，说：“屋里没有别人吗？”陈公忙关上门

> **开门见山**
> 交代了人物的职位，还有户籍，引出所要描写的人物，让其形象出现在读者面前。

说："没有别人。"接着就催女子脱衣上床，但她却非常羞涩害怕。陈公替她脱下衣服，女子说："妾虽然二十岁，但还是处女，粗暴了可不堪忍受。"于是二人欢好，床席上沾了点点血迹。继而在枕边谈心，女子说自己叫林四娘。陈公又问她的身世，她说："我一生坚贞，现在已经被你轻薄够了，你有心爱我，就图个永远相好，何必再多问？"过了一段时间，鸡叫天明，她就起身走了。

词苑撷英

轻薄：言语举动带有轻佻和玩弄意味（多指对女性）。

从此，女子夜夜必来。每次来，二人都关上门对饮，说话很投机。谈到音乐韵律，林四娘都很精通。陈公说："你一定会唱歌曲。"四娘说："小的时候学过一些。"陈公请求她唱一曲听听，她说："很长时间不唱了，音阶节奏多半都忘记了，唱了恐怕叫内行笑话。"陈公一再要求，她才低下头来敲打节奏，唱凄凉之曲，声调哀怨婉转，唱完后，便哭了起来。陈公也被她打动，心酸悲伤，上前抱着四娘安慰说："你不要唱亡国曲调，令人抑郁。"四娘说："音乐是表达人的感情的，悲哀的人不能叫他欢乐，就如欢乐的人不能叫他悲伤一样。"

陈公与四娘非常亲密，如同夫妇。时间长了，家人们都知道了，也都来房外偷听唱歌，凡听过她唱歌的人，没有不流泪的。陈夫人偷偷见到过四娘，怀疑人世间不会有这样妖丽的女子，认为她不是鬼，就是狐，怕陈公被妖魅缠身，就劝说陈公与女子绝缘。陈公没有听，还想向四娘问个明白，便又一次问四娘的身世。四娘不愉快地说："妾是当年衡王府的一名宫女，遭难而死，已有十七年了。因为你高雅义气，才与你相好，实在不敢害你。倘若你怀疑或者是害怕我，咱们就从此分手。"陈公马上说："我不是怀疑，也不是害怕，既然我们相好到这个地步，不可不知道你的实情。"陈公又问起当时宫中的事。四娘回忆详述，有条有理，说到王府衰落时，就哽咽哭泣，泣不成声。

知识延伸

《金刚经》：佛教经典，全称《金刚般若波罗蜜经》。宣传大乘佛教的主张，认为世上一切事物都空幻不实，因此不应执着或留恋。属于大乘佛教般若类经典。现存有梵文本，也有中国后秦时僧人鸠摩罗什的一卷汉译本及其他一些译本。

四娘夜里不大睡觉，每夜都起来念《准提咒》和《金刚经》等。陈公问她说："九泉之下能自己超度吗？"她回答："能！妾想自己一生沦落，愿超度来生好好为人。"四娘还常常与陈公评论诗词，对不好的句子就提出批评，对好的句子就细声吟咏，情意风流，使人忘了疲倦。陈公问她："你写过诗吗？"四娘回答说："在世时也偶尔写过。"陈公要求她赠诗一首，她笑着说：“儿女的诗句，哪能拿出来叫高手笑话？”

又住了三年，一天夜里，四娘来向陈公告别，面色凄惨。陈公一惊，忙问：“怎么了？”四娘说：“阎王因为我生前无罪，死后又没忘记念经，所以叫我投生到王家。今天就要离别，永远不能再相见了。”说罢，形容哀楚。陈公也掉了泪，马上摆酒为四娘送行。四娘一边饮酒，一边慷慨歌唱，歌词曲调哀伤凄凉，一字百转，到了悲伤处，哽咽不能成声。最后好歹总算唱完了一曲，四娘情绪不好，饮酒的兴趣也不高，起身徘徊，想要告别。陈公不忍离别，又强拉住她坐了一会儿，直到鸡唱天明，四娘才对陈公说：“不能再留了！你每每怪我不肯作诗，今日将要永别，应当写一首诗送给你，作临别纪念。”于是拿起笔来，一挥而就，并说：“心酸意乱，不能推敲，音节错乱，不要拿出去叫别人看。”说完，掩袖低头走去。

陈公送四娘出门，一转眼就不见了。陈公怅然多时，看四娘写的诗，字体端正，书写整齐，便十分珍重地收藏了起来。其诗是：“静锁深宫十七年，谁将故国问青天？闲看殿宇封乔木，泣望君王化杜鹃。海国波涛斜夕照，汉家箫鼓静烽烟。红颜力薄难为厉，惠质心悲只问禅。日诵善提千百句，闲看贝叶两三篇。高唱梨园歌代哭，请君独听亦潸然。”诗中重复脱节，怀疑有记错的地方。

精彩点拨

《林四娘》以身为鬼女的原明末衡王宫嫔林四娘与陈宝钥的恋爱故事作为线索，逐步揭示了林四娘凄楚苍凉的身世，表现了她对故国的深沉思恋之情。从儿女私情入手，逐步引向故国之思，逐层深入，叙次井然，构思独特巧妙。故事采用映衬的艺术手法，用罹难孤魂的悲苦心绪和欲欢不得、欲罢不忍的爱情故事，以衬托刻骨铭心的故国之恋，具有震憾人心的艺术力量。

阅读积累

举人

其称始见于汉，因由各地官吏荐举，故名。后专指科举制度中应贡举考试的各科士人。宋朝举人登科即授官，应试不合格者允许继续应举。未获士身，亦可免除丁役、身丁钱米；曾赴礼部试者，犯徒以下公罪和杖以下私罪，许赎。明、清专指乡试取录者，有新中式、下第、坐监、署教和正榜、副榜之分。可于次年进京会试，亦可直接为官。

卷　三

精彩导读

“卷三”的故事从多方面赞美人们追求幸福生活的道德品质，猛烈抨击各种邪恶势力、封建思想和浅薄的社会风气。《鲁公女》叙述鬼女与人相恋后又投生与人结婚的故事。山东招远书生张于旦郊游，遇县令鲁公之女打猎，一见钟情。鲁公女猝死，停柩萧寺中，张生天天为之祭奠祝祷。鬼女感动，现形与张相爱。张生为鬼女念经，出外则背女同行，形影不离。鬼女投生，约张生十五年后相见。张生后遇菩萨，脱胎成少年人，如期赴约。

鲁公女

招远县有一个书生叫张于旦，性情放荡不羁，在一座荒庙里读书。当时，招远县的县官是鲁公，三韩人氏。他有一个女儿专好打猎。有一次，张生在野外遇到鲁公女，见她长得风韵娟美，姿态秀丽，身穿锦缎貂皮袄，骑着一匹小马驹，像画上的人一样。回到庙中，每每想起这女子的美貌，张生心里总是念念不忘。后来听说这女子忽然死了，张生悲伤得不得了。鲁公因为距老家很远，便把女儿的灵柩暂时寄存在张生读书的荒庙里。

张生因为和鲁公女有一面之缘，对她非常崇敬，犹如对神明一般。他每早都到鲁公女的灵前烧香，吃饭时必定祭奠，每每举着酒杯对着鲁公女的灵柩祝告说：“我才见了你一面，就常在梦里见到你，没想到你这玉一样的人竟然死了。现在你虽近在我的身边，却如远距万里河山，何等遗憾。我活着要受礼法约束，你这死了的人该无禁忌了吧！你在九泉之下有灵的话，应当姗姗走来，以安慰我的倾慕之情。”

张生日日祷告，将近半个月。一天晚上，他正在灯下读书，忽一抬头，见鲁公女含笑站在灯下。张生惊讶地站起来询问，女子说：“感念你对我的一片真情，不能忘怀，所以不避私奔的嫌疑来与你相会。”张生大喜过望，二人于是共相欢好。此后，鲁公女没有一晚不来。她对张生说：“我生前好骑马射箭，以射獐杀鹿为快事，罪孽很大，死了以后无处可去。若是你真的爱我，烦你替我念《金刚经》五千零四十八卷，我生生世世永远不忘你。”张生恭恭敬敬地答应她的嘱托，从此常常夜里起来到鲁公女柩前捻着佛珠诵经。一次，偶然碰上节日，张生想带鲁公女一起回家过节。女子担忧自己腿脚没劲儿，走不动。

张生要背着她走，女子笑着同意了。张生像背个小孩一样，一点儿不觉得重。此后，背着她走路就成了常事。张生考试时，也背她一块去，但必须夜里走。

设置悬念
暗示女子是鬼，使情节曲折生动，耐人寻味，激发了读者的阅读兴趣。

有一年，省里开科考试，张生要去赴考，女子说："你福气薄，去也是徒劳往返。"张生听了她的话就没去参加考试。又过了四五年，鲁公罢了官，穷得没有钱雇车把女儿的棺材运走，就打算就地埋了，但苦于没有坟地。这事张生知道后，就对鲁公说："我有块薄地在庙旁，愿埋下你家女公子。"鲁公大喜，张生又张罗着帮助料理丧事。鲁公对张生非常感激，但也不知道张生是为了什么。

鲁公罢官回家去了，张生与鲁公女仍然欢好如初。一天夜里，女子依在张生怀里，哭得泪如雨下，她对张生说："我们相好五年，现在要分别了，我受你的恩义，几世都不足以相报。"张生惊讶地问她发生了什么事，她说："承蒙你给我这九泉之下的人施加恩惠。现在你已为我念满了经数，所以我得以托生到河北卢户部家。若是你不忘今天，再过十五年的八月十六日，请你去卢户部家相会。"张生也伤心地哭着说："我现在已三十多岁了，再过十五年，我就快入棺材了，相会又能怎样呢？"女子说："到时愿给你当奴婢作为报答。"一会儿，她又说："你可送我六七里路。这半路上有很多荆棘，我穿着长裙子难以走路。"说罢，抱着张生的脖子，张生便送她上了大路。

词苑撷英
荆棘：泛指山野丛生的带刺的小灌木。

到了大路上，见路旁有许多车马，马上有骑着一人的，有骑着两人的；车里有的坐三四人的，甚至还有坐十几个人的。唯有一辆以金花为装饰挂着朱红绣帘的车子，只有一个老婆子坐在里面。老婆子见鲁公女来了，就叫着："来了？"女子答应："来了。"女子回过头对张生说："就送到这里，你回去吧！不要忘了我刚才说的话。"张生答应着。女子就走到车前，老婆子伸手拉她上了车，铃铛一响，车马就向遥远的地方走去了。

张生无精打采地回到庙里，将十五年后相会的日期记在墙上；想到念经还有这样大的作用，就更加诚心地念经。他夜里做梦，梦见神人告诉他："你志气很好，但须到南海去。"他问神人："南海有多远？"神人说："远在天边，近在眼前，方寸之地。"醒后，他领悟了神人的意思，就念起《菩提经》

来，修行更加诚心。

三年后，张生的大儿张政、二儿张明相继高中。张生虽一下显贵起来，可他仍然坚持修行。一次梦见一个青衣人请他，到了一座宫殿，见殿中坐着一个神，像是菩萨，迎接他说："你行善可喜，可惜不能长寿，幸好请示了天帝，可以延长你的寿命。"张生跪下叩头，菩萨叫他起来坐下，请他喝茶，茶香犹如兰花；又叫童子领他到一个池子里去洗澡。池水很清，里边的鱼都看得很清楚，进入池中，水很温热；他捧起来闻一闻，有荷叶香味。一会儿，他渐渐到了深处，失足陷入水底，水深没了头顶，一下子就惊醒了，大为惊异。从此，张生身体更加健壮，眼更明了，自己捋了一下胡子，白胡子都落了，又过了一些时候，黑胡子也落了，脸上也没有了皱纹；又数月后，面目像儿童，跟十五六岁一样，还好游戏，也像个孩子，很不注意衣服饰物、礼仪小节。玩出了事，两个儿子就去救他。不久，他夫人老病去世了，儿子们要给他娶大户人家的女儿为继室。他说："等我到河北去一趟回来再说。"张生屈指一算，已经到了与鲁公女约定相会的时候了，便命人备马率仆人到了河北，一打听，果然有个卢户部。

早先，卢公生一女儿，生下来就会说话，长大了更加聪明漂亮，父母最喜爱她。一些富贵人家来求婚，女儿都不愿意。父母觉得奇怪，就问她。女儿详细说了生前的姻缘。大家给她算了算时间，大笑着说："傻丫头！张郎现在已年过半百了，人事变迁，怕他尸骨都烂了，就是还活着，也老掉牙了。"女儿不听，还是等着。母亲见她的决心不动摇，与卢公计谋，叫看门的不要通报客人，等过了约期，她就会绝望了。

果然不长时间张生就来访问，看门的不给他通报。张生不得已回到客栈，心里不痛快又没有办法，就去郊外散心，也借此机会暗暗打听女子的消息。

托生后的鲁公女以为张生负约，终日哭泣，也不吃东西。母亲对她说："张生不来，一定是去世了。就是活着，他违背了盟约，错也不在你。"女子也不说话，终日躺在床上。卢公很忧心，也想知道张生到底是个什么样的人，于是托词郊游，正好遇到张生。一见是个少年，他十分惊讶，互相谈了几句话，见张生风流潇洒，他很喜欢，便邀张生到家里去。张生刚想问话，卢公忽然立起，叫客人等一下，自己匆匆进内房告诉了女儿。女儿很高兴，自己奋力起床，出来一看，见长得不大像张生，就哭着回房了，埋怨父亲诳她。卢公极力表明这个人就是张生，女儿也不说话，只是哭。卢公出来，情绪懊丧，对张生也不热情接待了。张生问："贵府有当户部的吗？"卢公随便应了一声"有"，眼睛向别处看，似乎不觉得有客人在。张生感到他有些慢待自己，就告辞走了。

鲁公女只是哭，几天就哭死了。张生夜里做梦，见鲁公女来对他说："来找我的果然是你吗？你年纪相貌都变了，见了面竟没有认出。现在我已忧愁而死，烦你赶快到土地祠招回我的魂儿，我还能复活，晚了就来不及了。"张生醒来，急忙去叫卢户部的门，果然他女儿已经死了两天了。张生悲恸欲绝，进屋吊唁一番，把梦中的事告诉了卢公。卢公听从了他的话，急忙去土地祠招回了女儿的魂儿。又掀开被子，抚摸着女儿的尸体，一面叫女儿的名字，一面祷告。不多时，卢公便听到女儿喉咙里咯咯地响，见她朱唇一张，吐出一口冰块样的痰，渐渐呻吟起来。卢公高兴得不得了，敬请张生客厅就座，命人摆上酒宴，细问张生门第，才知道他家是巨族大户，越发高兴。于是选择良辰吉日，命女儿与张生成了亲。

张生在卢公府住了半个月，便带着妻子回家了。卢公亲自护送女儿，并在张府住了半年才回家。

张生夫妇住在一起，真像小两口一样。很多人认为鲁公女的儿媳是她的婆婆，因为她的儿媳都是近四十岁的人了。

卢公回家后，过了一年就死了。卢公的儿子很小，被豪强人家欺侮，家产几乎都被人霸占了。张生夫妇就把他接了来养着，成了一家人。

丐 僧

济南有一个和尚，不知叫什么名字。他赤着脚，穿着百衲衣，每天都到芙蓉街、大明湖各酒店念经化缘。人们给他酒饭、钱粮、米面，他都不要。大家问他要什么，他也不回答，终日没见他吃过一口饭。有人劝他说："师傅既然不吃荤酒，应到乡下去化缘，为什么天天在这腥膻的地方呢？"和尚仍闭眼念经，耷拉着一指多长的睫毛，好像什么也没听见。过了一会儿，人们又这样劝他。和尚瞪着眼睛厉声说："我就要这样化缘！"说罢又念经不止。他念的时间长了就自己走了。有些好奇的人跟在他后面，要问个究竟，为什么必定这样化缘，可和尚始终不应声。再三问下去，他又厉声说："你们不懂，老僧就是要这样化！"

又过了好几天，和尚忽然出了南门，躺在路旁像僵死了一样，一躺三天，一动也不动。当地人怕他饿死，把他抬到城墙边，都劝他到别处去，若要钱就给钱，若要饭就给饭。但和尚一直闭着眼，一句话也不说。大家一齐摇着他对他说话，和尚大怒，从百衲衣中抽出一把短刀，一刀剖开自己的肚子，用手伸到肚子里掏出肠子理一理放在路上，于是气绝身亡。大家都害怕了，赶快报告了官府，官府来草草地埋葬了他。

后来，包和尚尸体的席子被狗扒了出来。人们用脚踏踏，感觉好像是空的；打开一看，死尸没有了，席子原样捆着，像个空茧壳一般。

苏仙

高明图任郴州知州时，发生了这样一件事。有一个姓苏的民女在河边洗衣服，河中有一块大石头，女子蹲在石头上。有一团青苔，碧绿柔滑，非常可爱，在水面上荡漾，围着石头漂动了三圈。民女看了后心里一动，回家以后就怀了孕，肚子一天天大了起来。她母亲私下问她，女子把实情告诉了母亲，母亲一时也弄不明白。几个月后，女子竟生下了一个男孩。家人想偷着把他扔掉，但女子不忍心，便藏在柜子里养着他。女子也决心不出

词苑撷英
光彩：指光荣。

嫁，以表明好女不嫁二夫，然而没有丈夫就生孩子，总归是不光彩的事。孩子已长到七岁了，女子却从来不让他出来见外人。

一天，儿子忽然对母亲说："儿已渐渐长大了，怎么能长久关在家里呢？我要走了，不能连累母亲一辈子。"母亲问他到哪里去。他说："我不是人种，我要腾云上天。"母亲哭着问他什么时候回来。他说："等到母亲归天时，儿才来。我走了以后，你若需要什么，就打开藏我的柜子，要什么有什么。"说罢，拜别母亲就走。母亲出门看时，儿子已无影无踪了。女子回去告诉她的老母亲，老母亲也觉得很奇怪。

此后，女子坚守旧志，一直没有嫁人，与母亲相依为命，但是家境却越来越困难了，有时吃了上顿没下顿。女子忽然想起儿子临走时的话，打开柜子，果然有米有面，于是烧火做饭叫母亲吃。后来缺什么她就要什么，有求必应。

又过了三年，女子的母亲因病死了，一切丧葬用品都是取自柜中。葬了母亲后，女子独自一人过日子，一直过了三十年，从未接近过男人。

一天，邻居一个妇人去女子家借火，见她一个人坐在空房里，与她说了一会儿话就走了。过了一会儿，忽见一团彩云围着女子的房子，清清楚楚像盖子一样。云中立着一个人，穿着华丽的衣服，仔细一看，就是苏家的女子。彩云转了很长时间，就渐渐地升高看不见了。邻人都非常疑惑，到她屋里一看，见她打扮得非常漂亮，端端正正地坐在那里，已经没有气了。大家因为她孤苦一人，正议论怎么给她出殡，忽然一个少年进来。这少年长得英俊魁伟，向着众人一一道谢。邻居们也听说过这女子曾有个孩子，所以也不怀疑。少年拿出钱来埋葬了母亲，并在墓旁栽上两棵桃树，就告辞而去，走了几步就脚下生云，然后就不见了。

后来，这两棵桃树结的桃，甘甜味美，当地人都叫它"苏仙桃树"。桃树年年枝叶繁茂，硕果累累。在这里做官的，每每拿着这桃馈赠亲友。

词苑撷英
馈赠：赠送（礼品）。

汤　公

汤聘是辛丑年的进士。他生病快要死去的时候，忽然觉得下部有一股热气，渐渐向上升，到了腿部，脚就没有了知觉；到了肚子，肚子就没有了知觉；到了心部，心最难受。这时，汤公觉得凡是小时候的一些事情和早已经忘了的琐事，现在都像潮水般在心头一一浮现。如果是一件好事，心中就觉得清静；如果是做了一件坏事，心中就觉得懊恼烦躁，像油烧开了锅，难受得无法形容。他还回忆起七八岁时，曾因掏鸟窝而打死过小麻雀，这件事使他心头热血翻滚，一顿饭的工夫才过去。这样直到把平生所作所为翻腾完了，他才觉得那股热气一缕一缕穿过喉咙进入脑子，自头顶穿出，腾空而起，像炊烟一般袅袅升向天空。过了几个时辰，魂儿才脱离躯体而去，自己忘了自己的身子，只感到渺渺茫茫无有归宿，一直飘到郊外的路上。忽然来了一个巨人，高几十丈，低头把他拾起来，放进了袖筒里。汤公进了袖筒，只觉得里边人挤人，烦热闷气，难受极了。忽然他想起佛能解除危难，便在袖里呼叫佛号，才叫了三四声，一下就飘出袖外。巨人就又把他拾进袖里，如此拾了三次，巨人便不再拾他了。

汤公独自一人彷徨在路边，一时不知向哪里去；又一想，佛在西天，还是向西吧！走了不多时，见路边有一个和尚坐在那里，他便向前施礼问路。和尚对他说："凡是文官的生死册都由文昌、孔圣人管着，你必须到这两处销了名，才能到别处去。"汤公又问他们的住处，和尚指了路，汤公就顺路走去。

不一会儿走到圣庙，见孔圣人朝南坐着，汤公赶快上前跪拜，说明来意。孔圣人说："你要销名，还得去找帝君。"又告诉了他去路。汤公就又走，见前面有一宫殿，像是君王住的地方，便俯下身子进去。宫殿上坐着一个神人，像世上传说的帝君模样，汤公向前跪下祈祷。帝君详细查看名册，对汤公说："你有一颗诚恳正直的心，还可以再活几年，但你的尸骨已经腐烂，得找菩萨才能使你还魂。"于是叫他赶快去找菩萨。

汤公又按帝君指的路往前走，走到一个地方，见有茂盛的树林，碧绿的修竹，华丽的殿堂。他走进大殿，但见正面坐着菩萨，高髻端庄，金光满面；玉瓶里插着杨柳枝，依依低垂，葱翠如烟。汤公肃然叩头，禀告帝君之意。菩萨听了，面带难色。汤公又不断叩头，苦苦哀求。菩萨旁边的一位尊者建议说："请菩萨施大法力，撮土作肉，折柳为骨。"菩萨同意了，随即折了一柳枝，又从瓶中倒出一点儿净水，用净水和成泥，把泥拍附在汤公身上，令仙童把他送回，推着与他的尸体合为一体。于是家人就听到汤公的棺材中有呻吟声，惊讶地聚过来，把汤公搀扶出来，他病已痊愈。计算了一下时间，汤公死去已经七天了。

连　琐

杨于畏搬家居住在泗水岸边。他的书房临近旷野，墙外有很多古墓。每到夜晚，墓地里的白杨被风刮得哗哗作响，声音如同波涛汹涌的大海。一天深夜，杨于畏一个人在灯下，正感到凄凉，忽听墙外有人吟诗："玄夜凄风却倒吹，流萤惹草复沾帏。"反复吟诵了好几遍，声音悲哀凄楚。杨于畏仔细一听，柔弱婉转像是个女子，心中大疑。第二天一早，出去看看墙外，并没有人迹，只有一条紫带遗弃在荆棘丛中。他把紫带捡了回来，顺手放在窗台上。到了夜晚，二更天时，又传来吟诗声，和昨夜一样。他悄悄地搬了个凳子到墙边，登上去往外一望，吟诗声顿时没有了。他醒悟过来知道是女鬼，但心里却很倾慕女鬼。第二夜，他早早地藏在墙头上等着。一更天快完的时候，只见一个年轻的女子从荒草中姗姗而出，手扶小树，低着头悲伤地念起那两句诗。杨于畏轻轻咳嗽了一声，女子倏忽一下，隐入荒草中不见了。他继续在墙下等着，等那女子又出来吟完诗，他隔墙续道："幽情苦绪何人见，翠袖单寒月上时。"过了很久，墙外寂静无声。

杨于畏回到书房中，刚坐下，忽见一个美丽的女子从外面走进来，向他施礼说："您原来是位风雅之士，我却过分害怕而躲避开了。"杨于畏大喜，拉她坐下。那女子又瘦又弱，似乎连衣服的重量也承担不起。杨于畏问道："你的家乡是哪里？怎么长久地住在这地方？"女子回答说："我是陇西人，随父亲流落到这里居住。十七岁时得暴病死去，到现在二十多年了，住在荒野地下，十分孤单寂寞。那两句诗是我自己作的，以寄托幽恨之情。想了很久，也没想出下句，承蒙您代续上了，我九泉之下也感到欢快！"杨于畏想和她交欢。女子皱着眉头说："阴间的鬼魂不比活人，如果幽欢，会折人阳寿，我不忍祸害君子。"杨于畏只好作罢，却又用手摸女子的胸，见仍是处女的样子，又要看看她裙下的一双脚。女子低头笑道："你这狂生太啰唆了！"杨于畏摸着女子的脚，见月白色的锦袜上系着一缕彩线，再看另一只脚上却系着一条紫带子，便问："怎么不都用紫带子系住？"女子回答说："昨夜因害怕你躲避时，紫带不知丢到了什么地方。"杨于畏说："我替你换上。"便去窗台上取来那条紫带递给女子。女子惊讶地问他哪来的，杨于畏如实说了。女子解下彩线，仍用带子系住。收拾完，女子翻阅起桌上的书，忽见元稹作的《连昌宫》词，感慨地说："我活着时最爱读这些词。现在看到，真如在梦中。"杨于畏和她谈论起诗文，觉得她聪慧博学，令人喜爱。杨于畏和她在窗下剪着灯花夜读，如同得到了一个知心朋友。

从此以后，只要一听到杨于畏低声吟诗，一会儿女子就

词苑撷英

幽恨：深藏于心中的怨恨。

知识延伸

元稹：字微之，河南（今河南洛阳）人。贞元进士。曾和白居易共同提倡"新乐府"，常相唱和，世以"元白"并称，但成就不如白居易。后期热衷于仕进，与宦官相善，官至宰相，为时论所不满。有《元氏长庆集》。

来了。她常嘱咐杨于畏说："咱们交往的事你一定要保密，不能泄露。我自幼胆小，恐怕有坏人来欺负我。"杨于畏答应了。虽然未曾同寝，但双方的感情却胜过了夫妻。女子常在灯下替杨于畏抄书，写的字端正柔媚，又自己选了一百首宫词，抄录下吟诵。她还让杨于畏准备棋具，买来琵琶，每夜教杨于畏下棋。有时女子自己弹起琵琶，奏起《蕉窗零雨》的曲子，让人心酸。杨于畏不忍心听完，女子便又奏起《晓苑莺声》，杨于畏顿觉心旷神怡。两人灯下玩乐，往往忘了天明。直到看见窗上有了亮色，女子才慌慌张张地走掉。

一天，薛生来访，正碰上杨于畏白天睡觉，见屋子里琵琶、棋具都有，知道这些东西不是杨于畏擅长的，又翻阅他的书时，发现了一些抄录的宫词，字迹端正秀丽，心中越发怀疑。杨于畏醒来后，薛生问道："这些游戏用具是哪里来的？"杨于畏回答说："想学学。"薛生又问诗卷是哪里来的，杨于畏假称是从朋友处借的。薛生反复赏玩，见诗卷最后一行小字写的是"某月日连琐书"，便笑着说："这是女子的小名，你怎么如此欺骗我？"杨于畏窘迫不安，不知怎么回答好。薛生苦苦追问，杨于畏闭口不答，薛生便卷起诗卷，以拿走相要挟。杨于畏更加窘困，只得实说了。薛生要求见见这个女子，杨于畏告诉他女子的嘱咐，薛生却更加仰慕，杨于畏迫不得已答应了。到了夜晚，女子来了。杨于畏便转述了薛生要见见她的意思。女子发怒地说："我怎么嘱咐你的？你竟喋喋不休地跟人说了！"杨于畏解释说明当时的情况。女子说："我和你缘分尽了！"杨于畏百般安慰解释，女子终究还是不高兴，起身告别说："我暂时躲避躲避。"

第二天，薛生来了，杨于畏告诉他女子不愿见。薛生怀疑他在推托，晚上又带了两个同学来，赖着不走，故意扰乱杨于畏，吵吵嚷嚷闹个通宵，气得杨于畏直翻白眼，但是无可奈何。众人一连几夜，也没见那女子的影子，便都有了回去的心思，不再吵闹了。忽听外面传来吟诗声，大家静静一听，只觉那声音非常凄婉。薛生正在凝神倾听，同学中有一个武生王某，搬起块大石头投了过去，大喝道："拿架子不见客人，什么好诗，呜呜咽咽的，让人烦闷！"吟诗声顿时消失了。大家都埋怨王生，杨于畏更是恼怒，脸色不好看，说话也难听了。第二天，同学们都走了。杨于畏独宿空房，心中盼望着女子再来，却一直渺无人影。

又过了两天，女子忽然来了，哭泣着说："你招了些恶客，差点儿吓死我！"杨于畏连连道歉。女子匆匆地走了出去，说："我早说过和你缘分尽了，从此永别了！"杨于畏正想挽留，女子已消失不见。此后过了一个多月，女子一次也没来。杨于畏天天思念，人瘦得皮包骨头，但却没法挽回了。

一晚，杨于畏正一个人喝着酒，女子忽然掀帘进来了。杨于畏高兴地说："你原谅我了？"女子流着泪，默默不语。杨于畏忙问怎么了，女子欲言又止，说："我赌气走了，现在有急事又来求人，实在羞愧！"杨于畏再三询问，女子才说："不知哪里来了个肮脏鬼役，逼我当他的小妾。我自想是清白人家的后代，怎能屈身于鄙贱的鬼差呢？可我这个弱小的女子，又怎能和他抗拒？您如认为我们感情深厚，如同夫妻，不会听任不管吧？”杨于畏大怒，恨恨地要打死那鬼差，可又顾虑阴间阳世不同路，怕无能为力。女子说：“来夜你早点儿睡觉，我在你梦中请你去。”于是两人重新和好，一直谈到天亮。女子临去又嘱咐杨于畏白天不要睡觉，等到夜晚相会，杨于畏答应了。

第二天午后，杨于畏喝了点儿酒，乘着酒意上了床，蒙衣躺下，忽见女子来了，给他一把佩刀，拉着他的手走。他们来到一个院子，两人关上门正在说话，忽听有人用石头砸门。女子吃惊地说：“仇人来了！”杨于畏打开门，猛地窜了出去，见一个人红帽青衣，满脸刺猬般的胡须。杨于畏愤怒地斥责他，鬼差横眉怒目，凶悍地谩骂不止。杨于畏大怒，持刀冲了过去。鬼差捡起石块，雨点儿般地砸过来，其中一块正中杨于畏的手腕，他再也握不住刀。正在危急时候，远远望见一人，腰里挂着弓箭正在打猎。杨于畏仔细一看，却是王生，急忙大声呼救。王生弯弓搭箭，急忙跑过来朝鬼差一箭射去，正中鬼差大腿，再一箭，结果了其性命。杨于畏欢喜地道谢。王生询问缘故，杨于畏都说了。王生高兴自己上次得罪了女子，这次可以赎罪了，于是和杨于畏一块进了女子的住室。女子战战兢兢，羞怯不安，远远地站着一句话也不说。王生见桌子上放着把小刀，有一尺多长，用金玉装饰。他把刀从匣中抽出来一看，冷光四射，能照见人影。王生赞叹不绝，爱不释手。跟杨于畏说了几句话，见女子羞愧害怕得可怜，王生便走出屋子，告辞走了。杨于畏也独自返回，翻过墙后，一下子跌倒在地，于是从梦中惊醒，只听树中的雄鸡已高一声低一声地叫开了。杨于畏觉得手腕很疼，天明后看了看，手腕上皮肉都肿了。

到了中午，王生来了，说起夜晚做了个奇怪的梦。杨于畏说：“没梦见射箭吗？”王生奇怪他预先知道。杨于畏伸出手腕，讲了缘故。王生回忆着梦中见到的那个女子，只恨不是真正见面，自觉对女子有功，又请杨于畏给通融通融。到了夜晚，女子来拜谢。杨于畏归功于王生，便讲了王生想见一面的诚恳心情。女子说：“他的帮助，我不敢忘记，但他是个赳赳武夫，我真的害怕！”过了一会儿又说：“他喜欢我的佩刀，那把刀是我父亲出使粤中时，用一百两银子买来的。我很喜欢，就要了过来，缠上金丝，并镶上了明珠。父亲可怜我年幼死去，用刀殉葬。现在我愿割爱，把刀赠给他，见了刀就像见了我本人一样。”第二天，杨于畏跟王生说了女子的意思，王生大喜。到夜晚，女子果然带着刀来了，对杨于畏说：“告诉他珍重，这把刀不是中华出产的！”从此以后，杨于畏和女子来往如初。

过了几个月，女子忽然在灯下边笑边看着杨于畏，想要说什么，可又脸色一红，不说了，如此好多次。杨于畏便抱着她询问，女子说：“长久以来得到你眷爱，我接受了活人的气息，天天食人间烟火，白骨竟有了活意。现在只需人的一点儿精血，我就可以复生。”杨于畏笑着说：“是你不肯，哪里是我吝惜呢？”女子说：“我们结合后，你定会大病二十多天，但吃药可以治好。”于是两人恩爱起来。过了一会儿，女子穿上衣服起来，说：“还需一点儿生血，你能够拼上疼痛爱惜我吗？”杨于畏取过利刃，刺破手臂，女子仰卧在床上，让血滴进肚脐中，起来说：“我不再来了，你记住一百天后，看我的坟前有青鸟在树梢上鸣叫，就赶快挖坟。”杨于畏答应。女子临出门又嘱咐说：“千万记住，不要忘了。早了或晚了都不行！”说完便走了。

过了十多天，杨于畏果然大病，肚子胀得要死，请来医生抓了药服下，排泄出很多稀泥样的浊物。又过了十多天，病才好了。计算着到了一百天，杨于畏让家人拿着工具在女子的坟前等着。到了傍晚，果然见两只青鸟在树枝上鸣叫。杨于畏高兴地说：“可以了！”于是刨去荆棘，挖开坟墓，只见棺木已经腐烂，但女子的面貌仍像活的一样。杨于畏用手一摸，女子身上有温气，便盖上衣服，把她背回家中，放到温暖的地方。觉得女子口里有了一丝气息，又喂了些汤粥，到半夜女子醒了过来。从此以后，女子常对杨于畏说：“死了二十多年，就像做了一场梦一样！”

> **词苑撷英**
> 腐烂：烂掉，朽坏。有机体由于微生物的滋生而被破坏。

> **词苑撷英**
> 气息：呼吸时出入的气。

单道士

韩公子，是淄川县官宦人家的子弟。有个姓单的道士，精通变戏法。韩公子很喜欢他的法术，把他待为座上宾。单道士跟人走路或坐在一起时，常常忽然就不见了。韩公子想跟他学这种隐身法，道士不肯。公子再三恳求，单道士说：“我并不是吝啬我的法术，是恐怕传出去后坏了我的名声。如果我教给的人是君子倒还罢了，传给小人就不行了，会有人借此隐身法去行窃的。公子当然不会行窃，但你出去后，如发现谁家的姑娘媳妇漂亮，一喜欢上，就用隐身术偷进闺房，我岂不是助纣为虐，成了淫徒的帮凶了吗？所以不敢从命！”韩公子不能强迫道士，可怀恨在心，暗地里和仆人们商量准备痛打道士一顿，好羞辱他一番。恐怕打他时他又使隐身法跑了，就用细灰洒在麦场上，韩公子心想：“他即使用隐形术，但走过的地方必定在灰上留下痕迹，这样就可以追着他的足迹痛打了。”一切布置停当，韩公子便把单道士骗到场上，命仆人手持牛鞭快打。单道士忽然不见了，但灰上果然有鞋子走过的痕迹。仆人们四下里一顿乱打，刹那间灰土飞扬，再也找不到道士的踪影了，韩公子只得悻悻地回家了。

过了一会儿，单道士也回来了，跟伺候自己的仆人说：

“我不能在这里住了！一向有劳你们，现在要分别了，我要报答你们！”说完，从衣袖中掏出一壶美酒，又拿出一盘佳肴，都放在桌子上。摆完，又掏，共掏了十几次，桌上的菜肴已摆满了。于是，单道士邀请大家入座喝酒，众人都开怀痛饮。吃喝完，单道士仍把酒壶、菜盘一一放回袖子里。

韩公子听说这件奇异的事后，便让道士再变个戏法看看。单道士便在墙壁上画了座城，画完，用手推推城门，门竟一下子开了。单道士将衣服、行李全都扔进城门里，又向韩公子拱拱手说：“告辞了！”说完，纵身跳入城内，门立即又关上了，单道士便消失不见了。

后来，听说有人在青州的街市上又见到了单道士，见他教儿童在手掌上画墨圈，然后逢人把手一扬，墨圈就会抛落下来，印到行人的脸上或衣服上。

夜叉国

交州有一个姓徐的，驾船渡海去远方做买卖，在海上遭遇大风，船被吹到不知什么地方。风停后，徐某睁眼一看，见来到一处，山峰绵延，树木苍苍。徐某希望这里有人居住，便将船拴好，背着粮食、干肉，下船登上了海岸。

刚进山，见两边悬崖上，密密麻麻地排列着很多洞口，像蜂房一样，洞内隐约有人声。徐某来到一个洞外，停下脚步往里一瞅，只见里面有两个夜叉，龇着两排白森森的剑戟般的利齿，双眼瞪得像灯笼一样，正用爪子撕生鹿肉吃。徐某吓得魂飞魄散，急忙返身要逃。夜叉已看见他，扔下死鹿，爪子一伸，就把他抓进洞里。两个夜叉互相说着话，像鸟兽的叫声，争着撕扯徐某的衣服，似乎想吃了他。徐某恐惧万分，忙取出背在身上的干粮和熟牛肉干，送给夜叉。夜叉分吃完了，觉得味道很美，又去翻徐某的袋子。徐某摇摇手，表示没有了。夜叉大怒，又把他抓了起来。徐某哀求说：“放开我！我船上有锅子，可以再做给你们吃！”夜叉不明白他的话，仍然发怒。徐某打着手势又说了一遍。夜叉像是稍微有点儿明白了，便跟着他来到船上，把锅子拿到洞中。徐某抱来柴火，点上火，将夜叉吃剩下的生鹿肉煮了献给他们，两个夜叉吃得非常高兴。到了夜晚，夜叉用石头堵住洞口，像是怕徐某逃跑。徐某蜷曲着身体，远远地躲着夜叉躺下，整夜战战兢兢的，生怕最终不免一死。

天明后，两个夜叉出去了，临走前又堵上洞口。不一会儿，取来一头死鹿交给徐某。徐某便剥了鹿皮，到洞深处打了水，煮了好几锅。又过了一会儿，来了好几个夜叉，聚到一起，吞吃着锅里的熟鹿肉。吃完了，夜叉们一齐用手指着锅子，似乎嫌太小。过了三四天，一个夜叉背来一口大锅，像是人常用的那种。于是，夜叉们纷纷拿来死狼、死鹿等动物，放在锅里煮；煮熟后，招呼徐某也一块吃。这样过了几天，夜叉们渐渐和徐某熟悉起来，出去时也不再堵洞口了，待他像一家人一样。徐某也渐渐能根据夜叉发出的声音，揣摩出他们的意思，还常常学着他们的腔调，说些“夜叉话”。夜叉们更加高兴了，又带来一个母夜叉，给徐某当老婆。起初徐某很害怕，在母夜叉面前不敢动弹。后来母夜叉主动与他亲热，徐某才和她成了夫妻。母夜叉大为喜悦，此后便常常留下熟肉给徐某吃，真像是恩爱夫妻一样。

一天，夜叉们早早起来，每个夜叉脖子上都挂着一串明珠，轮番走出洞外，像是在迎候什么贵客，又让徐某多煮些肉。徐某问母夜叉，母夜叉说："今天是天寿节。"又走出去跟别的夜叉说："徐郎没有骨突子！"众夜叉听说，各摘下五颗珠子，一块交给母夜叉。母夜叉又从自己的脖子上摘下十颗，共凑了五十颗，用野麻皮搓了根绳子串起来，挂在徐某脖子上。徐某看了看这些明珠，一颗足值百十两银子。一会儿，夜叉都走了出去。徐某煮完肉，母夜叉来叫他说："去接天王！"

徐某跟随夜叉们来到一个大洞。这个洞足有好几亩地大，中间有一块巨石，上面又平又滑，像桌子一样。巨石周围摆着些石座，最上首一个石座上蒙着豹皮，其余蒙的都是鹿皮，共坐了二三十个夜叉。不一会儿，只听大风呼呼，飞沙走石。夜叉们慌忙出迎。徐某见走来一个巨大的怪物，样子也像是夜叉。那怪物径直奔进洞中，高高地蹲坐在豹皮座上往下俯视着。众夜叉们跟着一块进洞，分东西两列站好，都昂起头，双臂交叉成十字状，向大夜叉行礼。大夜叉点了点头，问道："卧眉山上的，就是这些吗？"众夜叉乱哄哄地答应。大夜叉看见了徐某，问："这个是从哪里来的？"母夜叉回答说："他是我丈夫。"大家对大夜叉夸起徐某的烹调来。随即有两三个夜叉跑去取了些熟肉来，献到石桌上。大夜叉双爪撕着，饱吃一顿，极力夸赞味道美，并且命令此后要按时供应他熟肉吃；又看着徐某说："你的骨突子怎么这样短？"众夜叉回答说："他刚来，还没准备好。"

大夜叉便从自己脖子上摘下珠串，脱下十颗明珠赏给徐某。这些珠子都比手指尖大，圆圆的像弹丸一样。母夜叉急忙接了过来，替徐某穿好挂在他的脖子上。徐某也学夜叉的样子，双臂交叉，说着“夜叉话”表示感谢。大夜叉便走了，驾着狂风，快得像飞一样，片刻便消失不见了。众夜叉吃了剩下的熟肉，便散了。

又过了四年多，母夜叉忽然生产了。一胎生下两个男孩，一个女孩，都是人样，不像他们的母亲。夜叉们都很喜欢这三个孩子，常常一块逗弄他们。

一天，夜叉们都出去打食了，只剩下徐某一个人在洞里坐着。忽然从别的洞来了一个母夜叉，想跟徐某私通。徐某不肯。母夜叉发怒，将他一下子扑翻在地。正好徐某的妻子从外面进来，见此情景，暴怒地冲上前去，撕打起来，一口把她的耳朵咬了下来。过了一会儿，那母夜叉的丈夫也来了，徐妻才放了她，让她走了。从此以后，徐妻天天守着丈夫，一刻也不离开。三年后，孩子们已能走路了。徐某教他们说人的语言。孩子们渐渐地咿咿呀呀地会说话，大有点儿人气了，虽然还是儿童，但登山如走平地一般，跟徐某依依恋恋，很有父子情意。

一天，母夜叉跟一个儿子和女儿外出，半天没回来。正好北风大作，徐某凄伤地想起了故乡，便领着另一个儿子来到海岸边，见原来的船还在，便和儿子商量着返回老家。儿子想告诉母亲，徐某劝阻住了。父子二人登上船，顺风行驶，只用了一天一夜，便到达交州。到家后，徐某得知妻子已经改嫁走了。他拿出两颗明珠，卖了几万两银子，家境因而非常富裕。儿子取名叫徐彪，十四五岁时，就能举起几百斤重的东西，粗直刚猛，生性好斗。交州的驻军主帅见了他后很惊奇，便让他做了千总。正赶上边疆叛乱，徐彪在作战中所向披靡，立了很多功劳，十八岁就被提升成了副将。

这时，有一个商人乘船渡海，也遭遇大风，被刮到卧眉山。刚上岸，见走来一个少年人。少年见了商人大惊，知道他是中原人，便询问他的家乡，商人说了。少年把他拉进一条深谷中的一个山洞里，洞外布满了荆棘丛，嘱咐他不要出去。少年离去了不一会儿，拿来鹿肉让商人吃，然后说：“我父亲也是交州人。”商人询问姓名，知道姓徐，自己认识他，便说：“你父亲是我的老朋友，现在他的儿子已做了副将。”少年不知“副将”是什么意思。商人说：“这是中国的官名。”少年又问：“什么叫官？”商人回答说：“官就是出去乘漂亮车马，回家住高堂大屋；在上轻轻一呼，百人应声雷动；别的人不敢正眼看，只能侧身立，这就是官！”少年听得欢欣鼓舞。商人又问他：“你父亲既然在交州，你为什么长久留在这个地方？”少年详细讲了以前的事情，商人便劝他返回故土。少年说：“我也常常这样想，但母亲不是中国人，语言、相貌都跟那里不同。况且，一旦走不成，同类知觉必被残害。因此踌躇不决，拿不定主意。”说完少年便走了，临出洞时跟商人说：“等起了北风，我来送你回去，麻烦你给我父亲和哥哥带个信去。”

商人在洞里一直藏了将近半年。他不时从洞口的荆棘丛中往外窥视，见山中总有夜叉来来往往，吓得他一动也不敢动。一天，北风忽起，山中一片风吹树叶的唰唰声。少年忽然来了，领着他急急地逃窜，边逃边嘱咐他说：“我嘱托你的事不要忘了！”商人答应。

于是，在少年的帮助下，商人终于逃了回来。一到交州，商人立即去副将府，跟徐彪详细地讲了自己的见闻。徐彪听了又悲又喜，便要去寻找母亲、弟弟和妹妹。父亲担忧大海滔滔，又是去夜叉国，一路险恶，极力劝阻他不要去。徐彪捶胸痛哭，非去不可。父亲劝阻不住，只得由他。

徐彪便告诉了交州总帅，挑了两名健勇的士兵，乘船下了海。正赶上逆风，船行得十分艰难。在大海上颠簸了半个月，四周一望，只见海水茫茫，无边无际，再也分辨不出东西南北。忽然，一阵暴风吹来，波浪滔天，船被一下子打翻。徐彪落入水中，随着海浪漂流了很久，被一个怪物拖上了岸。怪物带着他来到一个地方，这里竟有房舍。徐彪醒了后，四下一看，见一个像夜叉的怪物站在自己身边，便用“夜叉话”询问。夜叉惊讶地反问他，徐彪告诉他自己要去的地方。夜叉高兴地说：“卧眉山是我的故乡，刚才太冒犯你了。这条路是去毒龙国的，不去卧眉山。”于是找了条船送徐彪去卧眉山。夜叉在海水里推船疾行，像箭一样快，瞬间已跑了一千多里。过了一夜，徐彪来到卧眉山北岸，见岸上有个少年，正在眺望着茫茫无际的海水。徐彪知道深山里没有人类，怀疑那少年就是弟弟；走近一看，果然不错，兄弟俩手拉手痛哭起来。徐彪问起母亲和妹妹，少年回答说都很平安康健。徐彪便想和弟弟一起去寻她们，弟弟阻止了他，自己一人急急忙忙地走了。徐彪转身想感谢送自己来的夜叉，却见那夜叉不知什么时候已经走了。不一会儿，母亲和妹妹来了，看见徐彪都哭了起来。徐彪告诉母亲想接她们回去，母亲说：“恐怕去了后会被人家欺负！”徐彪说：“儿在中国享有荣华富贵，别人不敢欺负母亲。”于是，母子三人决意返回，但苦于正值逆风，难以行船。正在徘徊犹豫时，忽见船上的布帆向南飘动，起了瑟瑟北风。徐彪大喜，说：“天助我也！”四人一个跟一个上了船。北风很急，只用了三天，他们便抵达交州岸边。四人一上岸，看见他们的人以为他们是妖怪，吓得四处逃窜。徐彪便脱下自己的衣服，让他们三人分着穿上了。回到家中，母夜叉见了徐某，怒骂不止，恨他当初回来不跟自己商量。徐某连忙谢罪道歉。家里的人都来拜见主母，无不吓得浑身颤抖。徐彪便劝母亲学说中国话，又让她穿锦衣，吃中国饭菜，母夜叉这才高兴起来。

母夜叉和女儿都喜欢穿男人的服装，像满族人的打扮；几个月后，渐渐地会说中国话了。弟弟、妹妹的皮肤也逐渐变得白皙。弟弟叫徐豹，妹妹叫夜儿，二人都很勇猛有力。徐彪耻于自己不会读书写字，便让弟弟读书。徐豹很聪慧，经史书籍，一过目就明白了。但他不想做一个只会读书的文人，徐彪便让他练习拉硬弓、骑烈马，结果他考取了武进士，娶了一个官员的女儿为妻子。夜儿因为相貌奇异，没人敢向她提亲。正好徐彪部下有个姓袁的守备死了妻子，徐彪便将妹妹硬嫁给了他。夜儿能开百石弓，百余步之外，用箭射小鸟，百发百中。袁守备每次出征，总是带着妻子。后来他一直升到同知将军，立下的功劳多半出自妻子之手。徐豹到三十四岁时，做了一个省的提督。母亲曾经跟着他南征，每次跟强敌对阵，母亲总是脱去盔甲，赤膊上阵，手持利刃为儿子接应。凡跟她接战的人，无不败得落花流水。后来，皇帝要诏封她为“男爵”，徐豹急忙上疏推辞，说明她是自己的母亲，皇帝才改封了她一个“夫人”的称号。

汪士秀

汪士秀，庐州人，刚强勇猛，力气大得能举起几百斤重的石臼。他和他父亲都善于踢球。他父亲四十多岁过钱塘江时淹死了。又过了八九年，汪士秀有事去湖南，晚上停泊在洞庭湖。当时，圆月东升，澄江如练。正眺望时，忽见有五个人从湖中冒出来，带着一张足有半亩地大的席子，平铺在水面上；接着又纷纷摆出酒肴，盛酒肴的器皿发出一片温厚的摩擦碰动的声响，不像是陶瓷器皿。不一会儿，有三个人在席上坐下，另外两个人在一边伺候。坐着的三人中，一个穿黄衣服，两个穿白衣服，头上都戴着皂色的头巾，头巾高高的，后幅拖下来一直搭到肩背上，样式非常古老。月色迷茫，远远望去，看不清楚他们的面貌。伺候的两人都穿着褐色衣服，一个像是童仆，另一个像是老翁。只听黄衣人说："今晚月色极好，很值得我们痛饮一场！"一个穿白衣的说："今晚的风景，大有广利王在梨花岛摆宴时的样子呢！"三人互相劝酒，痛饮起来。说话的声音越来越小，汪士秀再也听不到了。给他撑船的船家吓得趴在那里，大气也不敢出。汪士秀又仔细地看了看那老翁，相貌非常像自己已经死去的父亲，但听他说话的声音又不是。

词苑撷英

澄江如练：清澈的江水，像一条白练一样。多指对江景的鸟瞰。

二更将尽时，三人中忽有一人说："趁月光明亮，我们应该踢球为乐！"就见那童仆从水中取出一个圆球，有一抱大小，球中像是贮满了水银，表里透明。坐着的人都站起身来，黄衣人招呼老翁一块踢。那球被他们踢起有一丈多高，光芒四射，直刺人眼。一会儿，只见那球腾空飞起，远远地飞过来落在了汪士秀的船上。汪士秀顿觉脚痒，飞起一脚，想把球踢回去。只觉那球异常轻软，这一下猛踢，似乎把它给踢破了。球飞起有几丈高，从破口处泻下一道银光，犹如彩虹，又如划过天空的彗星，一下子扎进了水里；接着水面上冒出一阵气泡，球不见了。席上的三人都发怒说："哪里来的生人，败坏我们的雅兴！"老翁却笑着说："不错不错，刚才那一脚正是我们家的'流星拐'踢法。"白衣人怪他多嘴，嗔怒地说："我们都在烦恼，老奴怎敢讲笑话？快和小崽子去把那狂人抓来！不然，我就用锤子砸断你的腿！"汪士秀见无路可逃，索性横下心，提刀立在船头上。

词苑撷英

雅兴：高尚而不粗俗的兴趣。

一会儿，就见童仆和老翁手持兵器冲了过来。汪士秀仔细一看，那老翁果然是父亲，急忙大叫："阿爹，儿子在此！"老翁大吃一惊，父子相对悲伤。童仆见状，立即返了回去。老翁说："儿子快藏起来，不然我们爷俩都要死了！"话还没说完，那三人突然出现在船上，面都如黑漆，眼睛比石榴还大，一把就把老翁抓了过去。汪士秀急忙奋力争夺，船被挣得摇晃不止，缆绳一下子断了。汪士秀挥刀向黄衣人砍去，把他的胳膊砍了下来，黄衣人负痛逃窜。另一个穿白衣的向汪士秀冲来，汪士秀又挥刀剁中他的头颅，他扑通一声掉进水里，剩下一人也不见了。汪士秀正和父亲商量着连夜乘船返回，忽然水面上冒出一张像井一样深的大嘴，四周的湖水哗哗地往里灌注着，砰砰地响；过了一会儿，那大嘴又把水往外一喷，波涛汹涌，高接星斗，湖里所有的船都颠簸起来，船上的人恐惧万分。汪士秀见自己的船上有两个石鼓，都有一百斤重，他便举起一个往那大嘴里投下去，激起雷鸣般的波涛。不一会儿，湖面渐渐平静，他又把另一个石鼓投了下去，这才风平浪静。

汪士秀怀疑父亲是鬼。老翁说："我本来就没死，在江上落水的十九个人，都被妖怪吃了。我因为会踢球，才保住了命。那些妖怪得罪了钱塘江龙君，所以来洞庭湖避难。三人都是鱼精，刚才踢的球就是鱼鳔。"父子二人都因团聚而高兴，连夜划着船走了。天明后，见船上有片鱼翅，有四五尺长，才醒悟这就是夜晚被汪士秀砍断的黄衣人的那条胳膊。

小二

滕县有个叫赵旺的人，夫妻二人都信佛，不吃荤，被村中的人看作"善人"，家中过着小康生活。他们有一个女儿叫小二，长得聪明美丽，赵旺夫妻视女儿如掌上明珠。小二六岁时，他们就让她与哥哥赵长春一起跟老师读书，五年的工夫熟读了五经。同学中有个姓丁的学生，字紫阳，比小二大三岁，长得风流潇洒，文采也很好，他们二人互相爱慕。丁生私下告诉母亲，向赵家提亲。而赵旺想让女儿找个有钱的大户人家，因此没有答应这门亲事。

过了不多时，赵旺参加了白莲教。徐鸿儒造反后，赵旺一家人都成了贼寇。小二知书善解，对剪纸作马、撒豆成兵的法术，都能一见就通。有六个小女孩跟徐鸿儒学艺，唯有小二学得最好，因而很快学到了徐鸿儒的法术。赵旺也因为女儿学的武艺好而得到了重用。

这时，丁生已十八岁了，在县里中了秀才，一直没有成亲，因他心里忘不了小二。一天，他忽然从家里逃了出来，投到徐鸿儒部下。小二见了很高兴，对丁生特别好。小二是徐鸿儒的高徒，在徐部主持军务，日夜忙碌，连自己的父母都不常见，可她与丁生每晚都在一起谈话，并且谈话时将仆役都打发走，每每谈到夜里三更多天。有一次，丁生私下对她说："我来这里，你知道是为什么吗？"小二回答说："不知道！"丁生说："我不是为了想出人头地，我之所以来，实在是为了你。白莲教本是旁门左道，无济于事，只能是自取灭亡。你是聪明人，难道不明这个道理吗？你若能跟我走，就不辜负我找你这份心意了。”小二听了，黯然地思索了一会儿，心里如梦初醒。她对丁生说：“我们背着我父母走了，是为不义，我们去告诉他们！”于是二人到了赵旺夫妇处，向他们说明利害。可赵旺不觉悟，还说：“我师傅是神人，绝不会错！”小二知道不能再劝了，就把辫子梳成小髻，拿出两个纸鸢，与丁生每人骑一个。纸鸢慢慢展开双翅，像比翼鸟一样双双飞走了。

天明，来到莱芜地界，小二用手捻一下鸢脖子，二人就双双着了地。他们收了鸢，换骑两头驴，一路小跑奔到山里，假装是来避难的，赁了房子住下了。

二人逃走时，因为比较匆忙，带的衣服不多，柴米也没有。丁生很是犯愁，向邻居家借，也没有人肯借。然而小二却面无愁容，只是卖簪子、耳环等首饰度日。二人闭门静坐，互相猜灯谜，背诵过去学过的书，以赌输赢、论高低；谁输了，谁就被对方用手指打手腕。

他们住的西邻有个姓翁的人，是个绿林好汉。一天打猎回来，被小二看见了，对丁生说：“这个人很富，我们愁什么？暂借他一千两银子用用，不知他肯借不肯借？”丁生认为不好办。小二说：“我要让他自愿拿出银子来！”她就剪了个纸判官，放在地上，盖上个鸡笼子，然后拉着丁生上了床，摆上存下的一点儿酒，拿出《礼记》来行酒令。随便说书上第几册、第几页、第几行，然后翻书检阅。如果这一行是“食”字旁、“水”字旁或“酉”字旁，就喝一杯酒；若是“酒”字部，就加倍喝。小二正好翻到“酒人”，丁生就以大杯斟满给小二喝。小二祝祷说：“我若是能借来银子，你就得‘饮部’。”丁生一翻书，得“鳖人”。小二大笑着说：“事情成了！”斟上酒拿给丁生。丁生不服。小二说：“你是水族，应该和鳖一样喝酒。”正在互相喧闹间，忽听鸡笼里嘎嘎有声。小二说：“来了！”打开鸡笼一看，下面满满一袋银子。丁生又惊又喜。

后来，翁家一个妇女抱着孩子来串门，偷偷地说：“我家主人刚从外边回来，点上灯才坐下，就见地上忽然裂了一道缝儿，深不见底。一个判官从缝里出来说：‘我是地府的官吏。泰山帝君召集阴曹官吏造恶人名录，需要银灯

> **词苑撷英**
> 地界：地区；管界。

> **词苑撷英**
> 深不见底：深得看不见底。也比喻知识深奥，学不到尽头。

一千架，每架用银子十两。你施舍一百架，就能消除你的恶行。’我家主人害怕至极，烧香叩头，捐上一千两银子，判官才回去了，地上的缝儿也合起来了。”丁氏夫妻听了，故意装得非常惊讶。

自此以后，丁氏夫妻渐渐购买牛马，雇用丫鬟、仆人，自己新盖了房子。本村的一帮无赖之徒，见他们一下子富起来，就纠集一伙坏人，跳墙进了丁家抢劫。丁氏夫妇从梦中醒来，点着蜡烛一照，贼已满了屋子。两个贼捉住丁生，一个贼伸手向小二怀中乱摸。小二赤着身子起来，用手一指说：“别动！别动！”就见贼寇十三人都吐着舌头，呆若木鸡，一动也不能动。小二这才穿上衣服下床，招呼众家人来，把盗贼一个一个都绑了起来，逼他们招供了罪行。小二于是责备盗贼说：“我们是从远处来这里避难的，希望大家互相帮助，为什么你们竟不仁不义到这种地步！人都有一时富裕、一时贫穷的时候，日子困难的不妨明说，我岂是那种视财如命的守财奴？按你们的这种豺狼行为，本应都杀掉，可我心里不忍，暂时先放了你们，以后要是再犯，定杀不饶！”盗贼们叩头谢恩而去。

词苑撷英

豺狼：豺和狼，比喻凶恶残忍的人。

小二与丁生在这里住了不长时间，徐鸿儒就被官府擒住了，赵旺夫妇也株连被杀。丁生帮助小二带了银子去官府赎回了哥哥赵长春的小孩儿。这孩子当时才三岁，丁生把他当自己的儿子来抚养，改姓丁，叫丁承祧。于是这村中的人渐渐知道丁氏一家是白莲教的遗属。这年正遭蝗灾，小二剪了几百只纸鸢放在自己的地里，吓得蝗虫都飞不进她的田，免了一场灾害。村中的人都嫉恨他们，向官府告发他们是徐鸿儒的余党。官府见丁家很富有，想敲诈他们，就把丁生抓起来。丁生拿钱重重贿赂县官，才免了灾。小二说：“咱们的钱来得不太明白，可以散散财。但这里的人心如蛇蝎，不能久住。”因此，他们就贱价变卖了家产，搬到益都西边去住。

词苑撷英

贿赂：用财物买通别人。

小二为人心灵手巧，会过日子，经营家业比男人还强。他们开了个琉璃厂，雇了工人，小二亲自教他们制作技术。他们生产的棋具、灯具样式奇巧，色彩缤纷，其他厂子都比不上。因此，他们生产的货虽然价钱高，可还是卖得很快。几年后，丁家就更豪富了。小二管理工人很严格，几百人干活儿，没有敢偷懒的闲人。小二工作之余，经常与丁生品茶、下棋，或者以看史书为乐。家里的财务收支及奴婢、仆人的工作，小二都是每五天检查一次。检查时，她手里拿着计工作数量的筹子，丁生拿着名册点名。对勤快的进行奖赏，多少不等；对懒惰的当众打板子，或者罚跪。检查的这天，全体放假休息，晚间不干活儿。小二与丁生招呼奴婢唱俚曲饮酒作乐。小二明察秋毫，没有人敢欺骗她；奖赏时又超过工人的劳动，所以事事顺利。村中二百多户人家中，有个别穷的，小二就酌情帮助他们些资本谋生，所以，这村里没有无业游民。

有一年大旱，小二命人在野外设坛，夜里坐车到坛上，作起法术，就下了大雨，五里以内雨水充足。人们更感到她神奇。小二出门从不遮面孔，村里人都认得她。有些少年聚起来议论她长得漂亮，但见到她时，都肃然起敬，没有敢仰头直视她的。每年到了秋天，村中的童子不能干重活儿的，小二都给孩子钱，叫他们去采野菜，二十年积了一楼阁干野菜。村里的人都笑她。可是后来山东发生了灾荒，饿得人吃人。这时，小二拿出野菜来掺上粮食给人吃，邻近村的人都得了救，没有到外地去逃荒的。

庚娘

金大用是中州旧官宦人家的子弟，娶的是尤太守的女儿，名叫庚娘，她长得既美丽又贤惠，夫妻俩感情很深。那时正是兵荒马乱的年头，金大用一家远离故乡，到南方逃难。路上遇到一个少年也带着妻子逃难，少年自称扬州人，名叫王十八，愿意在前面引路。金大用很高兴，两家人便同行同住。

这天，到了一条河边，庚娘偷偷告诉金大用说：“不要和那少年同乘一条船，他总是盯着我看，眼珠乱转，神色不正常，好像心术不正！”金大用答应了。王十八殷勤地雇了条大船，帮着金家搬运行李，忙忙碌碌，非常周到。金大用不忍拒绝他的好意，又想到他还带着少妇，不该有什么问题。少妇与庚娘住在一起，看上去也很温顺和气。王十八坐在船头上，同船家亲近地说着话，好像是早就认识的亲朋好友。不多时，太阳落山了，辽阔的水面一望无际，分不清东西南北。金大用看到四周荒凉险恶，心中很是疑惑奇怪。船行了一会儿，月亮升起来了，只见到处是芦苇。船停下后，王十八邀金大用父子到船头望望风景，趁机将金大用挤下水去。金大用的父亲看见刚要呼喊，船家就用篙一下把他打落水中。金母听到声音出来察看，又被打下船去，王十八这才喊救人。刚才金母出来时，庚娘在后边，已察觉刚才发生的事。听到一家人都掉进河里，她也不惊慌，只是哭着说：“公婆都淹死了，我到哪里去呢！”王十八进来劝她：“娘子不要忧虑，请跟我到南京去吧。我家有房子有地，很富裕，保你吃穿不愁。”庚娘止住泪说：“要能这样我就满足了。”王十八非常欢喜，一路殷勤地伺候庚娘。到了晚上，王十八拉住庚娘求欢，庚娘假托来了月事，王十八就到少妇那里睡了。天将初更，只听王十八夫妇吵了起来，也不知什么原因，只听到女的说：“你办这种事，不怕雷霆会劈碎你的头！”王十八就打那女人，女的喊起来："死了算了！实在不愿给杀人贼当老婆！"王十八吼叫着把女人拖出船舱，只听到咕咚一声，接着就听到喊妇人落水了。

过了几天，到了南京，王十八领庚娘回到家，上堂拜见母亲。王母惊讶不是原来的媳妇了。王十八说："原先的媳妇掉到水里淹死了，这个是新娶的。"回到房里，又要亲近庚娘，庚娘笑着说："三十多岁的男人了，还不懂这人情世事吗？普通人家成亲，还得喝一杯薄酒呢，你家中这么富裕，当然不难办到。如没有几分酒意，草率行事，成什么样子？"王十八很高兴，置办了酒席，两人对坐饮酒。庚娘拿着酒壶殷勤地劝酒，王十八慢慢有些醉了，推辞不喝了。庚娘换了大碗，媚笑着强要他喝，王十八不忍拒绝，又喝了下去，不禁酣然大醉，脱了衣服睡到床上，催促庚娘快睡。庚娘撤了灯烛，借口小解，走出房门，拿了把刀进来，摸黑来到床前，伸手摸王十八的脖子，王十八还抓着庚娘的胳膊，说着亲热的话。庚娘用力一刀砍下去，没把他砍死。王十八叫着要爬起来，庚娘又砍了一刀，王十八这才死了。王母好像听到响声，过来问出了什么事，庚娘也把她杀死了。王十八的弟弟王十九发觉了，庚娘知道不免一死，立即挥刀自杀。可刀刃卷了，砍不进去，她便打开门跑了出去。等王十九追出来，她已跳进池塘里了。王十九急忙呼告邻居，把庚娘捞上来，见她已经死了，但面色端庄艳丽，俨然同活着一样。大伙儿一同检验了王十八的尸首，看见窗上有一封信，打开一看，原来是庚娘写的，信里详细讲述了她全家的冤情。众人都认为庚娘是个烈女子，商量好敛钱给她出殡。天亮后，来看的人有好几千，见了庚娘，个个敬佩，人人朝拜她。一天的时间，就敛得了上百两银子。好心的人们为她买了珠冠袍服、金银首饰，以及上等棺材和很多随葬的东西，把她葬在了南郊墓地。

当初，金生被挤入水中后，幸亏浮在一块木板上，才大难没死。天亮时，他漂到淮河上，被一条小船救上来。这条小船是富户尹老汉专门为搭救落水遇难的人设置的。金大用清醒后，去登门拜谢。尹老汉优厚地待承他，要留下他教自己的儿子读书。金大用因为不知道亲人的消息，想前往探访，所以拿不定主意是走是留。这时他听说："捞上来了淹死的老头和老

词苑撷英

端庄：端正庄重。

知识延伸

淮河：位于中国东部，介于长江与黄河之间，是中国七大河之一。古称淮水，与长江、黄河和济水并称"四渎"。

妈妈。”金大用疑心是自己的父母，急忙跑去看，果然不错。尹老汉代他买了棺木，金大用正在哀伤痛哭，又听说：“救了一个落水的女人，自称金大用是她丈夫。”金大用擦干眼泪惊疑地跑出去，那女子已经来了，却并不是庚娘，而是王十八的妻子，向着金大用大哭起来，请求收留她。金大用说：“我心绪已乱，哪里有心思替你打算！”女子哭得更厉害了。尹老汉问明缘故，说这是老天的报应，劝金大用收留这女子为妻。金大用借口服丧，况且还打算报仇雪恨，怕有家是累赘。那女人说：“如果像你说的，要是庚娘还活着，你也会为了报仇而抛弃她吗？”尹老汉觉得这女子说话在理，就提出暂时代金大用收留这女人，他勉强应允了。金大用埋葬父母时，那女人披麻戴孝，哭得非常悲痛，如同死的是自己的公婆。办完丧事，金大用怀揣利刃、手托饭钵，要去扬州报仇。女人劝他说：“我姓唐，祖籍是南京，和那个豺子是同乡。以前他说是扬州人，都是骗人的，况且江湖上的水寇多半是他的同党，你这样去怕是报不了仇，还会惹祸。”金大用听她一说，犹豫不定。这时忽然传来烈女子杀人报仇的事，这事在沿河一带流传很广，姓甚名谁非常详细。金大用听了很痛快，但知道庚娘死了也更加悲痛，就辞谢唐氏说：“幸亏我没做有辱你的事。我家有这样的烈女子，怎能忍心负她另娶呢？”唐氏以他们先前已有夫妻之约，不肯中途离开，愿意做妾。

知识延伸

披麻戴孝：旧俗子女为父母居丧，要服重孝，如身穿粗麻布孝服，腰系麻绳等，称披麻戴孝。

正巧有个姓袁的副将军，同尹老汉交情很深，路过这里西去，前来看望尹老汉，见到金大用，非常喜爱，请他当了军中的书记官。过了一阵子，流寇造反，袁将军立了大功。金大用因为参赞军务有功，被授游击的官职回来，这时他才和唐氏成了亲。过了几天，金大用带上唐氏去南京，准备去给庚娘扫墓。刚过镇江，要登金山，船到江心，忽然有一条小船过来。船中有一老妈妈和一个少妇，金大用惊疑那少妇很像庚娘。小船疾驶而过时，那少妇从窗中窥看金大用，神情更像庚娘。金大用惊疑又不敢追问，急忙呼叫说：“看那鸭子飞上天去了！”少妇听了也呼喊说：“馋狗想吃猫腥吗！”这是当年闺房内夫妻俩开玩笑的话。金大用大惊，回船追近仔细一看，真是庚娘。丫头扶庚娘到这边船上，两人相抱大哭，同船的人也跟着伤感不已。唐氏以嫡妻礼拜见庚娘，庚娘惊奇地询问，金大用才仔细地述说了缘由。庚娘拉

知识延伸

镇江：古称京口、润州、南徐，江苏省地级市，长江与京杭大运河唯一交汇枢纽。镇江之名自北宋至今。

着唐氏的手说："同船时一席话，心中常常忘不了，想不到成了一家人。幸亏你代我葬了公婆，我应当首先谢你，哪里能以这种礼节相见呢？"于是以年龄论，唐氏小庚娘一岁，二人便以姐妹相称。

原来，庚娘被埋葬以后，不知道过了多长时间，忽然听见一人喊她说："庚娘，你丈夫没死，还应当重新团圆。"接着就如同从梦中醒来，用手摸摸四面全是墙壁，这才醒悟自己是被埋葬了。她只觉得闷得慌，也没有什么痛苦。有几个恶少发现庚娘的陪葬物丰富，便挖坟破棺，正要搜刮，见庚娘仍然活着，双方都既惊又怕。庚娘害怕他们害自己，哀求说："幸亏你们来了，才使我又见天日。头上的首饰，你们全都拿去，请你们把我卖到庵里当尼姑，也可以得几个钱，我不会把这事告诉别人。"盗墓的磕头说："娘子是贞烈女子，神人都敬佩。小人们不过是贫困没有办法，才干这见不得人的事。只要你不说，我们便感恩了，怎么敢卖你为尼呢？"庚娘说："这是我自己愿意的事。"另一盗墓的说："镇江有个耿夫人，一人守寡没有子女，如果见到娘子一定会很高兴。"庚娘谢过他们，自己摘下珠宝首饰，全都给了他们。盗墓人不敢收，庚娘再三给他们，才拜谢收下来。接着他们雇了车船，把庚娘送到了耿夫人家，假说是乘船遇风迷路。耿夫人是个大户，守寡一人过日子，见了庚娘非常喜欢，把庚娘当作亲生女儿。刚才是母子二人从金山回来。庚娘把自己的经历讲述了一遍，金大用就过船去拜见耿夫人。耿夫人像对亲女婿一样款待他，邀金大用到家中，留住了好几天才走。从此两家来往不断。

雷　曹

乐云鹤、夏平子二人，小的时候是同乡，大了又是同学，他们是莫逆之交。夏平子自幼聪明，十岁时就有文名。乐云鹤虚心向他学习，夏平子也认真地帮助他，乐云鹤文思日见长进，终于和夏齐名。但二人科考不得志，总是名落孙山。不久，夏平子染上疫病死去，家里穷得无力下葬，乐云鹤独力承担了丧事。夏平子撇下了寡妻和还在怀抱中的孩子，乐云鹤按时接济她们。他每得到一升半斗粮食，必定分一半给夏家，夏平子的家属因此得以生存下去。士大夫和文人们也因此更加敬重乐云鹤。

乐云鹤家产本来就不多，又常常周济夏家，因此生活日渐困难，他叹息道："像夏平子那样的文才，都碌碌无为地死了，何况我呢！人生不能及时争取富贵，年年忧愁，恐怕早于狗马填了沟壑，辜负了这一辈子，不如早点儿自作打算！"于是他放弃读书，改做买卖。经营了半年，家境逐渐富裕起来。

一天，乐云鹤到金陵，住在客店里，见一人长得很高大，身上筋骨隆起，在饭桌座位旁徘徊犹豫，脸色黯淡，面带悲伤。乐云鹤问他："想吃点儿东西吗？"那人也不说话。乐云鹤把自己的饭推过去，那人双手抓着，一眨眼就吃了个精光。乐云鹤又给他买了两个人的饭，一会儿又吃完了。乐云鹤便让店主人割来一只猪腿，堆上一大摞蒸饼。那人吃了几个人的饭才吃饱，道谢说："三年了，没吃这么饱过。"乐云鹤说："你是一个壮士，怎么如此漂泊潦倒呢？”那人回答说：“触犯天条，不能说啊！”又问他的家乡，回答说：“我地上没屋，水上没船，早上住在乡村，夜晚睡在城市。”乐云鹤收拾行装，准备上路。那人跟在后面，恋恋不舍。乐云鹤向他告辞，那人说：“您有大难，我不忍忘记这顿饭的恩德。”乐云鹤很惊异，便带着他同行。路上拉他吃饭，那人推辞说：“我一年只吃几顿饭。”乐云鹤更加惊奇。

第二天，乐云鹤乘船渡江时，忽然狂风大作，波浪滔天，江上的商船全部倾覆，乐云鹤和那人都掉进江里。一会儿，风平浪静，那人背着乐云鹤，踏着波浪钻出水面，把乐云鹤送到一只客船上，自己又破浪游去；一会儿，拉来一只小船，扶乐云鹤上去，嘱咐他躺着等着，自己又跳进江中，两个胳膊夹着货物出水，扔在船上。然后那人又潜进江中，出入几次，捞出的货物摆满了小船。乐云鹤感激地说：“你救了我的命，我已经很知足了，哪里还敢指望连货物都能保全呢？”乐云鹤检查货物钱财，一点儿也没丢失，更加高兴，惊异地认为他是神人。放开船要走时，那人告辞。乐云鹤苦苦挽留，那人才一块儿渡江。乐云鹤笑着说：“这一场大灾难，只丢失了一枚金簪。”那人要再入江寻找，乐云鹤正要劝阻，那人已跳进江中不见了。乐云鹤惊愕了很久，忽见那人含笑而出，把一枚金簪交给乐云鹤说：“侥幸不辱使命！”江上的人见了，无不惊骇诧异。

词苑撷英
惊骇：惊慌害怕。

乐云鹤带着那人返回家乡，吃住都在一起。那人十几天才吃一顿饭，一顿饭吃得不计其数。一天，那人又说要告别，乐云鹤执意挽留。正好天阴了下来，要下雨，远处传来雷声。乐云鹤说：“云里头不知是什么样子？雷又是什么东西？只有到天上看看，才能解开这个疑惑。”那人笑着说：“您想到云中游览游览吗？”过了一会儿，乐云鹤觉得非常困倦，伏在床上打瞌睡。猛然醒来，他觉得身子摇摇晃晃，不像在床上。他睁眼一看，自己已在云海中，四周全是棉絮般的云朵。乐云鹤惊讶地站起来，头晕得像在船上；用脚一踏，软软的不是地面；仰头看看星辰，就在眼前。于是他怀疑自己是在做梦。他仔细一看，星星都镶嵌在天上，就像莲

词苑撷英
星辰：星的总称。

子嵌在莲蓬上一样。大的像瓮，小点儿的像小瓦罐，最小的像钵盂。他用手扳扳，大星星牢不可动，小星星活动，像能摘下来。他便摘下一颗，藏在袖子里。他拨开云层往下看看，云海茫茫，地面上的城市只有豆粒那样大小。乐云鹤惊愕地想：如果一失足掉下去，这条性命还用问吗？一会儿见两条龙蜿蜒矫健地驾着一辆车飞来。龙尾一甩，像鸣牛鞭。车上有个容器，好几丈粗，里面贮满了水。有几十个人，用家什从容器中舀水遍洒云间，忽然看见乐云鹤，都感到奇怪。乐云鹤仔细看了看，那个壮士也在这些人里面。那人告诉众人说："这是我的朋友。"说着，拿过一个舀水的家什，让乐云鹤洒水。当时正好大旱，乐云鹤接过家什，拨开云朵，望着大约是故乡的地方，尽情地舀水倾洒。过了一会儿，那人对乐云鹤说："我本是雷曹，因为误了行雨，被罚到人间三年。现在期限已满，我们从此分别了。"于是拿过驾车的绳子，有一万尺长，堆在一边，让乐云鹤缀着绳子的一头下去。乐云鹤害怕，那人笑着说："没事。"乐云鹤按他说的，缀着绳子嗖嗖地往下落，瞬间便到了地面。他一看，正好落在自己村外。绳子渐渐收回云中，看不见了。当时，天旱了很久，十里外的地方仅下了一指雨，唯独乐云鹤的村里下得沟渠都满了。

乐云鹤回到家中，摸摸袖子里，摘下的那颗星星还在。他把星星拿出来放到桌上，只见星星黑黝黝的像块石头。到了夜晚，星星一片光明，照亮了屋子。乐云鹤更加把它当作宝贝，珍重地收藏起来。每次来了知己客人，他才拿出来照着明喝酒。正眼注视这颗星，光芒刺目。一夜，乐云鹤的妻子面对着星星坐着梳头发，忽见星光渐渐缩小，像个萤火虫一样，在空中流动横飞。妻子正在诧异，星星已钻进她嘴里，吐也吐不出来，竟咽到肚子里去了。妻子惊愕地跑去告诉乐云鹤，乐云鹤也感到奇怪。睡下后，乐云鹤梦见夏平子对他说："我是少微星，你对我的恩惠，我一直没有忘记；又承蒙你从天上把我带下来，我们算是有缘。现在我做你的子嗣，以报大德。"乐云鹤三十岁了，还没有儿子，得了这个梦非常高兴。后来，妻子果然怀孕了。等到生产时，光明满室，就像那颗星星在桌上放着光时一样。因此生下的儿子就取名叫"星儿"。星儿非常聪明，十二岁就考中了进士。

翩翩

罗子浮，邠州人，父母很早就去世了。八九岁时，被叔叔罗大业收养。罗大业任国子监祭酒，富有家产，但没儿子，他疼爱罗子浮就像疼爱亲生的子女一样。罗子浮十四岁时，被坏人引诱去嫖妓宿娼。当时有个从金陵来的妓女，侨居本郡，罗子浮很喜欢她，被她迷住了。这妓女返回金陵，罗子浮也偷偷地跟着她逃离了家乡。在妓院住了半年，他身上的钱财都花光了。妓女们都讥笑他，但还没有立即赶他走。不久，罗子浮身上长了梅毒疮，溃烂发臭，沾染床席，被妓院赶了出来。他只得在街市上讨饭，街上的人们见了他都远远地躲着。罗子浮害怕死在异地他乡，便一路讨着饭往西走。每天走三四十里，渐渐到了邠州地界。他想到自己衣衫破烂，脓疮污秽，没脸回家，依旧在临近县里徘徊。

一天傍晚，罗子浮想去山中寺庙投宿，路上遇到一个女子，好容貌美丽得跟天仙一样。女子走近他问："去哪里？"罗子浮实说了。女子说："我是出家人，住在山洞里，你可以去留宿，还能躲避虎狼。"罗子浮很高兴，跟着女子走了。进入深山中，见有一座洞府，门前横淌着一条小溪，溪上架着根长条石作桥。过桥几步，有两间石室。室内一片光明，不需点灯。女子让罗子浮脱下破衣到溪水中洗个澡，说："洗洗，疮就好了。"又拉开帷帐，扫扫被褥，催促罗子浮去睡，说："快睡吧，我要给你做件衣服。"女子取过一些像芭蕉的大叶子，裁剪好后缝制起来。罗子浮躺在床上看着，女子做了不一会儿，衣服便缝好了。她把衣服折叠整齐，放到床头，说："明早穿上吧！"说完，便在对面床上睡了。罗子浮洗了澡后，觉得身上的疮不疼了；醒过来一摸，已结了厚厚的疮痂。到第二天早晨，罗子浮要起床，心里怀疑芭蕉叶衣服没法穿。取过来一看，却是绿色的锦缎，光滑异常。过了一会儿，女子准备早饭，只见她取过一些山叶来，说是饼；一吃，果然是饼。又把叶子剪成鸡、鱼，烹调好后都和真的一样。室内角落里有个小瓮，盛着好酒。女子一次次取来饮，少了，就再用溪水灌满。过了几天，罗子浮身上的疮痂都脱落了，就到女子床上要求同宿。女子说："轻薄东西，刚能安身，就要妄想！"罗子浮说："聊以报答您的大德！"于是二人一起睡了，非常欢爱。

一天，有个少妇笑着进来，说："翩翩小鬼头快活死了！薛姑子的好梦，几时做成的？"原来女子叫翩翩，翩翩迎上去笑着说："原来是花城娘子！你贵足很久不踏贱地了，今天西南风紧，把你吹来了，抱了儿子没有？"少妇回答说："又是个丫头。"翩翩笑着说："花娘子真是个瓦窑啊，孩子带来了吗？"少妇说："刚才哄好了，已睡下了。"于是一齐落座，翩翩设宴款待。少妇又看着罗子浮说："小郎君烧了好香了。"罗子浮见她有二十三四岁年纪，容貌依旧很漂亮，心里很喜欢她。剥果子时误落到桌子底下，罗子浮俯身假装捡拾，暗地里捏她的脚。花城看着别处笑笑，像不知道。罗子浮正在神魂颠倒，忽觉身上的衣服顿时不暖和了，低头一看，衣服全变成了秋叶，吓得他差点儿闭过气去，急忙收回邪念，端坐了一会儿，衣服才又渐渐变成原来的样子，他心里暗自庆幸两个女子都没看见。过了一会儿，罗子浮给花城劝酒时，又用手指搔她的掌心。花城坦然地说笑着，一点儿也没知觉。罗子浮心神不安时，衣服又变成了叶子，过了一阵子才变回来。他只得羞愧地打消杂念，再不敢妄想。花城笑着说："你家小郎君太不正经，如不是醋葫芦娘子，恐怕他早跳到云间里去了！"翩翩也讥笑说："轻薄东西，就该活活冻死！"两人拍掌大笑起来。花城离席说："小丫头醒来，恐怕把肠子都哭断了。"翩翩也起身说："贪图勾引人家的男人，就忘了小江城哭死了。"

花城离去后，罗子浮害怕被翩翩讥笑谴责，但翩翩仍和平常一样对待他。住了不久，节令已到深秋，寒风阵阵，霜叶降落。翩翩捡拾落叶，储藏起来准备过冬。见罗子浮冻得瑟缩发抖，她便拿个包袱，到洞口抓白云，絮成棉衣。罗子浮一穿上，感觉温暖得像真棉衣一样，而且非常轻快。过了一年，翩翩生了个儿子，非常聪明漂亮。罗子浮天天在洞里逗弄婴儿取乐。但他常常想起家乡，便恳求翩翩一同回去。翩翩说："我不能跟你去，要不你自己走吧。"拖延了两三年，儿子渐渐长大，于是就和花城结成了亲家。罗子浮担心叔叔已经老了，没人照顾。翩翩说："叔叔固然已经高龄，但庆幸比较强健，用不着你挂念。等保儿结婚后，是走是留，全凭你。"翩翩在洞中，总是拿树叶写上字教儿子读书，儿子一看就明白了。翩翩说："这孩子生就福相，让他到人世上去，不愁做不到高官。"不久，儿子已十四岁，花城亲自把女儿送了来。翩翩见那江城姑娘衣着华美，容光照人，与罗子浮都非常高兴，阖家团聚，设宴庆贺。翩翩敲着头钗，唱道："我有佳儿，不羡贵官。我有佳妇，不羡绮纨。今夕聚首，皆当喜欢。为君行酒，劝君加餐。"酒后，花城离去。翩翩夫妇让儿子、媳妇住对屋。新媳妇很孝敬，依恋在翩翩膝下，就像亲生女儿一样。罗子浮又说要回去。翩翩说："你有俗骨，终究不是成仙的料，儿子也是富贵中人，你可以带了去，我不耽误他的前程。"新媳妇正想回家跟母亲告别，花城已经来了。儿女恋恋不舍，热泪盈眶。翩翩和花城都安慰说："暂时离去，以后还可以再回来。"翩翩便把树叶剪成毛驴，三人骑上往回走去。

> **词苑撷英**
> 福相：有福气的相貌。

> **词苑撷英**
> 热泪盈眶：因感情激动而使眼泪充满了眼眶。形容感动至极或非常悲伤。

罗大业此时已告老还乡，以为侄子早已死了。忽见罗子浮带着漂亮的儿子和儿媳回来，罗大业欢喜得像得到了宝贝。罗子浮三人进入家门，分别看看自己的衣服，都变成了芭蕉叶。扯破衣服一看，里面的棉絮像蒸汽一样四散了，于是三人重新换了衣服。

> **词苑撷英**
> 棉絮：棉花的纤维。

后来，罗子浮想念翩翩，带着儿子回去探望，只见黄叶满路，通往洞口的路也被白云雾遮住了，没法辨认，只得流着泪返了回来。

精彩点拨

《庚娘》重在写人，尤其是成功地塑造了庚娘这一光彩照人的形象。尽管作者将其誉为“千古烈丈夫”，但是其道德色彩已经不像话本小说中所写的女性那么浓重了。作者发扬光大了话本小说中所谓的“有智妇人，胜过男子”的观念，即“异史氏曰”所强调的：“谁谓女子，遂不可比踪彦云也？”庚娘的特点是“丽而贤”，“丽”是“祸端”，“贤”则是她立誓报得大仇的人格保证。

阅读积累

芭蕉

芭蕉是多年生草本植物。茎短，通常为叶鞘包围而形成高大的假茎，高约 4 米。叶长 2 ~ 3 米，宽 25 ~ 30 厘米，基部圆形或不对称，先端钝，表面鲜绿色，有光泽，中脉明显粗大，侧脉平行；叶柄粗壮，长达 30 厘米。穗状花序顶生，下垂；苞片佛焰苞状，红褐色或紫色，每苞片有多数小花，除苞片最下面具 3 ~ 4 朵不孕花外，其余皆发育。花单性，通常雄花生于花束上部，雌花在下部；花冠近唇形，上唇较长，先端 5 齿裂，下唇较短，基部为上唇所包；雄花具雄蕊，离生，伸出花冠；药线形，2 室；雌花子房下位，3 室，花柱 1，柱头近头状，光滑。浆果三棱状长圆形，肉质，种子多数。

卷 四

精彩导读

“卷四”中批判了封建社会黑暗腐败的政治，鞭挞了无恶不作的贪官污吏和土豪劣绅。《促织》叙述一小孩为解父忧，鬼魂变成蟋蟀的故事。明宣德皇帝爱斗蟋蟀，下令各地朝贡。华阴一穷书生成名为上交蟋蟀，已倾家荡产，千方百计捕得一蟋蟀。其子年幼，启盖偷看，蟋蟀跳出，其子急忙，追捕，不慎将蟋蟀压死，害怕父母责骂，跳井自杀。其子鬼魂逸出，变作一小蟋蟀，勇猛无比。成名带此小蟋蟀遍斗众蟋蟀，次次夺冠，甚至能胜大公鸡，遂逐级上贡，直到皇宫，深得皇帝宠爱。

余德

武昌府的尹图南，有一座空闲的宅子，租给了一个秀才居住。半年多，尹图南再也没过问这件事。

一天，尹图南在这座宅子门口遇见那秀才。见他虽年龄很小，但容貌俊雅，风姿翩翩，衣着华丽，便上前和他交谈起来。秀才谈吐文雅含蓄，令人喜爱。尹图南感到很惊讶，回家后便告诉了妻子。妻子派了个丫鬟以赠送礼物为名，去暗地里察看秀才的家室情况。见他家有个天仙般的美艳女子，家里的花草山石、衣服器具，都是从来没有见过的。尹图南听说后，揣测不出秀才到底是什么人，便去他家登门拜访，正赶上秀才外出了。第二天，秀才就来回拜。尹图南打开他的名帖一看，才知他姓余名德。两人交谈之间，尹图南又详细打听他的家族门第，秀才的回答却十分含糊。尹图南反复追问，秀才就说：“你如果想和我交往，我不敢拒绝。你只要知道我并不是逃亡在外的盗匪，又何必苦苦地逼问来历呢？”尹图南连忙道歉，命家人摆下酒宴，二人吃喝谈笑。一直喝到天黑，才有两个健壮的奴仆，挑着灯，牵着马，把秀才接了回去。

第二天，秀才回请尹图南。尹图南来到他家中，见室内墙壁都用明光纸裱得和镜子一样，光滑洁净。狻猊形状的金香炉里燃着奇异的香料。一只碧玉瓶里插着两支凤尾和两支孔雀翎，都长二尺多。还有一只水晶瓶里浸着一棵开粉色花的花树，叫不出什么名字，也是二尺来高。这花树长长的枝条倒垂着，覆盖在花儿之外，叶疏花密，含苞待放。湿润的花瓣就像收敛着翅膀的蝴蝶，而花蕊就像是蝴蝶的须。酒席上不过摆了八个盘，但每样菜都异常丰美。秀才命童子击鼓催花行酒令。鼓声一响，只见花瓶中的花颤颤地抖动起来，像要折断一样。不一会儿，蝴蝶的翅膀渐渐张开，鼓声一停，一声轻响，花蒂和花须立即飘落，变成一只蝴蝶，飞落到尹图南的衣服上。秀才笑着起身，拿个大杯斟上酒让尹图南喝了。酒刚斟满的时候，蝴蝶便飞走了。过了一会儿，鼓声又作，有两只蝴蝶飞到余德的帽子上。余德笑着说："这可是自作自受了！"也喝了两大杯。第三次鼓声响过，蝴蝶乱纷纷落下，又翩翩地飞到二人的袖子和衣襟上。击鼓的童子笑着过来，用手指点着，数每人身上的花朵：尹图南应喝九杯，余德应喝四杯。这时尹图南已微有醉意，不敢多喝，勉强喝了三杯，便离席告辞了。

情景描写

这段话表现出变化的神奇。

从此以后，尹图南更加感到余德是个奇人。但余德很少和人交往，总是关着门自家过日子。村人们有喜事、丧事，他也从不去庆贺或吊唁。尹图南逢人就宣扬余德，听到他的奇事的人，都争着结交他，常常是贵客盈门，十分热闹。余德很不耐烦，忽然辞别尹图南搬走了。余德走后，尹图南来到他家，见庭院空空，地上洒扫得一尘不染。燃剩的蜡烛堆放在石阶下，窗子上只剩些残帛断线，上面还留着清清楚楚的指痕。只在屋后遗留下一个小白石水缸，能盛一石水左右。尹图南把缸拿回家去，贮上水养了几尾红鱼。过了一年，缸里的水仍然清澈如初。后来，这缸被仆人们搬动石块时失手打碎了。奇怪的是缸里的水像凝固了一样，也不流泻出来。再一看，缸好像仍在那里，用手一摸却空空软软的。手一伸进去，水就随着手流出来，拿出手，水又合拢起来。到了寒冬，水也不结冰。一夜，缸水忽然结成水晶状，但红鱼依然在里面自由自在地游动。尹图南恐怕别人知道这件奇珍，总是把它藏在密室里，除了儿子、女婿这样的亲人，从不拿出给人看。但时间长了，还是传了出去，要求观看的人纷纷登门，络绎不绝。

词苑撷英

一尘不染：形容环境非常清洁。

在腊月的一夜，水晶忽然又分解为水，流了一地，红鱼也不见了，原来碎缸的残片还在。忽然来了个道士，登门索要碎缸片。尹图南拿出一片让他看，道士说："这是龙宫中盛水的器具。"尹图南又描述了缸破后水不流泻的情景。道士说："贮水的是缸的魂魄。"说完，很殷切地恳求给一小块碎缸片。尹图南问他有什么用。道士说：“把它捣为碎末入药，能使人长生不老。”尹图南给了他一片，道士非常感谢，欢欢喜喜地走了。

促织

明宣德年间，皇宫中流行斗蟋蟀的游戏，每年都要向民间征收大量蟋蟀。蟋蟀本不是陕西特产，有个华阴县令，为了讨好上官，奉上一只蟋蟀。让它试斗了一番，非常厉害，于是上官就责令华阴县每年供奉。县令又把这差事交给了里正。集市上那些游手好闲的人，每得到一只好的蟋蟀，便用笼子养着，抬高价格，当作奇货高价出售。乡里的公差狡猾奸诈，常借此按人口摊派费用，每征一头蟋蟀，常要好几户人家倾家荡产。

县里有个叫成名的，是个童生，好久考不中秀才。成名为人老实憨厚，不善谈吐，因此被刁滑的小吏报到县里担任里正，他想尽了办法也推脱不掉。不到一年，家中那点儿微薄的家产就折腾光了。这一年，正遇上皇宫征收蟋蟀，成名不敢勒索百姓，自己又没钱赔偿，忧愁烦闷得要死。妻子说：“死了有什么益处？不如自己去捉捉看，说不定还有希望得到一只。”成名认为很对，于是早出晚归，提着竹筒、丝笼，在破墙下草丛中，搬石挖穴，什么办法都用了，始终没有捉到一只可以进贡的。即使捕到两三只，也是又弱又小，不够规格。县令限期追逼，只十多天，成名就挨了一百大板，两条腿被打得脓血淋漓，连蟋蟀也不能去捉了，天天躺在床上，翻来覆去，只想自尽。

这时，村中来了一个驼背巫婆，能假借鬼神算卦，非常灵验。成名的妻子带着钱去问卦，见红装少女和白发婆婆挤满了门口。走进巫婆的屋里，有间密室，挂着帘子，帘子外摆放着几案。问卦的人，先在香炉中燃上香，连拜两拜。巫婆在一边望着天空代她们祈祷，嘴唇一张一合，不知说些什么。求卦的人恭恭敬敬地站在那里听着，不多时，帘里扔出一张纸，上面写着求卦人想问的事情，没有丝毫差错。成名的妻子把钱放在香案上，像前面的人那样点香跪拜。有一顿饭工夫，帘子动了一下，一张纸片抛落出来。她忙拾起来一看，纸上不是字而是画。上面画着殿堂楼阁，像是座佛寺，寺后面的小山下，到处是奇形怪状的石头和一丛丛的荆棘，一只青麻头蟋蟀藏在那里，旁边有只蛤蟆，像要跳起来的样子。成名的妻子反复观看，不懂是什么意思。但见画上有蟋蟀，隐隐说中心事，便将纸片摺藏起来，带回家给成名看。

成名看着画反复思索，这莫不是指给自己捉蟋蟀的地方吗？仔细察看了画上的景物，与村东的大佛寺很相似。于是他勉强起身，拄着拐杖，拿着图画来到村东大佛寺的后面。见在茂密的草丛中有一座古坟，成名沿着坟往前走，只见层层乱石，跟鱼鳞一样，和画中的很相像。成名便在蓬蒿野草中，一边侧身细听，一边慢慢走着，像在寻找细小的针、芥。直找到眼花耳聋，还是没一点儿蟋蟀的踪迹。他正在凝神搜寻着，突然一只癞蛤蟆跳了出来。成名很惊愕，急忙追赶过去，蛤蟆已钻进草丛中。他拨开草丛，仔细寻找，见一只蟋蟀趴在棘根旁，他急忙用手一扑，蟋蟀钻进石洞中。成名用草尖拨弄，拨不出来，又用竹筒里的水灌它，蟋蟀才出来。见这只蟋蟀身躯健壮，体态俊美。成名捉住它仔细审看，个头很大，尾巴修长，青脖子、金翅膀。成名非常高兴，忙装进笼子提回家中，全家人欢庆祝贺，把它看得比价值连城的宝玉还要珍贵。用盆子养起来，喂它好东西，爱护备至，只等到了期限，送到县里去交差。

成名有个儿子，才九岁，看到父亲不在家，偷偷打开盆盖去看。蟋蟀一下从盆里蹦了出来，快得没法捕捉。等把它扑到手中，蟋蟀腿掉了，肚子也裂开了，一会儿便死了。孩子害怕了，哭着告诉了母亲，母亲一听，吓得面如死灰，大骂道："祸根！你的死期到了！等你父亲回来，会同你算账的！"孩子大哭着走了出去。

不一会儿，成名回来，听了妻子的诉说，像被冰雪浇透了，怒气冲冲地寻找儿子，可儿子不知到哪里去了。后来，从井里打捞上来了孩子的尸体，成名夫妻顿时转怒为悲，呼天喊地，哭得要死。夫妻两人相对发呆，饭也不做，只是默默地坐着，不再感到有一点儿活着的乐趣。天快黑了，他们才拿上草席想把孩子葬了。近前抚摸儿子的身体，发现有微弱的气息，夫妻二人欢喜地把儿子放到床上。到了半夜，儿子苏醒了，夫妻二人心中稍感到宽慰。但一看到蟋蟀的笼子空空的，又气得说不出话来，又不敢再去追究儿子，从黄昏到天亮，连眼睛也没合一下。

东方的太阳已经升起来，成名仍直挺挺地躺在床上发愁。忽然听到门外有蟋蟀的叫声，成名惊讶地起来察看，见那只蟋蟀仿佛还活着。成名高兴地捕捉它，蟋蟀一叫便跳开了，跳得还非常快。成名用手掌盖住它，感到掌心里空空的没什么东西，刚一抬手，蟋蟀又远远地跳开了。成名急忙追赶，转过墙角，蟋蟀不知钻到哪里去了。成名来回四下寻找，见蟋蟀趴在墙壁上。他仔细一看，身躯短小，黑红色，不是先前那只。成名嫌它小，不捉，只是来回察看，寻找刚才追的那只。此时，墙壁上的小蟋蟀忽然跳到了成名的衣襟上。成名再细一看，它形状像蝼蛄，长着梅花样的翅膀，方头长脖子，像是好品种，这才欢喜地把它捉起来。将要献给官府时，成名又惴惴不安，恐怕不中官府意，便想让它试斗一番看看。

知识延伸

蟋蟀：昆虫，身体黑褐色，触角很长，后腿粗大，善于跳跃。尾部有尾须一对。雄的好斗，两翅摩擦能发声。生活在阴湿的地方，吃植物的根、茎和种子，对农业有害。也叫促织，有的地方叫蛐蛐儿。

词苑撷英

惴惴不安：形容因害怕或担心而不安。

村中有个好事的少年，驯养了一只蟋蟀，自己给它起名叫“蟹壳青”，天天同一些少年角斗，没有一次不取胜的。他想靠这只蟋蟀发财，便抬高价钱，却没有买的。这天，这少年登门找成名，看到成名养的那只小蟋蟀，忍不住捂着嘴笑起来，便拿出自己的蟋蟀，放进笼子里较量。成名见他养的蟋蟀，个头大，身子修长，心中很羞愧，不敢和他的较量。少年再三强求。成名想：“养一只劣等蟋蟀也没什么用，不如让它拼一次，博众人一笑。”便把两只蟋蟀都放到一个盆里，让它们角斗。成名的那只小蟋蟀趴在那里一动不动，蠢若木鸡。少年又大笑起来。成名用猪鬃撩拨小蟋蟀的须子，一次又一次，小蟋蟀突然发怒了，直冲过去，接着两只蟋蟀就互相搏斗起来，跳跃腾击，振翅有声。不一会儿，小蟋蟀一跃而起，直扑对手去咬它的脖子。少年大吃一惊，急忙把它们分开，停止了搏斗。小蟋蟀振起双翅，骄傲地鸣叫着，好像是报告主人知道。成名高兴极了，正在赏玩，突然过来一只鸡，径直去啄那只蟋蟀。成名惊骇地站在那里呼喊，幸好没被啄中，小蟋蟀跳出去有一两尺远。鸡又大步追上去，小蟋蟀已经落在鸡爪下了。成名惊慌失措，不知怎么救它，急得直跺脚，脸色都变了。转眼间，见鸡伸着脖子扑棱着，走近一看，原来小蟋蟀趴在鸡冠子上用力叮着不放松。成名更加惊喜，忙把小蟋蟀捧放到笼子里。

第二天，成名把小蟋蟀献到县官那里。县令见蟋蟀太小，愤怒地呵斥成名。成名讲述了它的奇异，县令不相信，就试着让它同别的蟋蟀斗了斗，结果所有的蟋蟀都被斗败了；又让它同鸡斗，果然同成名说的一样。县令赏了成名，把这只蟋蟀献给巡抚。巡抚非常高兴，用金笼盛着进献给皇帝，并在奏章中详细讲述了蟋蟀的本领。小蟋蟀入宫后，将天下进贡的蝴蝶、螳螂、油利挞、青丝额等各种稀奇的蟋蟀都斗了一遍，没有斗不过的。小蟋蟀每当听到琴瑟的声音，就按着节拍舞蹈，人们越发觉得它奇特。皇上非常高兴，下诏赏赐巡抚名马和衣缎。巡抚没有忘记这荣耀是从哪里来的，没过多久，县令就因政绩优异被擢升。县令也高兴了，就免去了成名的差役，又嘱咐学使，让成名进了县学。

后来过了一年多，成名的儿子精神复原了，自己说身子变成了蟋蟀，轻捷善斗，现在才苏醒过来。从此，成名因为

词苑撷英

惊慌失措：害怕、慌张，举止失去常态，不知怎么办好。

知识延伸

巡抚：明清两代地方官名。明代是派往地方巡视监察的官员。清代正式定为省级的高级职位，掌握全省军政大权。地位在总督之下。

善于养虫而闻名，还多次获得巡抚的重赏。不几年，成名便有田百顷，楼阁无数，牛羊满圈。他一出门便穿着裘皮衣服，骑高头大马，富贵赛过了官宦世家。

狐 谐

万福，字子祥，博兴县人，少年时就喜读诗书，家里很有些财产，但命运不好，二十多岁了，还考不上个秀才。他的家乡有种旧习，官府派下公差徭役，往往都摊给那些富裕人家，忠厚老实的人常常为此倾家荡产。万福正好被报上充劳役，他害怕，就逃走了。

万福跑到济南，在旅店里租了间房子住下。夜晚，有个女子私奔来，十分美丽。万福很喜欢，就留住了她，问她的姓名。女子说："我是狐女，但不会祸害你！"万福因喜欢她而丝毫不怀疑。女子嘱咐他不要跟别的客人一起住，于是每天都来与万福共寝。凡日用东西，无不仰仗狐女供给。时间不长，万福的几个朋友常来找他聚会，往往一坐就是一通宵。万福很厌烦，但又不好意思拒绝，只得跟客人讲了实话。客人们听说，便要见见狐女，万福对狐女说了。狐女对客人说："见我干什么？我也不过是个人罢了！"听狐女的声音，像在眼前，四下一看，却不见人影。

客人中有个叫孙得言的，爱开玩笑，非要见见狐女，还说："听见这娇滴滴的声音，叫我神魂颠倒！为什么要吝惜你的花容月貌，让人光听声音害相思呢？"狐女笑着骂道："好个贤孙！想为你老祖母画一幅行乐图吗？"客人听了都笑起来。狐女又说："我是狐，就为客人们说一个狐的典故，你们愿听吗？"大家忙表示愿听。狐女讲道："从前，某村有个旅店，有很多狐狸经常出来迷惑旅客。客人们知道后，都互相告诫不要在这家旅店住宿。半年来，旅店门前冷落，店主人非常担忧，十分忌讳说'狐狸'。一天，忽然有个远方来客，自称是外国人，看见旅店，便进去要住宿。店主人大为高兴。来客刚进门，便有个路人暗暗告诉他：'这家有狐狸！'来客害怕，忙告诉主人要搬走。主人极力辩白店里没狐，来客才住下来。来客进入房间刚刚躺下，见一群老鼠从床下钻了出来，大吃一惊，急忙跑出屋子，高声大叫：'有狐！'店主人忙追来，来客说：'狐狸的老窝在这里，你怎么骗我说没有？'主人又问：'你刚才看见的狐狸是什么样子？'来客说：'我刚才看见的，又细又小，不是狐狸儿子，就是狐狸孙子！'"讲完，满座人都哈哈大笑。孙得言说："你既然不愿意让我们见见仙容，我们今晚就住在这里，不走了，你们俩也别想睡觉！"狐女笑着说："在这里借住不要紧，倘若我有冒犯之处，请不要放在心上！"众人恐怕她恶作剧，只得一起走了。但从此以后，众人几天就来一次，来了就找狐女互相笑骂。狐女十分有趣，每说一句话，无不使客人笑得前仰后合，再滑稽的人也难不倒她。大家戏称她"狐娘子"。

一天，朋友们在一起宴会。万福坐在主人位上，孙得言和另外两位客人分坐左右，上边摆一坐榻，让狐女坐。狐女推辞说不会喝酒，大家异口同声地请她坐下说话，狐女答应了。酒过数巡，众人掷骰子，行"瓜蔓"酒令。其中一个客人犯令受罚，应该喝酒，便开玩笑地将酒杯推到上座说："狐娘子还很清醒，请代喝一杯！"狐女笑着说："我不会喝，愿意讲一个故事，给大家下酒！"孙得言忙捂起耳朵，连说不听。客人都说："谁骂人，就罚谁喝酒！"狐女笑说："我骂狐，可以吗？"大家说："行！"于是都竖起耳朵，听她讲。狐女讲道："从前，有个大臣出使红毛国。这个大臣戴一顶狐皮帽子去见国王。国王见了帽子很惊奇，问：'这是什么皮？皮毛这样厚实温暖。'大臣告诉他是狐皮。国王说：'这种东西，我生平从没听说过，那狐字怎么写？'大臣在空中用手比画着说：'右边是一大瓜，左边是一小犬！'"在座的人哄堂大笑。客人中有弟兄两个，一个叫陈所见，一个叫陈所闻，此时见孙得言十分窘迫，便说："那雄狐哪里去了，任雌狐在这里放毒！"狐女接着说："刚才的故事还没讲完，就让群狗的乱叫声给打断了，请让我讲完它。国王见大臣骑着骡子，非常奇怪。大臣告诉他说：'这是马生的。'国王更加惊奇。大臣说：'在中国，马生骡子，骡生驹驹。'国王又详细询问。大臣说：'马生骡，是臣所见；骡生驹驹，是臣所闻。'"全座的人又大笑起来。大家知道开玩笑敌不过她，便约定：谁再开玩笑骂人，罚做东道主，请大家喝酒。又过了一会儿，大家酒兴更浓。孙得言又戏弄万福说："我有一联，请你对下联。"万福问："什么联？"孙得言说："这一联是：妓女出门访情人，来时'万福'，去时'万福'。"一座的人都冥思苦想，对不上。狐女忽然笑着说："我对上了！"大家忙都听着。狐女念道："龙王下诏求直谏，鳖也'得言'，龟也'得言'。"众人拍手叫绝。孙得言大为恼怒，说："刚才已和你约好，为什么又犯戒？"狐女笑道："真是我错了，但除了这一句对不上你的上联。明天我一定设宴请大家，以赎我的罪过！"众人一笑作罢。狐女的诙谐，如此这般，一时也说不完。

连住了几个月，狐女便跟万福一同返回。到了博兴县界，狐女告诉万福说："这里有我的一家远亲，很长时间没来往了。这次路过，不可不去看看。天要黑了，我们正好去借住一晚，明天一早再走吧。"万福问在哪里，狐女往前一指，说："不远。"万福怀疑前面本来没有村庄，姑且跟着她走。走了二里多路，果然看见一处村落，以前从没见过。狐女敲敲门，一个老仆人答应着出来开了门。进入院子，只见楼阁重重，一派富贵大家的气象。不一会儿，主人迎出来，一个老翁、一个老太太，见过礼请万福坐下，摆上丰盛的酒宴，把万福当作新女婿般款待。饭后，二人住了一晚。狐女第二天早早起来，对万福说："我匆匆忙忙地跟你回家，恐怕你家里人会感到意外和惊怪。你先回去说一声，我随后就到。"万福答应，先回了家，告诉了家人。不久，狐女果然来了，跟万福谈笑时，家里的人光听见声音，却看不见人在哪里。

过了一年，万福又有事到济南去，狐女也跟随着。忽然来了几个人，狐女跟他们打招呼，问寒道暖，十分亲热。她又对万福说："我本是陕西人，因为和你有缘分，所以跟了你这么长时间。现在我的兄弟们来了，我要跟他们回去，不能再伺候你了！"万福百般挽留，狐女竟自走了。

小猎犬

山西的卫中堂，当年做秀才的时候，厌烦家中杂务的干扰，就搬到一所寺院里读书。可寺院的臭虫、蚊子、跳蚤非常多，竟使他终夜睡不着觉。

一天，吃过饭后，他躺在床上休息，忽然看见一个小武士，头插雉翎，身高约二寸，骑着一匹只有蚂蚱那么大小的马，胳膊上架着一只苍蝇大的猎鹰，从外边进来，在屋里盘旋，走走跑跑。卫中堂正看得出神，忽然又进来一个小人，穿戴和前一个武士一样，腰中扎着小弓箭，牵着一只蚂蚁大小的猎犬。又过了一会儿，步行的、骑马的，又有数百人纷纷而来，共架着数百只鹰、牵着几百头猎犬，只要有蚊蝇飞起来，小武士们就放鹰腾空扑击，全都杀死。小猎犬则跳到床上，爬到墙壁上，搜吃跳蚤、臭虫。凡是藏在被褥和墙隙里的臭虫和跳蚤，没有小猎犬嗅不出来的，顷刻之间，全部扑杀死了。卫中堂假装睡觉，眯着眼偷偷地看着，鹰和猎犬都在他身上窜来跑去。接着一个穿黄衣服的人，头戴平天冠，好像是大王，登上另外一张床，把马拴在席子上。随从的人都下了马，小武士们有的献上蚊蝇，有的献上臭虫、跳蚤，纷纷攘攘也不知说的什么话。时间不长，大王登上一辆小车，卫士们匆忙上马，万马奔驰，纷纷扬扬像撒豆粒子，烟飞雾腾，不一会儿就散尽了。

卫中堂看得清清楚楚，又惊骇又诧异，不知它们是从哪里来的，急忙穿上鞋子偷偷往外看，它们已经无影无踪了。他返回身四面看看，什么都没有看到，只有墙壁的砖上遗留下一只小猎犬。卫中堂急忙捉住它，小猎犬很温驯，卫中堂把它放在砚台的匣子里，反复瞻玩，见它的毛极细而且柔软，脖子上有个小环。喂它饭粒，它一嗅就走开，跳到床上，寻找衣缝，咬杀臭虫、跳蚤，吃饱了再回到匣子里趴着。过了一夜，卫中堂疑心它已经走了，一看，它仍然蜷曲着趴在那里。卫中堂躺下，它就跳到床席上，遇到臭虫就咬死，蚊蝇没有敢落下来的。卫中堂非常喜爱它，比宝贝还珍贵。

一天白天卫中堂躺着睡了，小猎犬偷偷地趴在他身旁。卫中堂醒了翻身，把它压在腰底下。他感觉身下有什么东西，怀疑是小猎犬，急忙起身一看，小猎犬已经被压扁死了，不过从此墙壁上再没有活着的蚊虫了。

白莲教

白莲教中的某人是山西人，忘了他的姓名，大概是徐鸿儒的门徒。他用法术迷惑众人，羡慕他法术的人多拜他为师。

有一天，某人要外出，便在堂屋中放置了一个盆，又用另一个盆盖住这个盆，嘱咐门徒坐着看守，并告诫他不能掀开看。某人走后，门徒把上盆掀开，见下面的盆里盛放着清水，水上浮着一只草编的小船，船上风帆桅杆俱全。他感到奇异，便用手指拨了一下，小船随手翻倒，他急忙把船扶成原来的样子，仍旧用盆盖好。一会儿某人回来，愤怒地斥责说："为什么违背我的吩咐？"门徒立即表示说没有。某人说："刚才海中船翻了，怎么能欺骗得了我呢？"又一天傍晚，某人点燃大蜡烛放置堂上，告诫门徒要严加看守，不能让风吹灭。天到二更，某人仍没回来。门徒疲倦了，便松懈了，躺到床上小睡。等到他醒来，蜡烛已经灭了，他急忙起来点燃。蜡烛刚点着，某人就进来了，又责备他。门徒说："我本来就不曾睡，蜡烛怎么能熄灭呢？"某人愤怒地说："刚才让我摸黑走了十几里路，你还在胡说什么？"门徒大惊，像这样奇怪的事情多得很，数不胜数。

后来某人的爱妾与门徒私通。他觉察后，隐忍不说。他派这个门徒去喂猪，门徒进圈后，立刻变成了一头猪。某人便叫屠户把这猪杀了，把肉卖掉，人们都不知道。这门徒的父亲因为儿子没回家，就来询问。某人告诉他说，他的儿子已经很久不来了。门徒的家人到处打听寻找，始终也没有消息。有个和这个门徒同师学艺的人，暗中知道此事，把消息泄露给了门徒的父亲。门徒的父亲告到了县令那里，县令恐怕某人逃走，没敢逮捕他，而是把这事报告了上一级官员，请求派了披甲的兵士一千人，包围了某人的家，把某人和他的妻儿全都捉住，紧闭在木笼囚车里，要把他们押解到京城去。

途中经过太行山时，山中突然出来一个巨人，和大树一样高，它的眼睛像坛子，嘴像盆那样大，牙齿有一尺多长。兵士们都惊讶地站住脚不敢再往前走。某人说："这是个妖怪，我的妻子可以打退它。"于是兵士们按照他的说法，解开了他妻子身上的枷锁。妻子持戈追上前去，巨人发了怒，张开大口把她吸吞到肚里，众人更加害怕。某人说："既然妖怪杀了我的妻子，必须让我儿子来对付它。"于是士兵们再放出他的儿子前去，他的儿子又被巨人吞了。众人都面面相觑，不知怎么办才好。某人哭着并且发怒地说："巨人杀了我的妻子，又杀了我的儿子，这我怎能甘心，看来非我亲自去收拾它不可了。"众人果然把他放出木笼，并给他武器让他前去。巨人非常愤怒地迎上来，格斗了不多时，便抓起某人放入口中，伸了伸脖子咽了下去，不慌不忙地走了。

双灯

魏运旺，益都县盆泉人。他家是原来的世族大家，后来家势败落，不能再供他读书，二十来岁时，他就荒废了学业，跟着他岳父卖酒。

一天晚上，魏生独自躺在酒楼上，忽然听见楼下有脚步声。他吃惊而起，很害怕地听着。声音渐渐近了，随即上了楼梯，一步比一步响。一会儿，两个丫鬟挑着灯，已经到了床边。后边有一少年书生，引导着一名女郎，微笑着走近床前。魏生大为惊愕，转念一想知道这是狐，因而他毛发直竖，低着头不敢再看。书生笑着说："魏君请勿猜疑，舍妹与您有夙缘，就应当来侍奉您。"魏生见少年身穿绸缎貂皮，耀人眼目，相比之下自愧不如，羞愧得不知怎样对答。书生带领丫鬟，留下灯就走了。魏生仔细端详女郎，衣

> **词苑撷英**
> 迂腐：（言谈、行事）拘泥于陈旧的准则，不适应新时代。

服鲜明，身材美好，像仙女一般，心里非常喜欢她，但是由于羞愧而说不出亲密的调笑语。女郎笑着对他说："您又不是靠啃书本生活的人，怎么会有迂腐的书生气？"她便走近床边，把手伸进他的怀中取暖。魏生这才有了笑脸，拉扯说笑，于是两个人亲热起来。天还没亮的时候，两个丫鬟就来接女郎走了。女郎与魏生约定夜里再相会。

到了晚上，女郎果然来了，笑着说："痴郎是何福气？不费一文钱，得到这么好的媳妇，能夜夜自己来相会。"魏生窃喜没有别人在，就摆上酒和她对饮，并玩赌藏枚的游戏。女郎十有九赢，便笑着说："不如让我来掌握枚子，郎君自己猜，猜中就胜，猜不中就败。若是还让我猜的话，郎君便没有赢的时候了。"于是按她说的那样，二人玩得很痛快。将要睡觉的时候，女郎说："昨天晚上的被褥既不光滑又冷，让人不能忍受。"就叫丫鬟抱了被褥来，展开放到床上，带素花纹的丝绸料子又香又软。一会儿，解衣相偎，脂香浓烈，像这样的艳福真不亚于帝王的温柔乡。从此以后，便成了平常事了。

后半年，魏生回了家。一个月夜，他正和妻子在窗下说话的时候，忽然看见女郎穿着华丽的衣服坐在墙头上，用手招呼他。魏生走到她的身边，女郎拉他，一同越墙而出，手把手地告别说："今天要和您分别了，请送我几步，以表示半年来的恩爱情义吧。"魏生惊问她是什么缘故。女郎说："姻缘自有定数，还有什么可说的呢？"说着，到了村外，原来的丫鬟挑着双灯在等候着。走到了南山，登到高处以后，女郎向魏生告辞言别。魏生留不住她，只得让她走了。魏生久久地站在那里不知怎么办才好，遥远地看见双灯一闪一闪的，渐渐远去看不见了，才闷闷不乐地返回家。这一夜山头上的灯光，村里的人都看见了。

> **词苑撷英**
> 缘故：原因。

念　秧

异史氏说："人世间暗中害人的伎俩，到处都有；而南北交通要道上，此害尤其严重。像那些手持武器乘着快马，在郊外抢掠行人财物的，人人都知道；还有的割裂口袋、刺破行李，在城里夺取财物，行人回头，而钱财货物已空，这不是害人伎俩中最厉害的行径吗？又有萍水相逢，甘言如美酒的人，他来得既不突然，和人也特别亲近，可一旦误认作好朋友，马上就遭受丧失资财之害。他们随机应变设置陷阱，变化多端。因为这种人专用甜言蜜语令人上当而行骗，民间起名叫作‘念秧’。如今北面路上这样的人不少，遭受他们祸害的人也特别多。”

我的同乡王子巽是县里的秀才。因有个同族长辈在京城作旗籍太史，他要前去探望。他整理好行装北上，出了济南，走了几里路，有一个骑着黑驴的人赶上来和他同行。这人不时地说些闲话引他，王生便和他搭上了话茬。这人说：“我姓张，是栖霞县的衙役，受县令大人派遣去京城出差。”他对王生称呼很谦逊，恭恭敬敬得非常殷勤。两人同行几十里，并约好了一起住宿。一路上若王生走得快了，张某就加鞭赶驴追上；若王生落在了后面，张某就在前边停下来等他。王生的仆人很怀疑张某，就非常严厉地赶他走开，不让他前后跟从。张某自觉得很羞愧，于是挥鞭走了。到了傍晚，王生住进一家旅店，偶然经过门前，见张某在外舍饮酒。正在惊疑的时候，张某也看见他，便起身垂手拱立，谦虚得像奴仆一样，并略做问讯。王生也很随便地和他应酬，没有怀疑他，然而仆人却整夜防备着他。鸡叫的时候，张某来招呼王生一起走，仆人呵斥拒绝，于是他便自己走了。

太阳已经出来了，王生才上路。走了半天时间，见前边有一个人骑着头白驴，年纪约四十开外，衣帽整洁，他的头眼看就要低垂到驴身上，瞌睡得像要掉下驴来。他一会儿走在王生的前头，一会儿走在王生的后头，始终不离地走了十几里地。王生很奇怪地问他道：“你夜里干什么了，竟然迷糊成这个样子？”这人听了，猛然伸了伸懒腰，说：“我是清苑人，姓许，临淄县令高檠是我表兄。我哥哥在表兄府上设帐教书，我去看他，得了一点儿馈赠。今夜在旅店，误同念秧的住到了一起，一夜警惕没敢合眼，困得大白天迷迷糊糊。”王生问他：“念秧是怎么一回事？”许某回答说：“您出门在外少，不知人的险诈。如今有些坏人，用甜言蜜语引诱行人旅客，攀附拉拢和他们一同住宿，从而乘机欺骗钱财。昨天有个远房亲戚，就因为这而丢了盘缠，你我都得警惕防备。”王生听了点头称是。原先，临淄县令和王生有旧交，王生曾经去过他的官府，认识他家的门客，其中果然有姓许的，于是便不怀疑，和许某寒暄起来，还问了他哥哥的近况。许某相约天晚了同住一家旅店，王生答应了他。而仆人始终怀疑许某是伪装的，就暗暗地和主人商量好，慢慢落在了后边不再往前走，与许某的距离越拉越远，终于看不见了。

第二天，中午时分，王生又遇到一个年轻人，年纪约有十六七岁，骑着一匹健壮的大骡子，穿戴华丽整洁，模样长得很秀美。他们一同走了很长时间，没有互相说过话。太阳已经偏西了，年轻人忽然说：“前面离屈律店不远了。”王生轻声应着。年轻人于是唉声叹气，像是不能忍受的样子。王生略微问了一下原因，年轻人叹了口气说：“我是江南人，姓金，三年苦读，盼望能够考试得中，不料想竟然名落孙山。我哥哥在京城任部中主政，我便带着家眷来，希望能排解心中的郁闷。但我从来没有走过远路，尘沙扑面，令人烦恼。”说着便取出红手帕擦脸，叹气不已。王生听他说话是南方口音，柔美婉转得像女子，心里喜欢他，慢慢用好话安慰。金某说：“刚才我先走了一步，家眷这么长时间还没跟上来，仆人们怎么也没有赶到呢？天都快黑了，这可怎么办！”他停留观望，走得很慢。王生于是先走，和金某越离越远。

王生晚上到客店住宿，进入房间一看，靠墙下有一张床，见先有别人的行李摆在了上面，便问行李的主人。立即有一个人携起行李往外走，说：“请尽管安排，我这就搬到别的屋里去。”王生看了看他，原来是许某，就让他留下同住一屋。许某便不走了，于是两人坐下交谈起来。过了一会儿，又有一个人携带行李进来，见王、许二人在屋里，返身就往外走，说：“已经有客人住了。”王生仔细一看，原来是路上遇到的年轻人金某。王生没说话，许某急忙起来拉他留下，金某也就坐了下来。许某于是问起了他的家族姓氏，金某又用在路上对王生说过的话说给许某听。过了片刻，金某解开口袋取出银子，堆了很多，称了一两多，交给店主人，嘱咐治办肴酒，以供夜里聊天用。王、许二人争相劝阻，金某不听。不久，酒肉都摆上桌来。筵席上，金某谈论诗文显得很风雅。王生问起江南考场中的试题，金某全都说给他听，并且背诵自己八股文的破题承接，以及篇章中的得意之句，说完，显得心里很不平气。王、许也都为他惋惜。金某又因家眷走失，夜里没有仆人，担心自己不懂怎样喂牲口。王生便让自己的仆人替他给骡子拌上草料，金某非常感谢。

知识延伸

八股文：明清科举制度规定的一种特殊文体。全篇由破题、承题、起讲、入手、起股、中股、后股、束股八部分组成。后四部分是文章议论的中心，各有两股对偶文字，共八股，故名。其题材、内容限于“四书”，不许作者自由发挥，字数也有严格规定。

过了不多时，金某忽然顿足生气地说：“命运不顺，出门也遇不到好事。昨天夜里住旅店，和恶人住到了一起，他们赌博掷骰子叫喊，吵得耳朵难受心里烦躁，一夜没睡着。”南方口音把“骰”字说成“兜”，许某听不明白，问他是什么东西。金某用手比画骰子的形状。许某便笑着从口袋里拿出一枚骰子，说：“是这种东西吗？”金某答应“是”。许某就用骰子行酒令，三人很高兴地喝起来。酒喝得差不多了，许某提议大家都掷骰子，赢个东道主。王生推辞不懂，许某便和金某掷骰呼喊赌了起来。许某又偷偷地嘱咐王生说：“您不要走漏了话，这个南方公子很富裕，年纪又小，不一定懂得赌博的诀窍。我赢他些银子，明天一定请您的客。”许某和金某于是进了隔壁房间，不久听到里面几个人聚赌的声音，很是热闹。王生暗暗地过去瞅了瞅，见栖霞县的衙役张某也在其中。王生大

词苑撷英

诀窍：形容关键性的方法。

为惊疑，便展开被子自己先躺下了。又过了一会儿，众人都来拉王生去赌博，王生坚决推辞说不会。许某愿代替王生辨认输赢，王生还是不同意，二人便硬替王生掷骰。不多时，许某走到床前向王生报告说："你赢了若干筹码了。"王生在睡梦中答应着。

突然有几个人推门进来，叽里咕噜地讲着外族语。领头的说是姓佟，是满族旗人专门巡逻捉拿赌徒的。当时禁赌的法令很严，人们都非常惊慌。佟某大声恐吓王生，王生也以旗籍太史的旗号来抵挡。佟某的态度缓和下来，和王生叙起了同籍，笑着让众人继续玩赌博的游戏。大家果然再次赌起来，佟某也参加了。王生对许某说："胜负我不想知道，只愿睡觉，请不要打扰。"许某不听，仍然反复地来向王生报告。到了最后散局的时候，各人计算所得的筹码数，王生输了很多，佟某便搜王生钱袋中的银子取偿。王生愤怒地起来和他争夺，金某捉住王生的胳膊偷偷地说："他们都是些坏人，居心叵测。咱们毕竟是文字交，没有不互相照顾的道理。恰好赌局上我赢了不少，可以相抵。这些钱本来应由许君偿还我，现在请变换一下，就让许君偿还佟，您来偿还我。这样做不过是暂时掩人耳目，等过了今晚仍再原数相还。凭着咱们的道义之交，总不会就真拿您的钱吧？"王生本来就忠厚，相信了他的话。金某出去，把相互变换的办法告诉了佟某，这才当着众人的面打开王生的钱袋，把银子如数装进了自己的腰包。佟某便转而向许、张两人讨钱去了。

金某于是抱着铺盖来，和王生连枕睡一头，他的被褥都很精美。王生也招呼仆人睡到床上，各人都安然就枕不再说话。过了很长时间，金某故意转侧身体，把臀部靠近仆人。仆人移身躲避，金某又靠近他。当触及金某滑腻如脂的臀部时，仆人心动，便和他亲热起来，而金某更加殷勤周到。被子响动的声音，王生都听到了，虽然很惊奇，但始终也没怀疑有别的事。天刚拂晓，金某就起床，催促一同早走，并且说："看您的驴体弱疲惫的样子，昨夜寄存的银子，等到前边再交给您吧。"王生还没有说话，金某已把行李装好登上了大骡子。王生不得已，只好跟着他上路。骡子走得很快，渐渐地走远了。王生以为金某一定会到前边等着他，最初也没在意，就以夜里听到的动静问仆人是怎么回事，仆人如实告诉了他。王生这才大惊说："今天被念秧的骗了，哪有官宦家的名士，自荐给养马仆人的？"又转念一想金某谈词风雅，不是念秧之人所能办到的，急追了几十里路，一点儿踪迹也没寻到。直到这时王生才明白：张、许、佟都是同伙，一局不行，又换一局，务必使自己进入圈套。夜里逼迫交换偿债，已经埋伏了一个企图抵赖的机会。假若天明驮银子先走的计谋不行，也必定会借口偿还赌债硬是强夺而去。为了几十两银子，曲折跟随几百里，恐怕仆人揭发这个阴谋，而又以身和他交欢，他们的手段也可说是用心良苦了。

过了几年，又发生了吴生的事情。淄川县有个姓吴的书生，字安仁。三十岁死了妻子，一人独睡空房。有个秀才常来和他交谈，于是认作知己，非常高兴。秀才的小仆人，名叫鬼头，和吴生的僮仆报儿也很要好。时间长了才知道鬼头是个狐，吴生出远门，总要带他一齐去，同在一间屋子里，别人却看不见他。吴生有次客居京城，将要回家的时候，听说王生遭了念秧的祸害，因此告诫僮仆要警惕防备。狐仆笑着说："没有必要，此行并无不利的事情。"到了涿州，见有个人系马坐在烟店里，穿着很高贵的裘皮服装。这人看见吴生过去了，也起身跳上马跟随在后面，渐渐地和吴生说上了话，他自己说："我是山东人，姓黄，在户部任职。今将东归，很高兴咱们同路，不至孤单寂寞。"于是吴生住下他也住下，每次都一起吃饭，并且总是替吴生偿还饭钱。吴生表面上感谢，背地里却怀疑他，偷偷地以此问狐仆。狐仆只是说道："不妨。"吴生的疑心便消除了。

到了晚上，一同找到旅店，见有位美少年先坐在里面。黄某进去，和少年拱手行礼，高兴地问他："什么时间离开京城的？"少年回答说："昨天。"黄某便拉他住在一起，对吴生说："这是史郎，我的中表弟，也是文人，可以陪您谈论诗文，夜里闲谈肯定不会冷落。"就取出银子，治办酒肴一起畅饮。史某风雅含蓄，谈吐不凡，和吴生互相都很喜爱。饮酒时，史某总是使眼色暗示吴生行酒令作弊，惩罚黄某，强迫他用大杯喝酒，然后鼓掌大笑，吴生更加喜欢他。不久史某和黄某商量要赌博，拉吴生参加，于是各人都拿出钱袋里的银子作抵押。狐仆嘱咐报儿暗中锁好门扇，并叮嘱吴生说："倘若听到人声喧哗，只管睡觉不要出声。"吴生答应了。吴生每次掷骰，小赌注就输，大赌注就赢。过了一更多时辰，他计算着已赢了二百两银子。而史和黄的钱袋却都空了，商议着再拿黄某的马作抵押。忽然听到敲门声非常猛烈，吴生急忙起身，把骰子投进火里，蒙上被子躺下装睡。过了好久，听见主人找不到钥匙，砸锁撬门，有好几个人气势汹汹地进来，要搜捕赌博的人。史某和黄某都说没有。其中一人竟然掀开吴生的被子，指着吴生说是赌博人，吴生大声呵斥他。好几个人强行检查吴生的行装，眼看无法和他们抗拒的时候，突然听到门外有大官出行鸣锣开道的吆喝声。吴生急忙跑出去呼喊，众人这才害怕，硬把吴生拉回来，只求他不要出声。吴生于是从容地包裹好行装交付店主人。听到官府的仪仗走远了，众人这才出门离去。黄某和史某都做出很惊喜的样子，随后相继找地方休息。黄某让史某和吴生睡一个床铺。吴生把盛钱的袋子放在枕头下，这才打开被子躺下。吴生临走时，送给史某银子作医药调养费用，路上和狐仆说起来，才知道夜里的官府仪仗，都是狐仆假装的。

黄某在途中，更加讨好吴生。傍晚他俩又同住一屋，这小屋很狭窄，仅能容下一张床，非常暖和洁净，而吴生却嫌床太小。黄某说道："这床睡两人是稍窄点儿，您自己睡就宽松多了，有什么关系呢？"吃过饭后他就走了。吴生也很希望独睡，这样可与狐仆在一起。坐了很久，狐仆没来。吴生忽然听见墙壁上的小门外，有用手指弹敲的声音。他拨开门闩探望，一个装扮艳丽的女子急速进来，自己把门闩上，向吴生露出笑容，美得如同仙女一般。吴生高兴地询问她的来历，原来她是店主人的儿媳。于是吴生和她亲热起来，非常喜爱她。女子忽然流下眼泪，吴生惊问她悲伤的原因，女子说："不敢隐瞒，我实际上是主人派来引诱您的。原先让我引诱别人的时候，我一进屋，就会被主人关门逮住，不知今晚为啥这样久了主人还没来到。"随后又呜咽着说："我是良家女子，并不甘心这样做。现在我已经倾心爱慕您，请求您能搭救我！"吴生听说，非常惊恐，别无办法，只有让她赶快离去。女子只是低头哭泣。忽然吴生听到黄某和店主砸门吵闹，声如鼎沸。只听黄某说："我一路上敬奉着，说你是正人君子，怎么竟引诱我的弟媳！"吴生害了怕，逼着女子离去。这时他听到墙壁上的小门外也有撞击声。他心慌意乱汗流如雨，女子也伏身哭泣。他又听见有人劝止店主，店主不听，推门越急。只听劝解的人说："请问主人的意思想要怎么办？是想杀人吗？有我们旅客数人，必定不会坐视逞凶。如果他们两人中有一个逃走的，让他抵罪时怎么说？是想对簿公堂吗？家庭淫乱之事，只能自己丢人。况且是你们自己宿在旅客房间的，明明是陷害诈骗，怎能保证女子不说实话？"主人瞠目结舌答不上来。吴生听见这些话，暗暗地感激佩服，然而却不知道说话的人是谁。

起初，店门将要关闭的时候，就有一个秀才和仆人来到外房住宿。他们携带着好酒，邀请同屋的人共饮，对黄某和店主劝酒尤其殷勤。黄某和店主两人告辞想起身，秀才牵着他们的衣襟，苦苦挽留不让去。后来他俩抽个空子悄悄溜了出来，拿着棍棒奔向吴生的住房。秀才听到喧闹声，这才过来劝解。吴生伏在窗户上一看，原来是狐仆鬼头，心里暗喜。他又见店主的气焰被压去了许多，于是说大话来恐吓店主，便对女子说："你为什么默不作声？"女子哭着说："我恨自己不如人，被人逼迫干这种下贱的事情！"店主听说，面如死灰。秀才叱骂道："你们的禽兽行为也已经彻底败露了，这是我们所有的旅客都愤恨的！"黄某和店主都放下刀棍，跪在地上请罪。吴生也开门出来，顿足大声怒骂。秀才又劝说吴生，双方这才和解。女子哭哭啼啼，宁死不归。后院里跑出几个老妇人和丫头来，抓着女子往里拖，女子趴在地上哭得更加哀痛。秀才劝说店主把她重价卖给吴生，店主低着头说："我这是当老娘三十年，今日竟包反了孩子，还有什么可说的呢！"就依了秀才说的话。吴生硬是不肯出大价钱，秀才为双方调和，商定卖五十两银子。人钱两相交付后，晨钟已响。于是大家都急忙整理行装，载着女子上路。

女子从未骑过马，路上奔波非常疲乏。中午时分稍微休息了一下，吴生将要走的时候，喊僮仆报儿，却不知他到哪

词苑撷英

正人君子：指品行端正、遵守道德的人。也用于讽刺伪善的人。

词苑撷英

心慌意乱：内心惊慌，思绪纷乱。

里去了。太阳已经偏西了，还没见到踪影，感到很奇怪，就问狐仆。狐仆说："不用担忧，他会自己回来的。"星星月亮出来时，报儿才来到。吴生问他干什么去了，报儿笑着说："公子拿五十两银子肥了奸诈小人，我心里很不平。刚才和鬼头商定计谋，返回去索要回来了。"于是把银子放到桌子上。吴生惊问其中的缘故，原来鬼头知道女子只有一个哥哥，出了远门十几年没有回来，于是变成了她哥哥的形状，让报儿冒充弟弟，进店里向店主人要人。店主害怕，假说女子已经病死。他们二人要去告官，店主更加害怕，便用银子贿赂他们，逐渐增加到四十两，他们二人才走。报儿一五一十地讲述了事情的经过，吴生立即把银子送给了他。

吴生回到家中，和女子的感情非常好，家里也更加富有，细问女子，才知道先前的美少年史某就是她的丈夫，原来史某就是金某。她穿的一件槲绸披肩，说是从山东一个姓王的人那里得来的。他们党羽很多，那个客店的主人也都是他们的同伙。怎会料到吴生所遇到的，正是王子巽连天叫苦的那些人，这不也是件让人高兴的事吗？古人说："骑者善堕。"真是可信啊！

寒月芙蕖

济南有一个道士，不知他是什么人，也不知他姓甚名谁。无论冬夏，他总是穿件夹衣，腰上系条黄带子，此外再不穿别的衣服。他常用一把半截梳子梳头，梳完，把头发挽成个发髻，用梳子别起来，像戴着一个帽子一样。他天天赤着脚在市上游逛，夜里就睡在街头，身体周围几尺以外的冰雪都融化得干干净净。

道士刚来济南的时候，常给人表演魔术，街上的人都争着送他食物。有个市井无赖，送给他一些酒，想跟他学魔术，道士不肯。一次，这个无赖正好碰上道士在河里洗澡，便突然抱走了他的衣服，以此要挟他。道士向他作揖说："请你还给我衣服，我一定不吝惜自己的这点儿小法术。"无赖怕他骗自己，抱着衣服不肯放下。道士说："你真不还我吗？"无赖说："不还！"道士默默地不再说话。一会儿，那条黄带子忽然变成了一条大蛇，有几把粗，绕着无赖的身子缠了六七圈；又昂起头，嘴里吐着红信子，怒目瞪着无赖。无赖大吃一惊，急忙跪倒在地，脸也吓青了，气也喘不过来了，嘴里连喊饶命。道士一把抓过那条黄带子，竟然不是蛇。另有一条蛇，蜿蜿蜒蜒地爬进城去了。

从此以后，道士更加出名。那些官绅家听说了他的奇异本领，都把他请了去，与他交往，从此道士不断出入于富贵人家。连地方官员都听说了他的名气，每次宴会也总是把他请了去。

一天，道士声称要在大明湖设宴，回请各位长官。到了那天，每一个被请的客人都在自己的桌子上得到一份请帖，但谁也不知请帖是怎么送来的。客人们如约赶到设宴的地方。道士躬着腰，恭敬地出来迎接。众人走进亭子一看，什么都没有，静悄悄的，连桌椅都没设，都怀疑道士在说谎骗人。道士对几个官员说："贫道没有仆人，想借借你们的随从来帮帮忙。"官员们都答应了。道士便去一面墙壁上画了两扇门，然后用手敲敲，墙里面竟传出了答应声，接着是开锁声，哗啦一声，门敞开了。众人一起往里瞧去，见里面影影绰绰地有好多人正来回奔忙，屏风帐幔、床榻桌椅一应俱全。有人不断地把这些东西递出来，道士命官员的随从们接过东西来排列在亭子里，还嘱咐他们不要和里边的人讲话。双方传递东西时，只是互相打量着笑笑。不一会儿，亭子里便摆满了，用具都极为华丽。接着，又有人从门里边递出散发着阵阵香味的美酒和热气腾腾的佳肴。客人们见了，无不惊骇诧异。

> **词苑撷英**
> 热气腾腾：热气蒸腾的样子。形容气氛热烈或情绪高涨。

水面亭本是背靠湖水的。每当盛夏六月时，几十顷湖面盛开荷花，一望无际。道士开宴时，正值隆冬，从窗户里往外望去，绿色的湖水一片茫茫，只有清波在荡漾而已。一个客人偶然叹息着说："今天的盛会，可惜没有莲花点缀！"大家都有同感。过了一会儿，一个穿青衣的仆人奔跑进来说："荷叶长满池塘了！"满座人吃惊，推开窗子往外一望，果然满眼都是绿葱葱的荷叶，中间夹杂着数不清的荷花苞。转瞬间，千万朵荷花一齐怒放，严寒的北风吹来，送来了沁人肺腑的荷香。大家都大感惊异，便派了一个仆人荡着小船去采些莲子来，远远看见仆人进了荷花深处。过了不久，仆人返回来，空着两手来回话。官员问他怎么没采到。仆人说："小人驾着船去，见荷花总是在前面隔得很远。一直划到北岸，又见荷花远远地开在湖的南面。"道士笑着说："这不过都是幻梦中的空花罢了。"不久，酒宴结束，荷花也凋谢了。一阵北风吹来，将一片残荷败叶全都吹倒在水中，再也看不见了。

> **词苑撷英**
> 荡漾：（水波）一起一伏地动。

客人中有个济东道员，很喜欢道士的法术，将他请到官衙中，天天玩乐。一天，这位道员与客人一起喝酒，他有种家传好酒，每次请客，最多一斗，不肯让客人多喝。这天，客人喝了酒后，觉得味道很美，喝完一斗，还要再喝。道员执意不许，说酒快没有了。道士便笑着对客人说：“你一定要过足酒瘾，跟我要好了！”客人请他拿酒。道士取过酒壶，塞进袖筒里，一会儿拿出来一看，满满一壶，给在座的都斟上。壶里的酒与道员家的酒味道没什么两样，于是大家尽欢而散。道员起了疑心，客人走后，忙去看自家的酒坛子，见坛口上依旧封得很严实，抱起来一摇，空空的，一点儿酒也没有了。道员既羞愧又愤怒，把道士抓了起来，说他是妖怪，命人用棍子痛打。棍子刚打到道士身上，道员便觉得屁股一阵剧痛，再打，屁股上的肉像要裂开一样。道士装模作样地在台阶下声嘶力竭，道员屁股上的血却已染红了座椅。道员只得命令不要打了，将道士赶了出去。

从此道士离开了济南，不知去了哪里。后来有人在金陵遇上他，他还和在济南时一个打扮；问他话，他笑而不答。

精彩点拨

《念秧》是清代小说家蒲松龄创作的文言短篇小说。故事生动地讲述了两则有关念秧者合伙骗取他人钱财的传奇故事。这两则故事中的念秧者为同一伙人，他们针对不同的诈骗对象所采取的骗术大体相同，然而在诈骗结局方面却有着显著不同。这两则故事既相对独立又彼此关联，在人物、情节和结局上做到了同而不同、犯中求避，不但鲜明地体现了蒲松龄的高超叙事技巧，而且生动地展现了这伙念秧者的诈骗过程和伎俩，充分暴露了他们阴险丑恶的嘴脸，具有独特的文学价值、深刻的批判意义和启示作用。

阅读积累

荷花

属毛茛目莲科，是莲属两种植物的统称，又名莲花、水芙蓉等，是莲属多年生水生草本花卉。地下茎长而肥厚，有长节，叶盾圆形。花期6至9月，单生于花梗顶端，花瓣多数，嵌生在花托穴内，有红、粉红、白、紫等色，或有彩纹、镶边。坚果椭圆形，种子卵形。

卷　五

精彩导读

“卷五”中热情歌颂青年男女冲破封建礼教的束缚，自由恋爱和结婚。他们不受封建婚姻制度的约束，大胆地追求爱情。《花姑子》讲述陕西拔贡安幼舆为人豪侠，每次见到被猎获的动物都要重金买下，全都放生。一日，他由外回家时迷了路，忽然看见前面有灯光，一个老头邀请他到家中去，并称贡生是他的恩主。老头设宴招待，还让女儿花姑子劝酒。贡生对花姑子一见钟情，次日再来寻找却已杳无音信。

章阿端

河南卫辉府的戚生，年轻、含蓄、大度，有胆量，敢说敢当。当时一个大户人家有巨宅，因为白天见鬼，家里人相继死去，愿意把宅子贱价卖掉。戚生贪图价廉，便买过来住了。然而宅院太大，家人稀少，东院的艾蒿长成了小树林，也只好让它暂且荒废着。家人每到夜里便惊恐不安，总是相互惊恐地说有鬼。两个多月后，死了一个丫鬟。没过多久，戚生的妻子傍晚到东院楼亭去，回来以后就得了病，过了几天便死了。家人更加害怕，劝戚生搬家到别处住，戚生不听。然而他孤身一人没有伴侣，只有独自凄凉悲伤。丫鬟、仆人们又不时地拿发生的怪异现象来喧扰，戚生发了怒，盛气之下抱了被褥，独自躺到荒亭中，留着蜡烛以观察会出现什么怪事。过了很久没有什么动静，他也就睡着了。

忽然有人把手伸进了他的被窝，反复地摸索。戚生醒来一看，原来是一个年长的老侍婢，她耳朵蜷曲、头发蓬乱，面目臃肿得很厉害。戚生知道她是个鬼，便抓住胳膊推她，笑道：“尊容不敢领教！”老婢很惭愧，缩回手迈着小步走了。过了一会儿，一个女郎从西北角出来，神情美妙，突然闯到灯下，怒骂道：“哪里来的狂生，居然敢在这里高枕而卧！”戚生坐起来笑答：“小生是这里的房主，等候着向你讨房租呢。”于是起来，光着身子去抓她，女郎急忙逃避。戚生先跑到西北角，挡住了她的退路。女郎没办法，便索性坐到他的床上。戚生靠近她细看，在烛光的映照下她竟美如天仙，便把她拥抱到自己怀里。女郎笑问：“狂生不怕鬼吗？我会把你祸害死的。”戚生强解她的衣裙，她也不太抗

词苑撷英

刚愎：形容倔强执拗，固执己见。

神态描写

表现了两人的悲伤。

拒。随后她自己说："我姓章，小名阿端。因为错嫁了一个刚愎不仁、放荡邪僻的男人，横遭折磨侮辱，使我愤恨郁闷而早亡，埋在这里二十多年了，这宅子下面全是些坟墓。"戚生问："那老婢是什么人？"女郎答："也是一个先死的鬼，专门伺候我。上面有生人居住，鬼在下面就不安宁，刚才是我派她来驱赶您的。"戚生又问："她为什么要摸索我？"女郎笑答："这老婢三十年从未经历过男女间的事，这是值得怜悯的，但是她也太不自量了。总而言之：心虚胆小的人，鬼越是欺侮折磨他；刚强正直的人，鬼就不敢侵犯了。"听到邻家的钟声响过，女郎穿衣下床，说："如不被猜疑的话，夜里我定当再来。"

到了晚上，女郎果然来到，两人情意殷切，更加喜悦。戚生说："我的妻子不幸亡故，悼念之情一直不能忘怀。您能不能为我招她来？"女郎听说后很悲伤，说："我死了二十年，有谁向我表示过怀念的，您真是多情，我一定竭尽全力。不过听说她已有了投生的地方了，不知道还在不在阴间。"过了一夜，女郎告诉戚生说："您的娘子将要投生到富贵人家。因为她生前丢失了耳环，拷问鞭打侍女，侍女自缢身亡，这个案子还未完结，为此她仍留在阴间，现在还寄居在药王廊下，有人监守着。我已派侍女前往行贿，或许能来。"戚生问："您为什么能够这样闲散？"女郎答："凡是屈死鬼不自己去投见的，阎罗王还来不及知道。"二更将尽的时候，老婢果然领着戚生的妻子来到。戚生抓住妻子的手大为悲伤。妻子含着眼泪说不出话来。女郎告别，说："你们两人可以叙谈别后之情，过一夜我们再见面。"戚生问妻子侍女缢死的情况。妻子说："不要紧，已经完结了。"两人上床拥抱，恩爱欢乐如同生前，从此欢聚成了常事。

五天后，妻子忽然哭着说："明天将奔赴山东，要长久痛苦地别离了，有什么办法。"戚生听说后，挥泪淋漓，悲哀伤痛难以自持。阿端劝慰说："我有一个办法，可以使你们得到暂时的团聚。"两人收住眼泪询问她。阿端请戚生拿纸钱十串，焚烧于南屋前的杏树下面，她好带着去贿赂押送戚妻投生的冥吏，以便能延缓时日。戚生按照她说的话办了，到了晚上，妻子来到说："幸赖端娘帮助，今又得到十天团聚的时间。"戚生大喜，不再让阿端离去，留她同住在一起，每天从傍晚到天晓，唯恐欢乐失去。过了七八天，戚生因为十天期限将满，同妻子整夜痛哭，找阿端想办法。阿端说："看来很难再有法子，不过还可以再试着办，非冥钱一百万不可。"戚生如数焚烧纸钱。阿端来，高兴地说："我派人和押生的冥吏说情，起初很难，见到这么多钱后，他的心才开始动摇。现在已经让别的鬼去代替投生了。"从此白天也不再离去，让戚生把门窗塞严，灯烛不灭。

这样过了一年多，阿端忽然病得昏昏沉沉的，烦躁不安，神志不清，像是见了鬼的样子。戚妻抚摸着她说："她这是被鬼弄病的。"戚生说："端娘已经是鬼了，又有什么鬼能使她生病呢？"妻子说："不然。人死了变成鬼，鬼死了变成聻。鬼害怕聻，犹如人害怕鬼一样。"戚生想为端娘请巫医。妻子说："鬼怎么可以让人治疗？邻居王老太太，如今在阴间当巫婆，可以前去请她来。然而离这里十几里路，我的脚柔弱，不能走远路，麻烦您焚烧个纸马。"戚生按她的要求去办。纸马刚刚点燃，就见丫鬟牵来一匹黑尾红马，在庭下把马缰绳递给戚妻，转眼之间戚妻就不见了。不一会儿，戚妻和一个老太太两人同骑在红马上来到，把马拴在廊柱上。老太太进屋，按着阿端的十指切脉，随后端端正正地坐在椅子上，头哆嗦作态，倒在地上一会儿，突然起来说："我是黑山大王，娘子病得很重，幸亏遇见小神，福分不浅呀！这是恶鬼作祟，不妨，不妨！只是这病好了，必须重重地给我供养，银子百两、钱百贯、丰盛酒筵一桌，一样也不能少。"戚妻一一高声应承。老太太又倒在地上再苏醒过来，向病人呵斥，才算完事。过一会儿老太太要走，戚妻送她到门外，赠送给她那匹马，她很高兴地走了。进屋见阿端，似比原先稍微清醒了些。夫妻二人非常高兴，便安慰她。阿端忽然说道："我恐怕不能再回到人间了，一闭眼就看见冤鬼，这是命该如此！"于是落下泪来。过了一夜，阿端的病情更加严重，弯曲着身子颤抖着，好像看见了什么。她拉戚生和她卧在一起，把头放进他的怀里，似害怕被人捕捉的样

子。戚生一起身，她就惊叫不宁。这样过了六七天，夫妻俩毫无办法。恰巧戚生有事外出，半天才回来，听到了妻子的哭声。惊问缘故，原来阿端已经死在床上，遗骸犹存。掀开被子，只见一堆白骨摆放在那里。戚生大为悲痛，便按生人的礼仪把她葬在祖墓旁边。

一天夜里，戚妻在睡梦中呜咽起来。戚生摇醒她并问怎么了，她说："刚才梦见端娘来，说她丈夫已经变成了聻鬼，对她在阴间不守贞节非常愤怒，怀恨追了她的命去，求我做道场。"戚生早起，就要按妻子的话去做。妻子阻止他说："超度鬼魂不是您可以用上力的。"于是起来走了。妻子过了一会儿回来说："我已经让人邀请僧侣去了，必须先焚烧纸钱作用场。"戚生都照办了。太阳才落，许多僧人集合到这里，金铙法鼓，如同人间。戚妻虽然说铙鼓声、诵经声喧扰得难受，戚生却一点儿也听不见。道场做完了以后，戚妻又梦见阿端来感谢，说："冤仇已经化解了，将要投生作城隍的女儿，烦代为转达。"

这样过了三年，家里人起初听说都很害怕，时间长了也就渐渐习惯了。戚生不在的时候，家人就隔着窗子向他妻子请示禀报。一天夜里，妻子哭着对戚生说："原先押生的冥吏，受贿作弊的事情现已败露，追查得很急，恐怕不能长久团聚了。"过了几天，妻子果然得病，说："我因为钟情于您，情愿长死，也不愿意去投生。现在将要永别，难道不是天意吗！"戚生非常恐慌，急忙求她想办法。妻子说："这已经不可能了。"戚生问："要受责罚吗？"妻子回答："小有惩罚，然而偷生罪大，偷死罪小。"说完，就不动了。仔细看去，她的脸面体形逐渐地消失了。戚生常常独宿在亭子里，希望能再遇到什么，但是最终也没再有什么动静，人心于是也就安定了。

花姑子

陕西有个贡生，名叫安幼舆，为人慷慨有义气，又好放生。如果看见猎人捉住鸟兽，往往不惜高价买下来放掉。

有一次，他舅父办丧事，他去帮忙，回来时天已晚了。路过华山，他慌忙中迷了路，在一个乱山谷里打转转，走不出来，心里十分害怕。他忽然瞥见一箭地之外有灯光闪烁，便快步投奔那里。正走着，他又见几步之外有一个驼背老汉，拄着拐杖从斜路上匆匆赶过来。安生停住脚步，刚想向他问路，老汉却先开口问起他是谁。安生便把迷路的情况说了一通，并说看见前边有灯光，一定是山村，要到那里去投宿。老汉说："那可不是安乐窝，幸亏我来了！快跟我走吧，我家茅庐可以住。"安生十分高兴，跟着老汉走了一里之遥，看见一个小山村。老汉到一个柴门前敲门，一个老太婆出来，一边开门一边问："郎君来啦？"老汉答应着。安生进屋一看，果然又低矮又潮湿。老汉挑亮油灯，请他坐下，便让备饭。老太婆说："先生是我们的恩人，不是外人！老婆子腿脚不利索，叫花姑子出来烫酒吧！"

不一会儿，一个姑娘端着酒菜出来，摆好后，站在老汉身旁，一双秋水般的眼睛顾望着安生。安生一看，姑娘年轻俊俏，像个下凡的仙女。老汉又让她去烫酒。西间屋里有个煤火炉，姑娘便进去拨开炭火，烫酒去了。安生便问："这是您的什么人？"老汉回答道："老夫姓章，七十多岁了，就这一个女儿。庄户人家没有奴仆，因您不是外人，才敢叫妻子女儿出来，别笑话才是！"安生又问："许了哪里的婆家？"老汉答："还没许人！"安生便不住口地夸赞她长得漂亮聪明。老汉正谦让着，忽听花姑子惊叫了一声，急忙跑过去看，原来是酒沸出壶盖火焰腾起。老汉一面把火扑灭，一面申斥说："这么大的丫头啦，烫沸了还不知道！"一回头，看见炉台旁放着一个没编完的青草心插的紫姑神，便又申斥："辫子这么长了，还跟小孩儿一样！"说着便拿过来给安生看，还说："就是贪着编这玩意儿，把酒烫沸了。您还夸奖她，岂不羞死！"安生接过来一看，那紫姑神编得有眉有眼有袍裙，手工十分精致，禁不住啧啧称赞："别看是个玩物，可也看出慧心！"反复端详着，爱不释手。花姑子频频来斟酒，嫣然含笑，毫无羞涩之态。安生注视着她，十分动情。

恰巧老太婆在厨房里招呼人，老汉应声进去。安生趁机对花姑子说："一见姑娘的仙容，我的魂儿都丢了。我想托媒来你家说亲，恐怕不成，怎么好呢？"花姑子默默地端着酒壶在炉上温酒，似乎没听见。安生又问了几次，都不应声。安生就向西屋里凑近，花姑子急忙站起身躲避，厉声说："狂生闯进来想干什么？"安生长跪地上哀求，花姑子夺门要走，安生突然起身紧紧搂住了她。花姑子尖叫一声，嗓音都颤了。老汉闻声匆匆赶来询问，安生赶紧松开手退出来，一脸羞愧，十分害怕。花姑子却从容地对父亲说："酒又沸了，要不是安郎过来，酒壶就烧化了！"安生一听，才放下心很感谢她，更加神魂颠倒，忘了是怎样来的，于是装醉离开酒席，花姑子也就去了。老汉给他铺好被褥，也关门离开。安生睡不着，天不明就起身告别回家，立即托一位好友前来做媒说亲。等到黄昏，好友回来了，竟然连村子都没找着。安生不信，又让仆人备马，亲自寻路去找。到了华山一看，尽是高山绝壁，果然不见那个村庄，又到近处打听。山民都说很少听说有姓章的人家，安生这才无精打采地回家来。

词苑撷英

啧啧称赞：不停地称赞、夸赞。

词苑撷英

嫣然：形容美好的样子，常指笑容。

安生从此昼思夜想，饭吃不下，觉睡不着，不久便患了昏症，卧床不起了。家里人熬粥喂他，他也都呕吐出来。他在昏迷中总是呼唤花姑子，家人们也不懂是什么意思，只好日夜守护着，眼看病危了。一天晚上，护理的人实在困倦，睡着了。安生在朦胧中觉得有人轻轻推他，他略睁开眼看，竟是花姑子站在床边，不禁精神清醒，望着她潸潸流泪。花姑子低头凑近他笑着说："痴情儿何至于到这个地步！"说着上床坐在安生的腿上，用两手替他揉搓太阳穴。安生觉得头上像是吹进一股麝香气，穿过鼻梁，一直浸润到全身的骨髓里去。花姑子揉搓了一会儿，安生就满头冒汗，渐渐地四肢也汗津津了。花姑子小声说："你屋里人多，我住下不方便。三天后我一定再来看你。"又从花袄袖里掏出几个小圆蒸饼放在床头，悄悄地走了。

到了半夜，安生汗已消去，想吃东西，摸过蒸饼一尝，又甜又酥，不知包的什么馅，就吃了三个；又用衣裳把蒸饼盖住，就呼呼酣睡了；直到上午八九点钟才醒来，浑身顿觉轻松。三天过去，蒸饼吃完，安生便精神抖擞起来。晚上，安生打发家人们散去，又怕花姑子来了打不开门进来，便偷偷跑到庭院里把门闩都拔掉。不大工夫，花姑子果然来了，笑着说："痴郎君！不谢谢大夫吗？"安生高兴极了，抱住她同眠，亲爱至极。花姑子说："我冒着人说闲话的罪名前来，是为了报您的大恩。我俩并不能百年好和，希望您早点儿另作打算。"安生默想了半天，便问："素不相识，什么地方和您有过来往？实在想不起来。"花姑子也不回答，只是说："您自己再想想。"安生又求花姑子与他正式成婚。花姑子说："天天夜里来，固然不行；要想结为夫妻，也办不到。"安生一听，不禁一阵悲伤。花姑子说："您一定要结为夫妇，那就明天晚上到我家来吧。"安生又转悲为喜，问花姑子："路这么遥远，你一双纤秀的脚，怎么说来就来了呢？"花姑子说："我本来就没回家，村东头聋老妈是我姨，我住在她家。为了你拖延到现在，说不定家里已经起疑心了。"安生与花姑子同床，只觉得她的肌肤和呼吸无处不生香气，问道："你熏的什么香料，以致骨肉都有香味？"花姑子说："我从来不熏香料，是天生就这样的。"安生更惊奇了。

第二天早上花姑子告别时，安生又担心迷路，花姑子便约定在路口等他。天刚擦黑，安生便骑马跑去。花姑子果然在路口迎接，两人一同走进章家院子，老汉、老妪高兴地迎他进去。酒菜没有什么名贵佳品，庄户饭菜吃得格外香甜。晚上安生就寝时，花姑子也没过来看看，安生很怀疑。夜深之后，花姑子才来了，说："爹妈唠叨个没完，叫你久等了。"两人倍加亲热。花姑子对安生说："今夜的欢会，就是百年之别。"安生惊问为什么。花姑子说："我爹因为这小村荒凉寂寞，要搬家到远方去了。我和你的欢好，过了这一夜便到尽头了。"安生不愿分手，翻来覆去，叹息不止。两人正依依难舍，天透亮了，老汉忽然闯进来骂道："臭丫头，清白门庭全被你玷污了，真叫人没脸见人！"花姑子大惊失色，慌忙逃了出去。老汉也退出去，边走边骂不绝口。安生又羞又怕，无地自容，赶紧偷偷溜回。

安生回到家，好几天坐不下来，心神不定，光景难挨。他想夜里再去，越墙进去，见机而作。老汉既说有恩，即使发现了，总不会大加谴责吧。于是他乘夜跑去，在大山中转来转去，又迷路了，这才惊恐起来。正在寻找归路，他又见山谷里隐隐有所宅院，便高兴地朝那里走去。走近一看，是一座高门大院，像是大户人家，大门还没有关。安生上前敲门打听章家的住处。一个丫鬟走出来问："深更半夜的，谁打听章家呀？"安生说："我和章家是亲戚，迷路了，没找到。"丫鬟说："您不用打听章家啦，这里是她舅舅家，花姑正在这里呢，容我去禀报她一声！"进去不大工夫，就又出来邀请安生进院。安生刚登上廊下台阶，花姑子已经快步迎接出来，对丫鬟说："安郎奔波了大半夜，一定累坏了，快侍候床铺让他歇息吧！"不一会儿，两人便携手进入罗帐。安生问："妗子家怎么没有别人呢？"花姑子说："舅妈出去了，留下我替她看家。可巧你就来了，岂不是前世的缘分吗？"可是安生一亲近这女子，一股膻腥味直冲鼻子，心里好生猜疑。这女子却一把搂住他的脖颈，突然伸出舌尖舔他的鼻孔，安生顿时觉得像锥子扎进脑袋一样痛彻骨髓。他吓坏了，想挣扎逃跑，身子却又像被粗绳捆住，转眼间便昏迷过去，失去了知觉。

知识延伸

丫鬟：也叫丫头。旧时供有钱人家役使的女孩子。

安生没回家，家人们四处找遍，忽听有人说黄昏时曾遇见他在山路上走，家人又找到山里，见他已经赤身裸体地死在悬崖下面。家人感到惊异，又琢磨不出是何缘故，只好把他抬回来。全家人正围着他伤心哀哭，忽见一个年轻女子从大门外一路号啕大哭着进来吊丧，趴在安生的尸体上，呼天抢地地痛哭起来："天啊，天啊！怎么糊涂到这地步啊！"直哭到嗓音嘶哑，才收住泪，向家中人们说："千万别急着收殓，停尸七天再说。"众人不知这是何人，正要问她，她也不搭理，含泪返身出门去了。家人招呼挽留她，她连头也不回。家人紧跟出去，她已经无影无踪了。大家疑心她是神仙下凡，赶紧照她的嘱咐办理。夜里她又来了，照样痛哭。

词苑撷英

收殓：把人的尸体放进棺材。

到了第七夜，安生忽然苏醒过来，翻了个身，呻吟起来，家中人们都吓了一跳。这时，女子又来了，安生一见，是花姑子，相对呜呜痛哭起来。安生摆摆手，让众人退出去。花姑子拿出一把青草，煎了一升药汤，就着床头给安生喝下去。不一会儿，他就能说话了。他长叹一声说："杀我的是你，救活我的也是你！"于是把那天晚上的遭遇述说了一遍。花姑子说："这是蛇精冒充我，你前一次迷路时看见的灯光，便是这东西。"安生说："你怎么竟能让人起死回生呢？莫非你真是神仙吗？"花姑子说："早就想告诉您，又怕吓着您。您五年前是不是曾在华山路上从猎人手中买下一匹獐子放了？"安生一想："是啊！有这回事。"花姑子说："那就是我父亲，上次他说的大恩，就是指这件事。您那天晚上已经转生到西村王主政家了，我和父亲赶到阎王面前告状，起初阎王还不受理。是我父亲提出情愿毁了自己多年修炼的道行替你去死，哀求了七天，才得到恩准。今天你我还能见面，实在是万幸。可是您虽然活过来了，必定瘫痪，须得蛇血兑上酒喝下去，病才会好。"安生一听，恨得咬牙切齿，又愁没办法把蛇捉住。花姑子说："这也不难，不过多杀生命，会连累我百年不能得道升天罢了。蛇洞就在华山老崖下，可以在晌午过后堆上茅草去烧，再在洞外准备强弓提防着，一定能捉住这妖物。"说罢，她长叹一声，说："我不能终身陪伴您，实在令人伤感。可我为了您，十分道行已经损去了七分，您就原谅我吧。这一个月来，常觉得腹中微动，想必是种下孽根了。无论是男是女，一年后一定给您送来。"说着又流下泪来，告辞而去。

词苑撷英

晌午：正午或正午前后。

安生一觉醒来，果然觉得下半截身子就像死了一样，用手挠挠，毫无痛痒，就把花姑子的话告诉家人们。家人们便按照她说的办法到华山老崖下的蛇洞口点起火来。果然有条大白蛇冒着浓烟钻出来，家人们一齐放箭，把它射死了。火熄灭以后，他们进洞一看，大小数百条蛇也都烧焦了。家人们把死蛇运回家，煎蛇血药物给安生喝下去。服了三天，他的两腿渐渐能够转动，半年后就能下床走路了。

后来安生因思念花姑子，又独自到华山里去，在山谷中遇见了章老太太，抱着一个襁褓婴儿交给他说："我女儿她向您致意、问候。"安生刚想打听花姑子的消息，老太婆却转眼间消失了。安生把小被褥打开一看，是个男孩儿，急忙抱回家来抚养，终生没再娶妻。

词苑撷英

襁褓：包裹婴儿的带子和被子。

西湖主

书生陈弼教，字明允，河北人。他家里很贫穷，跟着副将军贾绾当文书。一次，陈生和贾绾在洞庭湖停船，正巧一条猪婆龙浮出水面，贾绾一箭射去，正中猪婆龙的背。有条小鱼衔着龙尾巴不走开，一起被捉住了。猪婆龙被拴在船桅上，奄奄一息，嘴巴还一张一合，似乎在恳求援救。陈生很可怜它，便向贾绾请求放了猪婆龙，还把随身带的金创药试着涂在它的箭伤上，然后把它放入水中，见它浮游了一会儿，消失不见了。

过了一年多，陈生返回北方老家，再次经过洞庭湖时，遭遇大风，船被打翻。陈生幸亏抓住一个竹箱子，漂泊了一夜，才被树挂住。他刚爬上岸边，水上漂过来一具尸体，原来是他的僮仆。陈生将尸体用力拉上来，僮仆早已死了。陈生伤心悲哀，面对着尸体坐下歇息。看看前方，只见小山起伏，一片苍翠，青青的细柳在风中摇曳，没有一个行人，也无法问路。从早晨一直坐到太阳老高，陈生心中迷惘，无处可去。忽见僮仆四肢微微动了动，陈生高兴地给他按摩，不一会儿，僮仆吐了几斗水，一下子醒了过来。两个人都把湿衣服脱下来晒到石头上，快到中午时才干了穿上。但是他们饥肠辘辘，饿得不能忍受，于是翻山急走，盼望能找到个村庄。

刚走到半山腰，忽听有响箭声。陈生正在惊疑地细听，有两个女郎骑着骏马飞驰而来，两个人都用红巾包着额头，发髻上插着雉尾，穿着小袖紫衣，腰扎绿锦带。一个手持弹弓，另一个胳膊上套着架鹰的皮套。陈生和僮仆越过山岭，见又有几十个人骑着马在树丛里打猎，全都是漂亮的女子，一样的打扮。陈生不敢再往前走。这时有个男子跑了过来，像是个马夫，陈生便向他打听。马夫说："这是西湖主在首山打猎。"陈生讲了自己的来历，而且告诉他自己和僮仆都很饿了。马夫解开包裹，拿出干粮给他，嘱咐说："赶快远远地避开，犯了西湖主的驾，是要被处死的！"陈生害怕，急忙下山。

忽见一片茂密的树林中，隐隐约约露出殿阁，陈生以为是庙宇，走近一看，粉白的围墙环绕着，墙外是一道溪水；红漆大门半敞开着，有座石桥通向大门。陈生扒着门往里一看，楼台水榭，高耸入云，比得上皇家花园，又怀疑这是富贵人家的园亭。陈生犹豫着走了进去，古藤挡路，花香扑鼻。走过几折曲栏，又是一个院子。几十株高大的垂杨，枝条轻拂着红色的屋檐。山鸟一叫，花片齐飞，深苑微风吹过，榆钱飘飘落下。陈生恍如进入了仙境。穿过一个小亭，有架秋千，高入云间。秋千索静静地垂着，杳无人迹。陈生怀疑已走近闺阁，惶恐地不敢再往前走。一会儿听见从大门外传来马蹄声，似乎有女子的笑语，陈生和僮仆忙藏到花丛里。过了不久，笑声渐渐走近，听一个女子说道："今天打猎的运气不好，猎物太少了。"又一个女子说："要不是公主射下来几只飞雁，几乎空劳人马。"不一会儿，几个红衣女子簇拥着一个女郎到亭上坐下。那女郎穿着短袖戎装，大约有十四五岁，头发犹如一团云雾，纤细的腰肢像经不起风吹，即使是玉蕊琼花也比不上她的美貌。女子们有的捧茶，有的熏香，华丽的衣服光灿灿的犹如堆锦。过了一会儿，女郎起身，走下石阶。一个女子说："公主鞍马劳累，还能打秋千吗？"公主笑着答应。女子们有的架着肩膀，有的搀胳膊，有的提裙子，有的拿鞋，把公主扶上了秋千。公主伸开雪白的手臂，脚下用力，像轻轻的飞燕一样，直入云霄。打完秋千，女子们扶公主下来，都说："公主真是个仙人啊！"嬉笑着走了。

陈生偷看了很久，心神飞扬。等笑语声消失后，他从花丛里出来，到秋千下徘徊凝思。见篱笆下有条红巾，陈生知道是刚才的女子们丢的，欢喜地拾起来放到袖子里。登上那个小亭，案上摆着文具，陈生便在红巾上题了首诗："雅戏何人拟半仙，分明琼女散金莲。广寒队里应相妒，莫信凌波上九天。"写完，一边吟咏着一边走下亭子，顺原路往回走，却见一重重的门都上了锁。陈生彷徨无计，又返回来把楼台亭阁游历了个遍。

知识延伸

楼台亭阁：统指多种供休息、游赏的建筑物。楼，多层建筑物；台，高而平，可供眺望的建筑物；亭，有顶无墙供游客休息的建筑物；阁，楼房的一种。

一个女子悄悄地走过来，看到陈生吃惊地问："你怎么来到这里了？"陈生作了一揖说："我是迷路的人，请救助我。"女子问："拾到一条红巾了吗？"陈生说："拾到一条，但已被弄脏，怎么办？"便拿出那条红巾。女子大惊，说："你死无葬身之地了，这是公主常用的东西，你涂成这个样子，怎么交代。"陈生吓得脸上失色，哀求女子代为求情免罪。女子说："你偷看宫廷里的情形，已经罪不可赦。念你是个文雅书生，本想私下周全你，现在你自己作了孽，我有什么办法？"说完慌慌张张地拿着红巾走了。陈生心惊肉跳，恨没有翅膀飞走，只有伸着脖子等死了。过了很久，那女子又来了，悄悄祝贺说："你求生有望了，公主看了三四遍红巾，面色坦然，没有生气，或许会放你走。你应该耐心等着，不要爬树跳墙，被发现了就不饶恕了。"

这时，天色已晚。是吉是凶还说不定，又饥饿难忍，陈生心中忧愁得要死。不长时间，那个女子挑着灯来了。一个丫鬟提着饭盒酒壶，让陈生吃饭。陈生急忙打听消息，女子说："刚才我找了个机会跟公主说：'花园里那个秀才，能饶恕就放了他吧，不然，快饿死了。'公主沉思了一会儿，说：'深夜让他到哪里去？'于是让我来给你送饭，这不是坏兆头。"陈生徘徊了一整夜，惶惶不安。第二天太阳升起很高了，女子又来送饭。陈生哀求她替自己讲情。女子说："公主不说杀，也不说放，我们这些仆人怎敢絮絮叨叨，自讨没趣。"等到太阳西斜，陈生正殷切地盼望着，女子忽然气喘吁吁地跑了来，说："坏事了，不知哪

词苑撷英

气喘吁吁：形容呼吸急促，大声喘气。

个多嘴的把这事泄露给了王妃。王妃展开红巾一看，扔在地上，大骂狂妄，大祸就要临头了。”陈生大惊，面如灰土，跪在地上求救。忽听人声喧哗，女子摇着手躲开了。有几个人手拿绳索，气势汹汹地闯过来。其中一个丫鬟端详着陈生说：“我以为是谁呢，是陈郎吗？”于是止住拿绳索的人，说：“先不要动手，等我去禀告王妃。”返身急急忙忙地走了。过了一会儿又回来，说：“王妃请陈郎进去。”陈生战战兢兢地跟着她，绕过几十重门户，来到一座宫殿，门上挂着碧色的帘子，白银帘钩，立即有个美丽的女子掀开门帘高呼道：“陈郎到。”陈生见座上有个美丽的妇人，穿着光闪闪的袍服，急忙跪地叩头，说：“远方的孤臣，请求饶命！”王妃忙起身，亲自拉起他来，说：“如不是你，我们不会有今天。丫鬟们无知，冒犯了贵客，罪不可恕。”便命摆下丰盛的酒席，让陈生用雕花的酒杯喝酒。陈生茫然不解，不知是什么缘故。王妃说：“救命之恩，常恨无以为报。我的小女儿承蒙你题巾相爱，当是天定缘分，今晚就让她侍奉你。”陈生大感意外，神情恍恍惚惚，没个着落。

词苑撷英

战战兢兢：形容恐惧得发抖或小心谨慎的样子。

天刚晚，一个丫鬟进来禀报：“公主已梳妆完了。”于是领着陈生去新房。忽然笙管齐鸣，台阶上铺着花毡，门前堂上、篱笆墙角，到处都挂着灯笼。几十个妖艳的女子，扶着公主和陈生交拜。兰麝的香气，充溢殿庭。交拜完，陈生和公主相互搀扶着进入床帐，十分恩爱。陈生说：“寄身在外的人，平素没来拜见，玷污了您的芳巾，免于被杀，已很幸运了。反而赐婚姻之好，实在没想到。”公主说：“我的母亲，是洞庭湖君的妃子，是扬子江王的女儿。去年她回娘家，在湖上游着，偶然被流箭射中。承蒙你相救，又赐刀伤药，我们全家都非常感激，一直记在心中。你不要因为我是异类而疑虑，我跟着龙君得到了长生秘诀，愿和你共享。”陈生这才醒悟，便问：“那个丫鬟怎么认得我？”公主说：“那天在湖中船上，曾有条小鱼衔着龙尾，就是这个丫鬟。”陈生又问：“既然你不杀我，为什么迟迟不放我走？”公主笑说：“我实在是喜爱你的才华，但又不能自己

词苑撷英

兰麝：兰与麝香。指名贵的香料。

做主，辗转了一夜，别人哪里知道。”陈生叹息说：“你真是我的知音啊，那个给我进饭的是谁？”公主回答说：“她叫阿念，也是我的心腹。”陈生问：“怎么报答她呢？”公主笑着说：“她侍候你的日子还长着呢，慢慢再报答她也不迟。”陈生又问：“大王在哪里？”公主说：“跟着关公讨伐蚩尤还没回来。”

过了几天，陈生担忧家里得不到消息，会十分挂念，便先写了封平安家信，派自己的僮仆送去。家里的人听说陈生在洞庭湖翻了船，妻子已戴了一年多的孝了。僮仆回来，才知道他没死，但音信隔绝，终究还是怕陈生难以返回。

又过了半年，陈生忽然回来了。衣服马匹都非常漂亮，口袋里装满宝玉。从此陈生家资万贯，声色豪华，那些富贵大家都比不上。在后来的七八年里，陈生生了五个儿子。他天天设宴招待客人，房屋、饮食都穷极奢侈丰盛。有人问陈生的经历，他都详细叙述，一点儿也不隐瞒。

有个和陈生童年就要好的朋友梁子俊，在南方做官十几年，回家时路过洞庭湖，见一只画船，雕栏红窗，笙歌悠扬，缓缓地飘荡在烟波之中。不时有个美人推开窗子往外眺望。梁子俊往船中望了望，见一个少年男子未戴帽子盘腿坐在船上，旁边有个十五六岁的美丽女子，正给他按摩。梁子俊以为这男子必定是这一带的大官，但随从却很少；又仔细打量了一下，原来是陈明允。梁子俊不觉倚着船栏杆大声叫他。陈生听到喊声，命停船，出来到船头上邀请梁子俊过船来。梁子俊见船内剩菜满桌，酒雾仍浓。陈生立即命人将残席撤去，只一会儿，便有三五个美丽丫鬟捧上酒来，泡上好茶，山珍海味纷纷摆了上来，都是没见过的。梁子俊惊讶地说：“十年不见，你怎么竟富贵到如此程度？”陈生笑着说：“你小看穷书生不能发迹吗？”梁子俊问：“刚才和你一块喝酒的是谁？”陈生说：“是我的妻子。”梁子俊更感惊异，问：“你带着家眷要去哪里？”陈生回答说：“往西方去。”梁子俊还要再问，陈生急忙命奏乐劝酒。一句话刚说完，只听乐声如旱雷般震耳，一片嘈杂，再也听不见说笑声了。梁子俊见美人站满桌前，乘醉大声说：“明允公，能让我销魂吗？”陈生笑着说：“你醉了，但有点儿足够买个美妾的钱，可以赠给老朋友。”于是命丫鬟送上明珠一颗，说：“凭这个不难买个美女，以说明我不是吝惜。”说完，告辞说：“小事紧迫，来不及跟老朋友久聚。”把梁子俊送过船去，陈生的船便解开缆绳，径自走了。

梁子俊回来后，到陈生家里探望，见陈生正在和客人喝酒，心中越发惊疑，便问：“昨天还在洞庭湖，怎么这么快就回来了？”陈生回答说：“没有的事。”梁子俊便追述了当时的情景，满座人都惊骇不已。陈生笑着说：“你弄错了，我难道会有分身术吗？”大家都很惊异，但终究不明白是什么缘故。

后来，陈生活到八十一岁时去世。下葬时，人们惊讶棺材太轻，打开一看，只是一具空棺而已。

伍秋月

高邮人王鼎，字仙湖，为人慷慨，勇猛大力，交游很广，年十八岁，还没成亲，未婚妻就死了。他每次出去游历，常常是一年多不回来。哥哥王鼐，是江北的名士，对弟弟很友爱，劝弟弟不要再外出，要为他选个媳妇。王鼎不听，乘船到镇江拜访朋友。正巧朋友外出，王鼎便租了一家旅店的阁楼住下。楼外江水如练，碧波荡漾，金山尽收眼底，令王鼎心旷神怡。第二天，朋友来请他搬到家里去住，王鼎推辞不去。

在楼上住了半个月多。一夜，王鼎梦见一个女郎，大约十四五岁年纪，容貌秀丽端庄，上床跟他交合，醒后已经梦遗了。王鼎感到很奇怪，还以为是偶然的。到了夜晚，王鼎又做了个同样的梦。这样过了三四夜，王鼎非常惊异，睡觉时不敢熄灯，身子虽然躺在床上，心里却很警惕。王鼎刚闭上眼睛，就梦见女郎又来了。正在亲热，王鼎猛然惊醒，急忙睁眼一看，一个美如天仙的少女，还在自己的怀抱中。少女见王鼎醒了，露出羞愧怯弱的样子。王鼎知道她不是人类，但很爱怜，来不及询问，又和她亲热起来。女子像是受不了，说："如此狂暴，难怪人家不敢告诉你！"王鼎才开始询问她。女子说："我姓伍，名叫秋月。先父是名儒，精通易理，对我很爱怜。但说我不长寿，所以不令我嫁人。我到了十五岁时果然死了，父亲便把我埋在阁东，坟墓和地一样平，坟上也没标志，只在棺材一边立了个石片，写着'女秋月，葬无冢，三十年，嫁王鼎'。现在已过了三十年，正好你来了，我很高兴，急着主动见你，心里害羞，所以借做梦和你相会。"王鼎也很高兴，又要求接着亲热。女子说："我现在只有一点点阳气，要想复生，实在禁不起这番风雨。以后合欢的日子还很长，何必非今晚不可？"于是起身走了。第二天，秋月又来了，跟王鼎对坐着，谈笑风生，欢乐得像旧相识；灭烛上床，就跟活人一样。只是她一起身，王鼎就遗泄淋漓，沾染床褥。

一晚，明月皎洁，王鼎和秋月在院子里散步，问她道："阴间里也有城市吗？"秋月回答说："和人世一样。阴间的城府不在这里，距这里有三四里路，但那里以夜间为白

知识延伸

阁楼：在较高的房间内的上部架起的一层矮小的楼。

词苑撷英

怯弱：形容胆小怕事，懦弱。

天。”王鼎问：“活人能看见吗？”回答说：“也可以。”王鼎请求去看看，秋月答应了。二人乘着月光走去，秋月飘飘忽忽地走着，像风一样快。王鼎极力追赶，片刻便来到一个地方。秋月说：“不远了。”王鼎四处眺望，什么也看不见。秋月便用唾沫涂在他的两眼上，王鼎睁开眼，觉得目力倍增，看夜间不亚于白天，立时便见一座城池矗立在烟雾迷茫之中。路上行人来来往往，像赶集一样。一会儿，见两个皂隶捆着三四个人经过，最后一人非常像王鼎的哥哥。王鼎走近一看，果然是哥哥王鼐，惊骇地问：“哥哥怎么来了？”哥哥看见他，眼泪流了下来，说：“我也不知是什么事，被强行拘拿了来。”王鼎愤怒地说：“我哥哥是知礼君子，怎么能像犯人一样捆着他？”请求两个皂隶释放了哥哥。皂隶不肯，傲慢地爱答不理。王鼎愤怒地要和他们争执，哥哥劝阻他说：“这是官命，应当守法。只是我缺少钱用，他们苦苦索贿，你回去后，要给我筹办些钱来。”王鼎拉着哥哥的胳膊，失声痛哭。皂隶大怒，猛地一拽王鼐脖子上的绳索，王鼐顿时被摔倒在地。王鼎见此情景，怒火中烧，再也忍耐不住，抽出佩刀，一刀把那皂隶的脑袋砍了下来。另一个刚要喊叫，王鼎又一刀杀了他。秋月大惊说：“杀了官使，罪不可赦！迟了就大祸临头了。请你们赶快找船北去，回家后不要摘丧幡，关门杜绝出入，七天后可保无事。”王鼎便搀着哥哥，连夜租船，火速北渡。回家后，王鼎见有很多吊唁的客人，才知道哥哥果然死了。王鼎关上门，下好锁，才进家，再看看哥哥，已经不见了。王鼎走进屋子，死去的哥哥已经苏醒过来，正喊：“饿死我了，快点儿备汤饼！”当时王鼐已死了两天了，一家人都非常惊骇，王鼎便讲了缘故。七天后打开门，去掉丧幡，人们才知道王鼐又复活了。亲戚朋友都来询问，王鼎就托词回答。

王鼎想念秋月，心烦意乱，便又南下，来到原来的那间阁楼上，点上蜡烛等了很久，秋月也没来。朦朦胧胧地正要睡觉，见一个妇人走进来，说：“秋月小娘子托我转告您，上次杀了公差后，因凶犯逃脱，把小娘子捉了去，现押在狱中，受狱卒虐待。小娘子天天盼着您，请您想个办法。”王鼎悲愤不已，跟着妇人去了。到一个城市，进了西关，妇人指着一个大门说：“小娘子暂押在这里。”王鼎进去，见房屋杂乱，囚禁着很多犯人，里面并没有秋月。王鼎又进了一个小门，见一间小屋子里有灯光。王鼎走近窗户往里一看，秋月正坐在床上，用袖子掩着脸哭泣。两个狱卒在一边摸摸她的脸，又摸摸她的小脚，嬉笑着调戏她。秋月哭得更急，一个狱卒搂着她的脖子说：“已经成了犯人，还要守贞洁吗？”王鼎大怒，顾不得说话，持刀冲进去，一人一刀，如斩乱麻，立时将两个狱卒杀了，将秋月救了出来，幸亏没人发觉。才回到旅舍，王鼎蓦然醒了过来，正在奇怪刚才做的梦太凶，忽见秋月含着泪站在一边。王鼎惊讶地起来拉她坐下，告诉她刚才的梦。秋月说：“是真的，不是梦！”王鼎吃惊地说：“这可怎么办！”秋月叹息说：“这也是定数，我本来要等到月底才能复生。现在已经如此紧急，怎能再等。你赶快挖开坟墓，载着我一同回家，每天连声呼唤我的名字，三天后我就可以活过来。只是时日不满，我会骨软脚弱，不能为您操劳家务罢了。”说完，急匆匆地要走，又返说：“我几乎忘了，阴间里追究起来可怎么办呢？我活着时，父亲传我两道符，说三十年后，夫妇两人可以佩带上。”于是要来笔，飞快地写了两道符，说：“一道你自己佩，另一道贴在我的背上。”王鼎送她出去，记住她消失的地方，往地下挖了一尺多，便看见了棺材，已经朽烂了。一边有块小石碑，碑文果然和秋月说的一样。打开棺材一看，秋月面色如生。王鼎把她抱进屋中，衣裳随风化成了灰烟。贴好符，又用被褥紧紧地包起她来，背到江边，叫过一只船，假说是妹妹得了急病，要送回婆家。正巧刮起南风，天刚明，已到了家门。

王鼎把秋月抱进屋安置好，才告诉兄嫂。一家人都吃惊地来看，也不敢当面说王鼎中了邪。王鼎打开被子，长声呼叫秋月，夜里就拥抱着尸体睡觉。尸体渐渐温暖起来，三天后竟苏醒过来；七天后能走路，换了衣服拜见兄嫂，轻盈盈的样子，不亚于神仙，只是十步之外，就要人扶着才能走，不然就随风摇曳，像要倾倒。看见的人以为她身体有这种病，反倒更添了几分娇媚。秋月常劝王鼎说：“你罪孽太深，应该积德念经来忏悔。否则，恐怕寿命不长。”王鼎本不信佛，从此虔诚地拜在佛门，后来也没什么事。

莲花公主

胶州窦生，名旭，字晓晖。一天他正在午睡，觉得好似有一个穿褐色短衣的人站在床前，惶恐四顾，好像有什么话要说。窦旭问他，他回答说：“我家相公想请您去一趟。”窦生问：“你家相公是什么人？”来人说：“就在附近。”窦旭随他出去。转过墙角，到了一个地方，只见亭台楼阁，重重叠叠，接连不断。两人曲曲折折地向前走着，窦生感到这千门万户，不似人间；又见宫人和女官众多，来来往往，熙熙攘攘，见褐衣人就问：“窦生请来了吗？”回答说：“请来了。”

一会儿，一位贵官出来迎接，见窦生恭恭敬敬。窦生说：“平素没有什么交往，故也未前来拜访。今天承蒙如此厚待，颇为疑惑不解。”贵官笑道：“我们君王久闻先生家族世代清廉，德望很高，非常倾慕，盼望与您会面。”窦生更惊异，又问：“大王是谁？”回答说：“少待一会儿，你自己就明白了。”

少顷，有两位女官到，手举一双长幅旌旗，导窦生入宫。进了几道门，见远远的大殿上一位大王坐在那里，见到窦生到来，走下台阶迎接窦生。两人按宾主的礼仪相互拜见后，摆宴坐席，酒宴十分丰盛。窦生仰头一看，殿上有一幅匾额，上题“桂府”二字，窦生心中局促不安，致使对答难以措辞。大王说：“能和你府上为邻，可见我们的缘分很深。开怀畅饮，不必猜疑畏惧。”窦生只是唯唯答应。

酒行数巡，只听殿下笙歌齐鸣。听不到锣鼓之声，但闻丝竹嘤嘤，幽细悦耳。乐队稍停，大王对左右说：“我偶然想到一个上联，请诸位把下联对上。这上联是：‘才人登桂府’。”众官正在思考，窦生应声说：“君子爱莲花。”大王一听大喜说：“奇怪啊，莲

词苑撷英

环佩：环形玉佩；妇女的饰物。

花是公主的乳名，对得如此贴切，莫不是夙有缘分？传话给公主，不可不出来见见这位才子。”过了一会儿，只听环佩之声叮咚渐近，兰麝之气浓而熏香，公主来到了。公主看上去十六七岁，绝美无双。大王让公主向窦生行见面礼，说：“这就是小女莲花。”公主施过见面礼，就回内殿去了。窦生一见公主，就心神动摇，呆呆地坐在那里凝思冥想。大王举杯劝饮，窦生竟像没有看到。大王也似乎觉察到窦生的心意，便说：“我的小女儿和你很般配，但惭愧的是不同类，怎么办呢？”窦生怅然像是痴了一样，大王的这番话，又没听到。坐在他旁边的人，用脚悄悄地踩了窦生一下，说：“适才大王向你作揖你没看见，大王同你说话你也没听到吗？”窦生茫茫然，若失魂魄，自觉惭愧，离开座位，说：“臣蒙大王厚礼相待，不觉饮之过量，有失礼仪，幸能宽恕。大王政务繁忙，我也到了该走的时候了。”大王也离开座位说：“这次见到窦君，我心中甚感惬意，为何这样仓促就要走呢？你既然不想住下，我也不敢强留。假若思念这里，我就派人再把你请来。”接着，就令内监引窦生出去。走在路上，内监对窦生说：“刚才大王说可以匹配，看样子想把公主许配给你，你为什么不发一言？”窦生后悔得直跺脚，边走边感到悔恨，不觉已经到家。

窦生忽然清醒过来，窗外夕照的残光，已经渐没，默坐回想起刚才发生的事，历历在目。晚饭后，他吹熄了蜡烛，希望在幽冥中，再去寻求梦中的境界，然而邯郸之路渺不可寻，只是悔恨叹惋而已。

词苑撷英

叹惋：嗟叹惋惜。

一天晚上，窦生与朋友同睡在一张床上，忽然见到上次来送他的内监来了，传达了大王的命令，邀请窦生进宫去。窦生很高兴，就跟着去了。窦生见到大王，趋步向前参拜。大王急将他扶起，让他在一旁坐下，说：“自上次分别，知道你很眷恋小女，现在把小女许配于你，想你不会太嫌弃吧！”窦生立即叩头拜谢。大王命学士、大臣们陪同窦生宴饮。酒喝到正快乐时，宫中人前来报告说：“公主装扮好了。”一会儿，见数十个宫女，拥簇着公主出来。公主用红色的锦绸盖着头面，迈着轻盈的纤步，被人搀扶到猩红的地毯上，与窦生拜天地成婚。交拜后，侍女们把他们夫妻送到宫廷馆舍。洞房中温和清凉，香气甜蜜。窦生说：“有公主在我跟前，真使人乐而忘死，只怕今天的艳遇是一场梦。”公主捂着嘴笑说：“明明是我与你在一块儿，哪里是梦啊！”

第二天清晨，窦生就嬉笑着给公主涂脂、敷粉、画眉；完了，又用带子量量公主的腰围，用手指量量公主的脚。公主笑问：“窦君疯癫了吗？”窦生说：“我每每被梦骗怕了，所以我特意地细细看看你，记下来。倘若再是梦，也足以记得清楚。”两人正在说笑间，一个宫女急急跑进来说：“妖怪闯进宫殿，大王躲到偏殿里，灭顶之祸不远了！”窦生大惊，急急去见大王。大王执着窦生的手哭泣着说：“蒙你不嫌弃，正图永久之好。谁料灭顶之祸从天而降，国运危在旦夕，这可怎么办啊！”窦生惊问这话从何说起。大王把桌案上的一份奏章，交给窦生看。奏章中写道：“含香殿大学士黑翼，为有非常之妖灾，祈求大王早日迁都，以保存国家。据宫门看守者报告，自五月初六日，来了一条千丈长的巨蟒，盘踞在宫外，吞食城内外臣民一万三千八百多口。所经地方，宫殿尽成废墟，等等。臣子得知，奋勇前去探看，确见妖蟒一条，其头大如山岳，两眼如同江海；昂起头，则殿阁齐并吞掉；伸伸腰，则高楼墙垣尽覆。真是千古少见之凶恶，亦为万代少见之灾祸，国家危在旦夕，乞求大王早日携带家眷宫人，速速迁到安全的地方。”

窦生看完奏章，面如灰土。立刻有宫人跑来报告：“妖物来了！”众人哀呼，极度悲惨。大王仓皇中，不知怎么办，只是哭泣着对窦生说：“小女拖累先生你了。”窦生一口气跑回馆舍，见公主正与左右的人抱头大哭，见窦生进来，牵着他的衣襟说：“郎君怎么安置我呀？”见此情景，窦生悲痛欲绝，就握着公主的手腕，思考着说：“我家里很贫穷，惭愧的是没有金屋，只有草房三间，姑且一块儿躲到那里可以吗？”公主含着泪说：“事情紧急，还能有什么选择呢，只求携同速速离开这里。”窦生于是搀扶着公主出来。

不一会儿，到了窦生的家里。公主说：“这里是很安全的地方，比我们的国家好多了。然而我跟你来到这里，我父母依靠谁呢？请你再另外筑一间房舍，让全国人都来。”听此话，窦生很是为难。公主号啕大哭，说：“不能救人之急，要郎君有什么用？”窦生劝慰了公主一番，就自己走进内室。公主伏在床上悲啼不已，劝也不止。窦生正在焦急无术的时候，忽然醒来，方知又是一场大梦，但耳畔嘤嘤啼声，一直在响。仔细一听，又非人声，而是两三只蜜蜂在枕边飞鸣。他大声叫道：“怪事，怪事！”

同床的朋友被惊醒了，问他出了什么事。窦生就把刚才梦中的情景一五一十地告诉了朋友。朋友听了，也感到很诧异。两人就共同起来看，蜜蜂飞在衣袖间，依依不去，拂之不走，朋友便劝窦生为之筑巢。

窦生按照朋友的话，督工为蜜蜂造巢。刚刚竖起两面墙板，大群的蜜蜂便从墙外飞来，络绎不绝，如一条黑乎乎的绳子。还没有盖顶，蜜蜂飞来的足有一斗。窦生按蜜蜂飞来的方向，追踪它们是从哪里来的，发现原来是从邻居老头子的旧菜园子里。菜园子里有个蜂房，已经有三十多年了，繁殖的蜜蜂很多。

有人把窦生造蜂房的事告诉邻居老头。老头到菜园中察看，蜂房中寂静得没有一点儿声音；打开墙壁一看，有条大蛇盘踞在里面，有一丈多长。老头气愤地把蛇提出来杀死，才知道窦生梦中所言的巨蟒，就是这条蛇。这群蜜蜂自从迁到窦生家，生殖繁衍得更兴盛，也没有其他异常现象。

绿衣女

书生于景，字叫小宋，是益都人，在醴泉寺里读书。一夜，于景正在诵读，忽听窗外一个女子称赞说：“于相公读书很勤快啊！”于景心想，这深山中哪里来的女子？正在疑惑间，女子已推门进来了，说：“很用功啊！”于景惊讶地站了起来，见这女子穿着绿衣长裙，生得美妙无比。于景知道她不是人类，再三追问她住在哪里。女子说：“你看我并不是能吃人的，何必寻根究底呢？”于景心中很喜欢她，便和她一块儿睡了。女子脱去衣服，腰细得不满一把。天快亮时，女子轻盈地走了。从此，没有一天晚上不来。

一晚，两人一块儿饮酒。女子谈吐间很懂音律，于景便说：“你的声音娇柔细弱，如果能唱一曲，一定让人销魂。”女子笑着说：“不敢唱，怕销了你的魂儿。”于景执意请她唱，女子说：“我不是吝惜，是怕被别人听到。你一定要听，我只好献丑，但只能小声唱，你明白意思就行了。”接着用脚尖轻轻点着拍子，唱道：“树上乌臼鸟，嫌奴中夜散，不怨绣鞋湿，只恐郎无伴。”声细如蝇，刚刚能辨听清楚，而仔细一听，只觉婉转滑烈，动耳摇心。唱完，女子打开门看看外面，说：“提防窗外有人。”又出去绕屋子转了一圈，才进屋来。于景说：“你怎么这样疑惧？”女子笑着回答说：“俗话说：‘偷生的小鬼常怕人。’，这就是说的我啊。”不一会儿睡下后，女子忽又不高兴了，说：“平生的缘分，难道到此为止了吗？”于景忙问缘故，女子说：“我的心跳动不安，只怕是祸将临头了。”于景安慰说：“心动眼跳，本是平常的事，何至于说这种话呢？”女子才稍高兴一点儿，二人又亲热起来。

天快亮时，女子披衣下床，刚要开门，犹豫了一会儿又返回来，说：“不知什么缘故，我心里总是怕，请你送我出门。”于景便起床，把她送出门外。女子说：“你站在这里看着我，我跳过墙去，你再回去。”于景说：“好吧。”看着女子转过房廊，一下子便不见了。他正想再回去睡觉，只

知识延伸

音律：音乐上的律吕、宫调等。也称乐律。

词苑撷英

犹豫：迟疑不决。

听传来女子急切的呼救声。于景奔跑过去，四下里看并没人影，听声音像在房檐间。他抬头仔细一看，见一弹丸大的蜘蛛，正揉弄着一个东西，被揉弄的东西发出声嘶力竭的哀叫声。于景挑破蛛网，除去缠在那个东西身上的网丝，原来是只绿蜂，已经奄奄一息了。于景拿着绿蜂回到房中，放到案头上。过了会儿，绿蜂慢慢苏醒过来，开始爬动。它慢慢爬上砚台，用自己的身子沾了一身墨汁，出来趴在桌上，走着划了个“谢”字，便频频舒展双翅，然后穿过窗子飞走了。从此，女子没有再来过。

词苑撷英

声嘶力竭：声音嘶哑，气力用尽。形容拼命地叫喊。

郭　生

郭生，淄川东山人，从小就喜欢读书，但山村中没有可以求教指正的人，二十多岁了，写的字笔画错讹还很多。原先，家中曾经闹过狐狸，衣服、食品和其他器物，总是丢失，深受其害。

一天夜晚郭生读书，将书放在书桌上，被狐狸涂抹得一塌糊涂，严重的地方，乱七八糟的连行数都看不清楚了。他只好选择那些稍微干净点儿的来读，只有六七十首。他心里非常恼怒愤恨，但又无可奈何。他又把平日练习写作的文章收集起二十多篇来，准备让有学问的人指正。第二天早晨起来后，看见文章都翻腾开摊在桌子上，几乎全被浓淡的墨汁涂抹尽了。郭生恨得要命。正好一位姓王的书生，因事来到山村中。王生平常跟郭生关系很好，顺便登门拜访，看到了被涂污的书，就问郭生是怎么回事。郭生把自己遇到的苦恼事情详细告诉了王生，并且拿出残留的稿子给王生看。王生反复审看，发现没有涂抹留下的文章中好像还有些好的语句；又看那些被涂抹掉的文字，都是冗杂烦琐可以删掉的。王生惊讶地说：“狐狸好像是有意这样做的，不但不能以此为患，还应赶快拜它为师呀。”过了几个月，郭生回过头来看自己原来写的文章，顿时觉得涂改得很正确，于是改写了两篇文章，放在书桌上，以观察它们的变化。等到天亮，文章又被涂改了。过了一年多，狐狸不再涂改了，只用浓墨汁洒大黑点，淋漓满纸。郭生感到很奇怪，拿着去告诉王生。王生看了以后说：“狐狸真是你的老师，文章写得很好，可以去参加考试了。”这一年，郭生果然考中了秀才。郭生因

词苑撷英

淋漓：1. 形容湿淋淋地往下滴。2. 形容畅快。

此很感激狐狸，总是准备鸡和米饭，供狐狸吃喝。每次买八股文的选本，不自己选择，而是由狐狸来决断。因此两次府道考试，他都名列前茅，考中副榜贡生。

当时叶、缪等先生的文章，风雅艳丽，家喻户晓。郭生有一手抄本，爱惜备至。忽然有一天，被狐狸倒了一碗浓墨汁在上面，玷污湿洇得几乎无一个字留下。郭生便又拟题，构思创作，自己觉得很惬意，谁知又全部被狐狸涂抹了。于是，郭生渐渐不信服狐狸了。没多久，叶公因纠正文体而被收押入狱，郭生又稍稍服气狐狸的先见之明。然而以后郭生每做一篇文章，都煞费苦心，却总被狐狸涂污了。郭生自以为前几次考试都名列前茅，心中盛气很高，就更加怀疑狐狸是妄改了，于是就誊录了以前被狐狸洒了许多墨点的文章试验它，狐狸又全涂抹了。郭生便笑着说："你真是荒唐，为什么以前说好的，现在又说不好？"于是就不给狐狸设饭菜了，把所读的书本锁到箱柜之中。早晨起来，他看见封得很严实，丝毫未动，但打开一看，只见封皮上涂砸了四道墨汁，比手指还要粗；在第一章上画了五道，第二章上也画了五道，再往后就没有了。从此以后，狐狸竟销声匿迹了。后来郭生考试，有一次考了四等，二次五等，这才知道，其先兆已经寓于狐狸画的道道中了。

彭海秋

莱州有一个秀才，叫彭好古，在一座别墅里读书，离家很远。中秋节他也没回家，一个人冷冷清清。想到村里的人没有能说话的，只有一个姓丘的书生，是本县的名士，但他平素又有些见不得人的恶行，彭好古非常鄙视他，不愿和他交往。圆月升上天空，彭好古更加感到无聊，迫不得已，只得写了封请柬让仆人去请丘生。

过了不久，丘生来了，二人赏月饮酒。忽听有叩门声，童仆答应着出去开了大门，见是一个陌生的书生，要拜见主人。彭好古离席将客人请进来，互相一揖，然后围着桌子坐下。彭好古便询问起客人的家乡住处。客人说："我是广陵人，与你同姓，字海秋。值此佳节良宵，我一个人闷在旅店里太冷清，听说您高雅健谈，所以不请自来了！"看他虽是布衣，却很整洁，谈笑风雅，彭好古大喜，说："是我的同宗，今晚什么日子，遇上这样的佳客！"请客人喝酒，二人融洽得就和老朋友一样。看彭海秋的意思，似乎十分鄙视丘生。丘生每次巴结地和他攀谈，他都傲慢地不大搭理。彭好古替丘生感到羞惭，便打断他的话头，说自己要先唱支民谣劝酒，接着唱起了李白的《扶风豪士之曲》。唱完，主客一同大笑起来。彭海秋说："我不懂音律，不能回报你的阳春白雪之曲，找一个代替的可以吗？"彭好古说："悉听尊便。"彭海秋问："莱州城有名妓没有？"彭好古回答说："没有。"彭海秋听说，默默地坐了很久，忽然跟仆人说："我刚才叫来了一个人，现在门外，你去领她进来！"仆人出门，果然发现一个女子正在门外徘徊，便把她领进屋来。那女子有十五六岁年纪，穿着柳黄色的帔风，散发出阵阵香气，美丽得跟天仙一样。彭好古非常惊骇，拉她坐下。彭海秋慰问她说："麻烦你千里跋涉而来！"女子含着笑连连答应。彭好古心中惊疑，询问她是从哪里来的。彭海秋说："贵地苦于没有佳人，我刚才从西湖里的船上叫了她来。"又对女子说："你刚才在船上唱的《薄幸郎曲》就很好，请你再唱一遍。”女子便唱道：“薄幸郎，牵马洗春沼。人声远，马声杳，江天高，山月小。掉头去不归，庭中生白晓。不怨别离多，但愁欢会少。眠何处？勿作随风絮。便是不封侯，莫向临邛去！”彭海秋从袜子中掏出一支玉笛，伴着女子的歌声悠扬动听地吹起来，歌唱完了，笛声也停止了。彭好古惊叹不已，说：“西湖到这里，何止一千里路，片刻之间能叫她到这里，你莫非是神仙吗？”彭海秋说：“不敢称仙，只是在我眼里，万里远的路不过就像这庭院一般。今晚西湖的风月比平时更美，不可不去游览游览。你能跟我一起去吗？”彭好古有心要看看他的奇异本领，便答应道：“太有幸了！”彭海秋又问：“愿意乘船还是骑马？”彭好古想：“还是坐船安逸。”回答说：“愿乘船。”彭海秋说：“在这里叫船太远，天河中应该有摆渡的！”便高高地扬起一只手，向空中招呼道：“船来，船来！我们要去西湖，不吝惜船钱！”不一会儿，只见一只彩船，从空中飘飘落下，船的四周缠绕着团团烟云，几个人一起登上去。船上一人手持短桨，桨尾密密地排列着长长的鸟翎，形状像羽毛扇，摇起桨，只觉清风习习。彩船渐渐上升，直入云霄，然后又往南飞去，快得跟离弦的箭一样。

过了一刻工夫，众人觉得彩船落到水中，只听船外笙歌管弦，一片嘈杂；出船舱一望，见明亮的月光荡漾在烟波缭绕的水面上，数不清的游船正游来荡去。船家停下船桨，任彩船自由行驶。彭好古仔细一看，果然是西湖。这时彭海秋去船舱后取出些美酒佳肴，大家欢快地对喝起来。不一会儿，有只楼船渐渐驶近，依傍着彩船并行。彭好古隔着楼船的窗子往里一看，里面有两三个人正在笑闹着下围棋。彭海秋举起一杯酒对女子说：“用这杯酒为你送行。”女子喝酒的时候，彭好古对她恋恋不舍，唯恐她立即走了，暗暗地踢了踢她的脚。女子秋波一转，脉脉送情。彭好古更加动心，请求约定再见之期。女子说：“如你喜爱我，只要打听娟娘的名字，没有不知道的！”彭海秋把彭好古的绫巾送给女子，说：“我为你们代订三年后相会之约。”随即起身，把女子托在手掌里，说道：“仙人啊仙人！”伸手扳住邻船的窗户，把女子从窗格里塞了进去。窗格只有盘那样大小，女子伏身像蛇一样钻了进去，一点儿也不觉狭窄。一会儿便听邻船有人道：“娟娘醒过来了！”楼船渐渐荡了开去。

知识延伸

西湖：中国风景区，位于浙江省杭州市。原是杭州湾的一部分，被泥沙堰塞后成湖。景区青山环抱，湖光山色，风景秀丽。湖滨多名胜古迹。

神态描写

表现出女子的美丽动人。

彭好古远远地见那只楼船已经停泊，船上的人纷纷下船走了，游兴顿时没有了，便和彭海秋说想上岸游览游览。刚商量着，船已靠了岸，于是大家弃船登岸。彭好古独自一人在前，漫步走了一里多路，彭海秋从后面赶上来，手里牵着匹马，让彭好古骑上，自己又转回去，说："等我再借两匹马来。"过了很久，他也没回来。这时，路上的行人越来越少了。彭好古仰头一看，斜月西转，天色将明，丘生也不知去了哪里。彭好古牵着马，徘徊路边，不知如何办好；又骑马回到原来停船的地方，只见人和船都不见了。想到腰包里没带钱，彭好古更加忧愁惊慌。天大明后，他见马背上有个小口袋，伸手一掏，摸出三四两白银，用它买了点儿吃的，等着彭海秋和丘生回来，不知不觉已到了中午。他想，不如先去拜访娟娘，也可以慢慢访查丘生的消息，可等他打听娟娘的名字，并没有一个知道的。彭好古兴致索然，第二天只得骑马往回赶。幸亏马比较温顺，性不烈，半个月他才回了家。

起初，彭好古三人乘船上天时，他的童仆忙跑回家说："主人已成仙升天了。"全家人都悲哀地哭起来，以为他不会回来了。彭好古返回家，把马拴好走进院子里，家里人见了，都惊喜地询问他。彭好古详细讲了奇异的经历，又想到自己一人返回老家来，恐怕丘家听说后会来追问丘生的下落，便告诫家里人不要声张。后来，彭好古说起马的由来，大家因为马是仙人送的，都好奇地到马厩里观看。到了马厩，马已没了踪影，只有丘生被用缰绳拴在马槽上。众人极为惊骇，叫出彭好古来看。众人见丘生垂着头站在那里，面如死灰，问他也不答话，只是两只眼一张一闭而已。彭好古很不忍心，把他解开扶到床上。丘生就像丧失了魂魄，彭好古给他灌些汤水，他稍稍能咽下去。到半夜，丘生多少清醒过来，急急忙忙地跑到厕所里，拉下来几个马粪蛋，又吃了点儿东西，才能开口说话。彭好古在床头细问究竟。丘生说："我们下船后，彭海秋引着我边走边谈。等走到一处没人的地方，他开玩笑般地拍了拍我的脖颈，我只觉迷迷糊糊的，一下子跌倒在地，趴在地上稍定了定神，再看看自己，已经变成马，心里也明白，但是不能说话。这真是奇耻大辱，实在不能让妻子儿女知道，请求你不要泄露这事！"彭好古答应了，命仆人用马送他回了家。

彭好古自回家后，一直思念着娟娘。又过了三年，他的姐夫在扬州做官，他便去探望。扬州有个姓梁的公子，跟彭家素有来往，设宴邀请彭好古。酒席上有几个歌女，都过来拜见梁公子。梁公子问娟娘怎么没来，回答说病了。梁公子发怒地说："这奴婢自以为声价高，用条绳子去把她捆来！"彭好古听到娟娘的名字，惊疑地问是谁。梁公子回答说："是个妓女，才貌广陵数第一。因为有点儿名气，所以敢傲慢无礼。"彭好古怀疑是偶然重名，但触动了心事，又着急地想见她。

一会儿，娟娘来了，梁公子盛气凌人地斥责了她一顿。彭好古仔细打量了一下，果然是中秋节见过的那个娟娘，便对梁公子说："她跟我有旧交，请你宽恕她。"娟娘看了看彭好古，显出惊愕的样子。梁公子来不及深问彭好古，便命娟娘斟酒。彭好古问她："《薄幸郎曲》还记得吗？"娟娘更加惊骇，凝神注视了他一会儿，才开始唱起那支旧曲。彭好古听她的声音，跟当年中秋节时唱的一模一样。酒宴结束，梁公子命娟娘陪客人入寝。彭好古握着她的手说："三年之约，今天才实现了。"娟娘说："那天我跟人游西湖，喝了几杯酒，忽然像醉了一样，朦朦胧胧地只觉被一个人带到一个村子里。一个小童领我进入一家，席上有三个客人，你是其中的一个。后来乘船来到西湖，又把我从窗口送了回去，你拉着我的手恋恋不舍。我以为那都是幻梦，但绫巾真在，我至今还珍藏着。”彭好古也讲了那件事的经过，两个人相互惊叹感慨了一会儿。娟娘扑到彭好古的怀里，哽咽着说：“仙人已给我们作了媒人，您不要以为我是个风尘女子，可以舍弃，就不再想念我这个苦海中的人！”彭好古说：“船中订下的约会，我一天也没忘。倘若你有意，我就是倾囊出资，再卖了这匹马，也在所不惜！只要能把你赎出来。”

第二天一早，彭好古把这意思告诉了梁公子，又从姐夫那里借了一千两银子，削去了娟娘的乐籍，把她带回了老家。娟娘有次偶然到那座别墅去，竟然还记得当年喝酒的地方。

精彩点拨

《绿衣女》讲述书生于景，夜读于寺，有绿衣长裙、婉妙无比之少女自来相好。一夕共酌，谈吐间妙解音律。于生请她歌一曲，女恐他人听见。在于坚持之下，女才以如蝇之依稀可辨的细声唱了一曲，唱毕还绕屋巡视一圈，恐外面有人听见；既而还惴惴不安，不能入寝，疑惧有人听见，爱情生活到此为止。天明之前心怯不敢出门，乞于生相送。于生见女转过房廊，方欲归寝，闻女号救甚急，急奔往，声在屋檐间。见一物被大蜘蛛缚缠，哀鸣声嘶。破网挑出，是一绿蜂，奄奄待毙，捉归室中放置书案上。过了一会儿，它缓过来，以身投入墨汁，出来在几上走作“谢”字，然后穿窗飞去，从此不再有绿衣女前来。

阅读积累

扬州

扬州位于江苏省中部运河与长江交汇处。春秋时吴王夫差始筑“邗城”，秦置方陵县，汉为广陵国、广陵郡治所，又析置江都县。隋、唐于此置扬州，五代十国时为吴国都城，称江都府，南唐以此为东都，后周复为扬州，宋并入广陵县入江都县。宋、元、明、清历为扬州、路、府治所。1949年析江都县城区置扬州市。自古为淮盐总汇，商业兴盛，名人荟萃，文化繁荣。唐代东渡日本高僧鉴真就是扬州大明寺僧人，清代驰名画坛的“扬州八怪”也活动于扬州。有丰富的文物古迹，著名的有：隋炀帝陵、唐城遗址、大明寺鉴真纪念堂、仙鹤寺、史可法墓以及瘦西湖、何园、个园、小盘古等。

卷　六

精彩导读

“卷六”中作者对那种不甘屈辱、勇于反抗的精神给予了特别的称颂。《狼》写一屠暮行，为狼所逼。道旁有夜耕者所遗行室，奔入伏焉。狼自苫中探爪入。屠急捉之，令出不去。但思无计可以死之。唯有小刀不盈寸，遂割破狼爪的下皮，以吹猪之法吹之。极力吹了一会儿，觉狼不甚动，方缚以带。出视，则狼胀如牛，股直不能屈，口张不得合。遂负之以归。

铁布衫法

有个姓沙的回民，学得了铁布衫大力法。他把五指并起来，用力砍下去，可以砍断牛脖子；横着捅过去，可把牛肚子穿一个窟窿。

他曾经在仇彭三公子的家里，把一块又粗又重的木头悬挂在空中，让两个体壮力大的仆人使足力气把悬木推出很远，然后使悬木猛然荡回来。沙某用赤裸裸的肚子迎接撞来的悬木，“砰”的一声响，悬木被顶出老远。

白莲教

白莲教首领徐鸿儒得到了一本旁门左道的书，能够驱使鬼神为他做事。一次他稍微试验了一下，观看的人都感到惊恐，投奔到他门下的人很多，于是徐鸿儒暗暗萌发了造反的念头。一天，他取出一面铜镜，说能够照出人的一生祸福。他把铜镜悬在院子里，让人们自照，镜子里的人，有的戴着头巾，有的戴着纱帽，锦绣华服，貂蝉美饰，形象不一，人们更加感到惊奇。从此这个消息到处传播，上门请求照镜子的人接连不断。徐鸿儒于是宣称：“凡是镜子里照出的文武高官，都是如来佛祖注定龙华会里的人，大家应该努力，决不能退缩。”于是徐鸿儒当着众人的面照自己，镜子里的他头戴皇冠，身穿衮龙服，俨然就像帝王一样。众人你看我我看你，感到十分惊讶，一齐跪倒在地。

徐鸿儒于是竖起反旗，众人无不欢腾雀跃相随，希望自己能成为像镜子里那样的高官。不到几个月，徐鸿儒就聚集了一万多人，滕县、峄县一带官府望风逃窜。后来大批清兵前去剿捕，其中有一位彭都司，是长山县人，武艺高强，无人能敌。白莲教军中出来两个少女和他交战，她们都使双刀，锋利如霜，骑着高头大马，非常威武。她们飘忽盘旋，从早晨一直杀到傍晚，少女不能伤害彭都司，彭都司也没能取胜。这样厮杀了三天，彭都司累得精疲力竭，最后气喘而死。后来徐鸿儒兵败被杀，捉到他的同伙拷问，才知道少女用的是木刀，骑的是木凳子。假兵马累死了真将军，也够奇异的了。

词苑撷英
精疲力竭：精神非常疲劳，体力消耗已尽，形容极度疲乏。

小 谢

渭南姜部郎的宅子里有很多鬼魅，鬼魅经常出来迷惑人，姜部郎一家因此迁走了，留下个仆人看门。仆人死了，连换了好几个，都死了。姜家只得废弃了这座宅子。

同村有个书生叫陶三望，一向倜傥不羁，好和妓女玩耍，但每次喝完酒就走了。朋友故意让妓女夜晚投到他的门上，陶生笑着收留，实际上终夜也不沾染。曾有一次，陶生在姜部郎家住宿，有个丫鬟夜晚找他来私奔，他坚决拒绝，始终不乱，姜部郎因此很看重他。陶生家里贫穷，又死了妻子，有几间草房，酷暑天受不了闷热，便向姜部郎请求，要借住到他家的废宅子里去。姜部郎因为那座宅子太凶，不同意。陶生便作了一篇《续无鬼论》献给姜部郎，还说："鬼有什么能为？"姜部郎因为他执意恳求，便答应了。

词苑撷英
倜傥：洒脱，不拘束。

陶生到废宅子里打扫了厅房，傍晚，把书放下，回去取别的东西，回来一看，书却没有了。陶生很奇怪，仰面躺在床上，屏住呼吸看有什么变故。过了一顿饭的工夫，他听见有脚步声，斜眼一瞅，见两个女子从屋里出来，把丢失的书送还到桌子上。一个约二十岁，另一个约十七八，都很艳丽。两个女子悄悄地走过来站在床下，相视而笑，陶生一动不动。那年长的女子翘起一只脚，踹了下陶生的肚子，年少的那个捂着嘴偷偷地笑起来。陶生觉得心神摇荡，像要控制不住自己，急忙收回杂念，始终不理她们。大女子便走近他，用左手拔他的胡须，右手轻轻地拍他的脸，发出很小的响声，年少的女子笑得更厉害了。陶生猛然起身，大喝道："鬼东西竟敢这样！"两女子大吃一惊，跑散了。陶生恐怕夜里被她们扰乱受苦，想搬回去，又怕人说他言而无信，便起来点上灯读书。只见暗处鬼影恍惚，陶生全然不睬。快到半夜，陶生点着蜡烛睡下，刚闭眼，觉得有人用根细的东西捅自己的鼻孔，非常痒。他大声打了个喷嚏，听见暗处隐隐有笑声。他也不说话，假装睡着了等待着。一会儿，见那个少女拿着根细纸捻子，悄悄地摸了过来。陶生突然起身，大声呵斥，少女飘然窜掉了。睡下后，少女又来捅耳朵，折腾了一夜，没得安宁，鸡叫后，才寂静无声了。陶生这才大睡了一觉，白天便没看见和听见什么。

太阳落山后，鬼影又恍惚出现。陶生便在夜晚做起饭来，打算一夜不睡，熬到第二天早上。那年长的女子渐渐过来，把胳膊伏到案儿上，看陶生读书，接着伸手把书合上了。陶生恼怒地去抓她，女子却飘散了。过了一会儿，她又过来合上书。陶生便用手按着书读。那个少女偷偷地走到他身后，用两手一下捂住了他的眼睛，转眼跑开，远远地站着嘲笑他。陶生指着她骂道："小鬼头，捉住便都杀了！"女子丝毫不怕。陶生便又戏弄说："男女房中术，我一点儿不懂，缠我没用。"两女子微微一笑，返身走到灶边，一个劈柴，一个淘米，替陶生做起饭来。陶生夸奖道："你们两人这样做，不胜过傻蹦乱跳许多吗？"一会儿，粥做熟了，两人又争着拿勺子、筷子、碗放到桌子上。陶生说："感谢你们伺候，我该怎么报答？"女子笑着说："饭中掺了砒霜、鸩毒了。"陶生说："我和你们从无怨仇，怎至于给我下毒呢！"吃完，两女子又给盛上饭，争着跑来跑去地侍奉，陶生大乐。以后天天如此，陶生便习以为常了。渐渐熟悉后，对坐倾谈，陶生问她们姓名。大女子说："我叫秋容，姓乔，她是阮家的小谢。"陶生又追问她们的来历。小谢笑着说："痴郎！都不敢献出一次身子，谁要你问门第，想准备嫁娶吗？"陶生严肃地说道："面对美人，怎会无情！但阴间的鬼气，人中了必定会死。你们不乐于和我住一起，走就是了；乐于住一起，就要安宁。如果你们不爱我，我何必玷污两位美人；如果你们爱我，又何必弄死一个狂生呢？"两女子互相看了一眼，像都被打动了。从此后，两个女子便不耍弄陶生了，但有时还把手伸到陶生怀里，或者扯下他的裤子扔在地上，陶生也不见怪。

一天，陶生抄书，还没抄完就出去了，回来后见小谢趴在桌子上，正拿着笔代抄，看见陶生，扔下笔斜瞅着他笑起来。陶生走近一看，虽然字写得太拙，但行列倒还整齐，便夸奖说："你还是个很雅的人呢！如果喜欢这个，我可以教你。"说完，把她抱在怀里，把着手腕教她写字。秋容从外面进来，见此情景，脸色一下子变了，像是嫉妒。小谢笑着说："小的时候曾跟父亲学写字，很久不写了，真像在梦里。"秋容也不说话。陶生明白她的意思，假装没有察觉，也抱起她来，给她支笔说："我看看你能写字吗？"秋容写了几个，陶生就站起来说："秋娘真好笔力！"秋容才高兴起来。陶生便折了两张纸，写上字，让她们临摹，自己在另一个灯下读书，心中暗喜两个人都有了事做，再不会捣乱了。临摹完，两女子都站在陶生的桌前，让他评阅。秋容从没读过书，写的字让人认不出来。评判完，她自觉不如小谢，脸上现出羞愧的样子。陶生夸奖劝慰了一番，秋容的脸色才放晴了。两女子从此后拿陶生当老师侍奉，陶生坐着就替他挠背，躺下就给他按摩大腿，不仅再不敢欺侮，还争着讨好陶生。过了一个月，小谢的字竟然写得很端正秀气，陶生偶然夸赞了一句，秋容立即很惭愧，眼泪汪汪，泪珠如线，陶生百般安慰劝解，才作罢。此后，陶生就教秋容读书，秋容非常聪明，教一遍，不用再问第二遍，和陶生争着读，常常彻夜不眠。小谢又带了她的弟弟三郎来，拜在陶生门下。三郎约十五六岁，姿容秀美，拿来一支金如意作为送给老师的见面礼。陶生让他和秋容同学念经，只听满屋咿咿呀呀的念书声，陶生在这里设起鬼塾来了。姜部郎听说后，很高兴，按时供给陶生薪水。过了几个月，秋容和三郎就都能作诗，还经常互相唱和。小谢暗地里嘱咐陶生不要教秋容，陶生答应了。秋容暗地里嘱咐他不要教小谢，陶生也答应了。

一天，陶生要去考试，两女子流泪相送。三郎说："先生可假托生病不去，不然恐怕会有不吉利的事。"陶生觉得托病不考太耻辱，还是去了。原来，陶生常以诗词讽刺时事，得罪了本县的权贵们，这些人天天想中伤陶生。暗地里贿赂学使，诬告陶生行为不检，将他下到了狱中。陶生盘缠用光，只得向犯人们讨饭，自以为活不成了。忽然一人飘飘忽忽地走了进来，原来是秋容，她给陶生送了饭来，面对着陶生悲伤地哽咽道："三郎担心你不吉利，现在果然不错，三郎和我一块儿来的，他已去官府申诉了。"说了几句话，秋容就走了，别的人都看不见她。第二天，巡抚大人出门，三郎拦路喊冤，巡抚便命他带路。秋容入狱把这消息告诉了陶生，然后又返回去探听，三天没回来。陶生又愁又饿，度日如年。忽然小谢来了，凄伤得要死，说："秋容回去时，经过城隍祠，被西廊里的黑判官强摄了去，逼她作小妾，秋容不屈服，现在也被囚禁起来了。我跑了一百多里路，奔波得十分疲乏，到北郊时，被荆棘刺破了脚心，痛彻骨髓，恐怕不能再来了。"说着，伸出脚让陶生看，只见鲜血淋漓，湿透了鞋袜。小谢拿出三两银子，一瘸一拐地走了。

词苑撷英
度日如年：过一天像过一年那样长。形容日子很不好过。

巡抚提审三郎，问知他和陶生没一点儿瓜葛，无故替陶生告状，要杖打他，三郎扑地而灭。巡抚很惊异，看了看三郎的状子，情词悲恻，便提审陶生，问道："三郎是什么人？"陶生假装不知。巡抚醒悟他被冤枉，释放了他。

陶生回来后，一晚上没有一个人来。到了深夜，小谢才来了，凄惨地说："三郎在巡抚衙门被官衙的守护神押到了冥司。阎王因为三郎很义气，已让他投生到富贵人家。秋容

词苑撷英
凄惨：凄凉悲惨。

被囚禁了这么久，我写了诉状投到城隍府，又被压下，递不上去，怎么办呢？”陶生愤怒地说：“黑老鬼怎敢这样！明天我去推倒他的塑像，踏为碎泥；再数落城隍之罪，骂他一顿。手下的官吏如此横暴，难道他在醉梦中吗！”两人相对坐着，悲愤不已。不觉四更将尽，秋容忽然飘然来了。陶生和小谢惊喜万分，急忙询问。秋容哭着说：“我为了你，受尽了千辛万苦，那个黑判官天天拿刀杖逼我，今晚忽然放我回来，说：‘我没别的意思，原是出于喜爱你，既然不愿意，我也不曾玷污你。烦你告诉陶秋曹，不要责备我。’”陶生听说，稍微高兴了些，想跟她们二人同床，说：“今天我愿意为了你们去死！”两女子凄伤地说：“一直受你开导，现在很知道些道理，怎忍心因为爱你而害死你呢？”执意不肯。三人亲热地抱在一起，感情如同夫妻。两个女子患难与共，互相嫉妒的念头早已消散了。

一次，一个道士在路上遇到陶生，看着他说：“你身上有鬼气。”陶生很惊异，详细地对道士说了。道士说：“这两个鬼很好，不能辜负了她们。”便画了两道符，交给陶生，说：“回去给那两个鬼，看她们的运气，如听到门外有哭女儿的，吞下符立即出屋，先到的可以复活。”陶生道谢，接下符回去给了两个女子。过了一个多月，果然听见门外有哭女儿的，两女子争相奔出。小谢匆忙之中忘了吞符。见有辆丧车经过，秋容径直跑过去，进入棺材不见了，小谢进不去，痛哭着返了回来。陶生出去一看，原来是富户郝家为女儿出殡。众人都见一个女子进入棺材不见了，正在惊疑，忽听棺内有声音，歇下肩开棺一看，女子已经苏醒。于是，众人把棺材暂时寄放在陶生的书房外面，围护着。郝某询问女儿，女子回答说：“我不是你女儿。”就把实情讲了一遍。郝某不太相信，想抬她回家。女子不听，径直奔入陶生的书房，躺在床上不起来。郝某便认了陶生为女婿走了。陶生走近女子端详了一下，面貌虽然不一样，但艳丽不亚于秋容。陶生大喜过望，两人高兴地叙起往事。忽听有呜呜的鬼哭声，原来是小谢在暗处哭泣。陶生心中非常可怜她，便端着灯过去，宽慰她。小谢哭得衣衫全是泪水，悲痛不已，直到天明才走了。

天亮后，郝某派丫鬟、婆子送来嫁妆，和陶生真正成了翁婿了。晚上，陶生和秋容进入洞房，小谢又哭起来。这样过了六七夜，陶生夫妇都觉凄惨，竟不能同床。陶生十分忧虑，想不出办法。秋容说：“那个道士真是仙人，你再去求他，或许他会同情相救。”陶生认为很对，访查到那道士住的地方，便跪在地上哀求。道士极力说：“没办法！”陶生哀恳不已。道士笑着说：“痴书生真能缠人，合该和你有缘，我就竭力使出我的法术吧。”于是跟着陶生回到家中，要了一间静室，闭上门坐着，告诫陶生不要询问。过了十几天，道士不吃也不喝。陶生偷偷地往屋里瞅了瞅，道士像睡着了一样。一天早晨起来，有个少女掀开门帘进来，长得明眸皓齿，光艳照人，微笑着说：“奔跑了一夜，累死了。被你纠缠不休，跑到百里之外，才找到一个好躯壳，道人载着一起来了，等看见那人，便交给她。”到黄昏，小谢来了，女子突然迎上去抱住她，顿时合为一体，倒在地上僵死过去。道士从房中出来，拱拱手径自走了。陶生再拜，送走道士回来，见女子已经苏醒过来，扶她到床上，精神渐渐复原，只是握着脚说脚趾大腿酸疼，几天后才能起来。

后来，陶生科考得中。有个叫蔡子经的和他同榜，因为有事来拜访陶生，住了几天。小谢从邻居家回来，蔡子经看见她，急忙跑过去跟着细看。小谢侧身躲避，心里暗怒他太轻薄。蔡子经对陶生说："有件令人非常骇异的事，能告诉你吗？"陶生询问，蔡子经回答说："三年前，我的小妹去世，过了两夜尸体忽然不见了，到现在我还在疑虑。刚才看见尊夫人，怎么这样像我的小妹呢？"陶生笑着说："我的妻子很丑，怎敢和你妹妹相比，但我们既然是同榜，交情又好，不妨让她见见你。"于是进入内室，让小谢穿上原来的葬服出来。蔡子经见了大惊说："真是我的妹妹！"便哭起来。陶生对他详细讲了事情经过。蔡子经高兴地说："妹子没死，我要尽快回家，告慰父母。"于是走了。过了几天，蔡家全家都来了。后来，就像郝家一样，蔡家与陶生来往密切。

狼三则

其一

有个杀猪的人，卖肉回来，天已经黑了。忽然来了一匹狼，看到担中的肉，好像垂涎三尺。杀猪人走，狼也走，尾随了好几里路。杀猪人害怕了，拿出刀来吓唬狼，狼就稍微后退几步。杀猪人再往前走，狼又跟着。杀猪人没有办法，心想狼想要的是担中的肉，不如暂时将肉挂到树上，明天一早再来拿，于是便用铁钩钩住肉，跷着脚挂到树杈上，又把担子让狼看看以示空了，狼才不再追他了。杀猪人就直接回家了。天刚放亮时，杀猪人去拿肉，远远看到树上悬挂着一个很大的东西，好像人吊死的样子。杀猪人很害怕，小心翼翼地靠近一看，原来是只死狼。他抬头仔细查看，见狼口中含着肉，肉钩子刺在狼的上腭中，好像鱼吞了鱼饵一样。当时狼皮价格非常贵，能卖到十两银子，杀猪人因此发了一点儿小财。

其二

一个晚上杀猪人回家，担子里的肉已经卖光了，只剩下一些骨头，路上遇到两只狼，在后面跟着他走了很远。杀猪人害怕了，扔出根骨头。一只狼得到骨头停住了，另一只狼仍然跟着。他又扔了一根骨头，这只狼停下了，可那只狼又来了。骨头已经扔光了，两只狼仍然像原先那样跟着他。杀猪人非常窘迫，恐怕被两只狼前后攻击。他看到田野中有一片麦场，场主在场上堆积了一些柴草，用草苫遮盖着，同小山丘一样，便跑过去，倚在柴草垛旁，放下担子拿起杀猪刀。狼不敢再向前走，只是虎视眈眈地盯着他。不多时，有一只狼径自离开了，另一只狼像狗一样蹲在面前。时间长了，狼的眼睛眯缝着，像睡着了一样，显出十分悠闲的样子。杀猪人乘其不备，突然跳起来，一刀劈中狼头，又砍了数刀，才把狼杀死。他正想走，转身看见柴草垛后面，另一只狼正在挖洞，想钻到他后面攻击他。狼的身子已经钻进一半，只剩下屁股和尾巴露着。杀猪人从后面砍断狼的腿，这只狼也被杀死了。杀猪人这才明白，前面的狼假装瞌睡，是以此迷惑他。狼也是很狡猾的，然而顷刻间两只狼都被杀死，禽兽的欺诈手段能有多少呢？只是给人们增添一些笑话罢了。

动作描写

表现了杀猪人急中生智。

知识延伸

衙门：旧时官员办公的机关。

其三

有一个杀猪人，傍晚赶路，被狼追逼着，见路旁有个农夫搭起的供夜耕用的草棚，便急忙跑进去趴下。狼从草苫中伸进一只爪子，杀猪人急忙捉住，不让它抽回去，但却没有办法杀死它。见身上只有一把不到一寸长的小刀，他便用刀子割破狼爪下的皮，用吹猪的办法吹狼。他用尽力气吹了一会儿，感到狼不再动了，才用带子绑住口。杀猪人出来一看，狼胀得像牛一样，大腿直挺挺伸着不能弯曲，嘴也张着合不起来，杀猪人就把狼背回家了。

考弊司

闻人生是河南人。有一次，他生病卧床，躺了一整天，见一个秀才走进来，跪在床下拜见，非常谦恭有礼。既而秀才又请他出去走走，一路上秀才拉着他的胳膊，边走边絮絮叨叨地说个不停。一直走了几里路，还不告别。闻人生站住脚，拱拱手要告辞。秀才说：“请您再走几步，我有一件事求您！”闻人生问他什么事，秀才说：“我们一些人都归‘考弊司’管辖。‘考弊司’的司主名叫‘虚肚鬼王’，凡初次拜见他的人，按照旧例，都要从大腿上割下一块肉献给他。我想求您去给讲讲情，饶了我们！”闻人生惊讶地问：“犯了什么罪至于受这种刑罚？”秀才回答说：“不必犯罪，这是‘考弊司’的老规矩。只有给鬼王送重礼，才能免了，但我们都太穷了，送不起礼。”闻人生说：“我和那鬼王素不相识，怎能为你效力呢？”秀才说：“您的前世是鬼王的爷爷辈，他应该听您的话。”

二人正说着，已走进一座城市，来到一个衙门前。官衙的房屋建筑不很宽敞，只有一间厅堂又高又大。堂下东西两边立着两块石碑，上面刻着斗大的字，涂着绿色。一个刻的是“孝悌忠信”，另一个刻的是“礼义廉耻”。二人登上石阶，又见大堂上方悬挂着一块匾，上书大字“考弊司”。大堂柱子上，挂着一副板雕绿字的对联，上联是“曰校、曰序、曰庠，两字德行阴教化”，下联是“上士、中士、下士，一堂礼乐鬼门生”。两人还没看完，一个官员从里边走了出来。那官头发卷曲，腰背弓着，像有几百岁的样子，一对鼻孔朝天，短短的嘴唇翻开着，露出一嘴獠牙利齿。随从的一个师爷，人身上却长着颗虎脑袋。又有十几个人在两边排列伺候，大半都狰狞凶恶，像山精山怪。秀才对闻人生说："那就是鬼王。"闻人生早吓得魂飞魄散，返身想走。鬼王却已看见他，忙从台阶上走下来，恭敬地行礼，将闻人生请进了大堂，又问候他的日常起居，闻人生只吓得连连说"是"。鬼王问他："有什么事来到这里？"闻人生便把秀才求自己的事说了。鬼王一听勃然变色，说："这是有旧例的，就是我亲爹来讲情，我也不敢听从。"说完，面如冰霜，像是一句人情话也听不进去。闻人生不敢再说别的，急忙站起身告辞。鬼王又侧着身子，恭恭敬敬地把他送到大门外才回去。

闻人生出门后不往回走，又返身偷偷走进来，想看看那鬼王到底要干什么。来到大堂下，只见那秀才和另外几个人都已被绳索反绑起来，一个面目凶恶的人拿着一把刀子走过来，先脱下秀才的裤子，然后从大腿上一刀割下一片三指宽的肉来。秀才疼得大声号叫，把嗓子都喊破了。闻人生年轻气盛，见此情景，怒不可遏，大喊道："如此惨毒，成何世界！"鬼王吃了一惊，从座上站起来，命暂停割肉，自己从座椅上下来，迎接闻人生。闻人生已气愤愤地走了出去，遍告路人，要去天帝那里控告。有人讥笑他说："真愚蠢啊，蓝天茫茫，到哪里去找天帝申诉冤屈？这些鬼跟阎王倒挺近，到阎王那里上告，或许还管点儿用。"便指给他路。闻人生沿路赶去，一会儿来到阎王殿，见气象十分威严，阎王正在大殿上坐着。闻人生跪在台阶下，大声喊冤。阎王叫他上来询问清楚，立即命令鬼卒拿着绳索提着锤子去捉鬼王来。过了不久，鬼王和秀才一起被拿来，阎王审知闻人生说的都是实情，大怒，斥骂鬼王说："我可怜你生前一生苦读，所以暂时委给你这个重任，等候让你投生到富贵人家去。你现在却敢如此无法无天，我要剔去你身上的'善筋'，再给你添上'恶骨'，罚你生生世世永远不得做官！"一个鬼卒便上前，将鬼王一锤子打翻在地，连门牙也碰掉了。鬼卒又用刀割破鬼王的指尖，抽出一条又白又亮，像丝线一样的筋来，鬼王痛得杀猪般地大声号叫。直到把他手上、脚上的筋都抽完，才有两个鬼卒押着他走了。

闻人生给阎王磕了头，便退出了阎王殿。秀才在后面跟着，对闻人生很是感激，挽着他的胳膊，送他走过街市。闻人生看见有个人家，门口挂着红门帘，帘后有个女子，露出了半张脸，模样非常艳丽。闻人生问："这是谁家？"秀才回答说："这是妓院。"已经走过去后，闻人生对那女子留恋不舍，于是坚决不让秀才再送。秀才说："您是为我的事来的，却让您一人孤孤单单地回去，我怎么忍心呢？"闻人生坚决告辞，秀才只好离去。闻人生见秀才走远，急忙回身走进那家妓院。那女子立即出来迎接他，面现喜色。进入室内，女子让闻人生坐下，互相说了姓名。女子自称姓柳，小名叫秋华。这时一个老婆子出来，为他们准备下酒菜。喝完酒，二人上床，极尽欢爱，山盟海誓地订下了婚约。天亮后，老婆子进来说："没钱买柴买米了，无奈只得破费郎君几个钱了！"闻人生顿时想起腰包里空空的，没带钱，惶恐惭愧地一语不发，过了很久，才说："我实在没带一文钱，我给你们立下字据，回去后立即偿还。"老婆子一下子变了脸，说："你听说过有妓女外出讨债的吗？"柳秋华也皱着眉头，一句话不说。闻人生只好脱下外衣，当作抵押。老婆子接过衣服，讥笑说："这件东西还不够偿还酒钱的。"嘴里絮絮叨叨的，一副很不满意的样子，跟那女子进了内室。闻人生非常羞愧。又过了一会儿，闻人生还在盼望着女子出来和他道别，再重申订下的婚约，等了很久，寂无声息，便暗暗进去察看，见老婆子和柳秋华自肩部以上都变成了牛头鬼，目光闪闪地相对而立。闻人生大惊，急忙返身逃了出来。他想回家，可是岔路极多，不知走哪条路好。询问街市上的人，并没有知道他村名的。闻人生在街上徘徊了两天两夜，辛酸悲伤，加上饥肠辘辘，真是进退两难。忽然那个秀才从这里经过，看见闻人生，惊讶地说："你怎么还没回去，却这样狼狈？"闻人生红着脸不好意思回答。秀才说："我知道了，你莫不是被花夜叉迷住了吧？"说完，秀才便气呼呼地往那家妓院走去，说："秋华母女怎么这样不给人留面子？"过了一会儿，秀才就把衣服抱来交给闻人生说："那淫婢太无礼，我已经叱骂过她了！"秀才把闻人生一直送到家后，才告辞走了。这时，闻人生已突然死了三天，此刻才苏醒过来，说起阴间的经历，还记得清清楚楚。

词苑撷英

饥肠辘辘：肚子饿得辘辘地响。形容十分饥饿。

大　人

长山县的孝廉李质君，一次去青州府时，路上遇到六七个人，听口音像是燕地人，细看他们的两颊，都有瘢痕，像铜钱大小。李质君很惊异，就问他们为什么都得一样的病。客人说："前几年我们客居云南时，一天天黑后迷失了道路，走进了大山里。绝壁悬崖，崇山峻岭，找不到路出来。见山谷中有一棵大树，几尺长的树条，软绵绵地下垂着，树荫足有一亩地大。我们无计可施，便都拴住马，解下行李，依傍在这棵大树下休息。夜深了，老虎、豹子、猫头鹰，此起彼伏地号叫着，我们都抱着腿面面相觑，不敢睡下。忽然看见一个巨人走来，有一丈多高。我们吓得团团趴在地上，大气不敢出。那个巨人来到跟前，用手抓住马就吃，六七匹马顷刻就被他吃光了。接着他又折下树上的长条，抓住我们的脑袋，像串鱼那样，把我们串成一串。提着走了几步，枝条发出脆弱断裂的声音。巨人好像怕坠落到地上，就把枝条弯曲起来，用一块巨大的石头压住枝条两端走了。我们觉得

词苑撷英

面面相觑：你瞧我，我看你。形容大家因惊惧或无可奈何互相望着，都不说话。

他走远了，便拿出佩刀砍断串着的枝条，忍着疼痛急忙逃跑。刚跑几步，那巨人又领着一个人来了。我们害怕万分，忙趴下藏在草丛中。领来的那个人更加高大，来到树下，往来巡视，好像找什么东西又找不到。一会儿，这人发出喊叫声，好像大鸟在叫，很生气的样子，怨恨巨人欺哄它，用手掌打他的耳光。巨人弯着身子，很恭敬地挨着打，不敢有一点儿争执。不一会儿，二人都走了，我们才仓皇逃出来。

词苑撷英

仓皇：匆忙而慌张。

“在荒野中逃了很久，远远看见山岭上边有灯光。大伙儿一块儿跑过去，到了一看，是一间石屋，有个男人住在里面。我们进去，都拜见了他，并且讲了刚才受的苦。男子拉起我们，让我们坐下，说：‘这东西特别可恨，但是我也没有办法制服它。等我妹妹回来，再同她商量。’不多会儿，一个女子挑着两只老虎从外边进来，问客人是从哪里来的。我们忙伏地叩头，告诉她来由。女子说：‘早就知道这两个东西为害，没料到凶顽到这程度，应当马上除掉它们。’说着，从石屋中拿出一柄铜锤，重三四百斤，然后出门不见了。那男人便煮老虎肉招待我们，肉还没熟，女子已经回来了，说：‘他们看见我想逃，我追了数十里路，打断了他一个指头就回来了。’说着把指头扔到地上，见那截指头有人的腿骨那么粗。众人惊骇极了，问她的姓名，女子不答。稍过了一会儿，虎肉熟了，我们腮上的创伤疼得我们不能吃东西。女子便用药屑给我们涂抹伤处，疼痛立刻止住了。天明了，女子送我们来到那棵大树下，行李都在。我们各自背起行李走了十多里路，经过昨天夜里争斗的地方，女子指给我们看，石洼中残留的血迹还有一盆多。一直送我们出了山，女子才告别返回山中。”

词苑撷英

惊骇：惊慌害怕。

鸽 异

鸽子种类繁多。山西有“坤星”，山东有“鹤秀”，贵州有“腋蝶”，河南一带有“翻跳”，吴越一带有“诸尖”，这都是品种出色的上好鸽子。另外有靴头、点子、大白、黑石、夫妇雀、花狗眼等，名类繁多，数不胜数，只有玩鸽内行的人才能辨识清楚。

邹平县有位张幼量公子，特别喜好鸽子。他按照《鸽经》上所列的名堂，四处搜求，力求搜寻到天下所有的品种。他养鸽子如同养育婴儿一样，天冷了，就用甘草粉给鸽子疗护；天热了，就给鸽子吃点儿盐粒。鸽子好睡觉，但睡得太多了，容易得麻木症死掉。张公子在扬州花十两银子买到一只鸽子，身材最小，很喜欢走动，把它放到地上，它盘旋着走动，没有停止的时候，不到死不会停下来。所以，平日常常需要人把着它。夜间，便把它放到鸽群中，使它惊动其他鸽子，可以防止麻痹病。这种鸽子，人们叫它“夜游”。山东一带养鸽子的行家，以张公子家为最，张公子也常以善养鸽子自我夸耀。

一天夜晚，张公子独坐在书斋中，忽然一位身着白衣的少年叩门进来。张公子一看，素不相识，问他是什么人。少年回答说：“四处漂泊的人，姓名有什么可说的。听传闻说公子蓄养的鸽子最多，这是我生平中最爱好的，愿意观赏您养的鸽子。”张公子就把自己蓄养的鸽子，全都展示出来，各种颜色的都有，五光十色璀璨如锦。少年笑着说：“传说的真不假啊！公子真可称得上包罗天下名鸽的人了。我也养了一两只，公子愿意观赏吧？”张公子听罢很高兴，就跟着少年去了。

月色朦胧，旷野中显出一片萧条的景象，张公子心里有些怀疑畏惧。少年向前指着说：“请再走一段路，我的住处就在前边不远。”又走了几步，见一座道院，院内仅有两间屋子。少年拉着张公子的手走了进去，院里暗淡，没有灯火。少年站立在院子的中央，口里学着鸽子的叫声。忽然有两只鸽子飞了出来，形状如同平常的鸽子，但身上的羽毛纯白，飞到房檐那么高，边叫边斗，每次相扑，必定翻筋斗。少年一挥胳膊，两只鸽子一齐飞去了。少年又紧撮起嘴唇，发出一种奇异的声音，又有两只鸽子飞出来，大的如同鸭子，小的才如拳头，两只鸽子并立在台阶上，学着仙鹤起舞。大鸽子伸长脖颈，张开两只翅膀，作孔雀开屏的样子，旋转着边叫边跳，好像在引着小鸽子；小鸽子上下飞鸣着，时而飞到大鸽子的头顶上，翅翼翩翩，如同燕子飞落在蒲叶上，声音细碎，如同敲击小鼓；大鸽子伸长脖颈不敢动。叫的声音越急，声音就越清脆悦耳。两只鸽子鸣叫相合，相互间杂，很合节拍。接着，小鸽子飞起来，大鸽子就上下摆动着逗引它。张公子赞赏不已，感到自己的鸽子委实比不上。

张公子向少年行礼，请求少年能够割爱。少年不同意，张公子又恳切地乞求。少年让两只舞蹈的鸽子飞去后，又学着以前唤鸽的声音，招两只白鸽来，伸手捉住，对张公子说：“若不嫌弃，就把这两只白鸽送给您，聊以塞责。”张公子把两只白鸽接到手，细心地观看着，只见白鸽两只眼睛在月光映照下，呈现琥珀色，两眼通明透亮，好像中间没有间隔一样，中间的黑眼珠，圆如花椒粒。掀起鸽子的翅膀看，肋间的肌肉，如同晶莹的水晶，五脏六腑都看得清楚。张公子感到很奇异，但还是觉得不满足，乞求少年再送给他几只。少年说：“我还有两种未敢奉献，现在不敢再请您观赏了。”两人刚在争执间，家人点着麻秆火把来找主人。张公子回头看少年，少年已化为一只白鸽，大如鸡，冲天飞去。又看眼前的院落、房舍，都消失了，只有一座小坟墓，两棵柏树。张公子与家人抱着白鸽，惊骇叹息而归。回到家中，试验着让白鸽飞翔，异常驯良，边飞边斗如初见时一样，虽然算不上少年养鸽中的优良品种，但也是人世间绝无仅有的。张公子对两只鸽子爱惜备至。过了两年，这对白鸽又生了小公鸽、小母鸽各三只。

张公子父亲的一个朋友，是个贵官。一天，见到公子，问："你养了多少只鸽子啊？"张公子谨慎地回答几句，就退下来，怀疑某公是爱好鸽子的，想赠送两只鸽子，但是实在舍不得；又想到长辈来索求，不能过于抹他的面子，而且也不敢以平常的鸽子送给他应付差事，就选了两只白鸽，用笼子盛着去送给他，自己以为就是送千金的礼物，也不如这两只鸽子珍贵。

过了几天张公子见到某公，自己脸上很有居功得意之色，而某公说话间，并无一语感谢赠送鸽子的事。张公子不能忍耐，便问："前天我送的鸽子可中意？"某公回答说："也挺肥美。"张公子惊讶地说："大人把鸽子烹了？"某公回答说："是啊！"张公子大惊地说："这不是寻常的鸽子，就是平常所说的佳种名字叫'鞑靼'的。"某公回想了一下说："味道也没什么特殊的。"张公子听罢，悔恨地回到家里。

到夜里，张公子梦见白衣少年来见他，责备说："我原以为你能很爱惜鸽子，所以把子孙托付于你。你怎么能把明珠投到黑暗中，致使我的子孙丧生于锅鼎！今日我就率子孙去了。"说罢，化作鸽子，张公子所豢养的白鸽全都跟着它飞走了。

天明，张公子去看笼中的白鸽子，果然都不见了，心中很悔恨，接着把所养的鸽子，分别赠送给自己的好友，几日内就分光了。

情景描写

表现出他心中的悔恨。

冷　生

山西平城有个姓冷的书生，小时候很迟钝，到了二十多岁，还没能读通一经。忽然来了个狐，和他住在一起。此后其他人常听见冷生整夜说话，就是兄弟追问他，他也不肯泄露。这样过了很多天，他忽然得了精神失常的毛病，每次得到题目作文，就闭门寂坐，过一会儿，便放声大笑。偷偷一看，他手不停地写着，一篇八股文很快就完成了，脱稿后竟然文思精妙。当年他考中了秀才，第二年又成了廪生。每逢

知识延伸

秀才：汉以后荐举人才的科目之一。明清两代院试录取后称生员，通称秀才。

考试他便大笑，声音响彻考场堂壁，由此“笑生”的名声大噪。幸亏学政当时外出不在场，没有听见。后来遇上某位学政规矩严肃，整日端坐在考场大堂上，忽然听见笑声，愤怒地把他抓来，将要责罚。执事官代为说明他精神失常，学政的怒气才稍微消了一点儿，虽把他释放了，却除去了他的生员名籍。从此他便装疯沉湎于诗酒，著有《颠草》四卷，超群绝俗可供诵读。

山市

奂山的山市是淄川县有名的八景之一，可往往几年都见不到一次。有位名叫孙禹年的公子，同几位朋友在楼上饮酒，忽然看见奂山的山头上有座孤塔高高耸起，直插青天。在座的人都很惊疑，心想，附近并没有这么个禅院啊。一会儿，又出现了几十座高大的宫殿，碧绿色的琉璃瓦，飞翘的殿檐，人们这才明白是出现了山市。又一会儿，又变幻成一座长达六七里又高又厚的城墙，城墙上有一个个垛子。城中有的似高楼，有的像厅堂，有的像牌坊，历历在目，像有亿万家。

忽然，大风刮起，尘土飞扬，城市依稀可见。接着风定天清，刚才看到的一切全没有了，只有一座高楼直插云霄，每层楼有五个窗户大开着，闪着五点亮光，那是透过窗口看到的蓝天。一层层地指着数，楼越高亮点越小，数到第八层，亮点就如星星一般大了。又往上数，则虚无缥缈看不清楚，没法计算层次了。楼上的人往来奔忙，有倚窗的，有站立的，各不一样。过了一会儿，楼房慢慢低矮下来，可以看见楼顶了，慢慢地又像平常的楼一样了，又渐渐地像座高房子，猛然间又像只拳头那么大，像豆粒那么小，接着就什么也看不见了。又听说有起早赶路的人，看见山上有商店集市人来人往，和人世间没有两样，所以又叫“鬼市”。

精彩点拨

《山市》，写的是山中蜃景，与海市蜃楼相似。文章写出了山市由起到灭的变化过程和美丽景色，变化莫测的山市蜃景历历如在眼前。文章按由晴及阴、由阴及晴、由下而上、由上而下、由整体到局部的顺序，极有层次、极其生动地为我们描绘出一个美妙奇特的山市蜃景的变幻过程。本文以时间为序，层次井然。详略得当，重点突出。

阅读积累

白莲教

白莲教是唐、宋以来流传于民间的一种秘密宗教结社，源于佛教的净土宗。北宋时期净土宗念佛结社盛行，多称白莲社或莲社。南宋绍兴年间，吴郡昆山（今江苏昆山）僧人茅子元（法名慈照），在流行的净土结社的基础上创建新教门，称白莲宗，即白莲教。它的教义简单，经卷较通俗易懂，为下层人民所接受，常被利用为组织人民反抗压迫的工具。在元、明两代，白莲教曾多次组织农民起义。流传到清初，又发展成为反清秘密组织，虽遭到清政府的多次镇压，但到了嘉庆元年（1796 年），白莲教起义已发展得规模很大。

卷　七

精彩导读

“卷七”的故事语言简练生动，工丽典雅，汇集了唐宋传奇文学的语言和明清口语的精华。《巩仙》写了巩道人的仙家幻术，实际上表现了巩仙助人为乐的品德，显示了对侯门权势的抨击。巩仙要求见鲁王，得不到允准，通过贿赂宦官才许进宫游览。看过后上楼，巩仙将宦官一推，宦官掉下却被细藤条吊着，地上铺好草，那藤子却断了，离地才几尺。鲁王请来巩仙，请他表演幻术。巩仙从袖中取出美人演剧，有王母、董双成等仙女，织女还献出一件无缝天衣。

巩　仙

有一个姓巩的道士，没有名字，也不知道是什么地方的人。一次，他去求见鲁王，看门人不给他通报，这时有个宫中的宦官出来，道士便求他引见。宦官见他又穷又土，将他赶走了。可是道士马上又回来了，宦官很生气，派人边打边撵。赶到没人的地方，道士笑着拿出百两黄金，请追赶的人回复宦官：“就说我不是要见鲁王，听说王宫后院的花草树木、亭台楼阁是世间最美的景致，如果能领我看一看，这一生就满足了。”接着又拿出些银子给他，那人高兴地回报去了。宦官也很高兴，领道士从王府的后门进去，游览了所有的景地。道士又跟着登上楼台，宦官走到窗口眺望，被道士一推，只觉得身子从楼上掉下来，腰被细藤缠住，悬挂在半空中。他往下一看深不见底，头晕目眩，细藤也隐隐发出咯咯的断裂声。他害怕极了，大声号叫起来。有几个内监闻声赶来，见状惊恐万分。见他离地很高，上楼一看，细藤拴在窗棂上，想拨藤救他，又怕藤太细会拉断。众人到处寻找道士，却不见踪影，实在没有办法，只好禀报鲁王。鲁王亲自去察看，也感到非常惊奇，便令人在楼下铺上茅草和棉絮，以便将细藤割断。楼下刚铺垫好，细藤“砰”的一声崩断了。宦官竟然离地不到一尺，大家忍不住笑了起来。

鲁王命人去寻访这位道士，得知他住在尚秀才家，便派人去问，说出游没有回来。差人回府途中正巧遇上了道士，便领他去见鲁王。鲁王设宴款待，请道士表演幻术。道士说：“我是个山乡野人，没有别的本事，承蒙您的厚待，就献一班歌女为大王祝寿吧。”说完，从袖子中拿出个美人放在地上。那美人向鲁王叩拜，道士命美人扮演“瑶池宴”为鲁王祝寿。美人说了几句开场白，道士又拿出一人，那人自称王母娘娘。一会儿，董双成、许飞琼等仙女都先后出场。最后，织女出来拜见，并献上一件天衣，宫里顿时金光灿烂，一片通明。鲁王怀疑天衣是假的，想要来看看，道士急忙说："不可！"鲁王不听，拿来一看，果然是无缝天衣，不是人间可以做的。道士很不高兴地说："我实心实意奉承大王，才从天孙那儿暂时借来天衣，如今天衣被俗气玷污，让我怎么还给主人呢？"鲁王又觉得仙女也一定是真的，想留下一两个，可仔细一看，原来都是自己宫中的歌女。鲁王又怀疑刚才唱的曲子并不是她们熟悉的，一问，歌女们果然并不知道。道士把那件天衣烧了，然后把灰放在袖中，再搜看时，却什么也没有了。鲁王因此对道士十分敬重，想留他住在府中，道士说："我游荡惯了，这宫殿就如同牢笼，不如住在秀才家里自由。"从此道士经常出入王府，但每到半夜必然回去。有时鲁王坚决留他，他偶尔也会住下。道士常在宴席间表演四季花木颠倒时序的游戏，鲁王问他："听说仙人也不忘男女之情，是真的吗？"道士回答："也许是这样吧，可我不是仙人，所以心如枯木。"一天晚上，道士住在府里，鲁王叫一个年轻貌美的妓女去试探他。妓女进了房门，连叫几声，没人答应，点了灯一看，道士像死人一样闭着眼坐在床上。妓女摇晃他，他眼一睁又闭上了。妓女再摇他，他打起了呼噜。妓女推他，他又顺势倒下，卧床而睡，鼾声如雷。妓女用手弹弹他的额头，发出像敲击铁器一般的声音，便急忙去禀报鲁王。鲁王让人用针刺道士，针扎不进去，推他，重得摇不动；又招来十几个人把他举起扔到床下，就像一块千斤重石落在地上。天亮以后去看看，道士仍然睡在地上。道士醒后笑着说："睡得真死，掉下床来也不知道！"以后这些妓女们常在道士坐卧时按着他玩，刚按时还软和，再按就硬得像石头一样了。

道士住在尚秀才家经常半夜不回来，有时尚秀才锁了门，等天明开开房门一看，道士已经睡在屋里了。以前，尚秀才和一个叫惠哥的歌妓很要好，两人立誓结为夫妻，惠哥歌唱得特别好，演奏技艺也超群出众。鲁王听说惠哥很有名气，就将其召入宫内侍奉自己。从此，惠哥和尚秀才断绝了交往，虽然常相互思念，却无法见面。一天晚上，尚秀才问道士："你在

知识延伸

王母娘娘：道教尊奉的女神，也称"西王母"或"金母"。关于王母娘娘的形象，古书上描写的都不一样。有的把她写成是形体像人，豹的尾，虎的牙，蓬发善于啸。有的又把她写成个能歌善舞的贵妇人。还有的把她写成个只有十六七岁的美貌女子。更有的书写到王母娘娘曾设"蟠桃会"，在三月初三日，用仙桃大宴群仙的神话传说。

词苑撷英

奉承：用好听的话恭维人，向人讨好。

宫中见过惠哥没有？”道士说：“那些歌女我都见过，但不知谁是惠哥。”尚秀才把惠哥的年龄相貌描述了一遍，道士想了起来。尚秀才求他再去时给传达一句话。道士笑着说：“我是世外之人，不能替你捎书传信。”尚秀才苦苦哀求，道士只好展开袖袍说：“你如果一定要见惠哥，就请钻进我的袖子里来吧。”尚秀才往袖子里一看，见里面大得像屋子，便伏身进去，里面光明洞彻，宽若厅堂，桌椅床帐无所不有，而且在里面一点儿也不觉得气闷。道士来到王府内，与鲁王下棋。他见惠哥走来，便佯装用袍袖拂尘，将惠哥装进袖内，别人一点儿也没发觉。尚秀才正独坐沉思时，忽见从屋檐掉下一个美人，一看是惠哥。两人惊喜万分，你拥我抱，亲热异常。秀才说：“今日奇缘，不能不记下来，我们来对诗吧。”说完先在墙壁上写：“侯门似海久无踪。”惠哥续写：“谁识萧郎今又逢。”秀才写：“袖里乾坤真个大。”惠哥续道：“离人思妇尽包容。”刚题完，忽然进来五个人，头戴八角帽，身穿淡红衣，都是不相识的人。他们一声不响，把惠哥提了就走。尚秀才吓得不行，不知怎么回事。道士回到秀才家里，把秀才叫出来，问他在里面的事情。秀才隐瞒着没有全部说出来。道士微笑着把衣袖翻过来让他看，秀才见上面隐隐约约有些字迹，细得像虮子一样，仔细辨认，原来是他题的诗句。过了十多天，尚秀才又求道士带他去了一次。先后共去了三次，惠哥告诉秀才说：“我已感到腹中胎动，非常担忧，只好用带子把腰扎紧。可是王府中耳目众多，倘若有一天临产，小孩一哭，往什么地方藏呢？麻烦你和巩道士商量一下，见到我三叉腰时，请他设法救我。”尚秀才答应了，回去后见了道士就跪在地上不起来。道士扶起他来说：“你要说的话，我都知道了。请你放心，你尚家就靠这一点儿骨血传宗接代，我怎敢不尽力帮助呢，但从现在起你不能再进王府了。我用来报答你的，原不在儿女私情呀！”几个月过后，道士从外面回来，笑着说：“我给你把儿子带来了，快拿小孩的包被来！”尚秀才的妻子非常贤惠，快三十岁了，生了几胎只活下一个儿子，最近又生了个女儿，刚满月就死了，听尚秀才一说，惊喜地走出来。道士从衣袖中取出婴儿，脐带还没断，睡得正甜呢。秀才的妻子接过来抱在怀里，婴儿才呱呱啼哭起来。道士脱下衣服说：“产血溅在衣服上，是道家最大的忌讳。今天为了你，二十年的旧物，只好扔了。”尚秀才为道士换了一件新衣袍。道士嘱咐他说：“旧衣服不要扔了，烧一钱灰吃了，可治难产，堕死胎。”尚秀才记在心里。

道士在尚秀才家又住了一些时候，忽然对秀才说：“你收藏的那件旧衣服，应当留下一些自己用，我死了你也别忘了！”尚秀才觉得道士的话不吉利。道士转身就走了，进王府对鲁王说：“我快要死了！”鲁王很惊奇。道士说：“人的生死都是有定数的，还有什么可说的呢？”鲁王不信，强把他留下。道士刚下了一盘棋，急忙起身要走，鲁王又把他拉住。道士请求到外屋休息，鲁王答应了。鲁王去看时，见道士已经死了。鲁王备了上等棺木，按当地礼节把他葬了。尚秀才亲到坟前哭吊一场，这才醒悟到道士原先说的话是预先告诉他的。道士留下的旧衣用来催生，十分灵验，求尚秀才医治的人接连不断。他开始只是剪被产血玷污的袖子给人，后来衣袖用完了，又剪领襟给人，也很有效。他想起道士嘱咐的话，怀疑妻子日后必定难产，就剪下巴掌大的一块血布珍藏起来。后来鲁王有个爱妃临盆三天生不下来，医生都没有办法。有人告诉鲁王尚秀才能治，鲁王立刻召他进府。那妃子只服了一剂就生下来了。鲁王非常高兴，赠给尚秀才银钱绸缎，尚秀才全部推辞不要。鲁王问他要什么，秀才说："我不敢说。"鲁王请他说。秀才叩头，说："实在要赏我，就请把歌女惠哥赐给我，我也就心满意足了。"鲁王把惠哥招来，问她年龄。惠哥说："我十八岁入府，至今已十四年了。"鲁王觉得惠哥年龄太大，便命将全部歌妓都叫来，任尚秀才挑选。秀才却一个也不喜欢。鲁王笑着说："真是个书呆子，你们俩十年前就定了婚约吗？"尚秀才将实情说了。鲁王备好车马，仍把尚秀才辞掉的银钱、绸缎给惠哥当嫁妆，把他们送到家中。惠哥生的儿子取名秀生，取"秀"与"袖"同音之意，这年秀生十一岁。尚秀才的家人时刻不忘巩仙人的恩德，每逢清明都到他坟上祭扫。

有个长年旅居四川的客人，在路上遇见巩道士。道士拿出一本书说："这是王府的东西，我来时匆忙没来得及归还，麻烦你捎去。"客人回来听说道士早死了，不敢贸然去见鲁王。尚秀才知道后替他回奏了。鲁王打开书一看，果然是以前道士借去的。鲁王起了疑心，挖开道士的坟墓一看，却是一副空棺材。后来，尚秀才的大儿子年龄不大就死了，全靠秀生顶立尚家的门户，传宗接代。故而，尚秀才更佩服巩道士的先见之明了。

阿　英

甘玉，字璧人，庐陵县人，父母早就死了，留下个弟弟叫甘珏，字双璧，从五岁起就由哥哥抚养。甘玉性情友爱，对待弟弟如同自己的儿子。后来甘珏渐渐长大，生得一表人才，秀美出众，而且很聪明，文章写得好，甘玉更加喜爱他，常说："我弟弟才貌出众，不能不找个好媳妇。"但是由于过分挑剔，始终没有找到满意的。

这时，甘玉在匡山寺庙里读书。一天夜里，刚躺下，就听到窗外有女子说话的声音。他偷偷一看，见有三四个女郎席地而坐，几个婢女正摆酒上菜，都长得特别漂亮。一个女子说："秦娘子，阿英为什么没来？"那个坐在下座的女

知识延伸

嫁妆：嫁妆是女子出嫁时，娘家准备的陪嫁至夫家的结婚用品及其他财物，如房子、车子、衣被、家具等。各地、各民族的风俗习惯不同，其所准备的嫁妆也会不同。送嫁妆的目的，一是展示女方家的经济实力，二是为女方争取在夫家的地位。嫁妆多少依据女方家的实力地位而定，嫁妆的数额通常代表着女子的出身和地位，展现这个女子是名门贵女还是寒门贫女。古代大户人家嫁女，会赠送巨额嫁妆，以向男方家展示自己的实力雄厚。古代嫁妆通常用来补贴家用、资助丈夫读书或经商。

知识延伸

婢女：旧时有钱人家雇用的女孩子。

子说："昨天她从函谷关来，被恶人伤了右臂，不能一起来玩，她正因此遗憾呢。"另一个女子说："我前天夜里做了个噩梦，今天想起来还吓得冒汗呢。"下座的女子忙摇手说："不要说，不要说，今晚上姐妹们欢聚相会，说了吓人的话让人不痛快。"女子笑着说："看你那胆怯的样子，难道真有虎狼把你给叼去吗？你要是不让我说，必须唱一首歌，为我们助酒。"那女子便低声唱道："闲阶桃花取次开，昨日踏青小约未应乖。嘱咐东邻女伴少待莫相催，着得凤头鞋子即当来。"唱完，满座人无不赞赏。正说笑着，忽然一个高大的男人从外边闯进来，鹰样的眼睛，闪闪发光，相貌丑陋可怕。女郎们哭喊着："妖怪来了！"像惊弓之鸟一样一哄而散。只有刚才唱歌的那个女子体态柔弱，落在后面，被那男人抓住。女子痛苦地哭叫着，拼命挣扎。那男人生气地大吼一声，咬断了她的手指，就势嚼了起来。女子躺在地上，像死了一样。甘玉怜悯之心顿起，再也忍耐不住，急忙抽出剑，开门冲出去，向那男人一剑砍去，砍掉了男人的大腿，那人忍痛逃走了。甘玉扶女子进屋，见她面如土色，血流满了衣袖；看她的手，右手拇指已经断了。甘玉撕下一块布，给她包好。女子呻吟着说："救命之恩，让我怎样报答呢？"甘玉自从看到她，心中已经暗暗为弟弟盘算，就把自己的意思告诉了女子。女子说："我这样一个残疾之人，不能操持家务了，应当另外为令弟找一个好的。"甘玉问她姓氏，女子回答说："姓秦。"甘玉给她铺好被褥，让她暂时在这里休养，自己抱着铺盖到别处去睡了。第二天一早，甘玉来看那女子，床上却已经空了。甘玉想，她一定是自己回去了。但是他访查了邻近的村子，并没有姓秦的。他又到处托亲戚朋友打听，也没有个确实的消息。他回去与弟弟说起这事，还悔恨得像丢失了什么宝贝似的。

> **词苑撷英**
> 惊弓之鸟：被弓箭吓怕了的鸟。比喻受过某种惊吓，遇到一点儿动静就非常害怕的人。

> **词苑撷英**
> 面如土色：脸色跟土的颜色一样，没有血色。形容极端惊恐。

甘珏一天偶尔到野外游玩，遇见一个十五六岁的少女。少女风姿美好，看着甘珏微笑，像有话要说。她四面看了看，问甘珏说："你可是甘家的二郎吗？"甘珏回答说："是。"少女说："令尊曾给你和我订过婚约，你怎么今天想违背婚约，另外跟秦家订婚呢？"甘珏说："小生幼年失去父母，家中的亲戚朋友我都不知道。请告诉我你的家世，我回去问我哥哥。"那少女说："没必要细说，只要你一句话，我自己会到你家去的。”甘珏以没有禀告哥哥为由推辞了。少女说：“呆郎君，你就这么怕你哥哥呀！我姓陆，住在东山望村，三天之内，等你的回信。”说完就告辞走了。甘珏回家，跟哥嫂讲了这事。哥哥说：“简直是胡说八道，父亲去世时，我都二十多岁了，如果有这事，我能没听说？”又觉得那女子一人在野外行走，还与男子随便搭话，更加看不起她。甘玉又问起她的相貌。甘珏面红耳赤，一句话也说不出来。嫂子笑着说：“想来一定是位美人了？”甘玉说：“小孩子哪里分得出美丑。就算美，也肯定比不上秦姑娘。等秦姑娘的事不成，再考虑她也不晚。”甘珏默默地退了下去。

过了几天，甘玉在路上见一个女子在前面边哭边走，便垂下鞭子按住缰绳，微微斜眼一看，见是个举世无双的美丽少女，便叫仆人去问她为什么这样伤心。少女回答说：“我以前许给甘家老二，因为家里穷，搬到很远的地方去了，跟甘家断绝了音信。最近刚回来，听说甘家三心二意要背弃前约。我想去问问大伯子甘璧人，怎么安置我？”甘玉惊喜地说：“甘璧人就是我，先父在世时订的婚约，我实在不知道。这儿离家不远，请你到家里再商量。”于是从马上下来，把缰绳交给少女，让她骑着，自己牵马步行，一块儿回家。少女自己说：“我小名叫阿英，家里没有兄弟，只有一个表姐秦氏和我住在一起。”甘玉这时才明白阿英就是弟弟遇见的那个美人。甘玉想告诉她家里的人，阿英再三阻止。甘玉暗暗高兴弟弟得到这么一个俊媳妇，但又怕她轻浮不庄重，招人议论。可住了很长时间，阿英非常矜持端庄，又温柔会说话，对嫂子像母亲一样，嫂子也非常喜欢她。

到了中秋佳节，甘玉夫妻俩正在吃酒说笑，嫂子让人来叫阿英。甘珏心里有些不高兴。阿英就让来人先回去，说自己马上就到。可她端坐在那儿跟甘珏说笑了很长时间，也没有去的意思。甘珏怕嫂子等久了，就连连催促她。阿英只是笑，一直没有去。

第二天一早，阿英刚梳妆完，嫂子就亲自过来问候，说：“昨天夜里在一起时，为什么老是不快乐？”阿英微微笑了一下，没说话。甘珏觉得奇怪，再三询问，发现了破绽。嫂子大吃一惊说：“如果不是妖怪，怎么会有分身术！”甘玉也害怕起来，隔着帘子告诉阿英说：“我们家世代积德行善，从来没跟人结过怨仇。如果你真是妖怪的话，请马上走，别伤害我弟弟！”阿英不好意思地说：“我原本不是人，只是因为老公公在世时订的婚约，所以秦家表姐也劝我来完婚。我自己明白不能生男育女，曾经想离开你们，之所以恋恋不舍，是因为兄嫂待我太好了。如今既然被怀疑，就从此永别吧！”说完，转眼就变成一只鹦鹉，翩翩飞走了。当初，甘父在世时，养了一只鹦鹉，非常聪明，甘父常常亲自喂食。当时甘珏才四五岁，问父亲说：“养鸟干什么？”甘父开玩笑说：“给你做媳妇啊。”有时鹦鹉没食吃了，甘父就喊甘珏说：“还不拿吃的给鹦鹉？要饿煞你媳妇了。”家里人也都拿这话来取笑甘珏。后来，鹦鹉挣断锁链，不知飞到什么地方去了。甘玉想到这里，才醒悟女子说的婚约指的就是这个。可是甘珏明知她不是人，仍然想着她。嫂子想得更厉害，整天伤心落泪。甘玉也很后悔，但也无可奈何。

两年后，甘玉为弟弟聘娶了姜氏女，可甘珏始终觉得不如意。甘氏兄弟有个表兄在广东当司李，甘玉到广东去探望他，去了很久也没回来。恰在这时，家乡遇上土匪作乱，附近的村落多半都成了废墟。甘珏非常害怕，带领全家人躲避到了山谷里。在山谷避难的人很多，谁也不认识谁。甘珏忽然听见有个女子小声说话，声音很像阿英。嫂子催促他过去看看，甘珏走近一看，果然是阿英。甘珏高兴极了，捉住阿英的手臂不放松。阿英对同行的人说："姐姐先走吧，我看看嫂子就来。"阿英来到嫂子跟前，嫂子看见她，伤心地哭起来，阿英再三劝说，又说："这里不是安全的地方。"劝他们回家。甘珏害怕土匪会到村里去，阿英再三说："不要紧。"就和他们一同回去了。阿英撮了一些土拦在门外，嘱咐家里人安心在家中住着，不要出门。坐着说了几句话，阿英转身想走。嫂子急忙握住她的手腕，又叫两个婢女捉住她的双脚。阿英没有办法，只好住下了。但是阿英却不到甘珏房里去，甘珏约她三四次，她才去一次。嫂子常对阿英说新娶的姜氏媳妇不能让小叔子满意。阿英便每天早上起来给姜氏梳妆打扮，梳理好了头发，又细心地为她擦匀脂粉。人们再看姜氏，比往日漂亮了几倍。如此三天，姜氏居然变成了一个美人。嫂子觉得奇怪，就对阿英说："我没有儿子，想买个小妾，暂时没空去买。不知道婢女是不是也能变成美人？"阿英说："没有人不可以变美，只是本质好一点儿的容易些罢了。"嫂子就把所有的婢女叫来，让阿英相看。只有一个又黑又丑的婢女，有生男孩的相貌。阿英就把她叫来，给她洗了澡，洗了脸，然后用浓浓的粉和了药末给她抹上。过了三天，这个婢女的脸渐渐由黑变黄。又过了几天，粉脂的光泽慢慢沁入肌肤，婢女居然变得很好看了。

阿英他们每天关着门在房里说笑，根本不想土匪的事。一天夜里，村里突然一片吵嚷声，全家人都吓得不知怎么办好。不一会儿听到门外人喊马叫，土匪纷纷离去。天亮以后，才知道村里已被烧光抢尽了。强盗们一队一伙地四处搜寻，凡是藏在山谷洞穴里的人，都被搜出来杀了，或是抓走了。于是甘家的人更加感激阿英，把她当作神仙看待。阿英忽然对嫂子说："我这次来，是因为忘不了嫂子的情义，暂时为你们分担离乱的忧愁。哥哥不久就要回来了，我在这里，就像俗话说的，非李非桃，不伦不类，让人笑话。我要走了，有时间我会再来看望你们的。"嫂子问："你哥哥在路上没事吧？"阿英说："最近有大难，但这不关别人的事，秦家姐姐受过哥哥的恩惠，我想她一定会报答哥哥，所以不会有什么事。"嫂子留她过夜，可天不亮阿英就走了。

甘玉从广东回来，听说家乡闹土匪，便日夜兼程地往回赶。路上遇到贼寇，主仆二人把马扔了，各自把银子扎在腰间，钻进荆棘丛中躲避。这时，一只鸟飞落到荆棘上，展开翅膀遮盖住了他们。甘玉见它的脚缺一个指头，心中感到奇怪。不一会儿，贼寇从四面包围过来，在荒草丛棘中走来走去，好像在寻找他们。主仆二人吓得连气都不敢出，直到盗寇走光了以后，那只鸟才飞走。甘玉回家后，一家人各自述说了自己的见闻，甘玉才知道那只鸟就是自己曾救过的秦姑娘。

后来，每当甘玉外出不回来，阿英晚上一定来。估计甘玉要回来了，第二天阿英便早早地走了。甘珏有时在嫂子房里遇到阿英，瞅准机会邀她到自己屋去，阿英只是答应，却不肯去。

一天夜里，甘玉出门了。甘珏想阿英一定会来，就藏在一边等她。不久，阿英果然来了，甘珏突然出来，把她拦截住，硬要她到自己房里去。阿英说："我与你的情缘已经完了，强合在一起，恐怕会遭到上天的惩罚。不如留些余地，以后我们还可以常见面的，怎么样？"甘珏不听，又和她做起夫妻之事。天亮后，阿英去见嫂子，嫂子怪她为什么昨夜没来，阿英笑着说："半路上被强盗劫了去，让嫂子白等了一个晚上。"说了几句话，便转身走了。不多久，有一只很大的狸猫叼着一只鹦鹉从嫂子卧室门前经过。嫂子一见，惊骇极了，怀疑那鹦鹉是阿英。当时嫂子正在洗头发，赶忙住手大声呼叫。家里人一起连打带喊，才把它救下来。鹦鹉的左翅膀沾满了血，已经奄奄一息了。嫂子把它放在膝盖上，抚摩了很久，它才渐渐苏醒，自己用嘴整理着翅膀。过了一会儿，鹦鹉在房子里转着圈飞起来，大声说："嫂子，告别了，我怨甘珏呀！"然后振动着翅膀飞走了，从此再也没回来。

青 娥

霍桓，字匡九，是山西人。父亲做过县尉，很早就去世了。霍桓是家中最小的孩子，聪明过人，十一岁时就考中了秀才，被人称为神童。然而霍桓的母亲对他过分爱惜，从不让他迈出家门，所以他都十三岁了，还分不清叔伯、甥舅。同村有个姓武的评事，喜好道教，进山访道一去不返。武评事有个女儿名叫青娥，十四岁了，生得美貌无比。她小时候偷看过父亲的书，非常羡慕何仙姑的为人。自从父亲进山修道后，她立志不嫁，母亲也拿她没有办法。

一天，霍桓在家门口看见青娥，尽管他还是个孩子不懂什么，但觉得自己非常喜欢青娥，只是表达不出来。回家后他就告诉了母亲，让母亲托媒人去说亲。母亲知道青娥立志不嫁，觉得不好办，霍桓便整日闷闷不乐。母亲怕儿子不顺心会闷出病来，就托人去武家提亲，武家果然不答应。霍桓无时无刻不在想着这事，终究想不出点儿办法。这天有一个道士在门外，手中握着一把一尺来长的小铁铲。霍桓借过来看了看，说："这东西有什么用？"道士回答说："这是挖掘药材的工具。别看它小，坚硬的石头也能铲进去。"霍桓不太相信。道士就用铲砍墙上的石头，石头随手而落，像砍豆腐一样。霍桓非常惊讶，把小铁铲拿在手中玩着，爱不释手。道士说："公子喜欢，我就把它赠给你吧。"霍桓高兴极了，拿钱酬谢他，道士不收钱走了。

霍桓把小铲拿回家，在砖石上试了几次，毫不费力就把砖石砍碎了。他顿时想道："如果从墙上挖个洞，不就可以见到武家的美人了？"但他却不知道这么做是非法的。等到夜深人静，霍桓翻墙出去，一直来到武家的墙外，挖透了两道墙，才到了正院。他看见小厢房中还有灯光，就趴在窗上偷偷往里看，只见青娥正在卸妆脱衣。不一会儿，灯灭了，寂静无声。霍桓穿过墙壁进去，青娥已经睡熟了。他轻轻脱下鞋子，悄悄地爬到床上；又怕把青娥惊醒了，自己一定会遭到大骂而被赶走，就偷偷地躺在青娥的被子旁边，略略闻到女子的香气，便感到心满意足了。没想到他挖墙掏洞忙了半夜，已经十分疲乏，才一合眼就睡着了。青娥醒后，听到有呼吸声，睁眼一看，见有亮光从被凿开的墙洞中透进来，大吃一惊。她急忙起来，轻轻地拉开门栓出门，敲窗叫醒了丫头、老妈子，一同点了火把，拿着棍棒来到卧房。只见一个未成年的书生，酣睡在床上，仔细一看认出是霍桓。婢女们把他推醒，霍桓急忙起来，目光灼灼像流星一样，好像不怎么害怕，只是羞答答地不说一句话。婢女们都说他是贼，吓唬他，责骂他，他才哭着说："我不是贼！实在是因为我太爱小姐，想看看她的美丽容貌。"大家又怀疑一连凿透了几道墙，不是一个孩子能办到的。霍桓拿出小铲子说出它的奇异用途。大伙一同试了试，既惊讶又害怕，认为是神仙给他的，要去告诉夫人。青娥低头沉思，好像不愿意。婢女们知道了青娥的意思，都说："这个人的名声门第，倒也不玷污小姐，不如放他回去，让他们托媒人来说亲。等明天，就告诉夫人说昨夜遭了强盗，怎样？"青娥没有说话，婢女们就让霍桓快走。霍桓要小铲子，婢女们笑着说："傻小子，还忘不了凶器！"霍桓看见青娥枕边有一支凤钗，就偷偷装进袖中，可是被婢女看见了，急忙告诉青娥。青娥不说话，也不生气。一个老妈子拍着霍桓的脖子说："别说他傻，心眼儿机灵极了！"就拉着他，仍然让他从墙洞里钻了出去。

回家后，霍桓不敢如实告诉母亲，只是嘱咐母亲再托媒人到青娥家去提亲。母亲不忍心拒绝他，便到处托媒人，急着为儿子另选良姻。青娥知道后，心里又急又慌，暗暗让心腹人给霍母透露风声。霍母非常高兴，托媒人去武家说亲。恰巧有个小婢女泄漏了那天晚上的事，武夫人感到很耻辱，非常气愤。媒人一来，更触发了她的怒气，她用手杖戳着地，大骂霍桓和他母亲。媒人害怕，逃窜了回去，把详情告诉了霍母。霍桓的母亲也很生气，说："不成器的儿子做的这些事，到现在我还被蒙在鼓里，怎么能这样无礼对待我？当他们在一起睡觉时，为什么不将荡儿淫女一块儿杀了。"从此霍母见了武家的亲属，便宣扬这事。青娥听说后，羞愧得要死。武夫人也很后悔，但却没法阻止霍母不让她说。青娥暗自让人去婉转地告诉霍母，发誓说自己非霍桓不嫁。青娥的话那样悲切，霍母很感动，就不再说那件事了，但是两家的亲事也不再提了。

当时秦中的欧公在这个县当县令，见霍桓的文章好，非常器重他，时常把他召进县署，极力优宠。一天，县令问霍桓："结婚了吗？"霍桓回答说："没有。"县令细问原因，霍桓说："从前我和已故武评事的女儿有过婚约，后来因为两家有隔阂，就终止了。"县令问："你还愿意同她成亲吗？"霍桓不好意思，没说话。县令说："我一定为你办成这事。”就委托县尉、教谕，去给武家送聘礼。武夫人很欢喜，婚事就这样定了。过了年，霍桓就把媳妇娶进了门。青娥一进家门，就把小铲子扔在地上说：“这贼寇用的东西，快拿回去吧！”霍桓笑着说：“不能忘了媒人。”珍重地佩戴着它，从不离身。

青娥为人温厚善良，沉默寡言，一天三次拜见婆母，其余时间只是关门静坐在书房里，不太留心家务事。婆母有时因红白公事出门到别的地方去，她便事事都过问，处理得井井有条。过了一年多，青娥生了个儿子，取名孟仙。青娥把孩子委托给乳妈照料，好像不大关心似的。又过了四五年，青娥忽然对霍桓说：“我们的美满姻缘到现在已经八年了，如今就要长久分离了，有什么办法呢？”霍桓惊讶地问她怎么回事。青娥默默地一句话也不说，装扮好了拜见了婆母，接着转身回到屋里。霍桓同母亲追到房中问她，她已躺在床上咽了气。母子二人十分悲痛，购置了上好的棺材安葬了她。

霍母已经年老力衰，常常抱着孙子思念儿媳，从此得病，卧床不起。她不想吃饭，只想吃鱼羹。但是附近没有鱼，只有到百里之外才买得到。这时家中的小厮和马匹都被差遣出去了，霍桓十分孝顺，急不可待，便带着钱自己去买鱼了。他白天黑夜不停地赶路，返回时走到山中，太阳已经落山了。他两脚磨起了泡，一瘸一拐地走着，十分艰难。这时后面一个老头儿赶上来，问他：“脚是不是起泡了？”霍桓连连答应。老头儿便拉他坐到路旁，敲石取火，用纸包着药末，给霍桓熏脚。熏完，让他试着走一走，脚不但不疼了，步履反而更加矫健了。霍桓非常感激，向老头儿道谢。老头儿问：“什么事这样急？”霍桓回答母亲有病，又说了母亲生病的缘由。老头儿问：“为什么不再另娶呢？”霍桓回答说：“没找到合适的。”老头儿指着远处一个山村说：“那地方有一个很好的姑娘，你如能跟我去，我愿意给你做媒。”霍桓推辞说母亲有病，急等鱼吃，没有空闲去。老头儿便拱手告辞，约他改天再去，进村只要问王老头儿就行，接着就走了。霍桓回家后，把鱼烹好端给母亲吃。母亲多少能吃点儿东西，几天后病就好了。霍桓这才叫仆人备马一起到山村去找那老头儿。

霍桓来到和老头相遇的地方，却找不到那个村子。他来

知识延伸

聘礼：订婚时，男家向女家下的彩礼。

词苑撷英

沉默寡言：不声不响，很少说话。

词苑撷英

推辞：表示拒绝（任命、邀请、馈赠等）。

回徘徊了多时，夕阳渐渐落山了，山谷重重叠叠，看又看不远，就与仆人爬上山头，四下一望，却看不见一个村子。无可奈何，他只得往山下走，但回去的路又找不到了，霍桓心中急躁得如同着了火。正在东奔西跑时，昏暗中一脚踏空，霍桓从绝壁上掉了下去。幸亏数尺下有一条细长的平台，霍桓正好掉在上面。平台窄得刚刚能容下他的身子，往下看黑得看不见底。他害怕极了，一动也不敢动。又幸亏崖边上长满了小树，像栏杆一样围护着他。他慢慢移动了一下身子，看见脚旁有个小洞口，心中暗暗高兴，就背贴着石头，慢慢蠕动着滚进洞中，心中才稍平稳了些，希望等到天亮时叫人搭救。不多时，看见山洞深处有星星大的亮点，霍桓慢慢走近，走了约三四里路，忽然看见有房屋。这里虽没有灯火，但却像白天一样光明。一个美丽的女子从屋里出来，霍桓仔细一看，原来是青娥。青娥看见霍桓，惊奇地问："你是怎么来的？"霍桓顾不上说话，抓着她的手呜呜地哭了起来。青娥劝住他，问起婆母和儿子。霍桓就把家中的苦处述说一遍，青娥也潸然泪下。霍桓说："你死了一年多了，这是不是阴间啊？"青娥说："不是，这里是仙府。我并没有死，你所埋葬的，不过是一根竹杖。你今天来这里，也算是有仙缘。"就领他去拜见父亲。只见一个留着长胡子的老头儿，坐在堂上。霍桓上前拜见，青娥说："霍郎来了！"老头儿吃惊地站起来，握着霍桓的手简单说了几句话，就说："女婿来了，太好了，应当留在这里。"霍桓推辞说母亲盼他回去，不能久留。老头说："我也知道，但迟三四天回去，不会有什么关系吧。"就让人摆酒菜招待他，又叫婢女在西堂上放了床，铺了锦绣被褥。霍桓吃完饭，约青娥同床睡觉。青娥说："这是什么地方，能容许狎亵！"霍桓捉住她的胳膊不放。窗外传来婢女的嗤笑声，青娥更加羞愧。正在争执时，老头儿进来，斥责说："俗骨玷污了我的洞府，马上走。"霍桓一向高傲，如今羞愧得无法忍受，变了脸色说："儿女之情，人所不免，你作为长辈怎么能监视我们？想叫我走并不难，但你女儿必须跟我去。"老头儿理屈词穷，叫女儿跟他走，打开后门送他。骗霍桓刚离开门，父女俩把门关死回去了。霍桓回头一看，只见峭壁岩上，一点儿缝隙也没有。自己孤单一人，不知往什么地方去好。看天上斜月高悬，星斗稀疏，他惆怅了很久，由悲伤变为怨恨，对着石壁号叫，始终没有应声的。霍桓气愤至极，从腰中拿出小铲，奋力挖凿石壁，边挖边骂，瞬息间已凿进三四尺。隐隐听见石壁里有人说话："孽障啊！"霍桓凿得更急。忽然洞底两扇门豁然打开，老头儿推青娥出来，说："走吧，走吧！"石壁又合上了。青娥埋怨说："既然爱我愿我做你的媳妇，哪里有这样对待丈人的？是哪里的老道士，给你这件凶器，把人缠得要死！"霍桓得到青娥，心愿已经满足，不再说什么，只是担忧道路艰险难以回家。青娥折了两根树枝，两人各自跨上一根，树枝随即化作马匹。两人一路奔驰，不一会儿就来到家，这时霍桓已经失踪七天了。

起初，霍桓同仆人失散后，仆人找不到他，就回家告诉了霍母。霍母派人搜遍山谷，也没有踪影，正忧虑恐慌的时候，听说儿子回来了，欢喜地出来迎接，抬头看见儿媳，几乎把她吓死。霍桓简单述说了经过，霍母更加喜欢。青娥因为自己形迹奇异，担心别人知道了会议论，便请求母亲搬家，霍母听从了她的意见。霍家在外郡有房产，就选了吉日搬迁过去，人们都不知道。霍桓与青娥又一块生活了十八年，生了一个女儿，嫁给了本县一个姓李的。后来霍母老死了，青娥对霍桓说："我家的茅草地里，曾经有一只野鸡在那儿抱了八只蛋，那里可以埋葬母亲，你们父子俩一同扶棺材回去安葬母亲。儿子已经成家立业，可以留在那里守护坟墓，不用再回来。"霍桓听从了她的话，埋葬母亲后自己返回来。过了一月多，孟仙来探望父母，可是父母已经杳无踪影，问他们的仆人，仆人却说："去给老夫人送葬还没回来。"孟仙心中明白了，只有感叹而已。

孟仙文才出众，名声很大，但是考场上总是失利，四十岁了还没有考中。后来他以拔贡的身份到京城参加考试，在考场上遇见一个年纪十七八岁的少年，神采俊逸。孟仙很喜欢他，看他的卷子上，写着顺天廪生霍仲仙。孟仙不由吃惊地瞪大了眼睛，就把自己的姓名告诉那少年。仲仙也感到奇怪，就问孟仙的家乡是哪里。孟仙把一切都告诉了他。仲仙高兴地说："小弟赴京时，父亲嘱咐说，在文场中如遇到山西一个姓霍的，是我们的同族，要与他好好相处，如今果然如此。可是我们的名字怎么这样相近啊！"孟仙问了仲仙的高祖、曾祖及父母的姓名后，惊讶地说："这是我的父亲啊！"仲仙怀疑年龄对不上。孟仙说："我的父母都是仙人，怎么能以相貌看他们的年龄呢。"就把过去的事情都告诉了他，仲仙才相信了。

考试完毕，二人顾不上休息，就叫仆人驾车，兄弟俩一同回了家。刚进家门，家人就迎出来说："昨天夜里，老太爷和老夫人突然不见了。"兄弟俩大吃一惊。仲仙进屋去问媳妇，媳妇说："昨天晚上还在一块儿饮酒，母亲说：'你们夫妇年轻不懂事，明天大哥来了，我就没有牵挂了。'今天早晨进屋一看，已经寂静无人了。"兄弟俩听了，伤心得跺脚。仲仙还想追出去寻找，孟仙认为没用，才没去。这次考试仲仙中了举人。因为祖坟在山西，仲仙就跟随哥哥一块儿回老家去了。他还希望父母仍在人世，走到哪里都要打听，但始终没有音讯。

知识延伸

拔贡：科举制度中选拔贡入国子监的生员的一种。清制，初定六年一次，乾隆七年（1742年）改为每十二年（即逢酉岁）一次，由各省学政选拔文行兼优的生员，贡入京师，称拔贡生，简称拔贡。同时，经朝考合格，入选者一等任七品京官，二等任知县，三等任教职；更下者罢归，谓之废贡。

词苑撷英

俊逸：英俊洒脱，超群脱俗；优美潇洒。

宦　娘

温如春是陕西的一个世家子弟，从小就酷爱弹琴，即使出门在外住在旅店里，也一时一刻离不开琴。

一次，他外出到了山西，途中经过一个古寺，便下马进去休息。进了庙门，他看见一个穿着布袍的道士，盘腿坐在走廊里。道士的竹杖倚在墙上，花布袋子里装着架古琴。温如春一看到琴就触动了自己的爱好，于是就问道士："您也会弹琴吗？"道士答："只是弹不好，愿意向行家学习学习。"说着，就把琴从布袋子里取出来递给温如春。温如春接过来观看，见琴纹理精妙，试着勾拨了一下，声音非常清脆悠扬。温如春很高兴，为道士弹了一支曲子。道士微微一笑，似乎感到还不够满意。温如春就把自己拿手的本领都用上弹了一番。道士笑着说："还好，还好，可要做贫道的师傅还不够格啊！"温如春听他的口气很大，就请他弹几曲。道士把琴接过来放在膝上，才拨动了几下，就觉得和风徐来。又过一会儿，百鸟群集，庭院里的树上都落满了。温如春非常惊奇，就拜道士为师，向道士求教。道士把刚才的曲子又重新弹了几遍。温如春细细地听，用心地记，才稍微领会了曲子的节奏。道士试着让他弹，又加以指点引导，然后说："学会了这些，你在人间就没有对手了！"从此以后，温如春精心钻研，成了身怀绝技的高手。

后来，温如春动身回故乡，离家还有几十里，天色已晚，又下起了暴雨，一时找不到住处，看到路旁有个村庄，就赶快跑过去。进村顾不得选择，见有一个门户，他便急匆匆躲了进去。进了屋，寂静无人，一会儿，出来一个十七八岁的姑娘。姑娘长得像天仙般美丽，抬头见有生人，吓得急忙退了回去。温如春还没有娶亲，对这个姑娘产生了爱慕之情。这时，一位老太婆出来问他是干什么的。温如春说出了自己的姓名，并且要求借宿。老太婆说："在这里住宿是可以的，只是没有床铺，如不嫌委屈自己，可以用草搭个地铺。"不多一会儿，老太婆点了蜡烛来，又把草铺到地上，显得很热情。温如春问她姓什么。她回答："姓赵。"温如春又问刚才那位姑娘是什么人。老太婆说："她叫宦娘，是我的侄女儿。"温如春说："我不自量，欲攀附高门结为婚姻，怎么样？"老太婆皱起眉头，现出为难的样子，说："这件事却是不敢答应你。"温如春问她为什么。老太婆只说："很难讲。"温如春感到失望，只好不再提了。老太婆走了之后，他看到铺草又潮又烂，没法睡上去，就端坐在那里弹琴，以便度过漫漫长夜。雨停之后，温如春不等天明就起身回家了。

县里有个退休在家的部郎葛公，很喜欢有文才的人。温如春有次去拜访他，他要温如春弹奏几曲。温如春弹琴时，只见帘幕后隐约有个女子在偷听。忽然，一阵风吹开了帘子，现出了一个十六七岁的姑娘，美貌无双。原来葛公有个女儿，乳名叫良工，善于辞赋，是当地有名的美人儿。温如春动了爱慕之心，回到家中跟母亲说了，母亲便请了媒人前去提亲。葛公嫌温家家境破落，没有应承。但良工自从听了温如春的弹奏之后，心里暗暗倾慕，时常盼望再次聆听那美妙的琴声。而温如春因为亲事不成，愿望不能实现，心情沮丧，再也不登葛家的大门了。

有一天，良工在花园里散步，拾到了一张旧信笺，上面写着一首题为“惜余春”的诗词：“因恨成痴，转思作想，日日为情颠倒。海棠带醉，杨柳伤春，同是一般怀抱。甚得新愁旧愁，铲尽还生，便如青草。自别离，只在奈何天里，度将昏晓。今日个蹙损春山，望穿秋水，道弃已拼弃了！芳衾妒梦，玉漏惊魂，要睡何能睡好？漫说长宵似年，侬视一年，比更犹少：过三更已是三年，更有何人不老！”良工把诗词吟诵了三四遍，心里很喜欢，便把诗笺带回屋里，拿出精致华美的信笺，认真地抄了一遍，放在书案上；过后再找却找不到了，心想也许被风吹走了吧。正巧，葛公从良工绣房门口经过，拾到了这张锦笺，以为是良工作的词，厌恶词句轻佻，心里很不高兴，就将它烧了，又不好明讲出来，便打算把良工快嫁出去。这时，临县刘布政的公子正好派人前来提亲，葛公很高兴，但还想亲眼看看这位公子。刘公子来到葛家，衣着华美，长得大方英俊，葛公非常满意，对公子热情款待。既而公子告别之后，在他的座位下遗下一只绣花女鞋。葛公顿时憎恶刘公子的轻薄行径，把媒人叫来，告诉了这件事。刘公子一再替自己辩解，葛公不听，终于拒绝了刘公子的求亲。

原先，葛公种有一种绿色的菊花，自己珍藏着不外传。良工把这种绿菊花养在她的闺房里。这时，温如春的院子里有一两棵菊花也变成了绿色，朋友们听到这个消息，就上门来观赏，温如春也极为珍视这种绿菊。一天早晨，温如春去看菊花，在花畦边拾到写有《惜余春》的信笺，反复读了几遍，却不知道从哪里来的。因为“春”字是自己的名字，就更加喜爱它，便在书桌上详加评点，评语写得轻薄放荡。

葛公听说温如春的菊花变成了绿色，觉得很奇怪，便亲自到温如春的书房来探访，看到桌上的诗笺，拿起来便读。温如春觉得自己的评点有些不雅，伸手夺过来揉成了一团。葛公只看到一两句，认出了正是良工房门口拾到的那篇《惜余春》词，心中大疑，进而连温如春的绿菊，也猜想是女儿良工赠送的。葛公回家把这些事告诉给夫人，叫夫人审问良工。良工感到委屈，哭着要寻死。这事没有见证，无法证实。夫人也担心这事传扬出去名声不好，盘算着不如把女儿嫁给温生。葛公赞同，将此意转告给温如春，温如春喜出望外。这天，温如春遍请亲友参加观赏绿菊的宴会，焚香弹琴，直到深夜才结束。回房睡下后，书童听到书房里的琴自己响起来，开始还以为是别的仆人弹着玩的，可仔细看琴旁并没人，这才向主人报告。温如春亲自到书房察看，确实是琴不弹自响。那琴声生硬而不流畅，好像是想学自己的弹法，可又没有学会。温如春点起蜡烛突然闯进去，房里空无一人。温如春便将琴带回自己的卧室，那琴一夜没有再发出声响。温如春认为是狐仙弹奏的，想拜自己为师学习弹琴。于是他就每晚弹奏一曲，将琴摆放原处任其弹拨，夜夜藏着偷听。到了第六七个夜晚，那琴弹奏的曲调，满可以听上一听了。

温如春成亲之后，和良工谈起过去的那篇《惜余春》词，才明白了他们能够成亲的原因，可始终不知道那诗词是从哪里来的。良工听到琴能自鸣的奇事，就去听了一次，说："这不是狐仙，弹奏的曲调凄切痛楚，有鬼声。"温如春不相信。良工说她家有面古镜，可照出鬼怪的原形。第二天良工派人去取了来，等着琴自己响起来时，温如春握着镜子突然进了书房，用灯火一照，果然有个女子在，只见她慌慌张张地躲在房角，再也藏不住身了。温如春过去一看，原来是从前避雨时遇见的那位赵宦娘。温如春大为惊奇，就追问她。宦娘含着眼泪说："替你们当媒人，不能说对你们不好吧，为什么这样苦苦地逼我呢？"温如春收起镜子，要宦娘不要再躲避，宦娘答应下来，温如春就把古镜装进镜袋。宦娘远坐一旁，说："我是太守的女儿，已经死了一百年了，从小就喜欢琴和筝，筝懂得一些了，只是琴没有得到名师指点。所以在九泉之下，仍感遗憾。那次你冒雨进了我家，听到你的琴声，十分钦佩。你向我家求亲，我恨自己是死去的人，不能和你结成伴侣，所以暗地里设法帮助你们二人结成美好姻缘，来报答你对我的眷恋之情。刘公子丢失的红绣鞋，还有那篇《惜余春》词，都是我做的事，我报答老师不能说不尽心了。"温如春夫妇听了她的话，都非常感激地拜谢她。

> **词苑撷英**
> 凄切：凄凉而悲哀，多形容声音。

> **词苑撷英**
> 姻缘：婚姻的缘分。

宦娘又对温如春说："你弹的琴我能领会多半了，可是还没有学到其中的神韵和道理，请你再为我弹一次吧！"温如春答应了，一面教她弹琴，一面讲解指法。宦娘特别高兴，说："真是太好了，我能领会了！"说着起身要告辞。良工原来喜欢弹筝，听说宦娘擅长弹筝，就想听她弹一曲。宦娘答应了，就演奏起来。宦娘弹的声调和曲谱好极了，都不是人间能够听到的。良工边听边打着拍子赞叹，请求向她学习。宦娘执笔写了十八章曲谱后，又起身告辞，温如春夫妇再三恳切地挽留她。宦娘悲切地说："你们夫妻俩多么幸福，知己知音，感情深厚，我这个苦命人哪里有这样的福气。如果有缘，只能下辈子相见了。"说着她将一卷画像给了温如春，说："这是我的肖像，若是你不忘媒人，可以挂在卧室里，高兴的时候，点上一炷香，对着我的像演奏一曲，那我就如同亲自领受了。"说完，宦娘走出房门，消失不见了。

阿 绣

海州的刘子固，十五岁时，到盖县探望他的舅舅，看见杂货店里有一个女子，姣丽无双，心中便喜爱上了她。他悄悄来到店中，假托说买扇子，女子就喊她父亲。见她父亲出来，刘子固很沮丧，便故意跟老头压了个低价，走了。远远看见女子的父亲到别处去了，他又回到店里，女子又要找她父亲。刘子固忙阻止说：“不要去找了，你只要说个价，我不计较价钱。”女子听了他的话，故意说了个高价。刘子固不忍心和她争价，把身上所有的钱都给了她，就走了。

第二天，刘子固又来了，还像昨天一样。他付了钱刚走出几步，女子追出叫他：“回来，刚才我说的是假话，价钱太高了！”便把一半钱还给了他，刘子固更感到她诚实。此后，趁她的父亲不在时，刘子固常来店里，慢慢地跟她熟了。女子问刘子固：“你住在什么地方？”刘子固如实告诉她，又反过来问她姓什么？女子说：“姓姚。”刘子固临走时，女子把他所买的东西用纸包好，然后用舌尖舔一下纸边粘上。刘子固怀揣着包裹回去后舍不得打开，怕把女子的舌痕弄乱了。过了半个月，刘子固的作为让仆人发现了，私下告诉了他舅舅，硬让他回去。刘子固情意恳切，念念不忘，把从女子那里买的香帕脂粉等东西，秘密放置在一个箱子里。没人时，他就关起门把东西拿出来看一遍，触景生情，思念不已。

第二年，刘子固又到盖县来，刚放下行李，就到店里去找那女子了。到那里一看，店门关得紧紧的，刘子固失望地回去了。他以为女子同她父亲临时出门没有回来，第二天便又早早去了，店门仍然紧关着。刘子固向邻居打听，才知道姚家原来是广宁人，因为这儿生意不好，所以暂时回广宁了，谁也不知他们什么时候再回来。刘子固神情沮丧，失魂落魄，住了几天，就怏怏地回家了。母亲为他提婚事，他老是阻止。母亲觉得奇怪，又很生气。仆人偷偷把以前的事告诉了母亲，母亲对他管制防范得更加严了，从此他再不能去盖县了。刘子固整日恍恍惚惚，吃不下饭，睡不着觉。母亲愁得没法，心想不如满足了儿子的心愿。于是，她立即选了个日子，准备好行装，让儿子到盖县转达母亲的意思，让舅舅托人向姚家提亲，舅舅马上就去了姚家。过了一会儿，舅舅回来，对刘子固说：“不好办了，阿绣已经许给广宁人了。”刘子固垂头丧气，心灰意冷。回家后，他捧着箱子抽泣，常常徘徊思念，希望天下有第二个阿绣。

这时有媒人来提亲，夸赞复州黄家姑娘长得漂亮。刘子固担心媒人说的不确实，命仆人驾车到复州去看看。进了西城门，刘子固看见朝北的一家，两扇门半开着，门里有一个姑娘很像阿绣。他再凝神一看，姑娘边走边回头看着进去了，一点儿不会错。刘子固大为动心，于是就去东边邻居家打听，知道这姑娘姓李。刘子固反复思索，疑惑不解，天下怎能有如此相像的人呢。住了几天，他也没找着机会去见姑娘，只有两眼直盯盯地看着姑娘的家门，希望姑娘还能出来。一天，太阳正要落山，姑娘出来了，忽然看见刘子固，立即返身回去，用手指指身后，又将手掌放在额头上，然后进屋了。刘子固高兴极了，但不知姑娘是什么意思。他沉思了一会儿，就信步来到她家的房后，只见一座荒园寂静空旷，西边有一堵矮墙，只有齐肩高。刘子固豁然明白了姑娘的意思，于是就蹲下藏在草丛中。待了很久，有人从墙上露出头来，小声说："来了吗？"刘子固答应着，仔细一看，真是阿绣。他悲痛万分，泪落如雨。姑娘隔着墙，探身用毛巾给他擦泪，不断地安慰着他。刘子固说："我想尽了办法，愿望也没实现，自以为今生是没有希望了，怎想到还会有今天，你怎么到这里来的？"姑娘说："李氏是我表叔。"刘子固请阿绣过墙来，阿绣说："你先回去，把仆人打发到别的地方住，我会自己到的。"刘子固听从了她的话，坐在家里等着。一会儿，阿绣悄悄来了。她没有浓妆艳抹，袍裤还是以前穿过的。刘子固挽着她坐下，详细诉说自己的相思之苦，于是又问："你已许配人家，怎么还没有过门？"阿绣说："我说已经许配人家，是骗你的。我父亲因为你家太远，不愿跟你们结亲，所以托你舅舅用假话骗你，以打消你的念头。"说完两人上床躺下，男欢女爱，不可言喻。四更刚过，阿绣急忙起来，翻墙走了。刘子固从此不再想黄家姑娘的事，住在这里忘了回去，一个月了还不回家。一天夜里，仆人起来喂马，见刘子固房里还亮着灯，偷偷一看，见是阿绣，非常惊骇，但不敢跟主人说。第二天一早起来，仆人到集市上访查了一番，才回去追问刘子固说："夜里跟你交往的那人是谁呀？"刘子固开始不愿告诉他。仆人说："这座房子太冷清了，是鬼狐聚集的地方，公子应当自爱。姚家的姑娘怎么会到这里来？"刘子固不好意思地说："西邻是她表叔，有什么好怀疑的？"仆人说："我已详细访查过了，东邻只有一个孤老太太，西边那家只有一个小孩儿，没有什么亲戚住在家里。你所遇到的一定是鬼怪，不然，哪里有穿了几年的衣服还不换的？况且她面色太白，两颊略瘦，笑起来没有酒窝，不如阿绣美。"刘子固反复想了想，才非常害怕地说："那怎么办？"仆人出谋说等她来时拿着家伙一块儿打她。天黑后，姑娘来了，对刘子固说："我知道你怀疑我，但我没别的意思，不过是想了却过去的缘分罢了。"话还没说完，仆人推门进来，姑娘大声呵斥他："把你的家伙扔了，快摆上酒来，我与你主人告别。"仆人一听便扔了兵器，就像有人夺走一样。刘子固更加害怕，勉强摆上酒席。姑娘像往常一样有说有笑，举手指着刘子固说："知道你的心事，我正打算尽我的微力为你效劳，你为何想暗中害我。我虽然不是阿绣，但也自以为不比阿绣差，你看我真不如你过去的那个人吗？"刘子固吓得毛发倒竖，话也说不出来了。姑娘听着打三更了，拿起酒杯喝了一口，站起来说："我暂时走了，待你洞房花烛之后，我再与新媳妇比比美丑。"一转身不见了。

刘子固听信了狐精的话，跑到盖县抱怨舅舅骗他，不愿住在舅舅家。他搬到邻近姚家的地方住，托媒人给自己说亲，用丰厚的彩礼打动姚家。姚家妻子说："我家小叔子为阿绣在广宁选了个女婿，阿绣的父亲为此到广宁去了，成不成还不知道，须等他回来后再跟他商量。"刘子固听了这些话，惶惶不安，没了主意，只好坚守在这儿等他们回来。

过了十几天，忽然听说要打仗。开始刘子固怀疑是讹传，时间长了，才知道是真的。

他急忙收拾行装走了，中途遇到战乱，主仆二人失散，刘子固被军队的前哨抓住了。士兵认为刘子固是个文弱书生，便疏忽了对他的防备，刘子固便偷了一匹马逃走了。到海州地界时，他看见一个女子，蓬头垢面，步履艰难，快走不动了。刘子固骑着马从她身边走过，女子忽然大声呼喊："马上的人是刘郎吗？"刘子固停下马仔细看她，原来是阿绣。他心中仍然害怕她是狐狸，说："你真是阿绣吗？"女子问："你怎么说这种话？"刘子固把他遇到的事说了一遍。女子说："我真是阿绣，父亲带我从广宁回来，路上被士兵抓住，他们给我一匹马骑，可我老是从马上跌下来。忽然有一个女子，握着我的手腕拉我逃跑，我们在军队中乱窜，也没有人盘问。那女子跑得像飞鹰一样快，我拼命跑也跟不上，跑百十步就掉好几次鞋，跑了很久，听到人喊马叫渐渐远了，那姑娘才放开手说：'告别了，前面的路都很平坦，你可以慢慢走。爱你的人就要到了，你同他一块儿回家吧。'"刘子固明白那女子是狐狸，非常感激她。刘子固就把留在盖县的原因告诉了阿绣。阿绣说他叔叔在广宁为她提了一个姓方的女婿，还没等送聘礼，战乱就开始了。刘子固这才知道舅舅说的不是假话，他把阿绣抱到马上，两人骑着一匹马回了家。

进门看到老母亲安然无恙，刘子固很高兴。他把马系好，向母亲讲述了事情的前后经过。母亲也非常高兴，急忙为阿绣梳洗打扮。装扮好了，阿绣容光焕发。母亲拍着手说："怪不得我那傻儿子在梦中都忘不了你。"接着铺好被褥让阿绣跟自己一起睡。他们又派人到盖县，送书信给姚家。没过几天，姚家夫妇一块儿来了，选定了吉日办完婚事就回去了。

刘子固拿出收藏的那只箱子，里面的东西原封没动。有一盒子粉，他打开一看，脂粉已变为红土。刘子固很奇怪，阿绣掩口笑着说："几年前的骗局，你今天才发觉。那时见你任凭我给你包裹，从来都不检查真假，所以就跟你开了个玩笑。"正在嬉笑时，一个人掀开门帘进来说："你们这样快活，应当谢谢媒人吧。"刘子固一看，又是一个阿绣，急忙喊母亲。母亲和家里人都来了，没有一个人能辨认真假的。刘子固回头一看也迷惑了，看了很久，才朝一个"阿绣"作揖感谢。"阿绣"要了镜子自己看了一下，害羞地转身跑了，再找她时已没了踪影。刘子固夫妇感激她的恩情，在屋里设了一个灵位祭祀。

一天晚上，刘子固喝醉了酒回家，屋里黑黑的没有人。他刚要自己点灯，阿绣来了，刘子固拉着她问："你去哪儿了？"阿绣笑着说："看你醉成这样，臭气熏人，真让人讨厌。你这样盘问人，难道我跟男人幽会去了？"刘子固笑着捧起她的脸颊，阿绣说："你看我与狐狸姐姐谁美？"刘子固说："你比她好，但只看外表看不出来。"说罢关上门，两人亲热起来。过了一会儿有人叫门，阿绣起身笑着说："你也是只看外表的人。"刘子固不明白她的意思，走去开门，却是阿绣进来。他十分惊愕，这才明白刚才那个是狐狸。黑暗里又听到笑声，刘子固夫妻望着空中祈祷，祈求狐狸现身。狐狸说："我不愿见阿绣。"刘子固问："为什么不变成另一个相貌？"狐狸说："我不能。"刘子固问："为什么不能？"狐狸说："阿绣是我妹妹，前世时不幸夭折。活着时，她和我一块儿随母亲到天宫去，见了西王母，我们心里都暗暗爱慕她。回家后，我们就精心模仿西王母。妹妹比我聪慧，只一个月就学得非常神似。我学了三个月才学像了，但始终赶不上妹妹。如今又隔了一世，我自以为超过她了，没料到还跟从前一样。我感激你二人的诚意，所以此后会时不时来一趟的，现在我走了。”于是不再说话。

从此狐狸三五天就来一次，家中一切难办的事都能解决。每当阿绣回娘家，狐狸常来住几天，家里人都害怕地避开她。每当家中丢了东西，她就打扮得整整齐齐，端立着，头上插着几寸长的玳瑁簪子，召集家人来庄重地告诉他们：“所偷的东西，今天晚上必须送回原来的地方。不然的话，偷东西的人就会头痛大作，后悔也来不及。”天亮后，果然会在原来的地方看见被偷的东西。三年后，狐狸再没有来，偶然丢失了金银等贵重东西，阿绣模仿狐狸的装扮做法，吓唬家人，也常常见效。

精彩点拨

《阿绣》中狐女有神力，却不报复无情义的刘子固，而是把失落的爱无私奉送他人。当民女阿绣陷入乱军险被俘虏的危难时刻，狐女阿绣即使不特别加害，民女阿绣也清白难保，甚至性命难保，狐女阿绣却施展神力把民女阿绣从战乱中救出，含情脉脉地告诉她：爱你的人马上就来了，你跟他回家吧。狐女这位爱情失意者，没有悲哀，没有懊丧，没有嫉妒，没有怨天尤人，只有对所爱者的宽容和帮助。

阅读积累

太守

官名，原为郡守的尊称（郡为当时的一级行政区名），秦始置郡守（郡守是一郡的最高行政长官），汉景帝时改郡守为太守，其后历代多相沿。南北朝时设州渐多，郡的辖地渐小，郡和州没多大区别。隋初废郡存州，以州刺史代替郡守。宋朝以后改郡为府或州，太守不再是正式的官名，但仍称知府、知州为太守。明、清两朝，专称知府为太守。

卷　八

精彩导读

“卷八”中大多是热情歌颂青年男女打破礼教的束缚、自由恋爱和结婚的故事。《霍女》是《聊斋志异》中别具风致的一篇，主要讲述了美丽绝伦的少妇霍女惩恶扬善的故事。这篇小说中，霍女这个奇女子先从吝啬贪色的富豪朱大兴下手，朱大兴生活极其穷奢极欲，霍女让他心甘情愿地为她挥金如土，两年间让朱大兴家门败落；后来又跟随贫而无妻但有侠肝义胆的寒士黄生，与黄生过了六七年同甘共苦的夫妻生活。

霍　女

朱大兴，河南彰德府人，家中很富裕，但为人吝啬，如果不是儿女婚嫁之事，家中从没有宾客，厨房中也从无肉类。然而，他却喜欢女色，只要是他看上的女人，花钱多少，从来不吝惜。每天晚上，他都爬墙串村，去找淫荡女人睡觉。

一天夜里，朱大兴遇到一少妇独自行路，心知她是逃亡的妇女，便强逼着她来到家中，点灯一看，她漂亮极了。妇女自己说：“姓霍。”再细致地问，妇女很不高兴，说：“既然把我带到家中，又何必盘根寻底地问呢？如果怕受连累，不如早让我走好了。”朱不敢再问，便留下她一块儿睡了。但是霍女不安于粗茶淡饭，又讨厌吃肉汤之类的东西，最喜欢吃的是燕窝、鸡心、鱼肚白做的羹汤，只有这样才能吃饱肚子。朱大兴没有办法，只得尽力供奉。霍女又爱生病，每天须一碗参汤补养身体。起初，朱大兴很不愿意，但霍女痛哭呻吟，眼见就要死的样子。朱大兴无可奈何，给她煮了一碗人参汤，病好像一下子就消失了。自此以后，朱大兴习以为常了。霍女穿的衣服必须是锦绣之类，穿了几天就厌烦了，要换新的。就这样，一个多月，计算起来花钱无数。朱大兴渐渐地供不起，霍女哭泣着不吃饭，要求离开这里，到别处去。朱怕她走，只好委屈顺应她的要求。霍女经常感到苦闷无趣，每每让朱大兴每隔十数日便招戏班为她唱戏。唱戏时，必须让朱大兴在帘外设一凳，让她抱着儿子观看。即使这样，她也无笑容，经常对朱大兴责骂，朱大兴也不去与她辩解。过了两年，朱家渐渐衰落。朱大兴向霍女婉转地说，每日消费是否可以稍减一成。霍女同意了，每日用度减了一半。时间长了，朱家仍然不能供给，霍女每天喝点儿肉汤也能过得去。又渐渐地，没有珍珠海味也能用得下，朱大兴暗暗自喜。忽然一夜，霍女开门逃跑了。朱大兴怅然若失，到处打听，才知道她在邻村何姓家中。

姓何的是邻村大户人家，是宦官之后，性格豪放无拘束，好结交客人，家中常是灯火亮到天明。忽然有一美丽的女子半夜来到他的寝室。他细盘问，知女子是从朱家出逃的小妾。姓何的一向藐视朱大兴的为人，又喜欢这女子貌美，竟然把她留下了。二人在一起厮混了几天，何某越发被这女人迷惑，生活穷奢极欲，对她的一切供给，如同朱大兴一样。朱大兴得知消息，就到他家要人，姓何的根本不当回事。朱告到官府，官府因为这女子的姓名来历不明，放到一边，也不追问。朱大兴变卖家产，向官府行贿，才准拘捕审问。霍女对姓何的说："我到朱家，原本也不是通过媒人纳彩礼而定的，怕他做什么？"姓何的很高兴，准备到公堂上与朱大兴打官司。在座的客人劝谏说："收纳别人逃跑的妻妾，已经是违法的行为，况且这个女人进门之后，挥霍无度，就是千金之家，怎能支撑得了？"姓何的恍然大悟，就把女人送给了朱大兴。

> **词苑撷英**
> 穷奢极欲：形容生活腐化，奢侈贪婪到了极点。

> **词苑撷英**
> 劝谏：旧时臣子对君主进言规劝，后泛指规劝上级或长辈改正错误。

过了一两天，霍女又外逃了。

有个姓黄的书生，家中很贫寒，未曾娶妻。一天夜里，忽然间来了一位女人敲他的门。女人进门后，对黄生说自己是来给他做妻的。黄见到这样一位美貌的女子，而且是自投到他家，惊慌恐惧，不知该怎么做才好。黄生平素守本分，坚决拒绝。女人也不离去，与黄生应对之时，黄生发现这个女人柔美可爱，不禁心中有点儿动情，就把她留下了，但又担心她不能安心在这贫寒的家庭。但是，女人每天起得很早，操持家务，勤劳超过别人家过门多年的妻子。黄为人蕴藉，举止潇洒，很会取得妻子的欢心。两人相见恨晚，只恐将风声走漏出去，二人的欢快日子不能长久。而朱大兴自从倾产起诉后，家中更加贫穷，又考虑到这个女人不是安分守己的人，也就把追寻她的事放到了一边。

霍女跟黄生一起过了数年，二人恩爱诚笃。一天，霍女忽然说要回家探亲，要求黄生用车马送她。黄生说："以前你说没家，为什么前后说法不一样？"霍女说："以前我是随便说说，我是镇江人。往日，我跟着荡子流落江湖，就落到这步田地。我家中颇富裕，你把所有的钱财都带去，我必定亏待不了你。"黄生听从她的话，租了一辆车，与她同去。

到了扬州地界，把船停泊在江边。霍女正凭窗向外看，有一个巨商的儿子从旁边过去，惊叹于她的美丽，又掉转船头跟在后头，黄生并不知道这情况。霍女对黄生说：“你家很贫穷，现在有一个解救穷困的办法，不知你能不能听从我的？”黄生问她该怎么办，霍女说：“我跟你多年，未能为你生一男半女，也是件未做好的事。我虽说不漂亮，幸亏现在还未老，若有人肯出千金的话，你就把我卖给他。有了这份钱，妻室、田庐就都有了，这个办法怎样？”黄生脸面失色，不知这是什么原因。霍女笑着说：“郎君不要着急，天下本来多佳人，谁肯花一千金来买我呢？那是一句玩笑话给旁人听的，看看外面有没有买主。卖与不卖我，本来就在郎君你自己。”黄生不肯这样办。霍女自己把这件事告诉船夫的妻子，船夫妻子用眼看黄生，黄生随便应了一下。船夫的妻子去后不大一会儿，回来说：“邻船有一位商人的儿子，愿意出八百金。”黄生故意摇头，说这事难成。船夫的妻子又出去了，过了一会儿，回来说：“同意如数交千金，请马上过船去，一边交钱，一边交人。”黄生微微一笑。霍女说：“叫他暂且等等，我嘱咐黄郎几句话，马上就去。”霍女对黄生说：“我每日以千金之躯侍奉郎君，你今天才知道吧！”黄生问霍女：“你以什么话来推辞掉人家呢？”霍女说：“请你马上过船去签署卖身契约，去与不去，本来就在我自己。”黄生认为不可。霍女逼着催促他去，黄生不得已，去了，立刻兑付清楚。黄生让人把千金封存起来，并加上印记对商人之子说：“我虽然贫寒，竟然真的把妻子卖了，马上分离，真是难以割舍。假若妻子不肯听从，仍然将这金原封不动地归还你。”刚把千金搬运到船上，霍女已同船夫的妻子从船后头登上商人之子的船了，远远地与黄生招手作别，无一点儿依恋的样子。黄生惊骇得魂不附体，咽喉气塞，一句话也说不出来。一会儿商船解缆，如同离弦之箭远远而去。黄生大声呼唤，想追上去与之并行。船夫不听他的，开船南行。很快到镇江，把银子搬到岸上，船夫急急解船而去。

黄生在岸边守着行装苦闷地坐着，举目无亲，到什么地方，自己也不知道。他望着滔滔的江水，东流而去，真像万箭穿心。黄生正在掩面哭泣时，忽听到娇滴滴的声音，在唤“黄郎”。黄生愕然回头一看，原来是霍女已在前边的路上等着了。黄生高兴极了，背起行李就跟从她走了，并问：“你怎么回来得这么快？”霍女笑着说：“若再迟回来数刻时间，恐怕你对我就产生疑心了。”黄生仍然认为她的举止不一般，又仔细追问。霍女笑说：“我一生办事，对于那些吝啬的人，就破费他的钱财；对于那行为不端邪恶的人，就诳骗他们。假若我如实地把我要做的事告诉你，你必定不肯与我合作，这样，我们到哪里去弄这千金呢？袋里有了充足的钱，我又安然无恙地回到你的身边，你应该感到幸福和满足，你这样穷问到底做什么？”于是，就雇了一个脚力背负着行李，一块儿走了。

进了镇江城水门内，有一座门朝南的宅子，他们直接进去。不大一会儿，老头儿、老婆婆，男人、女人，纷纷出来迎接，都说：“黄郎来了。”黄生就进屋去拜见岳父岳母。有两位年轻人，向黄生作揖施礼，坐下来与黄生说话。他们是霍女的兄弟大郎和三郎。宴席上菜肴不多，四个玉盘就把一张桌子摆满了。鸡、蟹、鹅、鱼都用刀切成大块。年轻的人用大碗喝酒，谈吐豪放无拘束。宴会结束后，有仆人将他们夫妇领到另一个院子中，让他俩住在一块儿。床上的铺盖与枕头滑腻细软，而床是用熟制的皮革代棕藤制成。每天有婢女及老太太送来三餐，霍女有时整整一天也不出门。黄生在这里单独居住感到苦闷，屡次说要回家，但霍女坚决不让。一天，霍女对黄生说："今天我为你打算：请你买一个女人，是为了你的子孙后代着想，但是，若买婢女小妾，价格一定很高。你假装当我的兄长，由我父亲出面与别家论婚，这样找一位良家女子是不难的。"黄生认为不可，霍女不听。

有一位张贡士，他的女儿新近死了丈夫。跟他协商的结果，要一百吊钱，霍女强为黄生娶来。新妇小名叫阿美，性格和顺，生得也很漂亮。霍女喊她作嫂子，黄生局促不安，霍女反而坦然无事。有一天，霍女对黄生说："我将和大姐到南海去看望大姨，要一个月的时间才能返回，请你们夫妻俩安生地过日子。"说完就走了。

夫妻二人独居一院中，霍女家仍然按时给他们送饮食，对他们也很敬重。然而，自从进了这个门后，就不曾有一个人再到他们这房里来。每天早晨，阿美按时去给老太太请安，说一两句话就退出来。妯娌们站在一旁，也只是相视一笑而已。即便留恋不舍多坐一会儿，他们也不殷勤应酬。黄生去拜见岳父，也是这样。偶尔遇到诸兄弟在一起聚谈，黄生来了，大家都不作声了。黄生心中苦闷，又无处诉说。阿美发觉了这种情形，问黄生说："你与他们既然是兄弟，为什么一月来都像生疏的客人？"黄仓促间回答不上来，结结巴巴地说："我在外十年，现今刚归来。"阿美又细细审问老头儿与老太太家的门第，以及妯娌们的住处。黄生窘迫，再也不能隐瞒了，就把实底全告诉了她。阿美哭泣着说："我家虽贫穷，也不至于卑贱到做你家的小老婆，无怪妯娌们都看不起我。"黄生听了惶惑害怕，不知有什么办法应付，只有跪在地下任凭阿美处置。阿美收住哭泣，用手把黄生拉起来，反而请黄生想办法。黄生说："我哪里还敢想别的法子，只想让你回娘家去。"阿美说："既然嫁你了，我再回娘家，于心不忍。那霍女虽说是先跟了你，但那是私奔，不是明媒正娶；我虽说是后嫁的，却是明媒正娶。不如暂且等她归来，问一下她，她既然出了这样的计谋，将准备如何处置我？"

住了几个月，竟然没见霍女回来。一天晚上，听到客房

知识延伸

妯娌：哥哥的妻子和弟弟的妻子的合称。

词苑撷英

于心不忍：表述个人心情，从心里常觉得忍不下去。多表示对受害者的同情。

里有吵闹的饮酒声。黄生偷偷去看，只见二位客人身着戎装坐在上座：一个头裹着豹皮的头巾，威严得像是天神；东首的那个人，戴着虎头的皮革做的头盔，虎口衔着他的额头，虎鼻虎耳俱全。黄生惊骇地回来，把这事告诉了阿美，二人猜测一通，也弄不清霍氏父子是什么人。夫妻二人感到疑虑难解，很畏惧，谋划着迁到别处居住，又恐引起霍氏父子的猜疑。黄生说："实话告诉你，那去南海的人，即使回来，当面对证已定，我也不能再住在这里。现在，我想带着你离开这里，又恐怕你的父亲说别的。不如我们二人暂且分手，二年当中我必定再来。你能等待就等待，假若想另嫁他人，也听你便。"阿美要回家告诉父母，跟黄生一块走，黄生不答应。阿美哭泣流涕，要他发誓，他才离别阿美，动身回家。

黄生去给老头老太太告辞。正巧其他诸弟都出去了，老头儿挽留他，说等女儿从南海回来再走，黄生没听，就告辞走了。黄生上船，心中很凄惨，像失魂落魄一样。船行至瓜州，忽然回头见有片帆飞驶而来。渐近了，看到船头，按剑而坐的是大郎。大郎老远就招呼说："你想急着回去，为什么不再商量商量。撇下夫人自己独身走了，两三年的时间，谁能等待呢？"说话间，船已靠近，阿美从船中走出来。大郎搀扶着她登上黄生所乘的船，自己跳回船上，径直而去。这之前，阿美回到家中后，刚向父母哭诉，忽然大郎驾车登门来，按着剑威胁他们，逼着他女儿快走。全家人被吓得大气不敢喘，没有敢阻挡的。阿美向黄生述说了刚才的经过，黄生也猜不透他们是什么意思，但自己能得到阿美，心中很高兴，就解船出发。

细节描写

表现了黄生悲凉的心情。

到家后，黄生出钱经营，很富有。阿美时常挂念她父母，想让黄生与她一块儿回镇江探望双亲，又恐怕把霍女引来，嫡庶间大小尊卑有争执。居住了不久，阿美的父亲打听着来了，见到他们家中房宅整齐，心中颇为安慰，对女儿说："你出门后，我接着到霍家去探访，见他家大门已关，房主也说不清楚，时过半年，竟无消息。你母亲日夜哭泣，说是让奸人把你骗去，不知流落到哪里去了，今天才知道你没出事。"黄生把实情告诉他老岳父，他们猜测着霍家一门为神人。后来，阿美生了个儿子，就取名叫仙赐。到十多岁，母亲让他去镇江、扬州，仙赐在旅社中住下后，随从

知识延伸

嫡庶：旧时正妻和妾、嫡子和庶子的合称。正妻称为嫡，正妻所生之子为嫡子。妾所生之子为庶子。嫡子地位高于庶子。

的人都出去了。有一个女子进来，拉着他的手到她的房间里，放下帘子，将他搁在膝上，笑着问叫什么。仙赐便告诉她自己的名字。女子又问他："叫这个名字，是什么意思？"孩子答："不知道。"女子说："回去问你的父亲便知道了。"说着就为他在头上挽了个髻子，摘下自己头上的花给他簪上；又拿出一副金钏戴到他的手腕上；又将黄金放到他袖子里，说："拿去买书读。"仙赐问她是谁，她说："你不知道你还有一个母亲？回去告诉你父亲，朱大兴死了，但没有棺材埋葬，应当帮助他，不要忘了。"老仆人回到旅店后，不见了仙赐，寻找到另一室中，听到仙赐正与人说话，从外向里一看，是老主母。他在帘外轻微咳嗽，好像有话给她说。女人把仙赐放到床上，恍惚间，已经看不到。仆人问旅店的主人，并没有人知道。数天后，从镇江返回，仙赐把这事告诉了黄生，并把所馈赠的东西拿出来。黄生听罢，慨叹不已。等到去询问朱大兴的消息，他已经死去三天了，尸骸暴露在外，未能埋葬，黄生给了他家很多钱，厚葬了他。

司文郎

山西平阳府，有个叫王平子的秀才，大比之年，到北京参加顺天府乡试，在报国寺里租了一间房子住了下来。报国寺中，在他之前就来了一个浙江余杭县的秀才，和他做邻居。王平子递上自己的名片，要求与他相见，但余杭生不搭理他。早晨或傍晚与他相遇，余杭生也表现得很傲慢。王平子很恼火他这种狂妄的样子，就打消了与他交往的念头。

一天，一个少年到报国寺游览，穿着白色的衣裳，头戴一顶白色的帽子，望去很有点儿不凡的气魄。王平子来到少年面前与他交谈。少年言谈诙谐，妙趣横生。王平子从心里对这位少年感到敬佩，问起他的乡里门第。少年说："家住登州府，姓宋。"于是，王平子叫老仆人拿座位来，两人相对谈论起来。恰巧余杭生从这里经过，他们两人就都起来给余杭生让座。余杭生居然坐了上座，一点儿不谦让，又问宋生说："你也是到顺天府来参加乡试的吗？"宋生回答说："不是，我是一个才能低下的人，没有腾达的志向。"又问："你是哪一省的？"宋生就告诉他家住山东省。余杭生说："竟然没有进取功名之心，足见你是很高明的。山东和山西，没有一个通晓文字的人。"宋生回答说："北方通晓文字的人确实很少，但是不通晓的人未必是我。南方通晓文字的人确实很多，然而通晓者未必是你。"说完就鼓掌，王平子与他一唱一和，因而哄堂大笑。余杭生惭愧得很，气呼呼地竖起眉毛，捋起袖子，大叫大嚷说："你们敢当面出八股题，比试一下吗？"宋生不在意地看着别的地方，微笑着说："这有什么不敢的呢？"余杭生便急忙回到寓所，拿出一本《论语》交给王平子，让他出题。王平子随手把书一翻，指着说："'阙党童子将命'。"余杭生站起来，寻找笔墨和纸。宋生拉住他说："不用写了，随便用口说就可以了。我的破题已经作出来：'于宾客往来之地，而见一无所知之人焉。'"王平子捧腹大笑。余杭生愤怒地说："你是完全不会作文章的，只会骂人，是个什么样的人。"王平子尽力为他两人调解，想另找一道好题，又翻出一个题目说："'殷有三仁焉'。"宋生立刻答道："三子者不同道，其趋一也。夫一者何也？曰：仁也。君子亦仁而已矣，何必同？"余杭生一听，便不作了，站起来说："你这个人也算稍有点儿才气。"接着就走了。

王平子因为这事就更加尊敬宋生。一天，他特邀宋生到自己的寓所中，两人谈了好长时间。王平子拿出自己所写的全部文章，向宋生请教。宋生看得很快，一会儿就看完了上百篇，然后说："你写文章的功底很深，然而在你下笔为文时，没有一个必定追求的信念，而只是存有一种侥幸取得成功的心理，这样，你的文章就落到下等里去了。"接着取出已看过的文章，一一给王平子解释。王平子很高兴，以老师之礼来对待他。他让厨房里的人，用蔗糖做水饺。宋生吃了水饺，觉得很香甜，说："我平生还未吃过这样甜美的水饺，请你改日再做一次给我吃。"这以后，两人的感情更加投合。宋生三五天必来一次，而王平子必做水饺给他吃。余杭生偶尔遇到，虽然谈得不多，但傲慢的气概大大减少了。

词苑撷英

傲慢：轻视别人，对人没有礼貌。

一天，余杭生把自己写的文章拿来给宋生看。宋生见上面圈圈点点极多，还有不少赞美之词。他看了一遍，就放在桌子上了，一句话也不说。余杭生怀疑宋生没看，再次向他请教。宋生说已经看完了，余杭生又怀疑宋生看不懂。宋生说："这有什么难懂的，只是不好罢了！"余杭生又说："你只看了圈圈点点和赞语，怎知不好呢？"宋生便背诵他的文章，好像早已读熟了似的。他一面背诵，一面指出文章的毛病。余杭生局促不安，汗流浃背，没有说话就走了。

过了一会儿，宋生离去，余杭生进了屋子，坚决要看王平子的文章。王平子不给看。他硬是搜出王平子的文章，看到上面圈圈点点密密麻麻，嘲笑道："这真像水饺！"王平子本来性格朴实，不善于说话，这一来，只能含羞地听着他说而已。

第二天，宋生又来了，王平子诉说了昨天的事。宋生非常气愤地说："我以为'南人不复反矣'，这卑鄙的小子竟敢这样欺人！有机会，我一定要报复他！"王平子极力劝他，说对人不要过分刻薄，宋生听了深受感动。

词苑撷英

刻薄：（待人、说话）冷酷无情；过分苛求。

考试结束后，王平子把试卷拿出来，请宋生看，宋生十分欣赏。一天，他俩偶然走进大殿游玩，看到一个盲和尚正坐在走廊里，摆着药摊，行医卖药。宋生惊讶地说："这是一位奇人，他最懂得文章，不可不向他请教。”就让王平子回到寓所去把文章取来。王平子回到寓所正遇到余杭生，就与他一同前来。王平子走到和尚跟前，称他为老师。那和尚以为他是来求医的，便问他患的是什么病，王平子说是来请教写文章的道理的。盲和尚笑道：“是谁多嘴多舌啊？我没有眼睛，怎能评论文章呢？”王平子请他用耳朵代替眼睛，自己来念给他听。盲和尚说：“三场的文章有二千多言，谁能耐着性子花那么多时间听下去？不如把文章烧了，让我用鼻子闻一闻就可以了。”

王平子遵从他的意见。每烧一篇文章，那和尚就闻一闻，点点头说：“你是初次仿效几位大名家的手笔，学得虽然不十分像，也做到近似了，我刚才是用脾领受的。”王平子问他：“这样的文章能考中么？”和尚答道：“也能考中。”余杭生听了，不相信，先把古代名家的文章烧了一篇试试。盲和尚用鼻子闻一闻说：“妙啊，这篇文章我是用心受的。不是归友光、胡友信等的手笔，怎么能写得这么好呢！”余杭生大为惊讶，便开始烧自己的文章。那盲和尚说：“刚才领教了一篇，尚未体会到全部妙处，为什么忽然另换一个人的文章呢？”余杭生假意说：“朋友的文章，只是那一篇，这篇才是我写的。”和尚闻了闻余下的纸灰，咳嗽了好几声，说道：“不要再烧了，实在咽不下去，现在勉强咽到胸膈。再烧，我就要呕吐了。”余杭生非常惭愧地退出去了。

过了几天，乡试发榜了，余杭生竟考中举人，王平子反名落孙山。宋生和王平子跑到盲和尚那儿告诉他，盲和尚便叹了口气说：“我虽然瞎了眼睛，但并没有瞎了鼻子，那些考试官简直连鼻子也瞎了！”不一会儿，余杭生来了，得意扬扬地说：“盲和尚，你也吃了人家的水饺么？现在究竟怎样？”盲和尚笑道：“我只是谈论文章罢了，并不与你论命运。你不妨把考官们的文章，各取一篇用火烧掉，我就知道谁是你的老师了。”余杭生和王平子一同搜索，只找到了八九个人的文章。余杭生说：“如闻错，拿什么惩罚？”那和尚气愤地说：“把我的瞎眼睛剜掉！”余杭生烧了起来。每烧一篇，盲和尚都说不是，烧到第六篇，和尚忽然对着墙壁大呕大吐起来，而且放屁如雷，人们都笑起来。盲和尚擦了擦眼睛，对余杭生说：“这才是你真正的老师呢！起初我不知道，骤然一闻，鼻子和肚皮都受了刺激，膀胱里也容纳不下，直接从肛门里放出来了！”余杭生大怒，要走，并说道：“明天我还来看你，你别后悔、别后悔！”过了两三天，他却未来，到他寓所一看，已经搬走了。这才知道他正是那位考官的门徒。

宋生安慰王平子说：“凡是我们读书的人，不应该怨别人，应当严格约束自己。不埋怨别人，道德可以更高；严格约束自己，学问就会越来越深。当前的不得意，固然是运气不好；但平心而论，文章不是已经写得很好了嘛。今后只要加倍努力，天下总有不瞎的人。”王平子听了，肃然起敬，又听说第二年还要举行一次乡试，就不回家了，留在北京，以便向他求教。

宋生对王平子说：“京城柴米太贵了，但你不要有后顾之忧，屋后有个地窖子，埋着许多银子，可以掘出来用。”并告诉他埋在什么地方。王平子谢道：“宋朝的窦仪和范仲淹虽然很穷，却非常廉洁。现在我尚能自给，哪里敢玷污自己的名声呢？”

一天，王平子醉后睡了，他的仆人和厨师便偷偷地去挖掘金窖。王平子忽然醒来，发觉屋后有声，偷偷出去一看，银子都堆在地上了。他们见事情败露，都吓得跪在地上。王平子正要呵斥他们，发现一些金酒杯上刻着字，仔细一看，都是祖父的名字。原来王平子的祖父曾在南方做官，入京后住在这里，后来得急病死了，这些银钱正是祖父留下来的。王平子大喜，一称，共八百余两。第二天，王平子告诉宋生，并拿出金杯给他看，想与他平分，宋生坚决地推辞了。王平子又拿了一百两银子送给盲和尚，盲和尚却已走了。此后几个月，他越发刻苦读书了。

考期又到了，宋生说："这次如果再考不中，那真的是命运了！"谁知，王平子竟因违反考场规则被取消了考试的资格。王平子还没有什么怨言，宋生却大哭起来。王平子反而安慰起他来，说："上天嫉妒我，让我潦倒困苦了一辈子，今又连累了好友，真是命啊，真是命啊！"王平子说："世间凡事本来都有定数的，像宋先生本无意求取功名，我考不中当然与你的命运毫无关系了。"他擦着眼泪说："我早就想对你讲，实在是怕你惊怪，我并非世上活着的人，而是一个飘泊无定的游魂。我年轻时，很有些才名，却一直不得志，连连落第。一气之下到了京都希望得到一位知音，把我的著作传下去。谁知，李自成进攻北京那一年，我竟死于战乱。这样一年一年地到处漂泊，幸亏遇到你，相知相爱，所以我想极力帮助你，让好朋友得以实现我自己的夙愿。谁知今天，我们在文场上的命运是如此地不幸，谁又能无动于衷呢！"王平子也感动得掉下眼泪，问他："为什么一直被埋没？"他说："去年天帝有命令，让孔老夫子及阎罗王核查历劫的鬼魂，上等的在官署中备用，其余的转生人世。我的名字已被录用，之所以未去，因为我想看到你考中后的快乐，现在我们只好告别吧！"

王平子问他考的是什么官职，他说："梓潼府里缺一名司文郎，暂时叫一个耳聋的书童代理，这就是文运颠倒的原因。万一侥幸得到这个官职，一定要弘扬光大。"

第二天，宋生高高兴兴地来了，说："我的愿望实现了，孔夫子让我作一篇《性道论》，看完后，非常高兴，说我可以做司文郎了。阎罗王一查生死簿，要以我说话无约束为罪名，不录用我，幸亏孔老夫子力争，才保住这个官职。我叩头拜谢。孔老夫子又把我叫到案前，嘱咐我说：'现在因为怜惜你的才能，才选拔你充任这个清高的要职，你要改过自新，认真办事，不要再犯以前的错误了！'由此可知，阴曹对于道德比文学更为看重。你一定是品行尚未修行好，今后只要积累善行不要懈怠就可以了。"王平子又问："果真如此，那么，那个余杭生的德行如何呢？"他说："不知道。阴曹赏罚分明，毫无错误，就是前几天我们看到的那个盲和尚，也是一个鬼，他是前朝的名家，只因生前抛弃的字纸太多，才罚他做盲人。他想借替人医病来赎以前的罪过，所以常到热闹的地方来。"王平子命人准备酒菜。宋生说："不必了，终年打扰你，剩的时间不多了，再为我准备些水饺就足够了。"王平子非常难过，一点儿也不想吃，让他自己在那儿吃。一会儿的工夫，宋生就吃了三碗，捧着肚皮道："这一顿饭，可以三天不饿。我这样做，乃是表示不忘你待我的好处。从前我吃你的水饺，都埋在屋后，已经变成蘑菇了。采集下来，藏

词苑撷英

祭奠：为死去的人举行仪式，表示追念。

知识延伸

乡试：明清两代在各省省城举行的科举考试。每三年的秋天举行一次，录取后称举人，第一名称解元。举人可参加次年春天在京城举行的会试。

起来做药，小儿吃了，可以变得更聪明。”王平子问他，以后什么时候再相会。宋生说：“既然做了官，就应该避开嫌疑。”王平子又问：“如果到文昌帝君庙里祭奠，能到达你那儿吗？”宋生说：“这都没有什么好处，九天太远了，只要你洁身自好，多多积善，自有地府的人通报，那么，我是一定会知道的。”说完，向王平子告别后就不见了。王平子到屋后一看，果然长着许多紫色的菌子，采集下来，藏在罐中。旁边有新土坟突起，宋生吃的水饺好像都在那里。

王平子回家后，更加刻苦读书。一天夜里，他梦见宋生乘着车，上面张着伞盖来了，并说：“你从前因为发了点儿怒，误杀了一个婢女，在福禄簿上削去了官职、功名，如今你的德行已经把你的罪行赎掉了。但是你的命太薄了，还是没有做官的希望。”这一年，王平子参加顺天府乡试，考取了举人。第二年，他又考中进士。王平子从此以后，也不图进取了。他有两个儿子，其中一个生来很笨，脑袋迟钝，王平子给他吃了那些蘑菇，就很聪明了。后来，王平子因为别的事情到南京，巧而遇到余杭生也到南京办事。余杭生谈到阔别之情，很是谦逊，然而两鬓已是斑白了。

崔猛

崔猛，字勿猛，是建昌府大户人家的子弟，性情刚毅。童年时在私塾中，同学们稍有触犯他，他就挥拳殴打。先生屡次劝诫，他依旧不改。他的名和字都是先生起的，也是劝他不要太刚猛的意思。

长到十六七岁，崔猛更是勇猛无比，更兼有手绝技：能手拄长杆，飞房越脊。他为人喜好抱打不平，因此，四邻八乡的人都佩服他，找他告状申诉的人挤满了庭院。崔猛锄强扶弱，不怕结仇。那些坏蛋稍违背了他，他就用石头砸，用棍子敲，直把他们揍得腿断胳膊折。每当他盛怒时，没有敢劝的。但他对母亲最为孝敬，不管有多大的怒气，母亲一到就烟消云散。母亲管教他最严厉，往往对他痛加斥责，他当时唯唯听命，但一出门就忘得干干净净。

崔猛的邻居家有个凶悍的婆娘，天天虐待她的婆婆。婆婆快要饿死了，儿子偷偷地给她一点儿饭吃，那婆娘知道了，百般辱骂，吵得四邻不安。崔猛大怒，翻墙过去，将那婆娘的耳朵、鼻子、嘴唇、舌头全割了下来，不一会儿那婆娘就死了。崔母听说后，大吃一惊，急忙叫过那婆娘的丈夫来，极力安慰，并把自家的一个年轻奴婢许配给他为妻，这事才算了结。为了这件事，崔母气得痛哭流涕，也不吃饭。崔猛害怕，跪在地上请母亲处罚自己，还说自己已经后悔了。母亲只是哭泣，也不搭理他。崔猛的妻子周氏见此情景，也跪在了地上求情。崔母才用拐杖痛打了儿子一顿，又用针在他胳膊上刺了个十字花纹，涂上红颜色，以免磨灭，让他牢记这次训诫。崔猛接受了，母亲才开始进食。

崔母平时喜欢布施化缘的和尚、道士，常让他们尽情吃饱。一次，有个道士来到他家门口。崔猛正好走过，道士端详端详他，说："你满脸都是凶横之气，恐怕难保善终。你们积德行善的人家，不应当如此。"崔猛刚刚领受了母亲的训诫，听了道士的话，肃然起敬，说："我也知道这点，但我一见不平之事，就苦于控制不住自己。我尽力去改正，能免了灾祸吗？"道士笑着说："先别问能免不能免，请先问问自己能改不能改。只要你痛改前非，即使有万分之一的希望，我也会告诉你一个解脱死亡灾难的法术。"崔猛平生最不相信道士的法术，因此听了道士的话，只笑不答。道士说："我本来就知道你不相信，但我所说的法术，不是巫婆们搞的那一套。你照着去做了，固然是积德的事。假设没有灵验，对你也没什么妨碍。"崔猛便向道士请教。道士于是说："在家门外正有个年轻人，你应当跟他结成生死之交。将来即使你犯下死罪，他也能救你！"说完，把崔猛叫出门外，把那个年轻人指给他看。原来，那人是赵某的孩子，名叫僧哥。赵某，本是南昌人，因为遭了灾荒，领着儿子流落到了建昌。崔猛从此后努力结交僧哥，请赵某在自己家设馆教书，待遇十分优厚。僧哥这年十二岁，拜见了崔猛的母亲后，和崔猛结成了兄弟。过了一年多，赵某就领着儿子返回老家去了，音讯从此断绝。

崔母自从邻居那婆娘死后，对儿子管束得更严。有来家诉说冤屈的，她一律撵出去。一天，崔母的弟弟去世了，崔猛跟着母亲去吊丧。路上碰到几个人，用绳子捆着个男人，连打带骂，催促快走。围观的人挤住了路，崔母的轿子过不去。崔猛便问路人是怎么回事。这时有认得他的人，抢着向他诉说原委。原来，有个大官家的公子，横行一方，无人敢惹。这恶少窥见李申的妻子生得美貌，便想夺到手，但没有借口，便叫家人引诱李申去赌博，借给他高利贷，让他拿妻子作抵押，还要立下字据。李申输完，恶少又借给他钱。李申赌了一夜，输了好几吊钱；半年后，连本带息，已欠那恶少三十吊。李申还不上，恶少便派爪牙将他妻子强抢了去。李申跑到恶少门上痛哭，那恶少大怒，将李申拉去绑到树上，百般毒打，逼他立下"无悔状"。崔猛听到这里，气塞胸膛，把马猛抽一鞭，就要冲上前去，看样子又想动武。他母亲急忙拉开轿帘喝道："住手！又要犯老毛病吗？"崔猛只好停住。

吊完丧回家后，崔猛不说话，也不吃饭，只是呆坐着，眼光直直的，像是在跟谁怄气。他妻子问他，也不答话。到了夜晚，他穿着衣服躺在床上，辗转反侧，直挨到天明。第二天夜里，又是如此。后来他忽然起身下床，打开门走了出去，一会儿又回来躺下，像这样一连折腾了三四次。他妻子也不敢问他，只是屏住呼吸，听着他的动静。最后，他出去很长时间后才回来，关上门上床熟睡了。

这天夜晚，那恶少被人杀死在床上，开膛破肚，肠子都流了出来，李申的老婆也赤裸着身体被杀死在床下。官府怀疑是李申干的，将他逮了去严刑拷打，脚踝骨都打得露了出来，李申还是不承认。拖了一年多，李申忍受不了酷刑折磨，终于屈打成招，按律被判死刑。这时，正好崔母去世了。埋葬了母亲后，崔猛告诉妻子说："杀死那恶少的人是我，以前因为有老母在，所以我不敢招认。现在为母送终的大事已经了结，我怎能拿我的罪责让别人遭殃呢，我要去官府领死了。"他妻子听了，吃惊地扯住他的衣服，崔猛一挥手，挣开妻子，径自去了官府自首。官府听他说了事情的经过，大吃一惊，立即给他戴上刑具，押入狱中，释放了李申。李申却不走，坚决申明人是自己杀的。官府也没法判明，便将两个人都下到狱中。李申的亲属们都讥讽李申太傻。他说："崔公子做的事，正是我想做却做不到的。他替我做了，我怎忍心看着他死呢，今天就算他没有自首好了。"他一口咬定是自己杀了人，和崔猛争着偿命。时间长了，衙门里的人知道了事情的真实情况，强行将李申赶了出去，判崔猛死刑，马上就要处决了。

正好刑部的赵部郎驾临建昌巡视。他在提审死囚案时，看到崔猛的名字，便让随从都出去，然后把崔猛叫上来。崔猛进来，仰头往大堂上一看，原来那赵部郎就是赵僧哥。崔猛悲喜交集，照实说了事情的经过。赵部郎考虑了很久，仍叫崔猛先回狱中，嘱咐狱卒好好照顾他。不久，崔猛因为自首，依律减罪，充军云南。李申自愿跟随着他，服刑去了。不到一年，崔猛按惯例被赦罪回家。这都是赵部郎从中出力的结果。

> **词苑撷英**
> 悲喜交集：悲和喜两种感情一起涌上心头。多形容由眼前的欢乐而联想起过去的悲苦的激动心情。

李申从云南回来后，便跟着崔猛生活，为他料理家业。崔猛给他工钱他也不要，倒是对飞檐走壁、拳脚刀棒之类的武术很感兴趣。崔猛优厚地对待他，替他买了媳妇，并送给他田产。崔猛经过这次变故后，痛改前非，每每抚摸着臂上的十字花纹，想起母亲生前的训诫，就痛哭流涕。因此，乡邻再有不平之事时，李申总是以崔猛的名义自己为他们排

> **词苑撷英**
> 痛改前非：形容彻底改正以前所犯的错误。

解，从不告诉崔猛。

有一个王监生，家里十分富有。远远近近的那些无赖不义之徒，经常在他家进进出出。本县中的殷实富裕人家，很多都被他们抢劫过。有谁如惹了他们，他们就勾结强盗，将这人杀死在野外。王监生的儿子也非常荒淫残暴，王监生有个守寡的婶母，父子两个都和她通奸。王监生的妻子仇氏，因为多次劝阻丈夫，被他用绳子勒死了。仇氏的兄弟们告到官府，王监生用钱财买通了官吏，反说他们是诬告。仇氏兄弟们有冤无处申，便到崔猛家来哭诉。李申听了两句，打发他们走了。

又过了几天，崔猛家里来了客人。正好仆人不在，崔猛便让李申去泡茶。李申默默地走了出去，跟人说："我与崔猛是朋友，跟着他不远万里，充军云南，交情不可算不深。可他不但从没给过我工钱，还拿我当仆人支使，我再不甘忍受了。"便愤愤地走了。有人告诉了崔猛，崔猛惊讶他忽然变了心，但还没感到有什么奇怪的。李申忽然又打起官司，告了崔猛三年没给他工钱。崔猛这才大感惊异，亲自去官府和他对质，李申愤愤地和崔猛争执不休。官府认为李申在无理取闹，将他赶了出去。

又过了几天，李申忽然夜间闯进王监生家，将王监生父子连同王监生的婶婶一并杀死，还在墙上贴了张纸条，写上自己的名字。等到官府追捕他的时候，他早已逃得无影无踪了。王家怀疑李申是崔猛主使的，官府却不相信。崔猛此时才恍然大悟：李申和自己打官司，原来是怕杀人后连累了自己。官府行文附近州县，紧急追捕李申。不久，正赶上闯王李自成打进北京，这件案子也就搁了起来。明朝灭亡后，李申才携带家眷回来，仍旧和崔猛住在一起，二人和好如初。

当时，正值天下大乱，贼寇蜂拥而起。王监生有个侄子叫王得仁，聚集起叔父生前所招的一帮无赖之徒，占山为盗，烧杀抢掠，无恶不作。一天夜晚，王得仁率领群盗倾巢而出，以报仇为名，攻打崔家。崔猛正好有事外出，强盗攻破崔家大门后，李申才发觉，急忙翻墙逃出，趴在暗处。强盗搜不到崔猛、李申，便将崔猛的妻子掳了去，将所有的财物都搜掠一空。李申回去后，见家里只剩下一个仆人，又气又急。他找来一股绳子，砍成几十段，把短的交给仆人，长的自己揣到怀里，嘱咐仆人摸到强盗巢穴的背后，爬上半山腰，用火点着绳子头，散挂在山上的荆棘丛中，然后立即返回，仆人答应着去了。李申曾见强盗们腰里都扎着根红带子，帽子上系着红绢，他也依样打扮好了。正好家里有匹老母马，刚生了小马驹，强盗们没要，丢弃在门外。李申便把马驹拴在门口，自己骑上母马，直向强盗们的老巢冲去。

强盗们占据了一个大村子，李申将马拴在村外，翻墙越院，摸进村内，见强盗乱纷纷的到处都是，手里还都拿着兵器。李申私下问了个强盗，知道崔猛的妻子正在王得仁处。一会儿，听见有人传令，让大家都休息，群盗们轰然答应。这时，忽然有人大声叫喊东山上有火，强盗们一齐往东望去，果然见有火光。最初只有一两点，既而多得像天上的星星一样。李申乘机大叫东山上有敌人。王得仁大惊，急忙披挂整齐，率众前去迎敌。李申乘机溜到后面，窜进王得仁的住处。见有两个强盗守卫着，李申假说："王将军忘了带佩刀。"两个强盗听了，争着去找，李申从他们背后一刀砍去，一个中刀倒在地上，另一个忙回头看，李申又一刀斩了他，背着崔妻翻墙而出。跑到村外，李申解下那匹母马，把缰绳递给崔妻说："娘子不识得路，只管放开马跑吧！"母马恋驹，一路奔跑回家，李申在后面跟着。出来谷口，李申把怀中的长绳头掏出来，用火点着，遍挂在山谷上，才回家去。

第二天，崔猛回来，听说了这件事后，认为是自己的奇耻大辱，气得暴跳如雷，想单人匹马去踏平贼窝，李申劝阻住了他，召集村里的人一块儿商量个对付的办法。但大家都害怕强盗，没有敢出头的。李申再三劝导，才凑了二十来个敢和强盗作战的壮丁，却又苦于没有兵器。这时，正好从王得仁的亲属家里抓到了他的两个奸细，崔猛便想杀掉他们，李申认为不可。他们叫那二十来个壮丁都手持白木棍，排成一队，将那两个奸细拖来，当众割去了他们的耳朵，让他们走了。众人都埋怨说："咱们这点人，本来就怕强盗知道底细，现在反而把实情泄露给他们，假如他们倾巢而来，全村可就保不住了！"李申说："我正想让他们来！"

李申先把窝藏强盗奸细的人全部杀了，又派人四下里出去借弓箭、火铳，还到县里借了两尊大炮。傍晚，李申率壮士来到谷口，先把火炮安放在谷口要道，派两个人拿着火捻子埋伏着，嘱咐他们看见强盗来了，就点火放炮；然后又带人在山口的东边，伐了很多树木堆在山坡上。一切布置完，李申和崔猛各率十几人，分别埋伏在山谷两旁。一更快完的时候，远远听见战马嘶鸣，强盗果然蜂拥而来，人马络绎不绝。等强盗们都钻进了山谷，李申命将砍下的树木全部推落谷底，阻断了强盗的退路。接着，火炮轰鸣，喊杀声震动山谷。强盗急忙往后退，自相践踏，一片混乱。退到谷东口，树木阻路出不去，强盗们挤成了一团。这时山谷两边火铳齐放，万箭齐发，势如暴风骤雨。强盗们断头折足、横七竖八地躺在谷底，最后只剩下二十来人，跪在地上哀求饶命。李申派几个人将他们绑起来押送回去，自己率队乘胜直捣强盗的老巢，守卫的强盗们闻风而逃。李申将强盗的辎重全部缴获，大胜而回。

崔猛高兴万分，询问李申当初救自己妻子时设置火绳的道理。李申说："在东山放火绳，是把强盗们都吸引到东边，防止他们往西追赶，因为我们从西边撤退。火绳短，很快就烧完了，是怕强盗们侦察到山上没人。最后把火绳放在谷口，是因为谷口狭窄，一人当关，万人莫开，强盗们就是追了来，看见火光必然害怕，这都是一时没有办法而想出的冒险的下策。"把俘虏的强盗押了来审问，果然他们追进山谷后，望见谷口有火光，就吓得撤退了。李申把俘获的二十多个强盗全部砍掉鼻子后放走了，从此，李申威名大振，远远近近的避乱逃难的人都投奔他。他由此办成了一个有三百多人的团练，各处的强盗没有敢来侵犯的，使这一片地方得到了安宁。

诗谳

范小山，是青州府人，以贩卖毛笔为生，在外经商没有回来。

四月间，他的妻子贺氏独居家中，夜间被人杀死。这天夜里，细雨蒙蒙，人们在出事地点的泥中发现了一把题诗的扇子，是王晟赠送给吴蜚卿的。王晟，不知是什么人。吴蜚卿，是益都城里殷实之家，与同邑的范小山相识。吴蜚卿平日为人很轻浮、佻达，所以同乡人见到这把扇子，都认为人是他杀的。县衙把他捉去审问，他不承认，当用了残酷的大刑后，他承认了，就定了案。这个案子送到府里，府里又转到县里，经历了十多个判官的手，无一人提出异议。吴蜚卿认为自己是死定了，便嘱咐妻子，把家中所有的财产都拿出来，救济那些孤苦的人。有到他家门前诵读佛经一千遍的，就给一条棉裤。于是，他家门前来来去去讨饭的，每天就像集市一样。诵读佛经的声音，在十多里外都可以听到。因此，家中很快贫穷下去，每天只能依靠出卖田地房屋维持生活。吴蜚卿自己感到无生路了，就暗地里买通了监守，买来毒酒，想自杀。夜间梦到神人告诉他说："你不要死，往日是'外边凶'，眼下是'里边吉'啊！"他再睡觉，又梦见

生字背囊

谳（yàn）：指审判定案。

词苑撷英

殷实：形容富裕，充实。

这些话，于是，他就没有自杀。

词苑撷英
确凿：非常确实。指真实、确定，不容怀疑。

没有多久，周元亮起补山东青州海防道，当他读到囚犯吴蜚卿的案子时，感到这起案件审理有疏失，就问："吴蜚卿杀人，有什么确凿的证据？"范小山说有扇子一把为证。周道台反复看了看那把扇子，问："王晟是什么人？"回答说不知道。周先生又把审讯时的记录取出来看了一遍，立刻命令除掉吴蜚卿的死牢刑具，将他从重犯的内监解到关押轻犯人的外仓。范小山力争说不妥，周道台愤怒地说："你想冤杀一个人了事呢，还是想得到真正的仇人才甘心呢？"大家怀疑周道台与吴蜚卿有私情关系，都不敢追问。周道台掷下一支红色的签子，立刻拘捕南部某店的主人。店主人恐惧，不知为什么。拘捕到案以后，周道台就问："你店的墙壁上有东苑李秀才的题诗，是什么时候题的？"店主人回答说："是去年提学大人来青州府考试时，日照县的两三个秀才醉后所题，但不知他们住在哪里。"周道台便派人到日照，拘捕李秀才。数日后，李秀才被押解到堂。周道台在大堂上，问："你既然身为秀才，为什么谋杀人呢？"李秀才跪下叩头，不知所措，惊惶地说："没有这回事。"周道台把扇子掷到他的面前，让他自己看，说："这分明是你作的诗，为什么伪托王晟？"李秀才审视后说："诗是我作的，但字并不是我写的。"周道台问："既然知道你的诗，那人当然是你的朋友了，那么这是谁写的？"李秀才说："这字迹好像是沂州府王佐所写。"周先生又立即派遣差役到沂州府拘捕王佐。王佐被押到公堂，周道台审讯他，其过程和审问李秀才的情形一样。王佐说："这是益都城铁商张诚求我写的，说王晟是他的表兄。"周道台说："盗贼就在这里啊。"把张诚捕来，一审他就全部招认了。

词苑撷英
金蝉脱壳：蝉变为成虫时要脱去一层壳。比喻用计脱身，使人不能及时发觉。

原来，张诚见到贺氏很美丽，想去勾引她，但怕她不答应。他认为自己若要做这件事，须用金蝉脱壳之计，如伪托吴蜚卿，人们必定都会相信，故托人题一把扇子落款吴蜚卿。若事情做得很顺利，他就准备把自己的名字告诉贺氏；若中间多磨，就用此扇为证，嫁祸于吴蜚卿，本意并不想杀死贺氏。张诚翻墙进去，强追贺氏。贺氏因为独居，平日常将一把刀放在自己的身边，以防万一。这次，她觉察到有恶人，就抓住张诚的衣服，举起刀来。张诚害怕了，从贺氏手中夺过刀来，但贺氏用力拉住他的衣服，使张诚无法逃脱，并且大声地呼叫。张诚觉得困窘无法，就举刀将她杀死，丢掉扇子逃跑了。就这样，三年的一桩冤狱，一朝被昭雪，人们无不称赞周道台断案如神。吴蜚卿这时方悟神人所说“里边吉”就是个“周”字啊。但是，他始终不解周道台如此断案的原因。

后来，益都城的一个绅士，乘一个机会向周元亮问起这件事。周元亮笑着说：“这案很容易看破。我细细翻阅这个案子的审讯记录，贺氏是四月上旬被杀死的。这天夜里，又是细雨蒙蒙，天气还有寒意，扇子并不是急需之物，哪有人在匆匆急迫的时候，反而携带这么累赘的东西？凶手想嫁祸别人的用心是可以看出的。以前，我在城南避雨，见到墙壁上题诗一首，与扇子上的题诗完全相同。所以，我最初没有根据地猜测李秀才，结果，还是由这条线索把真正的杀人犯挖了出来。”在座的人听了，无不佩服。

精彩点拨

《诗谳》三年冤案，一朝解决，周元亮可谓办案高手！精明做事的人就应该具备留心身边的物、事，不放过哪怕微小细节的素质。周元亮因为曾经见过城南某店里墙上的题诗，后来联系扇上的诗句，语言如出一辙，顺藤摸瓜，最后找到凶手。吴蜚卿行性轻佻，名声不好，故成为被人托名假借的对象，活活遭受三年监、刑冤屈。此人的优点是有毅力，有定力，惨遭酷刑，也绝不承认被诬陷的事，案子才会拖延时间，直到精明的办案人出现。他在监时以为必死无疑，倾尽家财接济穷人，又奖励为他诵佛之人，最后感动神明，行好事转好运。

阅读积累

团练

团练是指地主阶级编练的地方武装，为团与练之合称，始见于唐。其制古今不同，随地各异，一般以居民编户为基础，设团总、团副等官，由地主士绅中有势者把持，粮饷地方公摊。清朝为镇压川楚白莲教起义，各地较多兴办团练。太平天国期间，咸丰帝在南方十数省任命团练大臣，普遍兴办团练，以对抗太平军，维护地方政权。曾国藩所办团练转化为湘军，则为特殊之例。以后各地官府与乡绅仍多举办，称霸地方。

卷九

精彩导读

“卷九”的故事大多是通过情节的进展来刻画角色的性格，形神兼顾而皆得。《狂生》讲述济宁有个狂生，酒量极大，有了钱就买酒喝，所以一点儿财产都没有留下。有新刺史到济宁上任，也喜欢饮酒，苦于没有酒量大的人陪他饮酒，听说狂生的名声后，经常把他找去陪饮。狂生仗着得宠于刺史，碰到一些人牵涉于不是很重要的官司时，他便从中斡旋。

狂生

刘学师说，济宁有个行为狂放的书生，性好饮酒，家里穷得从来余不下一斗米，然而只要一得到钱就买酒喝，根本不把穷困放在心上。这时正遇上新刺史到济宁上任，这位刺史很能喝酒，但没有对手，听说狂生能喝酒，就招他来一起共饮，十分喜欢他。此后，刺史就时常找狂生谈笑对饮。狂生倚仗着与刺史关系亲密，凡有打小官司想求得胜诉的，他就接受点儿贿赂，为他们去说情。刺史常常答应他的请求。狂生习以为常了，但刺史在心里就讨厌他了。

一天早上，刺史升堂处理公务，狂生拿着个条子来到堂上。刺史看着条子只是微笑，狂生厉声喝道：“大人同意我的请求，就答应；不同意我的请求，就否定它，何必笑呢。我听说，士可杀而不可辱。其他的事我固然无法报复，难道笑一笑也不能报复吗！”说完了就放声大笑，笑声震荡着大堂四壁。刺史大怒说：“你怎么能这样无礼，你没听说过‘灭门令尹’这样的话吗？”狂生竟然一甩胳膊走了，还大声喊道：“小生无门可灭！”刺史更加愤怒，就把他抓了起来，后来打听他的家庭情况，原来他并没有田产宅第，只带着妻子在城墙上住。刺史听到这种情况，就把他释放了，只下令驱逐他，不让他在城墙上住。朋友们很同情他风餐露宿的境遇，给他买了一小块地，买了一间小屋。狂生搬过去住下，叹息道：“从今以后可就害怕灭门令尹了！”

张鸿渐

张鸿渐，是永平郡人，年龄才十八岁，是永平郡有名的文士。当时的卢龙县令赵某异常贪婪残暴，百姓们受尽压榨，叫苦连天。有个姓范的秀才被赵县令用杖刑活活打死，全县的秀才们对范生的屈死都愤愤不平，要到省里的巡抚衙门去为范生鸣冤告状，来求张鸿渐起草状词，并约他一起赴省，张鸿渐答应了他们的要求。张鸿渐的妻子方氏长得很美，性情贤惠，听到秀才们的主张后，就劝张鸿渐说："大凡跟秀才们做事，可以共同取胜，而不可以一起失败。若胜了就人人贪天功以为己有，一败了就纷纷瓦解四散，不能再聚合起来。当今是个认钱财看权力的世界，是非曲直很难凭真理判定。你又孤单无兄弟，假若有个三长两短，危难之时谁能来解救你！"张鸿渐很赞同她说的话，心里后悔了，便去婉言谢绝了秀才们的约请，只为他们写了状词就走了。巡抚衙门将这起案子审理了一下，没有做出结论。赵县令用了巨额金钱贿赂上司，秀才们竟得了个结党的罪名被抓起来，并又追查写状词的人。张鸿渐害怕，只得逃离家乡。

词苑撷英

愤愤不平：形容心中不服，感到气愤。

张鸿渐逃到陕西凤翔府境内，钱都花光了。日落西山天将黑了，他还在旷野中徘徊，寻不到住宿的地方，忽然看见附近有个小村庄，就急忙奔了过去。有个老妇人正要出来关门，看见了张鸿渐，就问他要干什么。张鸿渐就对她照实说明了来意。老妇人说："吃饭睡觉，这都是小事。只是家里没有男人，不便留客。"张鸿渐说："我也不敢有过高的希望，只要能容我在门里头借宿，躲避一下虎狼就心满意足了。"老妇人这才让他进来，关上门，给了他一捆干草，嘱咐说："我是同情你没处去，私自答应留宿的。天不明你就得早走，恐怕叫我家姑娘听到，就要怪罪我了。"说完就走了。张鸿渐倚着墙打起盹来，突然发现有灯笼闪着亮光，原来是老妇人引着一位女郎出来了。张鸿渐急忙躲到暗处，偷偷看去。那女郎是个二十来岁的俊美人，来到大门口，看见了干草，就问老妇人是怎么回事。老妇人如实说了。女郎生气地说："我们家满门女流之辈，怎能收留非亲非故的男人！"立即又问："那人在哪里？"张鸿渐害怕，从暗中出来跪在了台阶下。女郎详细问明了他的籍贯族姓，脸色稍微转和，说道："幸好是位风雅学子，不妨留宿。但老奴竟然不禀报一声，这样潦草简陋，岂能用来招待君子。"便吩咐老妇人领客人进了屋。

情景描写

表现出张鸿渐此时的险境。

不一会儿，摆上酒来，菜肴饭食都精美清洁，饭后又拿进锦缎褥子铺在床上。张鸿渐非常感激女郎，就私下里偷偷打听她的姓氏。老妇人说："我家主人姓施，老爷和夫人都去世了，只留下了三位姑娘。刚才你见到的那位，是大姑娘舜华。"老妇人说完走了。张鸿渐看见桌上有《南华经》的注释本，便取过来放在床头上，趴在床上翻阅起来，忽然舜华推开门进来了。张鸿渐放下书，要寻找自己的鞋帽。舜华走到床前按他坐下，说："用不着，用不着。"就靠近床前坐下，很腼腆地说道："我觉得您是位风流才子，想把自己的终身托付给您，于是不避嫌疑而来，您能不嫌弃我吗？"张鸿渐听了，惊慌得不知怎么回答，只是说道："不敢相瞒，小生家中已有妻子了。"舜华笑着说："从这里也能看出您的诚实，不过也不妨碍。既然您不嫌弃，我明天就去请媒人。"说完了，要走。张鸿渐探过身子拉住她，她也就留下来。天还没亮舜华即起床，拿银子送给张鸿渐，说："您可以拿它作为游玩的费用，临近黑天，应该晚一点儿来，恐怕被别人看见。"张鸿渐按她的话，早出晚归，这样过了半年也就习以为常了。

有一天，他回来得稍早了点儿，到了住处，发现村庄房舍全没有了，感到非常惊讶。正在徘徊的时候，听见老妇人说："今天怎么回来得这么早呀！"一转眼的工夫，院落又像以前那样，自己已经站在屋里了，张鸿渐心里更加惊异。舜华从里屋出来，笑着说："您怀疑我了吗？实话对您说吧，我是个狐仙，和您本来就有前世的姻缘。假若您一定要见怪的话，就请您马上走吧。"张鸿渐留恋她的美貌，也就安下心来。夜里张鸿渐对舜华说："您既然是仙人，千里之遥的路程喘口气的工夫就该到了。小生离家已经三年了，心里惦念着妻子孩子，您能带我回家一趟吗？"舜华听完，好像不高兴地说道："原以为，我对您的恩爱之情够深厚的了。可您守着我却想着她，看来您对我的这些亲热，都是虚假的啊！"张鸿渐急忙向她道歉说："您怎么说出这样的话来，俗话说得好：'一日夫妻，百日恩义。'以后我回家想念您的时候，也会像今天怀念她一样。假若我得新忘旧，您能喜欢我吗？"舜华这才笑着说："我是有点儿心窄，对于我，就希望您永远不能忘记；而对于别人，就希望您一定把她忘了。不过您想暂时回家看看，这又有什么难处，您的家就近在咫尺啊！"于是抓着他的衣襟出了门。见道路昏黑，张鸿渐畏缩不前。舜华便拉着他往前走，不多时，她说："到了。您回家去，我就走了。"

张鸿渐停住脚步仔细认了认，果然见到了自己的家门。他跳墙进了院子，看见屋里仍然亮着灯，便走过去用两个手指头弹敲屋门。屋内问是谁，张鸿渐说明是自己回来了。屋里人拿着蜡烛打开门，真是方氏。两人相见惊喜异常，握着手进了帏帐。张鸿渐看见儿子睡在床上，很感慨地说："我走的时候儿子才有膝盖那么高，如今却长得这么大了。"夫妇二人互相依偎着，恍惚如在梦中。张鸿渐对妻子历述了自己在外的整个遭遇。当问到那场官司时，才知道秀才们有死在监狱里的，有远离家乡的，张鸿渐更加佩服妻子的远见卓识。方氏纵身投入他的怀抱，说："你有了漂亮的新娘子，看来不会再想念我这独守空房的落泪人了！"张鸿渐说："若是不想念，怎么还回来呢？我和她虽说感情好，然而她终究不是人类，只是她的恩义不能忘记罢了。"方氏说："你以为我是什么人？"张鸿渐仔细一看，眼前哪里是方氏，竟是舜华。他伸手去摸儿子，原来是一个“竹夫人”。张鸿渐惭愧得说不出话来。舜华说：“我可知道你的心了，我们的缘分该从此断绝了。幸好你还不忘恩义，多少还能赎罪。”

过了两三天，舜华忽然说：“我想痴心恋着别人，终归没有意味。您天天怨我不送你回家，今天正好要去京城，顺路可和您一同走。”于是从床上拿过“竹夫人”，和张鸿渐都跨上去，叫他闭上两眼。张鸿渐觉得离地不远，耳边响起飕飕的风声。不多时，便落下来，舜华说：“咱们从此别了。”张鸿渐正要和她约定相见日期，舜华早已不见了。

张鸿渐惆怅地站了一会儿，听见村里狗叫，模模糊糊地看见树木房屋，都是家乡的景物，便沿着道路回到家门前。他跳墙进去敲门，还像前一次那个样子。方氏一听惊起，不相信自己的丈夫能回来，再三追问对证确实了，才挑着灯呜咽着开门出来。两人相见，方氏哭得抬不起头来。张鸿渐怀疑这是舜华在变换花样耍弄他，又看见床上睡着个孩子，和上次一样，就笑着说：“这‘竹夫人’又被你带进来了？”方氏听了大惑不解，变了脸说：“盼着你回来都到了度日如年的地步，枕头上的泪痕还在上边。如今刚刚能相见，竟无一点儿悲伤依恋之情，哪里还有点儿人性？”张鸿渐见她情真意切，这才上去抓住她的臂膀哽咽起来，把自己的前后遭遇详尽地讲了一遍。问到官司的结果，与上次舜华说的话完全符合。夫妻二人正在相对感慨的时候，忽然听到门外有脚步声，方氏问是谁，却无人应声。

原来村里有个年轻的光棍无赖某甲，早就看上了方氏的美貌。这一夜他从别的村里回来，远远地看见有个人跳进方氏的院墙里面去了，以为这必定是个应方氏之约去私通的，便尾随着进来了。某甲本来不太认得张鸿渐，只是伏在门外偷听他们说话。等到方氏听到脚步声多次问是谁时，某甲竟说道：“屋里是什么人？”方氏假说：“没有人。”某甲说：“我偷听已经很久了，这就要捉奸呢。”方氏不得已，只好说了实话。某甲说：“张鸿渐的大案还没了结，如果是他来家，也应该绑起来送到官府去。”方氏苦苦哀求他，某甲的话却越说越下流，并逼她答应和自己私通。张鸿渐胸中怒火燃烧，拿刀冲出门去，照某甲就是一刀，砍中了他的脑袋。某甲倒在地上，仍在号叫，张鸿渐又连砍数刀，某甲才死了。方氏说：“事情已到了这步田地，罪更加重了。你赶快逃走吧，让我来担这个罪名。”张鸿渐说：“大丈夫该死就死，岂能为活命而辱没老婆、连累孩子？你不要管我，只要让孩子能读书成才，我就是死也闭上眼了。”

天明以后，张鸿渐去县衙自首了。赵县令因为他是朝廷审批的案件中的人犯，所以姑且只轻微责罚了他一下。不久张鸿渐就被从府里押往京城，身上的枷锁折磨得他非常难受。路上遇见一个女子骑马而过，有个老妇人为她牵着马，一看原来是舜华。张鸿渐呼喊老妇人想说句话，泪水随着声音淌了下来。舜华掉过马头，用手掀开面纱，惊讶地说：“这不是表哥吗，怎么来到这里？”张鸿渐大略说了一下事情的经过，舜华说：“若依着表兄以往的做法，我就该掉过头去不管，但是我却不忍心这样做。寒舍离这里不远，就邀请差官们一起光临，也可多多资助你点儿盘缠。”跟着她走了两三里路，看见一座山村，村里楼阁高大整齐。舜华下马进村，吩咐老妇人开门引进客人。不一会儿摆上了丰盛味美的酒菜，就像早准备好了一样。舜华又让老妇人出来对他们说：“家里恰巧没有男主人，请张官人就多劝差官喝几杯，路上依赖他们的地方多着呢。已经派人去筹集几十两银子，一来为官人作盘费，二来也好酬谢两位差官，人到这时还没回来呢。”两个差役心中暗喜，便开怀痛饮，不再说赶路了。天渐渐黑了，两个差役径直喝醉了。舜华出来，用手指了指张鸿渐身上的枷锁，枷锁立刻就从他身上脱落了。她拉着张鸿渐一起跨在那匹马上，像龙一样飞驰而去。不多时，舜华催促他下马，说：“您就留在这儿，我和妹妹约好要到青海去，又为您逗留了半天，让她久等了。”张鸿渐说：“咱们以后何时见面？”舜华没回答，再问她时，她把张鸿渐推落到马下，自己扬长而去。

天亮以后，张鸿渐问人家这是什么地方，原来是山西太原郡。他于是到了郡城，赁了处房子教起书来，并改名换姓叫宫子迁。他在这里一住十年，通过打听知道这几年官府对于追捕他的事已经渐渐松懈，这才又慢慢地朝东往家走。靠近村子时，他没敢急着进，而是等夜深人静后才进去。

张鸿渐到了家门口，一看院墙又高又坚固，没法再跳进去，只得用马鞭敲门。过了好久，妻子才出屋问是谁。张鸿渐小声告诉了她。方氏听说高兴极了，急忙开门叫他进来，并装作斥责的声音，说道：“在京城钱不够用，就该早回来拿，怎么叫你半夜回来？”进了屋，夫妻二人说了说这些年来各人生活的情况，才知道那两个差役也一直逃亡在外没有回来。他俩说话期间，帘子外边有个少妇多次来往，张鸿渐就问妻子这是谁。方氏说：“是儿媳。”张鸿渐又问：“儿子在哪里？”方氏说：“到郡城参加乡试还没回来。”张鸿渐一听流下泪来说：“我在外流落了这些年，儿子已经成人了，没想到他真能读书成才，你的心血可说是全都用尽了！”话没说完，儿媳已烫好了酒、做好了饭，摆了满满一桌，张鸿渐真是大喜过望。住了几天，他总是躲在床上不出屋子，唯恐被别人知道。

有天夜里，夫妻二人刚睡下，忽听外面人声鼎沸，捶门的声响非常猛烈。他俩吓坏了，赶紧一同起来。听到外面的人说：“他家有后门吗？”方氏更加害怕了，急忙用一扇门代替梯子，送张鸿渐乘夜色跳墙出去。然后她到大门口问是什么事，原来是来家里为新科举人报喜的差役。方氏大喜，很后悔让张鸿渐逃走，但是追也没法追了。

张鸿渐这天夜里在野草树丛中连跑带钻，急得顾不上分辨道路。到了天亮，他已是困乏到了极点。起初他本想往西走，问了路上的人，这儿竟离去京城的大路不远了。于是他进了村子，心想拿衣服换顿饭吃，发现有座高大的门楼，墙上贴着报喜的大红纸条，走过去看了看，知道这一家姓许，是新科举人。不一会儿，有位老翁从大门里出来，张鸿渐迎上去行了个礼并说明了来意。许翁见他仪表不凡，知道他不是骗吃喝的人，便请他进家用酒饭招待了他。许翁于是问他要到哪里去。张鸿渐假说道：“在京城设馆教书，回家的路上遭了强盗的洗劫。”许翁愿意留下他来教自己的小儿读书。张鸿渐略问了一下许翁的官阶门第，他竟是一位退居林下的京官，新科举人是他的侄子。

过了一个多月，许举人和一位同榜的举人一起来家。这位举人说他家住永平府，姓张，是个十八九岁的年轻人。张鸿渐因为张举人的家乡、姓氏谱系和自己相同，心中怀疑他可能是自己的儿子，但是又一想县里的同姓很多，怕错了就没敢相认。到了晚上解行李时，许举人拿出一册记载同榜举人籍贯、三代的《齿录》，张鸿渐急忙借来翻阅，一看这张举人还真是自己的儿子。张鸿渐看着《齿录》，不觉掉下泪来。大家都惊奇地问他怎么了，他这才指着上面的名字说："这张鸿渐，就是我呀。"便详尽地叙述了自己的前后遭遇。张举人跑过来抱着父亲大哭起来。经许家叔侄二人安慰劝说，张鸿渐父子才转悲为喜。许翁立即拿出银子和绸缎并写好信，派人送往御史那里，张鸿渐父子于是一同回家。

方氏自从得到儿子中举的喜报以后，天天为张鸿渐逃亡在外感到悲伤，忽然有人说新举人回来了，心里更加悲痛。不多时，张鸿渐父子一起进了家门，方氏大吃一惊，以为丈夫从天而降，当问知事情的经过后，全家人才悲喜交集。

某甲的父亲见张鸿渐的儿子中举显贵了，也不敢再萌发害人之心，张鸿渐却更加厚待他，又历述了当年出事的真实情景。某甲的父亲听了很受感动，并且非常惭愧，于是两家互相和解，成为朋友。

刁 姓

有一个姓刁的，家里没有产业，经常外出给人相面谋生，可实际上他并不懂得相术。他每次出去都是好几个月才回来一趟，袋子里总是装满了钱和布帛，众人都感到很奇怪。

一次，同村的一个人客居在外，远远地望见一家高门内站着一个人，穿戴打扮道貌岸然，嘴里正在滔滔不绝，四周围了许多妇女。村人走近一看，原来是刁某。他便偷偷地躲在一边，看刁某在干什么。只听围观的妇女中有一个人问道："我们这些人中有一个贵夫人，你能辨认出来吗？"原来这些人中确有一个贵妇人，穿着普通衣服杂在众人中，要以此检验刁某的相术。村人不禁替刁某发窘，只见刁某从容地望着天空，用手指一划拉，说："这有什么难辨的，是贵人的头顶上自然有云气环绕。"众人听了，不觉都向其中一人看去，看她头顶上有没有云气。刁某便指着那个妇人说："这是真正的贵人。"众人非常惊讶，以为他是神仙。

村人回来后，述说了刁某那堪称机智的骗术。众人才知道这种人尽管操业不雅，但也必有过人的才气。不然，怎么能够骗过那么多人，赚取钱财，没本就能赢大利呢?

云萝公主

安大业，是河北卢龙县人。他生下来就会说话，他母亲用狗血灌他，才止住了。长大后，他生得很秀美，同辈中没有比得上他的。而且他读书很聪慧，名门大家争相向他提亲。他母亲做了个梦，说："儿子当得公主为妻。"

安大业很相信，直到十五六岁，也没见梦得到验证，慢慢地懊悔了。

知识延伸

刺绣：中国传统工艺品之一。以各种针法用彩线在织物上绣出图案或画面。有苏绣、湘绣、蜀绣、京绣之分。

知识延伸

驸马：官名。汉武帝时置驸马都尉，为皇帝近侍官之一，掌副车之马，秩二千石。多以宗室、外戚及诸公子孙充任。三国、魏、晋以后，皇帝的女婿一般例加驸马都尉称号，简称驸马。故通常称皇帝的女婿为驸马。

一天，安大业独自坐在房间里，忽然闻到一股奇异的香气。接着一个婢女跑了进来，说："公主来了。"说完用一条长毡铺在地上，从门外一直铺到床前。安大业正在惊疑之际，一位女郎扶着婢子的肩头走了进来。她的容貌与衣服的丽彩光照四壁。婢子赶快将刺绣的垫子铺在床上，扶着女郎坐下。安大业见此情景，仓皇得不知怎么办才好，施过礼便问："何方神仙，光临寒舍？"女郎微笑，用袍袖掩着口。婢女说："这是圣后府中的云萝公主。圣后看中了你，想把公主嫁给你，因此让公主自己来看看你的住宅。"安大业非常惊喜，不知该说什么话。公主也低着头，相对默默无语。安大业原来就好下棋，围棋经常放在自己座位的旁边。婢女用一条红手巾，拂去棋子上的浮尘，将棋盘拿到桌上，说："公主平日很喜欢下棋，与驸马一块儿下，不知谁能胜？"安大业便把座位移到桌边，公主笑吟吟地与他下起来。刚下了三十多着，婢女就将一盘棋搅乱了，说："驸马已经输了。"她把棋子一个一个地收到盒子里，说："驸马是世间的高手，公主只能让六枚子。"便在棋盘上摆上六枚黑子，公主也依从，与安大业再下。

公主坐着的时候，总是让一位婢女伏在桌下，把脚放在她的背上；左脚着地的时候，便换一个婢女在座位的右边伏着，公主将右脚放上。此外，还有两个丫鬟在左右服侍着。每当安大业考虑时，公主就弯曲着肘靠着丫鬟的肩头。棋局到末尾，还未决出胜负，小丫鬟说："驸马输了一子。"婢女接着说："公主疲倦了，该回去了。"公主便倾着身子与婢女说了几句话。婢子出去，不多一会儿就回来了，把很多钱放在床上，告诉安生说："刚才公主说，你住的这房子狭窄潮湿，麻烦你用这些钱把宅第修饰修饰。房子修好后，再来相会。"一婢女在一旁说："这个月是犯天刑的，不宜建造，下个月吉利。"公主起身欲走，安生急忙起身，挡住去路，把门关上。只见婢女取出一件东西，样子很像皮排，就地吹起来，冒出团团云雾。立刻，四处云气合笼，昏暗中什么也看不到。安生再找时，公主、婢女、丫鬟已经不见了。

安生的母亲知道后，很疑心公主是妖怪。安生却日思梦想，再也舍不得云萝公主。他急于将房舍修葺完好，也没有时间去考虑犯不犯天刑，日夜催促着赶修，限定日期，终于把房子修整一新。

这以前，有个滦州的书生袁大用，侨居在安大业家邻近的巷子里，曾经持名帖来访过。安生平素很少与人交往，便托故他出；又乘袁生不在家时，去回访他。一个月后，二人在门外正好相遇。袁大用是个二十多岁的少年，穿一身宫绢单衣，扎着丝织的带子，穿着黑色的鞋，看上去仪态幽雅。安大业稍稍与他谈了几句，觉得他很温厚而且正派。安生很喜欢他，就很礼貌地请他进屋里坐。二人进了屋，安生请袁生与他下围棋，二人互有胜负。接着，安生设酒相待，二人谈笑得很欢洽。

第二天，袁大用就请安生到他的寓所，摆出山珍海味，殷勤招待。袁家有个十二三岁的小童，能拍着手板唱清新的歌，又能跳跃蹦腾，做出各种各样的技艺。安生饮得大醉，袁生就让小童背着他回去。安生认为小童身体纤弱，恐怕他背不动，袁生却坚持要这样做。果然，小童绰绰有余地把他背回了家。安生感到很奇怪。第二天，安生赠小童银子，以表示对他的奖励。小童推辞了几次，才收下。

自这以后，安生与袁生关系越来越密切，三两日就互访一次。袁生为人沉默寡言，但慷慨好施。集市上有因欠债而出卖女孩子的，他解囊代为赎回，一点儿不吝啬，安生以此就越发尊重他。过了几天，袁生到安生家和他告别，赠给安生象牙筷子、楠木珠等十余件礼物，以及银子五百两帮助安生修房。安生把五百两银子退给他，并赠送给袁生一些绢帛之类的礼物。

袁大用离别后一个多月，有一个从乐亭县归乡的官宦用袋子装满了搜刮来的钱财。一天夜里，忽然来了一群强盗，把主人捉起来，用烧红的铁钳烫他，将钱财抢劫一空。家中有人认出了袁大用，告到官府，下文追捕。安生的邻居有个姓屠的，一向与安家关系不好，因为安家大兴土木，起屋修房，他暗地里怀有疑心。刚好安生有一个小仆人偷得主人的象牙筷了，到屠家去卖。屠家得知这是袁大用赠的礼物，就告了官府。县令用兵把安生家围起，正巧安生与仆人有事外出了，官府就把他的母亲捉去。安生的母亲年事已高，身体又不好，受惊后，气息奄奄，两三天滴水未进，县令只好将她释放回家。

安生在外听到母亲被捉的消息，急忙赶回家中。但母亲的病已经很重了，过了一宿，就死去了。安生刚将母亲收殓，就被捉进官府。县令见安生年少又温文尔雅，暗暗地就认为这是诬告，安生是被冤枉的，于是故意大声地恐吓他。安大业把自己与袁大用交往的过程说了一遍。县令问：“你为什么会暴富起来？”安生说：“我母亲自己有一笔积蓄，因我要娶亲，所以拿出来修葺那些结婚用的房子。”县令听信了，就把口供誊录下来，把他解送到府中。那个姓屠的邻居听知安生无事，就设计贿赂押送的公差，让他在路上把安生杀死。公差押着安大业进府，路经一座深山，安生被公差拖到一处峭壁上，公差准备将他推下去。正在危急的时候，忽然草丛中跳出一只猛虎，把两个公差咬死，口衔安生而去。

到了一个地方，楼阁重重，虎进去，将安生放下。但见云萝公主扶着婢女出来，见了安生，凄切地安慰他说：“我本想把你留在这里，可是母亲的丧葬未毕。现在，你只好拿着押解你的公文，到郡中去自投，保证你无事。”于是就取下安生胸前的带子，打了几个结，并吩咐说："你见官时，解开这扣结，便可以免祸。"

安生按照云萝公主的吩咐，到郡中自投。太守很喜欢他的忠诚老实，又查了公文，知道他是被冤枉的，就销了他的罪名，让他回家。在回来的路上，安生遇到了袁大用，下马与袁相见，把全部情况都告诉了他。袁大用听后很气愤，但一言未发。安生说："像你这样的人才，为什么干这种事情沾染自己的名声？"袁大用说："我所杀的都是不义之人，所取的也是些非义之财。否则，钱财就是丢弃在路上，我也不取。你的劝告当然是对的，但像你的邻居屠姓这种人，难道还要把他留在人世间吗？"说完话，就先走了。

安生回到家中，殡葬了母亲，就闭门不出，不再与外界交往。忽然一天夜里，有盗进入邻居屠姓家，把父子十余口全部杀掉了，只留下一个婢女。盗贼还把他家中的财物席卷一空，与一个小童分拿着。临走时，盗贼用手拿着灯对婢女说："你要认清，杀人的是我，与别人无关。"他并不从门里走，而是从屋檐下越墙而去。第二天，婢女告到官府。官府怀疑安生知道内情，又把他提了去。县令审问时声色俱厉，安生上公堂，用手握着胸前的带结，边说边解。县令说服不了，又把他放了。

词苑撷英

声色俱厉：说话时的声音和脸色都很严厉。

安生回到家中，更加收敛自己的举止，在家中专心读书，从不外出，家中只留一位跛脚的老婢子为他做饭。他给母亲服孝期已满，每天都打扫台阶、房屋，以等待好消息的到来。一天，他闻到异香满园，到楼上一看，内外陈设已焕然一新。他偷偷揭开画帘，见云萝公主已盛妆坐在里面。安生急忙拜见，云萝公主挽着安生的手说："你不信天数禁忌，建造房屋，酿成灾祸。又因母亲去世，服孝三年，耽误了我们三年。这是越想急于求成，反而越推迟。天下的事，大都是这样啊。"安生要出钱办酒席，公主说："不再需要了。"婢子从食盒中拿出的菜肴，如同刚出锅的一样。酒也芳洌醉人。二人饮了一会儿酒，天渐渐黑了下来。公主脚下踏着的婢女也渐渐地都走了。公主四肢显出娇懒的体态，脚与腿似无着落。安生亲昵地抱起她，公主说："你暂放手，现在有两条路由你选择。"安生揽着公主的脖子问她有什么事。公主说："我们俩假若以棋友而交往，可相聚三十年；假若以床笫之欢而交往，只能有六年的相聚时间。你取哪一

词苑撷英

焕然一新：形容出现了崭新的面貌。

条？”安生说：“六年以后再说吧。”公主默默无语，二人便共同入寝。公主说：“我本来就知道你是不能免俗的，这也是运数。”

公主让安生蓄养婢女和佣人，让他们另外居于南院，每天干些做饭、纺织之类的活儿，以此维持生计。公主所居住的北院从来不见烟火，只有棋盘、酒具一类的东西。门也常关着，安生来推门时，门就自开，其他人是进不去的。然而，南院婢女、佣人做事，谁勤快谁懒惰，公主自己都知道，常常告诉安生去责备她们，没有不服气的。公主说话不多，也从不大声说话，别人和她说话，她只是低头微笑。每当并肩坐着的时候，她总喜欢斜着身子靠在别人的身上。安生把她举起放在膝头上，就好像抱着个婴儿一样轻。安生说：“你这样轻，真可在掌上起舞。”公主说：“这有什么难，但那是婢女干的事，我是不屑去做的。赵飞燕原是我九姐姐的侍儿，每每以轻佻而获罪，触怒上界神仙，被贬谪到人世间。她又不肯守女子的贞节，现在已经把她幽禁起来了。”公主住的阁子用锦帛作帷幕围起，冬天不觉寒冷，夏天不觉太热。公主在严冬都带着轻纱。安生给公主做鲜艳的新衣服，强让她穿上。过了一会儿，公主就把衣服脱了下来，说：“这是尘世间俗浊的东西，让它压得我的骨头疼！”

一天，安生把她抱到膝头上，忽然觉得比往日沉重，感到惊异。公主笑指着肚腹说：“这里头有一个俗子的种了。”过了几天，公主经常皱眉头，不想吃饭，说：“近来胃口不太舒服，很想吃点儿人间的饮食。”安生于是给她备下很好的饮食。公主从此吃饭，如平常人一样。

一天，公主说：“我的身体单薄瘦弱，不能承受生孩子的劳苦。婢子樊英身体很强壮，可以让她代替我。”于是公主便把她贴身的衣服脱下来，让樊英穿上，关在房子里。不大一会儿，安生听到婴儿的啼哭声，开门进去一看，公主生了一个男孩。公主高兴地说：“这个孩子有福相，将来一定是个有出息的人才。”就给他取名叫大器。公主将孩子用被包好，放到安生的怀中，让他送给乳母，在南院中养着。

公主自分娩后，腰细得跟当初一样，又不再食人间烟火。忽然有一天，公主告诉安生，自己想回家看一看。安生问她多长时间回来。公主回答说：“三天。”于是又像上次那样鼓起皮排，烟气四围，接着公主就不见了。三天之期已到，安生仍不见公主回来。又等了一年多，公主仍是杳无音信，安生也就绝望了。

安生关门读书，不久乡试考中举人。自公主去后，他始终不肯再娶，每每独宿北院，以沐浴公主的余芳。一天夜里，他在床上辗转难睡，忽见院里灯火辉煌，映亮了窗口，门也自己开了。只见一群婢女拥着公主进来，安生很高兴，起来责备公主失约。公主说：“我并没有过期，按天上时间算的话，我才过了两天半。”安生很得意地告诉公主，自己已中举。公主不高兴地说：“这种无意得来的东西，不能为你增多少光彩，只能减少人的寿命。三天未能见到你，你的俗气又加深一层。”

安生自此以后，再也不去求取功名了。过了几个月，公主又欲回家探望，安生凄楚地恋恋不舍。公主说：“这次去，一定早日返回，无须盼望。你也要知道，人生在世，聚散都是有定数的。人的聚散，就好像过日子花钱一样，节制着花的时间长些；不节制恣意乱花，就用的日子短些。”公主去了，一个多月就返回来。从这以后，就一年半载地来一次，往往要住几个月才回去。安生也习惯了，不以此为怪。

不久，公主又生了一个儿子，举起来说：“这个孩子是个豺狼。”立刻让安生把他扔掉。安生不忍，就把儿子留了下来，取名叫“可弃”。可弃才到周岁，公主就急于给他议婚。媒人们一个接一个地上门来，问可弃的生辰八字，都说不合。公主说：“我想为狼子设一深圈，竟然办不到。当该被他败坏六七年，这也是运数。”嘱咐安生说：“要记住，四年后，有个姓侯的生一女，在女孩儿右胁有个小赘疣，她就是可弃的媳妇，要娶过来，不要管门第如何。”就让安生写下来记住。后来公主又回家探望，竟再也没回来。

安生常把这件事告知自己的朋友。后来得知，果然有一家姓侯的生了一女，左胁下有一赘疣。这个姓侯的品行下贱，行为不端，众人都看不起他，安生按公主的吩咐给可弃定下了这门亲事。

大器十岁考试及第，娶云氏女为妻，夫妻都孝顺和善，父亲很钟爱他们。可弃渐渐长大，不喜欢读书，而且善偷盗，常与无赖子弟混在一起赌博，常把自家的东西偷出去还债。安生很愤怒，便用棍子打他，可弃也终不悔改。安生告诉家人，都要提防他，不要让他得到什么。一天晚上，可弃出去，穿墙逾垣，被主人发觉，把他捆起来送到了官府。县官审讯他的姓氏家庭，把他送回家中。他父亲与大器把他捆起来，严酷地拷打他，可弃几乎断气。大器代他哀求，安生才把可弃放开。安生从此生气得病，饭食减退，就为两个儿子把家产分开，并写下文书，把楼阁与好的田地都分给了大器。可弃怨恨，夜里持刀进屋，想把兄长杀死，却误伤了嫂子。先时，公主遗下一条裤子，很轻软，云氏很喜欢它，就改成一件睡衣。可弃用刀一砍火光四射，大吃一惊，连忙逃走了。安生得知后，病情越加严重，数月就死了。可弃听到他父亲死的消息，才回到家中。大器对他很好，可弃却越加放肆。仅一年多时间，所分的田地全部卖光，于是可弃就到郡中去告大器。郡官很了解他这个人，把他赶了出去。兄弟间的情分从此断绝。

又过了一年，可弃二十三岁，侯氏女十五岁。大器忆起母亲的话，就想快些为可弃完婚。于是将可弃召到家中，把最好的房子腾出打扫干净，给可弃把侯氏迎娶进门。大器又把父亲留下的好田都造册登记交给了他们，并对侯女说：“几顷薄地，为你死守到现在，今天全都交给你。我弟无德行，若是把一寸草给他，他也会给你卖掉。从此以后，成败如何，全在你这位新妇了。你若能够使他改恶从善，就不会忧虑受冻挨饿。若不然，我也无法填平你们这无底之坑。”侯氏女虽是小家所出，但很聪慧美丽，可弃既怕又爱她，她所说的话，没有敢违背的。每次出去，限时回来，若超过时间，侯氏就辱骂并不让他吃饭。可弃因此行为也稍稍有所收敛。一年后，侯氏生了一儿子，说：“我以后无求于别人了。数顷肥沃良田，母子怎么会担心吃不饱？没有你这个男人，也可以了。”正遇到可弃偷了家中的谷子出去赌博，侯氏知道后，在门口弯弓搭箭，拒绝他进门。可弃很怕，就远避而去。看到侯氏进了门，他才磨蹭着走进屋里。侯氏又持刀出来，可弃掉头就跑，侯氏赶上砍了一刀，把他的衣服砍破，屁股上伤了一刀，血把袜子和鞋子都染红了。可弃气愤地去告诉兄长，大器理也不理。可弃自己只好冤屈惭愧地去了。过了一夜，可弃又到大器家，跪着哀求嫂子，求她给侯氏说情，让他回家。侯氏坚决不同意，可弃很愤怒，说要去把他妻子杀死，大器不说话。可弃愤然起来，手里持着一把刀径直走了出去。嫂子很惊骇，想上去制止他。大器使了个眼色，让她不要这样做。等到可弃去了，大器才对她说："他故意弄个样子给我们看，实际他不敢回家。"使人偷偷地去看一下，可弃已入门。这时大器才变了脸色，想跑去看看，只见可弃正垂头丧气地走进来。原来，可弃进屋后，侯氏正在哄着孩子，望见可弃进来，把儿子向床上一扔，到厨房找来一把刀。可弃害怕了，忙向外跑，侯氏将他赶出门才回去。大器得知内情后，还故意问可弃。可弃不说话，只是向着墙角哭泣，两眼都肿了。大器可怜他，亲自领着他回去，侯氏才让他住下。等到大器出去后，侯氏罚可弃长跪，逼着他发誓，而后让他用瓦盆吃了饭。自此可弃才改邪归正，侯氏认真管理家计，日子越来越富裕，可弃只是坐享其成而已。后来，年近七旬，子孙满堂，侯氏有时还捋着他的白胡子，让他跪着走。

词苑撷英

磨蹭：缓慢地向前行进。比喻做事动作迟缓。

词苑撷英

垂头丧气：形容失望或受到挫折时情绪低沉的样子。

鸟 语

中州境内有一个道士，到乡村去募化食物。吃过饭，听到黄鹂叫了一会儿，他告诉主人要谨防火灾。主人问他原因，他回答说："我听到鸟说'大火难救，可怕'。"大家都笑他，一点儿也不防备。

第二天，这家果然失火，火势蔓延，烧了好几家，这才醒悟道士的神奇。有好事的人追上他，称他为神仙。道士说："我不过能听懂鸟语罢了，哪里是什么神仙。"这时正巧有一只皂色的花雀在树上鸣叫，大伙问道士花雀说的什么。道士说："花雀在说'初六生的，初六生的，十四十六就死了'，我想这家可能生了一对双胞胎，今天是初十，不出五六天，两个孩子会一起死掉。"人们到这家一问，果然生了两个儿子，没过多久，便都死了，日期和道士说的一样。

本县县令听说了道士的奇异，便把他招来，奉为上宾。正巧有一群鸭子经过，县令就问道士鸭子说了些什么。道士说："您的内眷必有争闹的事，鸭子说'罢罢罢，偏向他！偏向他！'"县令听了大为佩服。原来刚才县令的大老婆和小老婆争吵，县令刚被吵闹出来。于是县令就把道士留在县衙中，非常优待。道士时常辨别鸟语，大都被说中。而道士为人朴实粗鲁，说话直来直去，不知忌讳。县令非常贪婪，一切地方上供给衙门用的物品，他都折算成钱装入自己的腰包。一天，县令和道士正坐着，一群鸭子又过来了，县令又问道士。道士说："今天它们说的同以前不同，它们在为您算账呢。"县令问："算的什么账？"道士说："它说'蜡烛一百八，银珠一千八'。"县令很羞愧，怀疑道士在故意讥讽他。道士要求离开这里，县令不允许。

过了几天，县令设宴招待客人，忽然听到杜鹃的叫声。客人问道士杜鹃说了什么。道士说："鸟说'丢官而去！'"客人们听了，愕然失色。县令大怒，立刻把道士赶出门去。时间不长，县令果然因为贪污受贿被罢了官。呜呼！这是仙人在警告县令，可惜县令醉心于贪婪，最终也没有醒悟。

精彩点拨

《云萝公主》篇中说云萝乃圣后府中公主，身轻如婴，讲求信用，一切按天数行事，认为追求功名是折人寿数，俗不可耐。她欲下嫁卢龙安大业为妻，因嫌安宅狭小简陋，故赠送千金嘱其在吉月扩修。而安大业急于完婚，不等凶月过去就动了土木，结果横祸临头，幸被云萝相救。云萝在安大业的胸带上结了十余扣，安大业以此为武器，辩赢了官司，才被释放回家。云萝与安大业成婚后，按照定数生活了六年，生得二子，遂归宁不返。

阅读积累

黄鹂

雀形目，黄鹂科。我国常见的为黑枕黄鹂，俗名"黄莺"。体长约25厘米。雄鸟全身羽色金黄而有光泽，从眼周开始直到枕部有1条宽道黑纹。双翼和尾羽的中央为明显黑色，尾羽尖端黄色。嘴粉红色，双脚铅蓝色。善鸣，声音响亮悦耳，终日不停。雌鸟羽色黄中带绿，也有光泽。头部也有浅色黑纹。由于鸣声动听，自古以来，常被饲作观赏笼鸟。新鸟入笼后，为了预防撞笼伤羽，可先用鸟儿板笼饲养。由于笼内光线暗，鸟儿可保持安静，只能活动，不能飞撞。当能适应环境并可饮食后，再换入中型方笼。

卷　十

精彩导读

“卷十”的故事大都采自民间传说和野史佚闻而经过作者艺术加工，以谈狐说鬼的表现形式再现当时的社会关系。《恒娘》讲述洪大业把婢女宝带纳为小妾，宝带的姿容又远逊于朱氏，后者当然要吃醋，要想不开，要管，要闹，于是夫妻反目。一种合乎逻辑的恶性循环是，妻子管束得越紧，闹得越厉害，男人便越宠爱另一个，越嫌弃妻子，妻子也便越要管，要闹……

神　女

有一个姓米的书生，是福建人，写这篇故事的人忘记了他的名字和籍贯，姑且称其为米生吧。

米生有次偶然到郡城去，喝醉了酒经过一处市场，听到一高门大户内传出雷鸣般的箫鼓乐声。他感到奇怪，便问当地人。众人回答说这家正在开庆寿宴会，但门外、院内却十分清静。他再听听，笙歌繁响，嘹亮动听。米生醉中十分向往，也不问这是什么人家，就在街头买了份贺寿礼物，向门内投了晚生的名帖。有个人见他衣着简朴寒碜，便问：“你是这家老翁的什么亲戚？”米生告诉他：“不是亲戚。”那人说：“这家是暂住在这里的过路人家，不知是什么高官，十分富贵显赫。既不是他家的亲属，你图个什么呢？”米生听说，心中后悔，但名帖已经投进去了。没过多久，两个少年人出门来迎接客人，都穿着耀眼华美的衣服，生得雍容俊雅，恭敬地请米生进家。米生来到室内，见一老翁面南坐着，东西两边摆列着几桌酒席。客人有六七个，都像是富贵子弟，看见米生，都站起来行礼，老翁也扶着拐杖站了起来。米生站了好一会儿，想和老翁寒暄，老翁却不离开座位。那两个少年人客气地说：“家父年老力衰，难以行礼，我们弟兄二人代家父感谢您的盛情。”米生谦逊地谢过，于是就在老翁边上又加了一桌酒席。不一会儿，有女子在下面奏乐。酒席座位后摆设着琉璃屏风，用以遮挡内眷。这时，击鼓的，吹笙的，乐声大作，使客人没法再交谈。宴席快结束的时候，两个少年站起来，每人拿一个足能盛三斗酒的酒杯劝客。米生一看，面有难色，但见其他客人都喝了，也只得跟着喝了；一会儿便连劝四杯，主人客人都一饮而尽。米生迫不得已，勉强喝干。少年又给满上，米生感到酒力难当，站起来告辞，少年硬拉着衣服不让走。米生不觉大醉，颓然倒地。醉中感到有人在用冷水喷自己的脸，迷迷糊糊地醒了过来，站起来一看，客人都已散了，只有少年人扶着胳膊送他，于是告辞回家。后来，他再经过那家门口，老翁一家已迁走了。

从郡城回来后，米生有次到街市上去，有个人从酒铺中出来，招呼他喝酒。米生看那人，不认识，心想，姑且进去看看吧。进入店内，见同村的鲍庄已先坐在那里。米生问那个人的姓名，知道他姓诸，是市中磨铜镜的，不禁奇怪地问："你怎么认识我呢？"姓诸的反问："前几天做寿的那人，您认识吗？"米生答道："不认识。"姓诸的解释说："我经常出入他家，最熟悉。那老翁姓傅，但不知是哪省人，做什么官。先生你去上寿时，我正好在那里，所以认识你。"三人一直喝到傍晚才散。当夜，鲍庄忽然死在路上。鲍庄的父亲不认识姓诸的，一口咬定是米生杀了儿子。官府又检查到鲍庄身有重伤，米生便以谋杀罪被拟判死刑，饱尝了严刑拷打的滋味。因为姓诸的一直没有抓获，官府无法证实米生确实杀人，便将他下在狱中。过了一年多，有官员巡视地方，访察得知米生冤枉，才从狱中释放了他。

回家后，米生的家产已荡然无存，功名也被革除了。米生想到自己冤枉，希望能恢复功名，于是带上行李往郡城赶来。天快黑的时候，米生疲惫不堪，再也走不动了，坐在路边休息，远远望见一辆小车驶来，两个青衣丫鬟两边跟随着。车子已经过去了，忽听有人叫停车，车中不知说些什么。一青衣丫鬟接着过来问米生道："您是不是姓米啊？"米生吃惊地站起来答应。丫鬟叹道："怎么穷困潦倒到这种程度！"米生告诉她缘故。丫鬟又问他要去哪里，米生也告诉了她。丫鬟回去向车中说了几句话，又返回来，请米生到车子前。只见车中伸出一双纤纤小手，拉开车帷帘。米生偷偷地斜了一眼，见里面坐着一个绝色女郎。女郎对米生说："您不幸遭受这么大的冤枉，听说后令人叹息。现在的学使衙门中，不是空着手就能出出进进的，路上也没什么东西送你。"说着从发髻上摘下一朵珠花，递给米生："这东西能卖百金，请收起来藏好。"米生下拜，刚要问女郎的家族门第，车子已经飞快地离去，跑远了，最终也不知她是什么人。米生拿着珠花，苦苦思索，见上面缀饰着明珠，不像是凡间的东西，便珍重地藏起来，继续往前赶路。到了郡城，

词苑撷英
疲惫不堪：形容非常疲乏。

词苑撷英
穷困潦倒：生活贫困，失意颓丧。

投上诉状，衙门内上上下下勒索财物。米生拿出珠花看看，不忍心送掉，只好又回来了。

从此以后，米生依附哥嫂生活。所幸哥哥比较贤良，替他经营料理生计，虽然贫困，也还能读书。

转过年来，米生又赴郡城去考童子试，误入深山之中。正值清明佳节，游山的人很多。有几个女子骑着马走过来，其中一个正是去年车子里的那个绝色女郎。女郎看见米生，便停马问他到哪里去。米生细说原委，女郎惊问："你的功名还没恢复吗？"米生凄然地从衣服里拿出那朵珠花，说："不忍心丢掉它，所以现在仍是童生。"女郎的脸不禁红了。之后，她嘱咐米生坐在路边等等，自己骑马慢慢走了。过了很久，一个丫鬟驰马奔来，将一个包裹送给米生，说："娘子有话：现在学使门内就像那做买卖的市场，公行贿赂。特别赠送二百两白银，作为你求取功名的资本。"米生推辞说："娘子给我的恩惠太多了，我觉得以我的才能考个秀才不是难事。如此多的金钱，我不敢接受。只求告知娘子的姓名，绘一幅肖像，烧香供奉，便知足了。"丫鬟不听，将包裹放到地上，自己走了。

米生从此用度充足，但终不屑为了功名去攀附巴结权贵，尔后终于以第一名的成绩考进县学。他便将女郎赠送的白银送给哥哥，哥哥擅长聚财，三年时间，便恢复了原来的家业。正好当时的闽中巡抚是米生先祖的门人，对米生十分照顾，兄弟二人俨然成为富贵大家了。但米生一向耿直清廉，虽是大官的通家世好，却从没有为了功名富贵去拜见过巡抚。

一天，有个客人着裘衣、骑肥马来到米生门前，家人没有一个认识的。米生出来一看，原来是傅公子。行礼请人，各诉离情，米生便准备酒肴款待。客人以太忙推辞，但也不说就走。酒菜摆上，傅公子请求和米生单独谈谈，有事要说。进入内室，傅公子拜倒在地，米生惊问："什么事？"傅公子悲伤地说："家父刚遭受大祸，想求助于抚台大人，非见不能办到这事。"米生推辞说："他虽然与我是世代交情，但用私事麻烦别人，是我平生最不愿做的。"傅公子伏在地上哭着哀求。米生放下脸来，说："我和公子只是一场酒的交情罢了，怎么拿丧失名节的事勉强别人呢。"傅公子又惭又忿，起来自己走了。

隔天，米生正在家中独坐，一个青衣丫鬟走进来。米生一看，正是深山中代女郎赠白银的那个，米生惊异地站起来。丫鬟责备道："您难道忘了那朵珠花了吗？"米生连忙说："怎敢怎敢，实在不敢忘。"丫鬟又说："昨天来的傅公子，就是娘子的亲哥哥。"米生闻言，心中暗喜，佯说："这难以叫我相信，如果娘子亲自来说句话，油锅我也愿跳。否则，不敢奉命。"丫鬟听后，出门驰马而去。天将明，丫鬟又返了回来，敲门进来说："娘子来了！"话没说完，女郎已进入室内，面壁哭泣，一句话不说。米生下拜说："如果不是娘子，哪有我的今天？你有什么吩咐，我怎敢不唯命是从！"女郎哭道："受人求的人常看不起人，求人办事的人常敬畏人。我半夜里到处奔波，平生没受过这般苦楚，只因为求人畏人的缘故啊，还有什么话说。"米生安慰说："我所以没立即答应，是恐怕错过这个机会再难见你一面。使你深夜遭受奔波之苦，这是我的罪过啊。"说着拉住女郎的袖子，却暗地里捏摸她。女郎大怒，骂道："你真不是个正经人，不念我过去给你的恩惠，却想乘人之危，我看错人了，我看错人了！”愤愤出门，登上车就要离去。米生忙追出去赔礼道歉，长跪在地拦挡她，丫鬟也在一边讲情，女郎才稍微缓和点儿怒气，在车上对米生说：“实话告诉你：我不是凡人，是神女。家父是南岳都理司，偶然得罪了地官，马上就要上诉到天帝那里受惩处，没有本地巡抚大人的官印，没法解救。你如不忘我过去的恩义，就用张黄纸，为我求取印信。”说完，车子便走了。

米生回屋，吓得出了身冷汗，于是假借驱邪，向巡抚借官印用。巡抚觉得驱邪一事类似蛊惑人的巫术，不同意借印。米生又用重金贿赂巡抚的心腹，心腹答应给用印，却一直找不到机会。米生回来后，丫鬟已等在家门口，米生将事情详细告诉了她，丫鬟默默地走了，像是埋怨米生没有尽力。米生追上送她说：“回去告诉娘子：如事情办不成，我愿牺牲掉自己的这条性命。”回家后，米生彻夜辗转，不知如何是好。碰巧，巡抚有个宠幸的小妾要买珠子，米生便将那朵珠花献上。小妾非常喜欢，偷出印来让米生用了印。米生忙将盖了印的黄纸揣到怀里，返回家中，丫鬟刚好来到。米生洋洋得意地说：“万幸没辜负使命，但多年来我贫贱讨饭时都没舍得卖的东西，现在还是为了它的主人而丢弃了。”于是告诉丫鬟用珠花换印信的过程，又说：“扔掉黄金我都不可惜，麻烦你捎话给娘子，珠花可是要再赔我的。”

过了几天，傅公子登门表示谢意，顺便送黄金百两。米生不高兴地说：“我之所以这么做，是因为令妹曾无私地帮助过我。否则，即使拿来万两黄金，又怎能换得一个人的名誉和气节呢！”傅公子再三要求他收下，米生动怒，傅公子只好走了，说：“这事不能就这样算了。”第二天，青衣丫鬟又奉神女命，赠米生明珠三百颗，说：“这些足可以赔偿你的珠花了吧？”米生道：“我看重的是那朵珠花，不是这些珍贵的明珠。假使当时赠给我的是价值万金的宝物，也只能卖了当富翁罢了。我把珠花珍重地藏起来而甘于贫贱，为了什么？娘子是神仙，我怎敢有别的奢望，所幸能报答娘子给我恩惠的万分之一，我死无遗憾了。”丫鬟把明珠放到案几上，米生向明珠拜了拜，又退给丫鬟。几天后，傅

公子又来到。米生叫人准备酒肴款待，傅公子让同来的仆人下厨房，自己做菜。二人对面坐下，开怀畅饮，欢欢乐乐的就像一家人。有个客人曾给米生一种米酒，傅公子尝了尝，觉得味道很好，连喝了上百杯，脸色微微变红，对米生说："您是一个耿直正派的人，我们弟兄没能及早了解您，还不如我家小妹有眼光。家父感激您的大恩大德，无法报答，想将小妹许配给您，又担心您因人神隔绝而嫌恶。"米生又惊又喜，不知说什么好。傅公子告辞，说："明晚是七月初九，新月和勾陈星同时出现，织女星有少女下嫁，正是良辰吉期，可准备青庐。"第二晚，果然将神女送了来，婚礼如仪，一切和常人一样。

三天后，神女对米生的哥嫂及家里的奴仆、丫鬟每人都有赏赐，性情又贤惠，侍奉嫂嫂像对待婆母一般。只是她几年不生育，劝米生另娶妾，米生不肯。正好米生的哥哥在江浙经商，替米生买了个妾回来。这个小妾姓顾，名叫博士，相貌清秀婉丽，米生夫妇都很喜欢。神女看见小妾头上插着朵珠花，很像是当年那朵旧珠花，摘下来仔细一看，果然不错，便惊奇地追问珠花的来历。小妾回答说："从前有个巡抚的爱妾死后，她的奴婢盗出这枝珠花出卖，先父觉得价格便宜，便买了下来，我见了非常喜爱。先父没有儿子，只生下我一个女儿，我想要的东西没有得不到的。后来父亲去世，家道衰落，我被寄养在一个姓顾的老太太家里。顾老太是我姨母辈的，见了珠花，屡次想卖掉，我投井觅死，坚决不同意，才得以保存到现在。"米生夫妇感叹地说："十年前的东西，仍旧归还旧主，这岂不是天意！"神女拿出另一枝珠花，说："这东西很久没对偶了。"把两枝珠花都赠给了小妾，并亲自给她插到发髻上。小妾退下，跟家人详细打听神女的家世，家里的人都避讳不谈。小妾暗对米生说："我看娘子不是凡人，她的眼眉间透着股仙气。昨天给我戴花时，我从近处看，觉得她那种美与生俱来，发自肌里，不像普通人只是眉眼长得匀称好看而已。"米生笑笑，不置可否。妾又说："你不要说，我要试试她，如果她真是神仙，凡人有什么要求，在没人的地方烧香求她，她就知道。"神女绣的袜子十分精美，妾很喜欢，但不敢说，于是就在闺房中烧香祷告。神女早晨起来，忽然翻起针线箱子，捡出一双

> **词苑撷英**
> 耿直：（性格）正直、直爽。

> **词苑撷英**
> 贤惠：指妇女心地善良，通情达理，对人和蔼。

绣袜，让丫鬟送给小妾。米生看见，不禁失笑。神女询问缘故，米生便将妾的计划说了。神女也笑了，骂道："好狡猾的婢子。"但因为小妾的聪明，也越发爱怜她。小妾侍奉神女也越恭敬，天不明，便沐浴熏香，收拾整齐，前去拜见神女。

后来小妾一胎生下两个儿子，米生夫妇俩分别给起了名字。米生活到八十岁时，神女还年轻得像少女一样。后来米生卧病不起，神女找来木匠做棺材，让做得比普通棺材大一倍。米生死后，神女也不哭。家人外出，回来发现神女也躺在棺中死了，于是合葬了他们。当地至今还流传着"大材冢"的说法。

恒娘

京都人洪大业的妻子姓朱，长得美丽标致，夫妻二人感情很好。后来，洪大业又纳了个婢女为小妾，名叫宝带，姿色远不如朱氏，但洪大业却偏偏宠爱她。朱氏不平，经常为了这事和洪大业吵闹不休。洪大业虽然不敢公开睡在小妾房里，但从此后越发宠幸宝带，疏远朱氏了。

不久后，洪大业迁家，和一个姓狄的布商作邻居。狄的妻子名叫恒娘，先过院来拜会朱氏。恒娘约三十多岁年纪，姿色平平，但言谈巧妙动人，朱氏十分喜欢。第二天，朱氏去回访，见狄家也有一个小妾，二十多岁年纪，相貌非常漂亮。两家相邻近半年，从没听到恒娘骂过小妾一次，但布商却独独宠爱恒娘，妾房仅是虚设而已。朱氏很感奇异，一天见恒娘询问缘故，说："我原以为男人爱妾，不过因为她是'妾'罢了，常想把'妻子'的名目换成'妾'，现在才知道不是这样。你用的什么法术？如能传授，我愿给你当弟子。"恒娘笑着说："唉，是你自己疏远了他，怎能怨男人呢。整天从早到晚絮絮叨叨，这不是为丛驱雀、为渊驱鱼吗？只能是愈加疏离了二人的关系。回去后，你应该放纵他，别再干涉他的行动，如果他和你套近乎，也不要理他。一个月后，我再帮你想办法。"

朱氏听从了恒娘的建议，回家后，越发打扮宝带，让她和丈夫一块儿睡，一块儿吃。洪大业偶尔应付应付朱氏，朱氏总是严加拒绝。于是，一家人都夸朱氏贤惠。这样过了一个多月，朱氏去见恒娘。恒娘喜悦地说："好了，你回去后，别再打扮，不穿华丽衣服，不要涂脂抹粉，让自己污面破衣，和家里的仆役们一起劳作，一个月后再来。"朱氏听了后，回家便穿起破衣服，故意让自己浑身肮脏，除了纺线织布，别的事一概不管。洪大业可怜她，有时让宝带帮她干点儿活，朱氏不让，总是将宝带喝开。这样过了一个月，朱氏又去见恒娘，恒娘夸奖她说："孺子可教也，后天是上巳节，我想约你一块儿逛春园，你要丢掉破衣，精心梳妆，浑身上下焕然一新，早早过来见我。"朱氏答应道："好吧。"到了那天，朱氏照着镜子涂脂抹粉，按照恒娘的吩咐，精心梳妆。打扮完，朱氏去见恒娘，恒娘喜欢地说："可以了。"她又替朱氏挽头发，光可鉴影；衣服不时髦的地方，拆了重做；又说她的鞋样式太拙，从针线筐中翻出一双正在做着的鞋，赶完后让朱氏换上……两人临分别，她让朱氏喝了点儿酒，嘱咐说："回去后见过丈夫，就早点儿关门睡觉。他若是叫门，不要听。叫三次门，才可让他进去一次。他想和你亲热，也不要太迁就他。半个月后，你再来。"

朱氏回家，盛妆去见丈夫。洪大业一见，露出非常惊异的样子，上上下下地凝目打量，有说有笑，不像平时。朱氏略微讲了讲游园的情况，便手托香腮，做出一副疲惰的样了。天还没黑，她就起身回房中睡觉。不长时间，洪大业果然来敲门，朱氏高卧不起，洪大业只得离去。第二晚洪大业又来叫门，同样吃了闭门羹。天明，洪大业责备朱氏。朱氏说："我一个人睡惯了，受不了别人的打扰。"日头刚一偏西，洪大业就赖在朱氏房中不走。天黑，二人灭烛上床，极尽欢爱，犹如新婚。又约明夜再相会，朱氏觉得不能太频繁，和洪大业约定三天相会一次。

大约过了半月，朱氏又去见恒娘，恒娘关上房门对她说："从此以后你丈夫只会喜欢你一个人了，但你虽然很美，却不妖媚。以你这样的姿色，再媚一点儿能胜过西施，更何况还不如西施的人呢！"于是让朱氏飞了个媚眼，恒娘纠正说："不对，毛病出在眼眶上。"让朱氏笑了一下，又说："不对，毛病在左腮上。"于是恒娘自己秋波送情，又嫣然媚笑，让朱氏模仿。朱氏一连学了几十次，才大致模仿得和恒娘一样。恒娘说："你可以回去了，照着镜子仔细练习，我的方法就是这些了。至于床上功夫，关键在随机应变，投其所好，这不是言辞所能表达的。"朱氏回去后，完全按照恒娘教的去做，洪大业果然被迷得神魂颠倒，唯恐遭到朱氏拒绝，每天天不黑便和朱氏调笑，不离开朱氏的房子半步，赶也赶不走。朱氏却更加善待宝带，每次在卧室中饮宴，都招呼宝带同榻而坐。但洪大业却觉得宝带越来越丑陋，越来越看不顺眼，经常是酒还没喝完，就让宝带走开。朱氏把丈夫骗到宝带房中，再锁上门，洪大业也是一夜不理宝带。从此以后，宝带开始恨洪大业，常常对人怨骂。洪大业听说后更讨厌她，渐渐地就打骂起宝带来。宝带羞愤不堪，索性破罐子破摔，整天拖着双破鞋，头发乱蓬蓬的像柴草一样，再不成人样了。

一天，恒娘问朱氏："我的法术怎么样？"朱氏说：

知识延伸

西施：春秋末期越国（今浙江一带）美女。越王勾践被吴王夫差打败后，西施被越王献给吴王。勾践灭吴后，传说与范蠡偕入五湖。

词苑撷英

乱蓬蓬：形容须发或草木凌乱。

“妙倒是很妙，但弟子却解不透其中奥妙。先是要放纵男人，这是为什么？”恒娘道：“你没听说过吗，人都是喜新厌旧，重难轻易的。男人宠爱小妾，不一定是因为她生得美，而是刚娶进门觉得新鲜，又难得同床一次，就更增加了这种新鲜感。现在放纵他，让他尽情享受，山珍海味也有吃厌的时候，更何况还是野菜羹呢。”朱氏又问：“先毁了盛妆，又再盛妆炫耀，这又是为什么？”恒娘回答：“让他不注意你一段时间，乍见之下，则如久别重逢；忽然又见你艳妆浓抹，就像刚娶的新妇，这好比穷人突然得到肉食美味，那么再看看粗米就难以下咽了。但不要马上满足他，让他觉得那个已陈旧而我新鲜；那个容易得到而我难以得到，这就是你变妻为妾的办法了。”朱氏十分喜欢，和恒娘结成闺中密友。

过了几年，恒娘忽然对朱氏说：“我们两个人好得像一个人一样，应当不对你隐瞒我的生平。过去我一直没跟你说，是怕你害怕。现在马上要分别了，我也就实话告诉你吧，我实是狐狸，幼年时被继母卖到京都中。我丈夫对我很好，所以不忍心和他立即诀别，留恋至今天。明天我父亲仙逝，我回去省亲，再不会回来了。”朱氏听说后，拉着恒娘的手落泪。第二天一早，她去看恒娘，见狄氏全家惊慌，原来恒娘突然无影无踪了。

葛巾

常大用，是洛阳人，特别喜爱牡丹，听说曹州牡丹甲齐鲁，就一心想去看看。恰好因为有别的事来到曹州，常大用就借住在一户官宦人家的花园里。当时是二月天，牡丹还没开放。他整天在园中徘徊，注视着那幼芽，希望它早日开花，并作了一百首怀牡丹诗。不久，牡丹渐渐含苞待放，而他的盘缠也快用完了。他就找了些春天的衣服典当点儿钱生活，整日流连于牡丹园中，忘了回家。

一天凌晨，常大用来到牡丹花园，看见一位女郎和一位老婆婆已经先在那里。他怀疑是富贵人家的家眷，就赶紧回来了。黄昏时候，他又去，又看见她们，就从容地躲在一旁，远远地偷看她们，只见那女郎穿着十分艳丽的宫装，令人眼花缭乱。常生迷惑不解，转念一想：“这一定是位仙人，人间哪有这么美丽的女子。”急忙返回去寻找她们。他转过假山，正好遇到老婆婆，那女子正坐在石头上，他们相互看见都吃了一惊。老婆婆用身子挡住女郎，叱呵常生说：“大胆狂生，你想干什么？”常生直挺挺地跪着说：“娘子必定是神仙。”老婆婆斥责他说：“如此妄言，就该捆起来送到县官那里。”常生非常害怕。女郎微笑着说：“我们走吧！”就转过假山走了。常生往回走，连脚也迈不动了，心想那女郎回家告诉父母，必定有人来辱骂他。他仰面躺在床上，后悔自己鲁莽冒失；又暗自庆幸女郎脸上没有怒容，也许没把这事放在心上。他一会儿后悔，一会儿害怕，折腾了一夜病倒了。第二天太阳老高了，不见有来兴师问罪的，常生心情才慢慢平静下来。他回想起女郎的音容笑貌，又由害怕转为想念了。这样过了三天，憔悴得快要死了。

这天深夜，仆人已经睡熟了，常生还点着蜡烛没睡。忽然上次见过的那个老婆婆走进来，手中捧着个杯子说："我家葛巾娘子亲手调和了毒药，要你赶快喝了。"常生听了非常害怕，随后就说："我与娘子从来没有什么怨仇，何至于赐我死呢。既然是娘子亲手调和的，与其相思得病，不如服毒死了好。"于是接过杯子就喝了下去，老婆婆笑着接过杯子走了。常生觉得药味又凉又香，不像是毒药。不一会儿，他就觉得胸中宽松舒畅，头脑清爽，酣然入睡了。一觉醒来，红日满窗。常生试着起来，病全好了，心中更加相信她们是神仙。没有机会巴结她们，常生只能在没人的时候到她站过、坐过的地方，虔诚地跪拜，默默地祷告。

一天，他正在园中散步，忽然在树林深处，迎面遇见那女郎。幸好没有别人，常生高兴极了，立即跪在地上。女郎过来拉他，常生忽然闻到女郎身上有种奇异的香气，就手握着女郎雪白的手腕站起来，只觉女郎皮肤柔软细腻，令人骨节欲酥。正想说话，老婆婆忽然来了。女郎叫常生藏到石头后面，指着南边说："夜里你用梯子翻过墙去，见四面红窗的房子，就是我住的地方。"说完匆匆地走了。常生怅然若失，像掉了魂儿，不知道女郎到什么地方去了。到了夜里，他搬了梯子登上南边的墙头，看见墙里边已经有个梯子放在那儿。常生高兴地踩着梯子下去，果然看见有座四面红窗的房子。听到屋里有下棋的声音，他不敢往前走，在外面站了很长时间，只好翻墙头回去。一会儿，他再过来，棋子的声音仍然频频作响。他慢慢靠近窗户偷看，见女郎同一个素色衣服的美人正在下棋，老婆婆也坐在那儿，有一个丫鬟在旁边侍候。他只好又返回去。往返了三次，已经三更天了。常生伏在梯子上，听到老婆婆出来说："梯子，谁放在这里的？"叫丫鬟来一起把梯子搬走了。常生爬上墙头，想下去没有梯子，只好闷闷不乐地回去。

第二天夜里常生又去，梯子已经放在那儿了。幸亏寂静无人，常生进去，看见女郎独自坐着，似乎在想什么事。看见常生，女郎吃惊地站起来，羞羞答答地斜过身子站着。常生作了个揖说："我自以为福分浅薄，恐怕同仙人没有缘分，想不到会有今天。"说着就亲热地拥抱她，只觉得她腰身纤细只有一把，呼出的气息像兰花那么清香。女郎撑拒着说："你怎么这样性急。"常生说："好事多磨，慢了怕鬼嫉妒！"话没说完，就听见远处有人说话。女郎急忙说："玉版妹子来了，你可暂时藏到床底下。"常生听从了。不一会儿，一个女子进来，笑着说："败军之将，还敢和我再战一场吗？我已经烹好了茶，特来邀你痛痛快快地玩一夜。"女郎借口困倦推辞。玉版再三请求，女郎坐着坚决不去。玉版说："如此恋恋不舍，是不是有男人藏在房里？"说着强拉着她出门走了。常生爬出来，恨死了玉版，就搜索女郎的枕头席子，希望得到一件女郎遗留的东西。可是房中并没有香奁等物，只有床头上放着一个水晶如意，上边系着条紫巾，芳香洁净，十分可爱。常生揣到怀里，翻墙回到住处。整理自己的衣衫时，闻到沾染的香味依然浓郁，使他对女郎的倾心爱慕更强烈了。可是想到趴在床底下的恐惧心情，又怕被人发觉受到惩罚，他想来想去就不敢再去了，只有把如意珍藏起来，希望女郎能来寻找。

隔了一夜，女郎果然来了，笑着说："我向来以为你是个正人君子，想不到你竟是个小偷。"常生说："确实如此，之所以偶然一次不做君子，是希望能得到如意。"说着就把她揽在怀里，替她解掉衣裙。女郎洁白的肌肤刚露出来，温热的香气便四处流散。偎抱之间，常生觉得她鼻息汗气，无处不香，就说："我本来就认为你是仙人，如今更知道不是假的。有幸得到你的赏识，真是三生有缘。只是怕像杜兰香的下嫁，终成离恨。"女郎笑着说："你过虑了，我不过是钟情的少女，偶然为情爱动了心。这件事你一定要谨慎秘密，怕那些爱搬弄是非的人捏造黑白。那样你不能插翅飞走，我也不能乘风驾云，必然遭受灾祸而分离。"常生认为她说得很对，但始终认为她是仙人，就再三询问她的姓氏。女郎说："你既然认为我是神仙，仙人何必留姓传名呢。"常生问："那老婆婆是什么人？"女郎说："她是桑姥姥，我小时受过她的照顾，所以待她与别的仆人不同。"接着就起来想走，说："我那里耳目多，在外面不能待得时间太长，有空我还会再来。"临别的时候，她向常生讨还如意，说："这不是我的东西，是玉版遗留在我那儿的。"常生问："玉版是谁？"女郎说："是我的叔伯妹妹。"常生把如意还给她，她就走了。

词苑撷英

搬弄是非：把别人的话传来传去，有意挑拨，或在背后乱加议论，引起纠纷。

女郎走后，常生的被子枕头都沾染了异香。从此女郎每隔两三晚上就来一趟。常生迷恋她，不再想回家，但是盘缠全花光了，就想卖马。女郎知道以后，说："你为了我的缘故，才花光了盘缠，又典当了衣服，我实在过意不去。现在你又要卖马，一千多里路你怎么回去？我有点儿积蓄，可以帮你一点儿忙。"常生推辞说："感谢你对我的真情，无论怎样我也无法报答你。如再贪心花费你的钱财，我还怎么做人呢。"女郎坚决要给他，说："就算是暂时借给你吧！"接着拉着常生的胳膊，来到一株桑树下，指着一块石头说："搬了它。"常生就把石头搬了。女郎拔下头上的簪子，在土上刺了几十下，又说："把土扒开。"常生照做了，已经能看见瓮口了。女郎把手伸进瓮里，取出将近五十两银子。常生拉住她的胳膊制止，她不听，又拿出十几锭银。常生强迫着放回去一半，把瓮掩埋好了。一天夜里，女郎告诉常生说："近几天有些流言，看情景我们不能长聚了，这事我们不能不先商量一下。"常生吃惊地说："这可怎么办？我一向小心谨慎。如今为了你的缘故，就像寡妇丧失了平日的操

知识延伸

典当：旧时用衣物或其他东西作抵押，向当铺借钱，到期无力还钱，抵押品即归当铺。

守，不能也做不了自己的主。我一切听你的，刀锯斧钺也顾不得了。”女郎出主意说一块儿逃走，叫常生先回家，约定到洛阳相会。常生收拾行装回家，准备回家后再来迎她。他刚到家门口，女郎的车子也到了，于是一同进门拜见家人。街坊四邻都惊奇地来祝贺，并不知道他们是偷着逃出来的。常生暗暗担心，女郎却很坦然，告诉常生说：“不要说在千里之外寻访不到，就是知道了，我是世代显贵人家的女儿，家里也不敢把我怎样。”

常生的弟弟常大器，这年十七岁。女郎看到他，对常生说：“弟弟本质聪明，前途比你强多了。”大器已订下了完婚的日期，未婚妻忽然死了。女郎说：“我妹妹玉版，你曾经偷偷地见过，相貌很不错，跟弟弟年龄相仿，结为夫妇可称天生的一对。”常生一听就笑了，用开玩笑的口气请她说媒。女郎说：“如一定要娶她，并不很难。”常生高兴地说：“有什么办法？”女郎说：“妹子同我最要好，只要两匹马驾一辆轻车，派个老婆子跑个来回就行了。”常生害怕他们自己过去的事会暴露，不敢听从她的主意。女郎一再说：“没有妨碍。”就让驾车，打发桑姥姥去接。几天后，来到曹州，快到门口时，桑姥姥下了车，叫车夫在路上等着，自己乘黑夜进了院子。过了很久，她才同一个女子一起出来，上车就往回走。她们夜里就睡在车里，五更天再走。女郎计算她们归来的日子，叫大器身穿盛装去迎接，大约迎出五十里，才相遇。大器上车同她们一块回到家中，鼓乐齐奏，洞房花烛，拜堂成亲。从此兄弟俩都娶了个漂亮媳妇，家境也一天天地富裕起来。

一天，几十个骑马的强盗突然闯进常生的家。常生知道有了变故，带领全家登上楼顶。强盗进来，把楼围住。常生俯下身子问：“我们可有仇？”回答说：“没仇，但有两件事相求：一是听说两位夫人的美貌是世上没有的，请让我们见一见；再有一件是我们五十八个人，每人向你们讨五百两银子。”说完，强盗们把柴草堆在楼下，摆出放火烧楼的架势来威胁。常生只答应给他们每人五百两银子。强盗不满意，要放火烧楼，家人吓得要命。女郎要同玉版下楼，常生劝说她们，她们不听。二人穿着华丽的衣服下了楼，站在离地面只差三层的台阶上，对强盗说：“我姐妹都是仙女，暂时来到尘世间，还怕什么强盗。我就是赐给你们万两黄金，恐怕你们也不敢接受。”强盗们一齐仰拜，连声说：“不敢。”姐妹二人正想回楼上，一个强盗说：“这是欺骗我们。”女郎听了，返回身站住说：“你想干什么？趁早说出来，还不算晚。”强盗们你看我，我看你，没有一个说话的。姐妹俩从容地上楼去了。强盗们抬头看不见她俩了才一哄而散。

两年以后，姐妹俩各生了个儿子，这才自己透露说：“我家姓魏，母亲被封为曹国夫人。”常生怀疑曹州没有姓魏的官宦人家。而且如果是大户人家丢失了女儿，怎么能耽搁到现在也不闻不问呢？不敢追根问底，心里却很奇怪，就借口有事又去了曹州。他进曹州境内察访，官宦世族根本没有姓魏的。于是，他仍旧借住在旧主人家，忽然看见墙壁上有赠曹国夫人的诗，感到很奇怪，就向主人打听。主人笑了，请他去看看曹国夫人。他到那儿一看，却是一棵牡丹，和房檐一样高。常生问主人花名的由来。主人说这棵牡丹在曹州名列第一，所以同人开玩笑，封它为曹国夫人。常生问它属什么品种。主人说："葛巾紫。"常大用心中更惊奇，怀疑女郎是花妖。

回到家后，常生不敢质问，只是述说那首赠曹国夫人的诗，观察女郎的表情。女郎听了立刻皱起眉头，变了脸色，猛然走出房门，呼喊玉版把儿子抱来，对常生说："三年前，我感激你对我的思念，才嫁给你报答你。如今你既然猜疑我，怎么能够再在一起生活。"就和玉版举起孩子远远地抛出去，孩子落在地上一下子不见了。常生吃惊地看着，两个女子也忽然不见了。常生悔恨不已。

几天后，孩子落地的地方长出两棵牡丹，一夜间就长到一尺多高。当年就开了花，一棵紫的，一棵白的，花朵大得像盘子，比平常的葛巾、玉版花瓣更加繁茂细碎。几年后，枝繁叶茂，各长成一大片花丛。把花移栽到别的地方，又变成了别的品种，谁也叫不出名字。从此牡丹繁荣茂盛，洛阳牡丹可算是天下无双了。

精彩点拨

《葛巾》这篇小说不仅情节波澜起伏，而且还将人物内心深处的秘密展现得栩栩如生。《聊斋志异》常运用间接引语来描写人物心理。如叙述常大用追逐葛巾被桑姥姥喝止时的心理：他在一个人生地不熟的地方调戏女子，自然担心被女子的父兄打骂，于是悔恨交加，但是等了半天却并没有人来问罪，于是心底对葛巾的爱慕之火又再度燃起。但就在此时，桑姥姥突然给他送来"鸩药"，让他大吃一惊，但转念一想既然是心上人亲手烹制，那么死而无憾，于是毅然饮下。

阅读积累

牡　丹

作为中国传统十大名花之一的牡丹，是我国名贵的观赏花木。它雍容华贵，气度不凡，素有"花中之王"的美称。此外，牡丹还有许多别名，如木芍药、百两金、谷雨花、宝相花、富贵花、洛阳花等。因唐代李正封咏牡丹诗中有"国色朝酣酒，天香夜染衣"之句，所以牡丹又有"国色天香"之誉。牡丹属毛茛科落叶灌木，树皮呈灰色，茎高一米左右，分枝粗而短。叶纸质，通常为二回三出复叶。花单生枝顶，花朵硕大，花径 10 ~ 13 厘米，花萼 5 片，花瓣有 5 ~ 20 片不等。

卷十一

精彩导读

“卷十一”的篇章大多以同情的笔调描绘青年男女真诚相爱的故事。《黄英》以女主人公之名命名，取“菊有黄花”之意，隐喻她为菊精。晋代田园诗人陶渊明的《饮酒》中“采菊东篱下，悠悠见南山”两句，后世传诵极广，并被视为高人隐士的生活表征，所以菊就与陶渊明结下了不解之缘，历代的咏菊诗大都要提及陶渊明。

黄英

顺天人马子才，家里世世代代喜爱菊花，到了马子才这辈爱得更深了。他只要听说有好品种就一定要想法买到，从不怕路远。

一天，有个金陵客人住在他家，说自己的一个表亲有一两种菊花，是北方没有的品种。马子才高兴地动了心，立刻准备行装跟客人到了金陵。客人千方百计为他谋求，才得到两棵幼芽。马子才像得了珍宝似的裹藏起来。

回家路上，马子才遇见一个少年，少年骑着小毛驴，跟随在一辆华丽的车子后面，生得英俊潇洒，落落大方。马子才慢慢来到少年身旁，与少年攀谈起来。少年说：“我姓陶。”少年言谈文雅，又问起马子才从什么地方来，马子才如实告诉了他。少年说：“菊花品种没有不好的，全在人栽培灌溉。”就同他谈论起种植菊花的技艺来。马子才十分高兴，问：“你要到什么地方去？”少年回答说：“姐姐在金陵住厌了，想到黄河以北找个地方住。”马子才很高兴地说：“我家虽然很穷，但有茅草房可以居住。如果你们不嫌荒陋，就不要再找别的地方了。”陶生快步走到车前同姐姐商量，车里的人掀开帘子说话，原来是个二十来岁的绝世美人，她看着弟弟说：“房屋好坏不在乎，但院子一定要宽敞。”马子才忙替陶生答应了，于是三人一块儿回家。

马家宅子南边有一个荒芜的园子，只有三四间小房，陶生看中了，就在那里住了下来。他每天到北院为马子才管理菊花。那些已经枯了的菊花一经他拔出来再种上，没有不活的。陶生家里贫穷，每天和马子才一块儿吃饭饮酒，而他家似乎从来不烧火做饭。马子才的妻子吕氏也很喜爱陶生的姐姐，时常拿出一升半升的粮食接济他们。陶生的姐姐小名叫黄英，很会说话，也常到吕氏的房里同她一块儿做针线活。

一天，陶生对马子才说："你家生活本来就不富裕，又添我们两张嘴拖累你们，哪能是长久法子呢？为今之计，卖菊花也足以谋生。"马子才一向耿直，听了陶生的话，很鄙视地说："我以为你是一个风流高士，能够安于贫困，今天竟说出这样的话，把种菊花的地方作为市场，那是对菊花的侮辱。"陶生笑着说："自食其力不是贪心，卖花为业不是庸俗。一个人固然不能用不正当的手段来谋利，但也不必去追求贫穷啊。"马子才没有说话，陶生站起来走了。

词苑撷英

自食其力：依赖自己的劳动来维持生活。

从这天起，马子才扔掉的残枝劣种，陶生都拾掇回去，也不再到马家吃饭。马子才叫他，他才去一次。不久，菊花将要开放了，马子才听到陶生门前吵吵嚷嚷像市场一样，感到很奇怪，便偷偷地过去瞧，见来陶家买花的人，用车载的、用肩挑的，络绎不绝。所买的花全是奇异的品种，是他从来没有见过的。马子才心里讨厌陶生贪财，想与他绝交，又恨他私藏良种不让自己知道，就走到他门前叫门，要责备他一顿。陶生出来，拉着他的手进了门，马子才见原来的半亩荒地全种上了菊花，除了那几间房子没有一块儿空地。挖去菊花的地方，又折下别的枝条插补上了，畦里那些含苞待放的菊花没有一棵不是奇特的品种，仔细辨认一下，全是自己以前拔出来扔掉的。陶生进屋，端出酒菜摆在菊花畦旁边，说："我因贫穷，不能守清规，连续几天幸而得到一点儿钱，足够我们醉一通的。"不大一会儿，听房中连连喊叫"三郎"，陶生答应着去了，很快又端来一些好菜，烹饪手艺很高。马子才问："你姐姐为什么还不嫁人？"陶生回答说："没到时候。"马子才问："要到什么时候？"陶生说："四十三个月。"马子才又追问："这是什么意思？"陶生光笑，没有说话，直到酒足饭饱，两人才高兴地散了。

词苑撷英

络绎不绝：形容行人车马来来往往，接连不断。

过了一宿，马子才又去陶家，看到新插的菊花已经长到一尺多高，非常惊奇，苦苦请求陶生传授种植的技术。陶生说："这本来就不是能言传的，况且你也不用它谋生，何必学它？"又过了几天，门庭稍微清静些了，陶生就用蒲席把菊花包起来捆好，装载好几车拉走了。过了年，春天过去一半了，陶生才用车子拉着一些南方的珍奇花卉回来，在城里开了间花店，十天就卖光了，仍旧回来培植菊花。去年从陶生家买菊花保留了花根的，第二年都变成了劣种，买花的人就又来找陶生购买。陶生从此一天天富裕起来。头一年增盖了房舍，第二年又建起了高房大屋，他想建什么就建什么，从不和主人商量，慢慢地旧日的花畦全都盖起了房舍。陶生便在墙外买了一块地，在四周垒起土墙，全部种上了菊花。到了秋天，他用车拉着花走了，第二年春天过去了也没回来。这时，马子才的妻子生病死了。马子才看中了黄英，就托人向黄英露了点儿口风。黄英微笑着，看意思好像应允了，只是专等陶生回来罢了。

过了一年多，陶生仍然没有回来，黄英指导仆人栽种菊花，同陶生在家时一样。卖花得的钱就和商人合股做买卖，还在村外买了二十顷良田，宅院修造得更加壮观。

一天，忽然从广东来了一位客人，捎来陶生的一封书信。马子才打开一看，是陶生嘱咐姐姐嫁给马子才的。看了看信的日期，正是他妻子死的那天。他又回忆起那次在园中饮酒时，到现在正好四十三个月，马子才非常惊奇，便把信给黄英看，询问她聘礼送到什么地方。黄英推辞不收彩礼，又因为马子才的老房太简陋，想让他住进自己的宅子，像招赘女婿一样。马子才不同意，选了个吉庆日子把黄英娶到家里。

黄英嫁给马子才以后，在墙壁上开了个便门通南宅，每天过去督促仆人做活。马子才觉得依靠妻子的财富生活不光彩，常嘱咐黄英南北宅子各立账目，以防混淆。然而家中所需要的东西，黄英总是从南宅拿来使用。不过半年，家中所有的便全都是陶家的物品了。马子才立刻派人一件一件送回去，并且告诫仆人，不要再拿南宅的东西过来。可不到十天，又混杂了。这样拿来送去好几次，马子才烦恼得很。黄英笑着说："你如此追求廉洁，不觉太劳心吗？"马子才感到惭愧，便不再过问，一切听黄英的。

黄英于是召集工匠，置备建筑材料，大兴土木。马子才制止不住，只几个月，楼舍连成一片，两座宅子合成一体，再也分不出界线来了。但黄英也听从了马子才的意见，关起门不再培育、出卖菊花，生活享用却超过了富贵大家。马子才心里不安，说："我清廉自守三十年，被你牵累坏了。如今生活在世上，靠老婆吃饭真是没有一点儿男子汉大丈夫的气概，别人都祈祷富有，我却祈求咱们快穷了吧！"黄英说："我不是贪婪卑鄙的人，只是没有点儿财富，会让后代人说爱菊花的陶渊明是穷骨头，一百年也不能发迹，所以才给我们的陶公争这口气。但由穷变富很难，由富变穷却容易得很。床头的金钱任凭你挥霍，我决不吝惜。"马子才说："花费别人的钱财也是很丢人的。"黄英说："你不愿意富，我又不能穷，没有别的办法，只好同你分开住。这样清高的自己清高，浑浊的自己浑浊，对谁也没有妨害。"黄英就在园子里盖了间茅草屋让马子才住，选了个漂亮的奴婢去侍候他，马子才住得很安心。可是过了几天，马才子就苦苦想念起黄英，叫人去叫她，她不肯来。没有办法马才子只好回去找她，隔一宿去一趟，很快就习以为常了。黄英笑着说："你东边吃饭、西边睡觉，清廉的人不应当是这样的。"马子才也笑了，没有话回答，只得又搬回来，同当初一样住到一块儿了。

一次，马子才因为有事到了金陵，正是菊花盛开的秋天。一天早晨他路过花市，见花市中摆着很多盆菊花，品种奇异美丽。马子才心中一动，怀疑是陶生培育的。不大一会儿，花的主人出来，马子才一看果然是陶生。马子才高兴极了，述说起久别后的思念心情，晚上就住在陶生的花铺里。他要陶生一起回家，陶生说："金陵是我的故土，我要在这里结婚生子。我积攒了一点儿钱麻烦你捎给我姐姐，我到年底会去你家住几天的。"马子才不听，苦苦地请求他回去，并且说："家中有幸富裕了，你只管在家中坐享清福，不需要再做买卖了。"说过，马子才便坐在花铺里，叫仆人替陶生论花价贱卖，几天就全卖完了，立刻逼着陶生准备行装，租了一条船一同北上了。一进门，见黄英已打扫了一间房子，床榻被褥都准备好了，好像预先知道弟弟回来似的。

陶生回来以后，放下行李就指挥仆人大修亭园，只每天同马子才一块儿下棋饮酒，再不结交一个朋友。马子才要为他择偶娶妻，陶生推辞不愿意。黄英就派了两个婢女服侍他起居，过了三四年生了一个女孩儿。

陶生一向很能饮酒，从来没有见他喝醉过。马子才有个朋友曾生，酒量也大得没有对手。有一天曾生来到马家，马子才就让他和陶生比赛酒量，两个人放量痛饮，喝得非常痛快，只恨认识太晚。他们从辰时一直喝到夜里四更天，每人各喝了一百壶。曾生喝得烂醉如泥，沉睡在座位上。陶生起身回房去睡，刚出门就踩到了菊畦上，一个跟头摔倒，衣服散落一旁，身子立即变成了一株菊花，有一人那么高，开着十几朵花，朵朵都比拳头大。马子才吓坏了，忙去告诉黄英。黄英急忙赶到菊畦，拔出那株菊花放在地上说："怎么醉成这样了。"她把衣服盖在那株菊花上，让马子才和她一块儿回去，告诉马才子不要再来看。天亮以后，马子才和黄英一道来到菊畦，见陶生睡在一旁，马子才这才知道陶家姐弟都是菊精，于是更加敬爱他们。

陶生自从暴露真相以后，饮酒更加豪放，常常亲自写请柬叫曾生来，两人结为莫逆之交。二月十五花节，曾生带着两个仆人，抬着一坛用药浸过的白酒来拜访陶生，约定两人一同把它喝完。一坛酒快喝完了，两人还没多少醉意，马子才又偷偷地拿了一瓶酒倒入坛中。两人喝光后，曾生醉得不省人事，两个仆人把他背回去了。陶生躺在地上，又变成了菊花。马子才见得多了也不惊慌，就用黄英的办法把他拔出来，守在旁边观察他的变化。待了很长时间，见花叶越来越枯萎，马子才害怕起来，这才去告诉黄英。黄英听了十分吃惊，说："你杀了我弟弟了。"急忙跑去看那菊花，只见根株已经干枯了。黄英悲痛欲绝，掐了它的梗，埋在盆中，带回自己房里，每天浇灌它。马子才悔恨不已，怨恨曾生。

过了几天，听说曾生已经醉死了。盆中的花梗渐渐萌发，九月就开了花，枝干很短，花是粉色的。嗅它有酒香，起名叫"醉陶"。用酒浇它，就长得更茂盛。后来陶生的女儿长大成人，嫁给了官宦世家。黄英一直到老，也没有什么异常。

书　痴

郎玉柱，是彭城人。他的父亲曾做过太守，为官清廉，得到俸禄后，不置田产，酷爱买书，积攒了满满一屋子。玉柱尤其痴，家里非常贫困，东西都卖光了，只有父亲的藏书，却一本也不忍卖掉。父亲在时，曾抄录《劝学篇》贴在郎玉柱书桌的右边。玉柱每天都要读上几遍，还罩上层白纱，恐怕磨坏了。玉柱读书倒不是为了做官，而是真的相信书中自有“千钟粟”“黄金屋”，因此昼夜苦读，四季不断。二十多岁了，他也不知娶妻，只是盼望着书中那“颜如玉”的美人自己会来找他。有时亲戚朋友来到家里，他也不知问寒道暖。略说几句话，他便又旁若无人地高声读起书来。客人无味，自己坐一会儿就走了。每次科考，学使总是首先选他参加，但他却一直考不中。

一天，玉柱又在读书，忽然一阵大风吹来，将书刮跑了。玉柱急忙追赶，一脚踏空，双脚陷进地里。他低头一看，见是一个坑，上头盖着层烂草。他往下挖了挖，才知原来是古人窖藏粮食的地窖，里面的粮食已经腐烂成粪土了。虽然粮食没法吃，但玉柱更加相信“书中自有千钟粟”的说法确实不错。因此，读书也更加用功。又一天，玉柱爬梯子上书架高处找书，在一堆乱书中发现一个尺把长的小金车，惊喜万分，以为“书中自有黄金屋”的话又应验了。他把车拿出去给人家看了看，原来是镀金的，并不是真金。玉柱沮丧不堪，暗地里埋怨古人欺骗自己。过了不几天，有个跟父亲同榜考中的人做了本道的观察，此人信佛。有人便劝玉柱将金车献给他作佛龛。观察非常高兴，赐给玉柱三百两银子、两匹马。玉柱大喜，以为“书中自有黄金屋”“书中车马多如簇”都应验了，越发刻苦攻读。

玉柱到了三十多岁，有人劝他该娶妻子了。玉柱说：“‘书中自有颜如玉’，我还愁没有漂亮的妻子吗？”又过了两三年，书里仍没出来个美女找他，大家都嘲讽他。这时，民间谣传天上的织女星私奔到了人间。有人和玉柱开玩笑：“织女私逃，大概是为了你吧。”玉柱知道他们是在戏弄自己，也不搭理他们。一晚，他读《汉书》读到第八卷，刚到一半的时候，见一个用纱剪成的美人夹在书页中。他大惊道：“书中自有颜如玉，难道就是这个吗？”心里怅然若失。他再细看那纱剪的美人，眼睛眉毛栩栩如生，脊背上隐隐约约有行小字：“织女。”玉柱十分惊异，天天把美人放到书上，反复观赏，以至于废寝忘食。

一天，他正在凝视着那纱美人，美人忽然弯弯腰起来了，坐在书上向他微笑。玉柱惊骇万分，忙拜倒在桌下。美人坐起身，已变得有一尺多高。玉柱更加惊疑，连连叩头。美人走下桌子，亭亭玉立，真是艳美无双。玉柱边拜边问：“你是什么神仙？”美人笑着说：“我姓颜，叫如玉，你早就知道我了。承蒙你天天盼着我，我如不来一次，恐怕千年之后没人再相信古人的话了。”玉柱十分高兴，便和她一块儿睡了。但枕席上虽然亲爱非常，玉柱却并不懂男女间那事儿。

此后，玉柱每读书，一定要那女子坐在一边陪着。女子劝他不要再读了，玉柱不听。女子说：“你之所以不能飞黄腾达，就是因为只会死读书罢了。试看那些科考中榜的人，有几个是像你这样读书的。你不听我的话，我就走了。”玉柱只得暂时听她的。刚过一会儿，又忘了，照读如旧。过了一霎，他再找女子，女子已经不见了。玉柱丧魂失魄，忙跪下祈祷，女子还是没有踪影。忽然他想起女子隐藏的地方，忙拿过《汉书》仔细翻检，果然在原来的地方找到了她。叫也叫不动，玉柱便跪下恳求。女子这才下来说：“你若再不听，我就永不和你来往了。”于是，她让玉柱买来棋盘、纸牌，天天和他游戏。但玉柱的心思一点儿也不在玩上，瞧见女子不在，就偷来书赶紧浏览几页。恐怕她发觉后再走了，玉柱暗将她藏身的《汉书》第八卷混杂在其他书中，让她迷失归路。一天，玉柱又读入了迷，女子进来，他竟一点儿也没发觉，忽抬头看见她，急忙合上书，女子已消失了。玉柱大为恐慌，搜遍了藏书，也没找到她。最后，他还是从《汉书》第八卷中把女子找了出来，连页数都丝毫不差。于是，玉柱再次哀求，发誓决不再读了，女子才从书上下来，跟他下棋，说："三天内棋还下得不好，我还走。”到了第三天，二人下棋时，玉柱竟然赢了两子，女子才高兴起来。女子又给了他一架琴，限他五天弹会一支曲子。玉柱手里弹着，眼睛看着，再也顾不上别的。时间一长，他竟也弹得得心应手，自己不觉也兴奋起来。女子天天跟他喝酒、玩耍，玉柱高兴地忘了读书。女子又让他走出家门，多交朋友，从此郎玉柱风流潇洒、多才多艺的名声就远远地传开了。女子说："这下你可以去考试了。”

一天晚上，玉柱对女子说："凡男女同居到一起，就会生孩子。我和你住了这么长时间，怎么不生呢？”女子笑着说："你天天读书，我本来就说没用处。现仅夫妇这一章，你就还没明白，枕席之上有功夫。”玉柱惊奇地问："什么功夫？”女子只是笑，也不说话。过了一会儿，女子暗暗地凑上去，教给玉柱。玉柱快乐至极，说："没想到夫妇之间还有这种不可言传的快乐。”于是逢人便说，引得人无不掩口而笑。女子知道后责备他，他还不解地说："钻墙越院偷东西，才不能告诉人。天伦之乐，人人都有，有什么可忌讳的呢。”过了八九个月，女子果然生下个男孩，玉柱便雇了个老妇人抚养着婴儿。

一天，女子突然对玉柱说："我跟了你两年，已经生了儿子，我们可以分手了。耽搁时间久了，恐怕会给你招祸，那时后悔就晚了。”玉柱听说后流着泪拜倒在地上，说："你就不想我们的孩子吗？”女子也十分凄伤，过了很久，说："你一定要我留下来，就把书架上这些书全扔了。”玉柱不肯，说："这些书是你的故乡，我的生命，怎么说这种话！”女子不再勉强，说："我也知道一切都是运数，不得不预先告诉你罢了！”

先前，玉柱的亲属中有人发现了女子，无不惊骇万分。但又没听说他和哪家姑娘结婚，便一起询问他。玉柱不会说假话，只是默默不语，大家更加怀疑。结果这事传遍了各地，也传到了县令史某的耳朵里。史某，福建人，少年时就考中了进士，听到玉柱家有个美人的消息，动了坏念头，想瞧瞧那女子是什么模样，立即派衙役去捉拿玉柱和女子。女子听说，逃得无影无踪。史县令大怒，将玉柱逮捕下狱，革去功名，严刑拷打，定要他交代出女子的去向。玉柱被打得死去活来，还是不说。县令又拷打丫鬟，丫鬟知道得不多，只说了个大概。史县令便认为那女子是妖怪，骑着马亲自赶到玉柱家捉拿。见满屋子都是书，多得无法搜查，县令便命放火烧书。浓烟滚滚，凝聚在院子上方，像乌云一样，久久不散。玉柱被释放后，到远方去求了一个父亲的门人帮忙，才得以恢复了功名。这年他考中了举人，第二年又中了进士。玉柱对史县令恨入骨髓，立起了颜如玉的牌位，天天祷告说："你如有灵，就保佑我到福建做官！”后来他骤然被朝廷任命为巡按，到福建视察。过了三个月，他访查到史县令在老家的劣迹，便抄了他的家。当时，玉柱有个表兄弟，逼着他娶了个妾，假说是买的婢女，寄居在玉柱的官衙里。这件案子一了结，玉柱于当天就辞官，带着爱妾返回了老家。

晚　霞

农历五月五日是端午节，江浙一带到了这天，人们有在江河上斗龙舟嬉戏的风俗：将那粗大的树段一剖为二，然后把里面挖空，刳为龙的形状，在周身绘上龙的鳞甲，涂上金色后闪闪发光。龙舟的上面再架起雕着花的屋脊，并用红色的栏杆支撑住。龙舟的尾部向上翘起，有丈把高。还要从雕花的“龙脊”上引下布条做的绳索，系在木板两端，让儿童在那垂下的木板上做各种滑稽的动作，在龙舟上翻跟头上舞下跳。那龙舟下面自然是滚滚的江河之水，表演中险象环生，一不小心儿童极易堕入水中，这种演出往往使人看得胆战心惊。

因此，有专门训练儿童来做这种表演的人，这些人往往以重金利诱孩子的父母，并对他们说，孩子去了以后先加以调教和训练，一旦成名了就成了“摇钱树”，但万一不慎失足坠江而死不得反悔。而在苏州地区，则往往会在那龙舟上载年轻貌美的女子，这与其他地方稍有不同。

那时，镇江有个蒋姓的孩子，名阿端，年方七岁时，便身形轻捷灵巧，在那舟上的表演无人能比，所以他的声价不断抬高，一直到了十六岁，人们还是要请他去斗龙舟。

可是，就在那一年，阿端在镇江金山表演斗龙舟时，不慎失足堕入江中而死。阿端的母亲只有这一个儿子，不免每天哀哭，伤心不已。

再说那堕入江中的阿端并没发现自己死去，只是觉得有两个人引着他来到了一个不同于水上的地方。他四面看去，水流和水波四周壁立，就像是水墙一样。不一会儿他来到了一座宫殿里，只见那大殿上端坐着一位头戴盔甲的人。两个引他来此的人说：“那人是龙窝的王爷。”让他跪拜。那个王爷和颜悦色地对他说：“以你的技巧，就去柳条部吧。”于是有人将他引至一个地方，那是一个很大的四合院。阿端走上东面的走廊，有许多少年出来与他相迎见礼，这些少年大概也都在十三四岁。

知识延伸

端午节：中国传统节日。相传古代爱国诗人屈原在农历五月初五日这天投江自杀。后人为了纪念他，把这天当作节日，有吃粽子、划龙舟等风俗。

知识延伸

和颜悦色：形容和蔼喜悦的脸色。也形容态度和蔼可亲。

这时，有个老太婆走了过来，大家都称她为“解姥”。那解姥姥坐下后，就让大家表演戏龙舟的技能，然后又教他们“钱塘飞霆舞”“洞庭和风之乐”。只听得鼓声锣鸣杂杂喧噪，那宫殿里的许多院落都能听到此响声。而后，解姥姥恐怕阿端不能马上就娴熟地跳那舞，就不厌其烦地亲自去“调拨”他，谁知阿端只要一看便早已娴熟明白了。姥姥喜自不禁地说：“得到了这个孩子，超过了晚霞那孩子了。”

第二天，龙窝的王爷把各表演的部门召集在一起，进行“汇报演出”。

第一个上场的是“夜叉部”，出来的人都是像鬼一样的面孔，身着鱼皮一样的衣服，敲着的大锣直径有四尺多长，而一面大鼓更是需要四个人才能合抱。一时间声音如雷鸣般大作，其他声音不可复闻。只见那鬼舞跳起来后，巨涛涌出，横流天际似的，而后又像一点点的星光，堕地无影。

第二个进场的是“乳莺部”，只见进来的都是些“二八佳人姝丽”，她们和着细细的笙乐声跳起了舞。一下子让人感到清风习习而起，水的波涛声也寂静了下来，四周的水凝结成了“水晶世界”，上下透明似的。舞毕，她们都退立于靠西面的台下。

再下来是“燕子部”，都是些未成年的女孩子。内中有一女郎，年龄在十四五岁以下，她甩起了长袖飘动着长长的头发，像天女散花一样，翩翩起舞，周身飘现出了许多五彩花朵，那些花朵随着舞动而起的风绵绵而落，不一会儿便飘满庭院。舞毕，那女郎随着燕子部的人一起，也立在了西面的台下。

阿端在一旁斜看过去，心里喜爱起这女孩来，不免问了同部门的人。有人就告诉他，她就是晚霞。

不一会儿，唤到了“柳条部”上场，龙窝的王爷有意要试一下阿端。阿端向前作舞，喜怒随着唱出的声音而变化，抬头低首都很有节制。王爷非常满意，表扬了他的悟性，并且嘉奖给他一件五彩花纹的连裤上装，那衣服上绣着鱼须状的金丝框，那框上还嵌有一颗大大的“夜明珠”。

阿端拜谢了王爷后，也回到了西边的台下，走进了自己的队伍。阿端在人群里远远地看着晚霞，而此时晚霞也正好在遥遥地注视着他。过了一会儿，阿端甚至走出了队伍，向着晚霞靠近过去，而此时晚霞姑娘也渐渐地离开了队伍向他走来，二人之间相距仅一步。

因为纪律严格，二人都不敢把队伍搞乱，只能互相相看、心驰神往，一见钟情的滋味真是美妙。

下面出场的是“蛱蝶部”，童男童女双双起舞，身高、黄白的服装都是一样的。

各部都表演完后，便鱼贯退出。阿端所在的“柳条部”跟在了晚霞姑娘所在的“燕子部”的后面走出，阿端急步上前窜到了队首，而阿霞也已缓落在后，变成了燕子部的队尾。两人一前一后地走着。阿霞回过头去看到阿端，故意丢了一支珊瑚钗在地上，阿端急忙拾起来放进了袖子里。

回去以后，阿端茶饭不思难以入眠。解姥姥知道了以为他病了便前来看望，给他带来了许多美味食物，一天三四次地来看他，抚摩着他的手殷切慰问，但阿端的病也不见有好转。姥姥很是担忧，但却没有任何办法，着急地说："吴江王的大寿日子已近，你这样下去如何是好啊？"

词苑撷英
茶饭不思：没有心思喝茶吃饭。形容心情焦虑不安。

这天傍晚，进来一位童子，他坐在阿端的床边说："我是蛱蝶部的，你的病是不是因为晚霞？"阿端惊问道："你怎么会知道的？"那童子笑答道："那边阿霞也和你一样着呢。"听到此，阿端凄然坐起，问那个童子有何解决的办法。那个童子就问他："你还能走路吗？"阿端说："勉强能走两步。"

童子扶他走出了门，然后开启了南面的一间房门，往西面一拐，打开了另一扇对开门。只见里面有一个很大的莲花池，约有数十亩。那些莲花都生在平地上，叶子像席子那么大，花像盖子那么大，落下的花瓣堆在花梗周围高达一尺。那童子对阿端说："你先在此坐会儿。"说完便离开了。

过了不久，只见有一美人拨开了莲花叶子来到阿端面前，此人正是晚霞。二人相见不免都感到十分惊喜，遂互相道起了相思之苦，各自也向对方诉说了些平生经历。

后来，他们就用一些石块压住四边的荷叶，使那叶子竖立起来，这样，荷叶就成了一道障人眼目的屏蔽。他们还将荷叶均匀地铺在了地上以做垫被，然后不免进入了小巫山大云雨的境界。完事后，二人就互订盟约：每天黄昏时分在此相会，不见不散。阿端、晚霞二人回去后，病也就不治而愈。由此，两个人每天相会于莲池中。

又过了几天，阿端和晚霞都随着龙窝的王爷去为吴王祝寿。祝寿结束后，各部人马都打道回府，而独留下晚霞及"乳燕部"的秋香二人，让她们在吴王宫里教习舞蹈。几个月过去了，阿端也不见晚霞回来，毫无音讯，为此阿端每天怅然若失。

词苑撷英
怅然若失：像失去什么似的烦恼不快。怅然，形容不如意、不痛快。

因为只有解姥姥经常会往来吴王宫，所以阿端对解姥姥谎称自己是晚霞的表哥，让姥姥带他去那里见表妹晚霞一面。到了吴王宫都已过了几天了，因为王宫戒备森严，晚霞还是不能出来与阿端相见，阿端也就只得怏怏而返。

就在这样思念着晚霞的日子里又过了数月，阿端几乎

词苑撷英
泪如雨下：眼泪像雨水似的直往下流。形容悲痛或害怕之极。

词苑撷英
汗流浃背：汗水湿透了背上的衣服，形容出汗很多。

要伤心欲绝了。一天，解姥姥来了，她抚摸着阿端的手说："晚霞投江死了。"阿端听此言大惊，泪如雨下不能自禁。他扔了帽子撕破了衣服，把王爷所送的"夜明珠"和晚霞所遗的"珊瑚钗"藏在袖子里，意欲相随晚霞一块去死。可是那四面的江水好像石壁一样，阿端用头顶、身撞还是撞不开"水墙"，他想返回去，又怕有人问起他帽子和衣服损毁的事情，真相万一败露，将会受到重罚。

阿端无计可施，汗流浃背，连脚底都湿了。突然他看见那水壁下面有大树一棵，阿端不免大喜过望，急急地爬了上去，并像猴子一样地攀上了树梢，他闭起眼睛奋力一跃，还好没有沾到水，当他再次睁开眼睛一看，发现自己竟然已浮在了水面上。真是不觉之间，地下人间二重天似的。阿端游了一会儿游上了岸，在江边坐下休息，突然想起了老母亲，所以他就乘着一条小船返回了家中。

到了故里，远远看到自家的房子，好像隔世一样。他跌跌撞撞地走到家门口，忽然听见窗子里面有女子的声音："你儿子来了。"那声音很像晚霞的。

一会儿，一女子扶着他母亲一块儿出来，果然是晚霞。这时候二个人喜胜于悲，而阿端的老母亲则有些不相信这突然发生的事情，又是怕，又是喜，又是惊，又是疑，万状都出来了。

原来，晚霞在吴王宫教舞时，有一天她突然觉得自己的肚子里有震动的感觉，知是腹中已结有阿端的"龙珠"，不禁惊恐起来。因为龙宫"法律"森严，必定不为所容，一旦分娩下来，就要遭鞭挞。她一时不能与阿端相见，无依无靠，思来想去实无办法，只想到了死。于是趁人不备时晚霞便将自己投入了吴江，可谁知道阎王爷查了她的生死簿，发现她阳寿未绝，仍当继续受苦，因此没给晚霞喝那一碗"还魂汤"，还将她送回了"鬼魅人间"。

所以，晚霞跳入水中后沉不下去，而身体不由自主地被江水托起，随水漂荡。此时正好有一艘客船经过此地，将晚霞救起。那船上的人问晚霞的来由："你叫什么名字？家住何方？"晚霞害怕人们将她送往妓院，于是就像那些刚刚死里逃生的人一样，神志不清地想了一会儿说："小女子夫婿姓蒋，家在镇江。"于是，那客船上的好心人便代为出资，租了一叶扁舟，嘱咐艄工将晚霞送归故里镇江。

一开始看到晚霞，听其所述，那蒋家妈妈怀疑这女孩儿脑子有问题，所说的都是胡言乱语，但晚霞坚持认为这一切都是真的，并一再把她与阿端相遇相识相爱的经历详细地说给蒋妈妈听，蒋妈妈也就不太怀疑了。

蒋妈妈看到晚霞相貌美丽端庄，体态婀娜多姿，人品婉妙幽杳，也就喜欢起来。但是蒋妈妈心里还是认为，晚霞年纪太小，是不会长久为她儿子守寡的。

晚霞走进屋内，只见得这蒋家空徒四壁，一贫如洗，于是便脱下她身上所有珍贵的饰物，拿到街上卖了数万钱，并把这些钱全部给了蒋妈妈。从这件事上，蒋妈妈觉得晚霞已是下定决心要做蒋家的人了，便更喜欢起了晚霞姑娘。

但是，蒋妈妈又想，自己的儿子都已坠江而死，这一事实众乡亲也都知道，万一晚霞分娩，人们要说她在儿子死了这件事上说谎，所以蒋妈妈就问晚霞到时候如何应答人们的疑问。而晚霞却说："妈妈只要知道得了一个真的孙子就行了，没有必要让人们都知道。"听了晚霞的一番劝解，蒋妈妈也就释然了。

现在，阿端又回到家中，晚霞和蒋妈妈当然都高兴万分，喜极而泣，于是就暗地里请人挖掘儿子的棺材，只见里面确实存有骸骨。蒋妈妈诘问阿端："这都是怎么回事？"

阿端知道事情的原委后，也就爽然悟出了道理：自己实际上真是个"鬼"。这样，阿端不免害怕晚霞会厌恶他离他而去，故让其母亲替他保密此事。将妈妈当然是同意了。

后来，蒋妈妈对众乡亲说，当日儿子堕江后并未就死，而是被人救起，现在已平安回家，那座坟里只是个"无名尸"。虽如此说，蒋妈妈心知肚明，恐怕晚霞并不能替他们蒋家生出子息。

过了不久，晚霞还是为蒋家生下了一个男婴，举到亮处反复细看，这孩子也并无什么异常的地方，所以蒋家都开心了起来。

又过了一段时间，阿端是鬼而非人的这件事情还是让晚霞有所察觉。晚霞责问阿端："你怎么不早说？只要是穿起了鬼衣的人，七七四十九天后灵魂就会凝固，那样就如同喝过了'孟婆汤'一样，变成了陌生人。不过，假如可以获得皇宫里才有的'龙角胶'，便可以让死人续上骨节，长出肌肉，温上皮肤，早知道了，就把那仙药买回来多好啊。"于是，阿端将那颗王爷奖给他的"夜明珠"拿去市场上变卖，恰逢一位巨贾识货，愿出资百万加以购入。蒋家获此"横财"，一夜之间便成了巨富人家。

这天，正值蒋妈妈大寿，小夫妻俩不免起舞斟酒，祝妈妈长寿安康。谁知这歌舞之声传到了隔壁一个有钱有势的淮王耳朵里。那淮王见晚霞貌若天仙，便欲强行夺来为妾。阿端感到害怕，便对淮王说："我们夫妻二人都是鬼呀。"并用鬼无影的方法验证给那淮王看，淮王也就信以为真了。

但是那淮王并不死心，还是要将晚霞捉进宫里，让她在另外的一处宫殿里教习小姐丫鬟们舞技。晚霞万般无奈，只得先以龟尿把自己的容颜毁掉，然后才出去见那淮王。

晚霞在淮王宫里教了三个月，终因她的舞技已经不可能尽情发挥而被淮王赶了出来。

白秋练

河北商人慕小寰的儿子慕蟾宫非常聪明，又喜欢读书。但是当他十六岁的时候，父亲认为读书太过迂腐，就让他学习经商，跟着父亲一起去楚地。途中在船上的时候，蟾宫没事就朗读、背诵古文诗赋。到了武昌以后，父亲留他在旅店看管货物。蟾宫每当父亲出门时，就拿着书念诗，他读诗很有韵味，铿锵有力。有时蟾宫会看到窗外有影子在晃动，好像有人在偷听一样，不过他也没有太在意。

> **词苑撷英**
> 铿锵有力：形容声音响亮而有劲。

有一天晚上，父亲出门赴宴，很晚没有回来。蟾宫在家读诗也读得很有兴致。这时有人在窗外徘徊，月光照的影子清晰的映在窗上。蟾宫很是奇怪，就猛然出门去看，原来是一个大约十五六岁，有倾城之貌的美女。姑娘看到蟾宫出来，急急忙忙地走开了。又过了两三天，父子带着货物乘船回北方，晚上船就泊在湖边。父亲有事出去了，这时有一个老太太走上船来跟蟾宫说："郎君，你杀了我的女儿啊！"蟾宫非常吃惊，忙问她是怎么回事。老太太说："老身夫家姓白，有一个独生女儿白秋练，很喜欢读书。她告诉我在城里的时候听到过你读诗，现在非常想念你，想的是吃不下饭也睡不着觉。我想把秋练许配给你，请你千万不要拒绝。"蟾宫心里面也挺喜欢那个女子的，但又怕父亲责怪他，就把这些跟老太太实说了。老太太不是很相信，叫蟾宫把话说定了，蟾宫不肯。老太太很生气地说："人世间的婚姻，有的就是非常委屈自己也不能成功。现在老身亲自做媒，你也不答应，我也太丢人了吧，你就别想坐船回北方了。"说完就走了。过了一会儿，蟾宫父亲回来了，蟾宫把刚才的事情好好地跟父亲说了，心里希望父亲能答应。可是父亲觉得这是在外地，又感觉少女怀春有些靠不住，就一笑置之，没有同意。

> **词苑撷英**
> 一笑置之：笑一笑就把它搁在一旁，表示不拿它当回事。

船下水深本来用船棹探不到底，夜里水中忽然沙石堆积，船被托住动不了了。湖里每年都会有船被沙阻住的，到第二年春天桃花开，河涨水的时候，别人的货物还没有运到，船里的东西可以卖到百倍的价钱，因此蟾宫父亲也没有太过担心或奇怪。他只是考虑到明年盘缠会花完，于是把蟾宫留下，自己回河北老家取钱去了。

蟾宫暗自高兴，只是后悔昨晚没有问老太太住在哪里。

太阳下山的时候，老太太带着一个丫鬟扶着女儿来了，给女儿解开衣服，让她在床上躺下，对蟾宫说："人都病成这样了，你别高枕无忧，跟没事人似的。"然后就走了。蟾宫乍听这话吃了一惊，把灯拿过来照着姑娘，见她虽生着病，看上去还是娇滴滴的，眼光流转，好像秋天的水波一样。蟾宫问了她几句，姑娘只是嫣然微笑，也不回答。蟾宫非要让她说话不可，姑娘就说："'为郎憔悴却羞郎'就是我想说的话。"蟾宫狂喜，想和她一尽鱼水之欢，但又觉得她还在病中，身体虚弱。于是伸手到姑娘怀中，逗姑娘玩。姑娘高兴起来，愁眉也舒展开了，说："你给我念三遍王建的诗'罗衣叶叶'，我的病就会好的。"蟾宫就给她念。才背诵了两遍，姑娘和衣坐起说："我病好了。"读到第三遍时，姑娘娇声一齐背诵，嗓音柔美动人。蟾宫更加心神荡漾，于是把蜡烛灭了，二人一起睡下。

天还没亮，姑娘就起床了，说："我老母亲快要到了。"不一会儿，老太太果然来了，见女儿已梳妆打扮好，高高兴兴地坐在那里，老太太感觉又是高兴，又是宽慰。她让女儿跟自己一起走，可女儿低下头不说话。老太太就自己走了，临走时说："你喜欢跟郎君玩，就让你遂了心意吧。"蟾宫见老太太走了，才问姑娘住在哪里。姑娘说："我和你不过是萍水相逢，能不能结婚都不一定，你就不用知道我住哪里了。"不过两人互相爱恋，海誓山盟，自有说不尽的情话。

不知过了多少欢乐的日子，这一夜姑娘早早起床，挑上灯，猛然打开一本书，看了一眼就面色凄然，泪珠都滚了下来。蟾宫急忙起床问是怎么回事，姑娘说："你父亲快要到了。你我的事，刚才我用书来占卜，一打开就看到了李益的《江南曲》，意思不太吉利。"蟾宫安慰她说："第一句'嫁得瞿塘贾'已经是大吉大利了，怎么会不好呢？"姑娘听了这话高兴了一点儿，起身道别："我们现在暂时先分手吧，要不然到天明就会被人说三道四、千夫所指了。"蟾宫抓住姑娘的胳膊，哽咽问道："假如父亲答应你我的婚事，我到哪里去通知你呢？"姑娘说："我会派人经常打听的，婚事能不能成我都会知道的。"蟾宫想下船送姑娘，她坚决不让送，一个人走了。没多久，蟾宫父亲果然到了。蟾宫渐渐把姑娘的事跟父亲说了，父亲怀疑他是找了妓女，把他狠狠地骂了一顿，再检查船里的财物，发现并没有少，这才止住不骂。一天晚上，父亲不在船上，姑娘突然来了，蟾宫自是感觉难舍难分，可也不知道该怎么办好。姑娘说："悲欢离合，自有定数，还是先顾眼前吧。暂且把你再留下两个月，两个月之后再商量办法吧。"临走的时候，两人约好用朗读声作约会的暗号。从此每逢父亲出门，蟾宫就朗声高吟，姑娘就会自己过来。等到四月底，船还是动不了，这样下去货物就没法卖好价钱了，商人们都很着急，凑钱买些香火猪牛，在湖神的庙里叩拜祷告。端午节后，下了大雨，船才可以走了。

蟾宫回到河北老家之后，无日无夜地思念姑娘，以至于伤了身体，害了一场大病。父亲很是担心，请了不少医生，甚至还请了巫婆神汉之类，希望能让儿子好起来。蟾宫私下里告诉母亲说："我的病吃药、请神都治不了的，只有秋练来才行。"父亲听说后刚开始非常生气。时间长了，看蟾宫身子骨一日不如一日，眼看着就不行了，他才害怕起来，赁了一辆车子，载着儿子再次回到楚地，上船来到以前停船的旧地。

蟾宫父亲向附近的住户询问，可是没有人知道那个白家的老太婆。这时正好有一个老太太在湖滨划船，说他找的人就是自己。老头儿登上她的船，瞥见秋练，觉得这姑娘长得还真不错，心中替儿子高兴。老头儿仔细询问白家的家世，知道了她们也就是渔家母女，小船就是她们的家。于是慕老头儿把儿子的病因跟老太太说了，希望姑娘能够到他们的船上看看儿子蟾宫，让蟾宫高兴高兴，兴许病就能好了。老太太觉得又没有婚约，就不让女儿去。他俩说话的时候，姑娘露着半个脸，很仔细地听着，听到二人没有谈成，急得眼泪都快掉下来了。老太太看到女儿这样，又听着慕老头儿在一旁苦苦哀求，就答应了。

词苑撷英

瞥见：一眼看见。

夜里，慕老头儿出去了，姑娘果然来了。她来到蟾宫床前，呜呜哭泣道："去年我这样，想不到今年你也这样病了。这种思念的滋味，看来你也尝到了。不过你现在身体这么虚弱，着急也不能马上就好，让我给你念首诗好不好？"蟾宫很高兴，让她念。姑娘念的是上回蟾宫给她念的王建的"罗衣叶叶"。蟾宫说："这首诗代表了你的心事，念给我听怎么管用。不过听了你的声音，我已经觉得神清气爽了。你给我念'杨柳千条尽向西'试试。"姑娘就念了。蟾宫夸奖道："快哉！你以前给我念的诗里，有一首《采莲子》里有'菡萏香连十顷陂'，我还没忘，劳烦你慢慢念给我听。"姑娘又念了。这首诗还没念完，蟾宫从床上一跃而起，说道："小生我什么时候病了。"于是高兴地把姑娘抱在怀里，好像病全好了似的。过了一会儿他问姑娘："我父亲跟你母亲怎么说的？我们的婚事谈好没有？"姑娘已经看出蟾宫父亲的意思，就直言告诉蟾宫："你父亲没有答应。"一会儿姑娘走了，蟾宫父亲回来，见蟾宫已经起床了，非常高兴，跟他又说了一些安慰鼓励的话。父亲顺便说了一下见白家母女的经过，跟蟾宫说："姑娘是很不错，不过渔家女从梳小辫的时候就会划船唱歌，且不说她们家的家境的好不好，只是怕她可能不贞。"蟾宫也没答话。老头儿出门之后，姑娘又回来了，蟾宫把父亲的意思说了。姑娘说："我知道得很清楚，天下的事，欲速则不达，你越是迎合他，他越是不愿意。应该让他自己改变主意，反过来求我们。"蟾宫问她有什么计策。姑娘说："商人重利，我有办

词苑撷英

欲速则不达：不从实际出发，一味图快，反而达不到目的。

法能够预测物价。刚才看了你们船里的货物，没有一样能赚得多的。你替我告诉你父亲，买什么，能获三倍的利；另外买什么，能获十倍利。这些货物你们买了运回家去，假如跟我说的一样，那你父亲就会觉得我是个好媳妇。明年你们再到这里，你十八，我十七，还有的是欢乐的日子，有什么好担心的。”蟾宫把姑娘预测的物价告诉父亲，父亲很不相信，就拿剩下的钱中的一半买了秋练所说的货物。

回家之后，慕老头儿自己买的货物亏了好多钱，幸好一小部分货物是按秋练的话买的，赚了好大一笔，二者相抵，大致够本。慕老头儿很佩服秋练这种预测物价的本事，蟾宫趁机大加夸张，说秋练说了，能让自己变成大富翁。慕老头儿动心了，带了全部的本钱去南方。

到了洞庭湖，找了几天，他们也找不到白家老太太。又过了几天，他们才看见老太太的船停在柳树下面，于是慕老头儿拿了好多礼物，好言好语求老太太答应婚事。老太太没要他的礼物，就找了一个好日子把姑娘送到慕老头儿的船上。老头儿又特地专门赁了一条船，给儿子办了婚事。成婚之后，姑娘让慕老头儿到更南面的地方采购货物，要买什么东西都给他写在了纸上。老头儿就照办去了南方采购。白家老太太就让女婿住在自己船上，一直住了三个月，直到慕老头儿回来。慕老头儿采购的货物在楚地卖了两倍的好价钱。慕老头儿就带儿子、儿媳妇回北方了，临走的时候，秋练求公公载些湖水回去。回去之后，秋练每次吃饭都放些湖水，就跟放酱油、醋似的。从此慕老头儿每次去南方做生意，都会带几坛湖水回来。

后来过了三四年，夫妻俩生了一个大胖小子。一天，秋练哭着想回家。慕老头儿就带着儿子、儿媳一起回楚地。到了洞庭湖，却找不到老太太了。秋练在船边扣打着船舷，大声地喊着母亲，都快急疯了，秋练催蟾宫沿着湖边问问。蟾宫遇到一个钓鲟鱼、鳇鱼的人，见他钓到一只白鳍豚。蟾宫凑上前去看，见到这白鳍豚很大，长得像人一样，乳房、外阴都有。蟾宫觉得很是奇特，回来把这件事跟秋练说了。

秋练听了非常害怕，说自己一直有放生的愿望，叮嘱蟾宫去把那白鳍豚买下放生。蟾宫去找那个渔夫商量，渔夫狮子大开口，要了一个高价。秋练说：“我在你家，替你们赚

生字背囊

赁（lìn）：1. 租用。2. 出租。

词苑撷英

采购：指选择购买。

的钱太多了，这点儿钱你还这么舍不得？如果你真的不愿意，我立刻投湖自尽。”蟾宫怕了，也没敢跟父亲说，偷拿了一些钱，买下那只白鳍豚放生了。回来之后，秋练却不见了，到处找也找不着。秋练这夜直到天快亮才回来。蟾宫问她去哪里了，秋练说：“刚才去了母亲那里。”蟾宫问：“你母亲在哪里？”秋练于是说：“现在只好告诉你实情了，你白天买的白鳍豚，就是我母亲。母亲住在洞庭湖里，洞庭龙王派她管理水上行旅。最近龙宫中选嫔妃，有好管闲事的人说我长得美，龙王就命令母亲把我找来。母亲告诉龙王我已经和你结婚了，但龙王不听，把我母亲放逐在洞庭湖南岸，母亲饿得都快死了，才被那个渔夫钓到。现在母亲虽然被放回湖中，可是龙王的命令还没有取消。你如果爱我的话，就替我求求真君，给我母亲免了龙王的处罚。如果你觉得我是异类，讨厌我的话，那我把儿子还给你，我自己走了。龙宫的生活可能比你家里好上百倍还不止。”蟾宫听了大惊，担心没办法见到真君。秋练说：“明天未时的时候，真君就会来。如果你看到一个跛脚的道士，就赶紧去拜他，他跳进水里你也要跟着。真君喜欢读书人，一定会可怜咱们，答应你的。”于是秋练拿出一块鱼腹绫做的手绢，说：“如果真君问你有何事相求，你就拿出这块手绢，请他在上面写一个‘免’字。”

第二天蟾宫按秋练说的在湖边等着真君，果然有个道士一瘸一拐地走过来了，蟾宫跪地便拜。道士赶紧跑开，蟾宫在后面紧紧跟着。道士把拐棍扔到水里，跳了上去。蟾宫也不顾一切地跟了上去，跳到拐棍上。上去一看，他才发现拐棍变成了一条船。道士问：“你求我什么事？”蟾宫拿出手绢，请他写字。道士打开手绢看了一看说：“这是白鳍豚的鳍啊，你从哪里得到的？”蟾宫不敢隐瞒，仔细地把全部事情都说了。道士笑道：“这白鳍豚如此风雅，老龙怎么能这样荒淫！”于是拿出笔来，草书一个“免”字样，写得像符咒一样。道士把船划回岸边，让蟾宫下去。蟾宫上得岸来，看到道士在水中站在拐棍之上，在湖面上漂浮行进，一会儿工夫就不见了。蟾宫回到自己的船上，秋练听他讲了见道士的经过，很是高兴，嘱咐蟾宫不要跟父母说这件事。

回河北老家之后，又过了两三年，慕老头儿去南方做生意，几个月没有回来。湖水快要用完了，等啊等，慕老头儿还是没回来。秋练就病了，白天黑夜呼吸急促，喘个不停，叮嘱蟾宫说：“如果我死了，不要下葬。你要在每天的卯时、午时、酉时，给我朗读杜甫的诗《梦李白》，这样我的尸体就不会腐烂。等湖水运到的时候，把水倒到盆里，关上房门，把我的衣服脱下，抱到盆里浸在湖水中，这样我就能活过来。”秋练又喘息了几天，实在支撑不住，死了。半个月后，慕老头儿带着湖水回来了，蟾宫赶紧按秋练事先说的做了。秋练在水里浸泡了一个多时辰，渐渐地苏醒过来，从此秋练常常想返回故乡。后来慕老头儿去世，蟾宫依了秋练的心意，一家人搬到了楚地生活。

织成

洞庭湖中常常有水神借船游湖。有时，一只空船系在那里，缆绳会忽然自己解开，随水飘然行驶起来。这时，只听到空中歌吹并作，乐声渺渺。船家蹲伏在船的一角，闭着眼凝神谛听，不敢抬头看上一眼，听任空船自由行驶。游完，船会回到原来的地方泊住。

有一个姓柳的书生，科考落第后返回家乡，喝醉了酒卧在船上。忽然空中传来笙乐声，船家急忙摇晃柳生，要他躲避。柳生却醉得醒不过来，船家只好自己躲到船舱里。不一会儿，有人过来揪柳生。柳生醉得一塌糊涂，揪起来一放手，又瘫在船板上照旧大睡，那人便不再管他。片刻，乐声大作。柳生迷迷糊糊地醒了过来，闻到一种浓浓的兰麝香气。他斜眼偷看，只见满满一船美丽女子。心里知道这些女子是神人，便又闭上眼睛，假装睡着。又一会儿，他听到传叫“织成”。有个侍女走过来，正好站在柳生脸旁。柳生看侍女的脚，绿袜紫鞋，小脚又细又瘦，像手指一样，心里很喜欢，偷偷地用牙齿咬住了她的袜子。恰好侍女要走动，一下子被绊倒在船上。上座坐着的一个人奇怪地询问，侍女禀报了缘故。那人大怒，命武士将柳生拉去杀了。接着一个武士过来，将柳生按住捆绑起来，拖着便走。柳生见上座朝南坐着一人，头戴像王冠一样的东西，便边走边说：“听说洞庭君姓柳，我也姓柳；过去洞庭君考举人落第，现在我也落第；洞庭君遇到仙女而成了神，现在我醉中调戏一个侍女却要被处死，为什么幸运和不幸之间相差竟如此悬殊呢？”那个像王者的人听了，便命将柳生带回来，问道：“你是落第的秀才吗？”柳生答应。大王便给他笔和纸，命他以“风鬟雾鬓”为题作一篇赋。柳生本是襄阳名士，但得到题目后却构思了很长时间，久久没有下笔。大王讥讽地说：“名士怎么会这样？”柳生放下笔，辩解道：“过去左思作《三都赋》，十年才完成。可见文章可贵的是精妙，不是写得快。”大王笑着点了点头。又过了两个时辰，柳生才脱稿。大王阅览毕，十分高兴，称赞道：“真不愧是名士。”于是命坐赐宴，片刻之间，珍馐美味，纷纷摆了上来。柳生和大王正答对间，一个官员捧着个本子过来禀报：“溺死人的名册已经造好。”大王问：“多少人？”回答说：“共该溺死一百二十八人。”又问：“差谁去办了？”回答道：“派毛、南二尉去了。”柳生起身告辞。大王赐黄金十斤，又赠

词苑撷英

落第：古代科举考试放榜，榜上无名，称为“落第”，泛指考试、测试不成功或比不过别人。

知识延伸

左思（约250年—305年）：西晋文学家，字太冲，齐国临淄（今属山东）人。其诗《咏史》八篇为其代表作。曾构思十年写成《三都赋》（《蜀都赋》《吴都赋》《魏都赋》），当时豪富人家竞相传抄，以致洛阳纸贵。后人辑有《左太冲集》。

一根水晶界尺，说："湖中将有场小劫难，拿这个可以保身。"忽见人马仪仗，纷纷列在水面上，大王下船登车，便看不见了。又过了很久，湖面上终于寂静下来。

船家等神人都消失以后，才从船舱里爬出来，驾船往北行驶。正遇逆风，船行得十分吃力。忽然有个铁锚浮出水面，船家惊骇地喊道："毛将军出来了！"各船上的商人立刻全都伏在船里。又不长时间，湖中出现一根木头，直立在水中，忽上忽下，摇动不已。船家更加恐惧，大喊："南将军又出来了！"话音刚落，狂风大起。湖中万丈波涛，遮天蔽日，四周的船只全部倾覆。柳生见状，急忙高举起水晶界尺，正襟危坐在船上。说来也奇怪，滔天的波浪压到柳生的船前便一下子没了，由此柳生的船得以保全。

柳生回来后，常向人们谈起这件奇异的事。说船上那个侍女，虽没看见她的容貌，但只裙子下那双小脚，便是人间所没有的。后来，柳生有事到武昌，有个姓崔的老太太卖女儿，却又千金不售，家里藏着一根水晶界尺，声称有能配上这根界尺的人，便将女儿嫁给他。柳生很奇怪，便怀揣着自己的那根界尺前去看个究竟。老太太一见柳生，高兴地迎接，忙叫女儿出来拜见。她女儿有十五六岁的样子，生得娇媚温柔，风流俊雅，无与伦比，略一施礼，便返身退入帐内。柳生神魂颠倒，急忙说："我也藏着件东西，不知能否与老太太的相匹配。"于是双方各取界尺来对照比较，样式、长短分毫不差。老太太大喜，便问柳生住在哪里，请柳生赶快回去租辆车来，界尺留下作为信物。柳生不肯。老太太笑着说："你也太小心了，老身我怎会为了根界尺抽身逃走呢？"柳生迫不得已，只好将界尺留下，出来租辆车子。急忙返回去，老太太却已经无影无踪了。柳生大惊，问遍了住在附近的人，没有一个知道去向的。太阳已经西斜，柳生懊恼不堪，垂头丧气地往回走。走到半路上，正好一辆车子经过，忽然一人掀起车帘问道："柳郎为什么来得这样迟？"抬头一看，正是崔老太太。柳生惊喜万分，问道："要到哪里去？"老太太笑着说："你一定在怀疑我是骗子，你走了以后，我突然想起你也是客居在外，要操办这些事也有困难，正好有一辆便车，便想将女儿送到你船上。"柳生便请回车一块儿走。老太太不肯，自己走了。柳生惶恐

知识延伸

水晶：透明的石英晶体。一般无色。有色的根据其所含杂质的颜色称茶晶、墨晶、紫晶等。用作压电材料、光学材料或工艺美术材料等。可用人工方法制成。

词苑撷英

迫不得已：被逼得不得不这样做。出自《汉书·王莽传上》。

不安，不敢十分相信，急忙奔到船上，见少女和一个丫鬟果然已经先在了，看见柳生，含笑迎接。柳生见少女绿袜紫鞋，与原来船中那个侍女没一点儿差别，心里很感惊异，犹豫地凝目注视。少女笑着说："看你虎视眈眈的样子，原来没见过？"柳生听说，索性俯下身子偷偷察看，见袜子上的齿痕宛然还在，大惊说："你是织成？"少女捂着嘴浅笑不止。柳生拜揖道："你如真是神人，请早明白告诉我，以消除我的烦恼迷惑。"少女说："实话告诉你吧，上次你在船中碰到的就是洞庭君。他仰慕你的才华，想把我赠给你。因为我是王妃很喜欢的侍女，所以须回去和王妃商量。我现在回来，就是奉了王妃之命的。"柳生大喜，洗手焚香，望洞庭湖中朝拜，于是，便带着织成回来了。

后来，柳生又到武昌去，织成要求同去，就回去探亲。到了洞庭湖中，织成从头上拔下一根头钗，掷到水中。忽然从湖中冒出一只小船，织成轻轻地一跃而上，如小鸟飞上树梢，转瞬便无影无踪了。柳生紧盯着织成消失的地方，盼着她快回来。远远望见一艘楼船驶过来，来到近前，船上的一扇窗子打开，一只彩色的鸟飞掠过来，落地则是织成。接着又有人从窗子里递下许多金器明珠之类的珍贵东西，都是王妃所赐。从此以后，织成每年都要回到湖中一两次去探亲，柳生也因此非常富有，金银珠宝，每拿出一件，富贵大家也不认识。

相传唐代柳毅曾为龙女传书，洞庭龙君把他招为女婿，后来，又传位给他。柳毅相貌文雅，龙君恐怕他不能威服水怪，便给他一副鬼脸面具，白天戴上，晚上摘下，时间一长，柳毅也就渐渐习惯了。一次，晚上忘了摘下来，面具便长在了脸上。他照照镜子，十分自惭。所以，此后人们在湖上行船，只要用手指指某件东西，柳毅就怀疑是在指自己的脸；人们用手遮遮额头，也以为是在窥视自己，便往往兴风作浪，将船只打翻。因此，凡初次在洞庭湖乘船的人，船家都要先告诉这些忌讳，或者摆上供品祭祀一番，才能安全渡湖。一次，许真君偶然来到洞庭湖，为风浪所阻，不能渡过，大怒，将柳毅逮捕，送到人间的郡狱中。郡狱的狱吏点检犯人时，老是多一个人，不解何故。一晚，柳毅托梦给郡知府，哀求拯救。知府觉得人神隔绝，恐无能为力，便加以推辞。柳毅说："许真君于某天某时来此地，只要代为恳求，一定管用。"不久，许真君果然降临。知府便替柳毅求情，才得以获释。从此，湖上行船才稍微平安些了。

香　玉

崂山下清宫里，有一株两丈高的耐冬树，树干粗壮得几个人合抱才能围过来。还有一株牡丹，也有一丈多高，花开时节，绚丽夺目，宛如一团锦绣。胶州的黄生爱上这个道观的清幽雅静，便借住一个房间作了书斋。

一天，黄生正在书斋中读书，偶然抬头向窗外一望，远远看见一个白衣女郎的身影在花丛中若隐若现。黄生想，道士修炼之地，哪里来的女子呢？便急忙走出书斋看个究竟，女郎却早已无踪无影了。但此后又有几次看见女郎出来，黄生便预先藏在树丛里，等候女郎再来。不一会儿，女郎果然来了，身旁还有一个红衣女郎陪伴着。黄生望去，两个妙龄女郎，红白相映，光彩照人，真是艳丽双绝。女郎愈走愈近，突然，红衣女郎停住脚步，一边后退一边小声说："这里有生人。"黄生不肯错过机会，猛扑过去。两个女郎吓得扭头便跑，裙衫长袖飘舞起来，传来一阵浓郁的香气。黄生追过短墙，女郎们的倩影又消失了。黄生爱慕极了，便提笔在树上写了一首绝句：无限相思苦，含情对短窗。恐归沙吒利，何处觅无双？

他边想边走进书斋，白衣女郎忽然笑盈盈地走了进来。黄生又惊又喜，起身相迎。女郎笑着说："瞧你刚才气势汹汹像个强盗，怪吓人的。没承想原来是个风流儒雅的诗人呢，那就不妨会见会见了。"黄生问起她的身世，女郎说："我叫香玉，本是妓院中人，被道士幽闭在这山中，实在并非心甘情愿的。"黄生忙问："道士叫什么名字？我一定替你洗雪耻辱。"香玉说："不必了，他也没敢逼我，我趁此机会跟你这位风流文士常来幽会，倒也不错呢。"黄生又问那位红衣女郎是谁，香玉说："她叫绛雪，是我的义姊。"两人愈谈愈亲密，当夜香玉便留宿在黄生的书斋里。第二天醒来，已是红日临窗。香玉急忙起身，说："这真是贪玩忘天晓了。"一边穿衣，一边高兴地对黄生说："我也作了一首诗，算是对昨天你的大作的酬和吧，请勿见笑：良夜更易尽，朝暾已上窗。愿如梁上燕，栖处自成双。"

黄生一听，喜出望外，握住香玉的手说："你原来秀外慧中，漂亮而又聪明，真叫人爱死。离了你一天，真如千里之别。你务必抽空就来，不必等到晚上啊。"香玉答应着。从此二人每夜必会，黄生还常求香玉邀绛雪来，绛雪却总是不来，黄生颇觉遗憾。香玉只好安慰他说："绛姐的性情落落寡合，不像我这么痴情。你得容我慢慢劝她，不要性急呀!"

> **词苑撷英**
> 喜出望外：遇到意想不到的喜事而感到非常高兴。

一天晚上，香玉突然闯进书斋，满面凄惨地对黄生说："你连'陇'都守不住，还望'蜀'呢。咱俩永别的日子到了。"黄生大惊："这是怎么说？你要到哪里去？"香玉用衣袖擦着泪，泣不成声地说："这是天意，很难给你说清的，反正当初的诗句今日应验了。'佳人已属沙吒利，义士今无古押衙'，可以说是为我而吟的了。"黄生一再追问究竟是怎么回事，香玉就是不肯言明，只是呜呜咽咽，哭个不

> **词苑撷英**
> 泣不成声：哭得喉咙哽住，出不来声音。形容极度悲伤。

止。这一夜两人通宵未眠，天刚透亮香玉就走了。黄生感到十分奇怪，惴惴不安。第二天，一个姓蓝的即墨县人到下清宫来游览，见到那株白牡丹，十分喜爱，便把它挖走了。黄生这才恍然大悟，原来香玉是牡丹花妖，于是感到怅惘，而又十分惋惜。

过了一些天，黄生听说那个姓蓝的人把牡丹花移植到家中，牡丹花却一天天枯萎了。黄生痛恨极了，写了哭花诗五十首，天天跑到白牡丹原来的坑穴边上痛哭凭吊。一天，凭吊完毕，正要返回书斋，远远地望见红衣女郎绛雪也在牡丹穴边凭吊，便慢慢走过去。绛雪也不躲避，黄生近前拉住她的衣袖，两人相对流泪。站了一会儿，黄生邀绛雪到书斋一叙，绛雪便跟着来了。绛雪长叹一声，说："从小要好的姐妹，竟然断绝了。听到你的哭声，我更悲痛。你的眼泪流到九泉之下，也许她会为你的诚心感动而复生呢。可是死者精魂开始消散，短时间内怎么能跟我们一块儿谈笑啊。"黄生也叹息说："都怪小生命薄，妨碍了情人，当然更无福气消受双美了。从前我多次托香玉转达我的热忱，为什么你不来见我呢？"绛雪回答说："我以为年轻书生，十有八九是薄情儿，不知你原来是个至性至情的人。不过你我相交，只在友情而不在淫乐。如果一天到晚总是卿卿我我，那我是办不到的。"说罢就要告辞，黄生赶紧上前拦住，说："香玉长别已使我废寝忘食。全靠你陪我一会儿，我才得到一些安慰，你怎么能如此绝情呢？"绛雪无奈，只好留宿一夜，走后还是多日不见回来。黄生独自面对窗外凄冷的雨丝，苦苦思念着香玉，夜里辗转反侧，眼泪洒满了枕席。凄苦难奈之际，他披衣起床，挑亮灯烛，按照前首诗的韵脚又写起来：山院黄昏雨，垂帘坐小窗。相思人不见，中夜泪双双。

写成之后，正在低吟，忽听窗外有人说："有作诗者便应有和诗者呀。"一听就知道是绛雪，黄生急忙开门迎接。绛雪看看书案上的诗，顺手提笔在后面续了一首：连袂人何处？孤灯照晚窗。空山人一个，对影自成双。

黄生读了和诗，又流下泪来，也更埋怨与绛雪相见的次数太少了。绛雪劝解说："我不能像香玉妹子那么热情，只不过多少安慰一点儿你的寂寞罢了。"黄生想同她亲热，绛雪不同意，说："聚首的欢乐，何必这样呢？"从此，每当黄生孤独难耐时，绛雪便来一次，来了也不过是与黄生饮酒作诗，有时不过夜便走了。黄生也只好由她，因此常常对她解嘲说："香玉是我的爱妻，绛雪你是我的良友啊。"黄生总问绛雪："你是院中第几株？希望早告诉我，我要把你移植到我老家去，免得像香玉似的又被恶人抢去，让我遗恨一辈子。"绛雪说："花木像人一样，故土难离，告诉你也无益。你跟爱人还不能白头偕老，何况朋友呢？"黄生不听，拉着她的臂膀来到院中，每到一株牡丹花下，就问："这是你吧？"绛雪掩口笑笑，不作声。

不久，腊月将尽，黄生回胶州老家过年。到了二月间的一个晚上，他忽然梦见绛雪来了，愁容满面对他说："我要遭大难了，你赶紧来，还能见上一面，晚了就来不及了。"黄生惊醒后，诧异万分，急忙命仆人备马，星夜赶到崂山下清宫，看见道士要盖房屋，地基上有株耐冬树妨碍动工，工匠们正要刨树呢，黄生急忙上前阻止。到了夜间，绛雪到书斋来表示谢意。黄生笑了说："谁叫你从前不告诉实情来着，就该遭这场灾难。现在我算知道你的底细了。如若你再不来，我一定点一把艾草烤你。”绛雪叹息一声说：“就因为知道你要这样，所以我以前才不敢实说呢。”两人对坐了一会儿，黄生又想念起了香玉，对绛雪说：“目下面对良友，就更思念艳妻了。这一回家，很久没去凭吊香玉了。你能陪我去哭她一场吗？”于是二人一同走到牡丹穴边，流泪悼念了好长时间。大约一更过后，先是绛雪收泪劝慰，黄生才止住悲痛。

又过了几天的一个晚上，黄生正在书斋中寂然独坐，绛雪忽然笑着快步走进来，说：“报告你个好消息，花神为你的至情所感动，要让香玉再次降生到这下清宫中来啦。”黄生一下站起来，又惊又喜地问：“什么时候？”绛雪说：“那可不知道，大约总不会太久吧！”第二天清早，绛雪临走时，黄生拉住绛雪嘱咐说：“我这一回可是为你才回下清宫来的，你可别老让人孤零零煎熬啊！”绛雪笑笑，答应着走了。

过了两天，绛雪并没有来。黄生便跑到耐冬树下，拥抱着树，摇动着，抚摩着，低声呼唤绛雪的名字，但是没有回声。黄生便跑回书斋，抓起一把艾草，在灯下捆扎起来，准备去烤灼耐冬，逼绛雪出来。正捆扎间，绛雪突然闯进来，夺过艾草一扔，生气地说：“你要恶作剧，给人烙个疮吗？我要跟你绝交了！”黄生笑了，上前拥抱住她。两人刚坐下，香玉忽然笑盈盈，悄无声息地进来了。黄生抬头一见，登时热泪盈眶，急起身拉住她的手。香玉一手拉着黄生，一手拉着绛雪，三人相对悲泣一阵。就座之后——真奇怪，黄生觉得自己的手掌空空的，好像并没有握着什么一样，便惊奇地问香玉。香玉流泪回答说：“过去我是花中的神，所以凝实，有形体。现在成了花中的鬼，所以虚若无物了。今天我们虽然能够会面，你不必以为是真的，只当作梦中相会吧。”倒是绛雪在一旁说：“妹子来得太好了，我快要被你家男人纠缠死了！”说罢告辞而去。香玉和黄生继续谈笑叙情，黄生觉得她像从前一样亲切可爱，可是亲近偎倚之间，总像影子一般虚幻缥缈，因此闷闷不乐。香玉也深感遗憾，就告诉他：“你用白蔹碎末掺些硫黄再兑上水，每天往我原先的穴坑里浇一杯，明年今日便可报答你的恩情了。”说罢，也告辞而去。

第二天，黄生到白牡丹穴边一看，果然冒出牡丹嫩芽来了。黄生便按照香玉的嘱咐，天天浇水、培土，还在四周修起一圈雕栏护着它。香玉晚间来时，对黄生十分感激。黄生打算干脆把牡丹移栽到老家去，香玉劝阻说：“不，我现在体质太嫩弱，经不起折腾损伤了。况且，万物生长，各有定所。我本来是不该生长在你胶州老家的，违背了反而促短寿命。只要你我相亲相爱，和好的日子自然会到来的。”黄生又埋怨绛雪不来。香玉说：“你一定要她来，我有妙法。”说着便领黄生举着蜡烛来到耐冬树下。她先捡起一根细草，张开手沿树身自下而上量到四尺六寸，按捺住这个部位，让黄生双手一齐给树挠痒，很快就见绛雪从树后绕出来，笑骂着说：“死妮子真坏，刚回来就助纣为虐吗？”说着三人手挽手来到书斋。香玉赶忙道歉：“姐姐切莫见怪，求姐姐暂且陪伴一下黄郎，一年后就绝不敢麻烦打扰了。”从此绛雪也常来陪伴黄生。

黄生眼看着牡丹嫩芽一天天长大起来，茁壮而又旺盛，到暮春时已长到二尺多高了。他回老家时，便给了道士一些钱，请他一定天天浇灌护理。第二年四月，黄生回到下清宫。牡丹恰好有一朵含苞欲放呢。黄生站在花旁，流连忘返，注视着，只见它微微摇动，开张，一会儿开得圆盘一样大，一个三四指高的小小玉美人儿端坐在花蕊中央，转瞬间飘然而下，落地就像人一般高，亭亭玉立，流光素雅，竟是香玉。她笑容可掬地说："我忍着风吹雨淋等待你来，你怎么来得这么晚哪？"两人来到书斋里，绛雪也闻讯赶来，开玩笑说："天天代人作妇，现在好了，我可退而为友了。"三人饮酒叙谈，言笑尽欢，直到半夜，绛雪才告辞。黄生、香玉夫妻二人又恩爱美满，一如当初了。

词苑撷英

含苞欲放：形容花将开而未开时的样子。

词苑撷英

笑容可掬：形容满脸堆笑的样子。

后来，黄生的妻子去世，黄生便长住在下清宫里，不再回家。这时，牡丹已很高大，树干像人的胳膊一样粗壮。黄生常指着白牡丹说："将来我要把灵魂寄留在这里，就在你的左边。"香玉、绛雪接茬儿笑他，说："可别到时忘了你的诺言。"

过了十多年，黄生忽然病危，他的儿子从老家赶来探望，不禁哭泣起来。黄生自己倒很坦然，笑着说："这是我的生期，又不是死期，你哭什么呢。"又转向道士说："将来牡丹花下有一个红芽冒出来，一长五片嫩叶，那就是我。"说罢便不再作声。他儿子用车把他拉回家去，他便溘然长逝了。第二年，牡丹花下果然冒出一根又肥又旺的红嫩芽，果然是五片小叶。道士觉得神奇灵验，更加注意浇水护理。仅仅三年，这株牡丹就长到几尺高，主干有两只手合围那么粗，格外茂盛，只是不开花。老道士死后，弟子不知道爱惜，竟把它砍掉了。不久，白牡丹也枯死，耐冬树也死了。

石清虚

邢云飞是河北顺天府人，喜欢玩赏石头，见到形态特别优美的玩石，一定会不惜代价收买。一次，他偶然到河中打鱼，水中有一块东西把网挂住了。他潜伏到水底把它捞上来，一看，是块尺把长的方石头，四面玲珑剔透，峰峦叠起，秀美异常。邢云飞非常高兴，如同得到了无价的珍宝。他把石头带到家中，用紫檀木雕了一个底座，把石头安在上边，陈设在桌子上。每当天将下雨的时候，石头的每一个细孔中，都有云烟生出，远处观望，如同在上面塞了白色的棉絮。

一个有权势的土豪来到邢云飞家中，要求观看一下石头。他一见到石头，就把石头递到健仆手中，策马扬鞭而去。邢云飞无可奈何，只有顿足悲愤罢了。那仆人扛着石头走到河边，将石头放在桥上休息，忽然失手，将石头掉到河中。土豪愤怒地用鞭子抽打仆人，马上出钱雇用擅长水性的人到水中打捞。但是，他们想尽一切办法，到处搜寻，始终没有找到石头。最后，土豪只好贴了一个愿出重金悬赏打捞石头的约书，就走了。自此以后，到水中打捞石头的人每天都把河挤满了，最终仍然没有一个人得到。后来，邢云飞来到石头掉落的地方，望着滔滔的河水呜咽悲泣，只见河水清澈见底，而石头仍然还在水中。邢云飞大喜，脱去衣服跃入水中，抱着石头从河底浮出，把它带回家，再也不敢将石头摆放在客厅中，就另外打扫一间清洁的屋子，把石头陈设在那里。

一天，忽然来了一位老头儿敲门，要求看一看石头，邢云飞假托石头已经丢失了。老头儿笑着说："客厅里陈设着的不是吗？"邢云飞便把他请到客厅里，以证实石头确是丢失了。等到老头儿与邢云飞走到客厅里，那块石头果然陈设在客厅的几案上，邢云飞惊愕地说不上话来。老头儿用手抚摸着石头说："这是我家的旧物，已经丢失很久了，今天才知道它原来在这里。我既然找到了，那就请你归还我吧。"邢云飞很窘迫，便与老头子争论谁是石头的真正主人。老头子笑道："既然是你家的东西，有什么验证？"邢云飞回答不上来。老头笑说："我本来就识得，此石前后共有九十二个孔窍。那个大孔中有五个字，是：'清虚天石供'。"邢云飞细细审视，果然如同老头说的，孔窍中刻有小字，细如粟粒，只有仔细看，才能辨认清楚；又数它的孔窍，也像老头子说的那样。邢云飞没有话说，只是执意不给。老头笑着说："谁家的东西，凭你来做主啊。"拱拱手便走了。邢云飞把他送出门去，回到屋里一看，石头不见了，大吃一惊，心疑是老头干的，急忙去追赶老头。而老头在慢慢地走着，还未走远。邢云飞跑上前去拉着他的袖子苦苦哀求。老头说："奇怪啊，那么一块大石头，能用手握着藏到袖子里吗？"邢云飞知道老头子是神人，强拉着他回来，跪在他面前请求他把石头还给他。老头就问："这块石头，究竟是你家的，还是我家的？"邢云飞说："确实是属于先生你的，但我求先生割爱啊。"老头说："既然是这样，那么石头本来就在这里。"邢云飞进到内室，石头仍然放在那里。老头说："天下的宝物，应该给予那些真正爱惜的人。这块石头能自己选择主人，老汉我也高兴啊。然而这块石头急于自我显露，出世过早，而恶劫的运气还未消除。我确实是想把它带走，等三年后再奉赠你。但是，既然你一定想留下，应当减少你三年的寿数，这样这块石头才能自始至终与你相伴，你愿意吗？"邢云飞说："愿意。"老头于是用手指捏石头的孔窍，石窍像泥一样软，随手闭塞。老头捏闭三窍，说："石头上的孔窍数，也就是你的寿数。"老头子欲去，邢云飞苦苦地挽留他，但老头坚决辞别。邢云飞问他姓字，他也不说，就去了。

时间过了一年，邢云飞因为有事出门去，夜间有小偷到他的房间，别的什么东西也没丢失，唯独把那块石头偷了去。邢云飞回来，见石头丢失，悲痛伤心得要死。他到处访察、购求，但没有一点儿踪影和头绪。又过了几年，他偶然到报国寺去，见到有卖石头的，走近一看，就是自己丢失的那块石头。邢云飞准备认走自己的石头。但卖石头的很不服，因而扛着石头告到官府。官府问：“你有什么证据啊？”卖石头的能说清楚石头上的孔窍数。邢又问石头的其他特征，卖石头的人却茫茫然说不出来了。邢云飞于是说明这石头窍中的五个字及三个孔窍被捏闭的指痕。邢云飞的情理得到伸张。当官的于是想以棍杖责打卖石头的人，卖石头的人解释说，这是他用二十两银子在集市上买来的，这才把他放了。邢云飞得到石头后，用锦帛把石头包裹起来，藏在木柜子中，偶尔观赏，必先烧香以后才拿出来。

有一位尚书，想花百两银子的价格购买邢云飞的石头。但邢云飞回答：“就是万两黄金也不卖。”尚书很生气，就借其他的事陷害邢云飞，把他关在监狱里。为了把邢云飞救出来，家里人便典卖田产。尚书于是托人传话给邢云飞的儿子，儿子又把情况告诉了邢云飞，邢云飞宁愿以死殉石，也绝不把石头卖给这个尚书。邢云飞的妻子于是与他的儿子偷偷商量，把石头献给了这个尚书。邢云飞出狱以后才知道这件事，他骂妻子、打儿子，屡次想自杀，都被家人觉察而未死成。一天，夜间，邢云飞梦见一伟丈夫来，自称“石清虚”。他告诉邢说：“不要难过，我只不过与君分别年余。明年八月二十日清晨，可到崇文门，用两贯钱就可赎回来。”邢云飞得到这个梦示后，很高兴，特别记住这个日子。再说那块石头到尚书家以后，再也没有孔窍出烟雾的灵异，时间一久，尚书也就不以此石为珍贵。第二年，这位尚书获罪而被削职，接着就死了。邢云飞按期到崇文门，尚书家中人把石头偷出来，正在寻找买主，邢云飞见了用两贯钱买了回来。

后来，邢云飞八十九岁了，就自己准备好送葬的寿材、寿衣，又嘱咐自己的儿子，必定用这块石头殉葬。不久，邢云飞果然死了，他的儿子就遵照他生前的嘱托，把石头给埋到坟里。大概过了半年时间，小偷把坟墓挖开，把石头盗走了。邢云飞的儿子知道了，但也无法去搜查寻找。过了两三天，邢云飞的儿子携带着仆人走在路上，忽然见到两个人，跌跌撞撞，满头大汗，对着天空自己认罪说：“邢先生，不要相逼，我二人把石头拿去，不过卖了四两银子罢了。”邢

知识延伸

典卖：又称“活卖”，是指中国历史上买卖不动产的一种方式。指将房屋、田地等不动产出典于人，收取一定典价，在约定期限内原价回赎。与绝卖不同，绝卖是所有权的转移，不能赎回，而典卖则是附条件的、临时的所有权的转让，可在一定期限内赎回原物，过期不赎才视为绝卖。

细节描写

表现了这两个人的莽撞。

云飞的儿子便捉住两个偷石者，送到官府，一审讯就服罪了。问石头哪里去了，说已经卖给一个姓宫的了。把石头取回来，长官玩弄着爱不释手，竟想得到这块石头，命令把石头寄存在官库中。差役把石头举起，忽然石头掉在地上，碎成了几十片，众人无不失色。长官于是就用重刑处死了两个偷盗石头的贼。邢云飞的儿子将石头的碎片拾起，回去后，仍然埋到邢云飞的坟里。

神态描写 表现了众人的惊讶之情。

精彩点拨

《石清虚》这篇小说以“石”为线索，叙述爱石成癖的邢云飞与一块前后有九十二孔的奇石的几次离合，奇石是整篇故事的生长点，各种情节、矛盾皆因石而起，石头成为贯穿全文的线索。顺着这一线索，小说叙述了这样几件事：一、邢云飞无意中获得奇石，爱之如珍宝；二、某豪绅强夺奇石但中途丢失，邢云飞失而复得；三、老叟前来索石，并告知奇石之妙；四、奇石被盗后的情况。全文紧紧围绕奇石的得失叙事，奇石多次失而复得，曲折离奇，在这个过程中邢云飞面对豪强抢夺、盗贼掳掠、官家重金威逼利诱都毫不动摇，甚至愿意为此折三年阳寿，其“石痴”形象栩栩如生。

阅读积累

尚书

官名，秦少府中在殿中主发书者为尚书。汉承秦制，但汉武帝建立中朝后，因尚书在皇帝左右办事，出入禁中，传递掌管文书章奏，地位逐渐重要。成帝时置尚书五人，开始分曹办事。东汉时尚书台总领纲纪，无所不统。魏晋时尚书事务更加繁杂。隋唐置尚书省，管六部，六部各置尚书一人，权势较重。元废尚书省，六部尚书开始独立，相沿至清末，始改各部尚书为大臣。

卷十二

精彩导读

“卷十二”的故事透过充满想象的、非现实的神怪鬼狐世界，显示的是真实社会的方方面面。《王桂庵》中的主人公王桂庵新近丧妻，一次泊舟江岸，于邻舟中见到一位美貌的少女。王先吟诗挑逗，继而抛金掷钏，恰逢船主归来，解缆而去。王桂庵向人打听船主姓名，众人皆不知晓。王桂庵由此寝食俱废，连年寻访，仍无下落。

王桂庵

王樨，字桂庵，是河北大名府的世家子弟。有一年，他到江南游历，停船在长江边上。附近船上有个船家少女，漂亮极了，正坐在船头低着头绣鞋。王桂庵瞅了她好半天，那女子像是毫无察觉。王桂庵便高声吟诵王维的“洛阳女儿对门居”一诗，故意让她听见。

女子好像也懂了是为她吟诵的，但也不过略一抬头，瞥了一眼，又低头刺绣起来。王桂庵更加情思飞驰，忘情地把一锭金子扔了过去，金子恰好落在女子的衣襟上。女子依旧不抬头，顺手拾起，扔到岸上去了，王桂庵只好讪讪地把金子捡回来。他又拿出一副金镯扔过去，落在女子的脚旁，女子仍旧绣鞋，毫不理睬。不一会儿，船家从外边回来，王桂庵怕他发现金镯，正急得抓耳挠腮，却见女子从容地用脚把金镯勾来，遮掩过去了。船家上船后就催女子收拾活计，一边自己解开缆绳，开船顺流而去。

王桂庵望着远去的帆影，呆呆地坐在那里，心情十分怅惘。当时他刚丧妻不久，很后悔没有立即请媒人去和船家定下婚事。他再到周围船上打听，众人都不知刚才那位船家的姓名。王桂庵赶紧让自己船上的艄公开船去赶，可哪里还有那船的踪影。

不得已，王桂庵只好先过江办事。北返时再沿江查访，却依然不见消息。回家后，他在吃饭和睡觉时，都难以忘却那个船家女子的倩影。

第二年，王桂庵又到南方去，专门买了一条小船，住在江边，天天察看往来的船只。半年工夫，他对这一带活动的船都熟悉了，唯独不见去年那条小船的踪影，而腰中的钱袋却渐渐空了，只好又回家来。这一回，王桂庵的思念之情更加急切，无论白天走路还是黑夜梦中，漂亮船家女的影子总是浮动在他的心头。

知识延伸

虞集：元代学者，字伯生，人称邵庵先生。崇仁（今属江西）人，祖籍仁寿（今属四川）。成宗时，任国子助教。仁宗时，为集贤修撰，主张精选学官，以作育人之才，为仁宗所重。泰定帝时，升任翰林直学士兼国子祭酒，曾提出开垦京东沿海土地的主张。文宗时，与赵世延等修《经世大典》，凡八百帙。晚年告病，逝于江西。著有《道园学古录》等。

词苑撷英

世交：上代就有交情的人或人家。

一天夜里，王桂庵做了一个梦：他忽然到了江边一个小村落里，刚走过几家门口，就见一家柴门朝南开着，院内稀疏的翠竹编成篱笆，花木繁茂，像是一座亭园。王桂庵径直进去，不远处忽见一株高大的合欢树，满树红丝低垂，浓荫诱人。他不禁默念："元代虞集诗'门前一树马缨花'，写的大概就是这种景致吧？"再走几步，眼前忽然出现了一处围着芦苇篱笆的光洁素朴的小院，院内北房三间，门关掩着。回头看见南墙边有一间小屋，一株红蕉掩映在窗前。王桂庵探身窥望，见屋内迎门一个衣架，上挂一条彩裙，知道这是女子的闺房，急忙退了回来。但屋里人似乎已经发觉有人来了，就迎了出来。王桂庵一看，那俊俏的面庞，正是去年那个船家少女。王桂庵喜出望外，大叫道："这不是也有相见的一天吗？"二人正要亲昵，女子的父亲突然回来了。王桂庵一惊，醒了过来，才知是一个梦。回想梦中景物，历历如在眼前，王桂庵便把这个美梦珍藏在心里，恐怕同别人说了，会破坏这美好的意念。

又过了一年多，王桂庵再次到江南镇江去。城南徐太仆是王家的世交，请王桂庵去喝酒。王桂庵赴宴途中迷了路，误入一个小村，忽觉村中景物好像在哪儿见过似的。一家院门里，正有一株高大的合欢树，宛然是梦中曾见的情景。他惊喜极了，投鞭翻身下马，闯了进去。院内景物，果然与他的美梦无异。再往院内走，房舍格局也全符合。梦境既然应验，王桂庵不再犹豫，直奔后院小南屋而去，船家女果然正在屋中。她远远看见闯来的王桂庵，吃了一惊，急忙站起身用门扇遮住自己，呵斥道："哪里闯来的男子？"王桂庵进也不是，退也不是，似乎仍在梦中。女子见他已经站在房门边，便砰的一声把门关上了。王桂庵急得大叫起来："你难道不记得那个扔镯人了吗？"接着，便倾诉了几年来的相思之苦，并且述说了梦中的预兆。女子隔窗询问了王桂庵的出身家世，王桂庵都如实告诉了她。女子说："你既是宦门之后，家中自然早有美妻了，还要我去干什么呢？"王桂庵着急地说："如果不是因为思念你的话，我早就娶妻了。"女子说："如果真像你说的这样，足见你的诚心。我的心事虽然难向父母表白，却也已经违命回绝过好几家的婚聘了。那副金镯，我至今保存着，料想钟情者终究会相遇的。今天不巧，父母到外婆家去了，眼看就要回来了，你暂且回去，然后请媒人前来正式提婚，你一定能够如愿以偿。可是假如你想非礼成亲，那就打错算盘了。”

王桂庵正要匆匆退出，女子又望着他的背影远远地喊道：“王郎，我叫芸娘，姓孟，父亲的表字是江篱，你可别忘了。”王桂庵一边答应“记住啦”，一边跑出院门。

王桂庵到徐太仆家赴宴，因为心里有事，便早早结束筵饮，告辞回来，赶紧到小村里去拜见孟江篱。孟江篱很有礼貌地接待了王桂庵，在院中篱笆墙边设了桌凳请他就座。王桂庵谢座后，先做了一番自我介绍，然后便说明来意，恭恭敬敬地奉上一百两银子作为聘礼。不料老人摆摆手，说道：“对不起，我的女儿已经许配人家了。”王桂庵急得嚷道：“我打听得确确实实，明明是尚在待聘中，您为什么这样拒绝呢？”江篱老人平静地说：“我刚才说的，全是实话，不敢有半点儿撒谎。”王桂庵听了，立刻失魂落魄，垂头丧气地告辞出来。

王桂庵回到住处，左思右想，无处找媒人，一夜辗转反侧，不能成寐；回想在徐太仆家，本来是想把这事告诉他的，只因为害怕他耻笑自己娶一个船家女，没好意思开口。现在情急无奈，只得前去求他。于是天一明，王桂庵便跑到太仆家，把情况告诉他。太仆笑了，说：“原来如此，不用急，这老头儿，我还与他有点儿瓜葛，他是我祖母的内侄孙，你为什么不早说呢？”王桂庵这才鼓起勇气，倾吐了几年来藏在心中的隐情。太仆一听，却诧异道：“江篱本是个贫苦农民，从来不以撑船为业，你是不是弄错了呢？”于是，他打发儿子大郎到孟家去询问。江篱老人解释说：“我家虽然贫穷，却绝不是卖婚的人。昨天王公子以金银做媒，我觉得他大概以为我们穷人家见钱眼开，见利而动，所以不敢高攀这门亲事。今天你来，既是太仆公的意思，必定没错。但我这女儿很任性娇惯，好人家不

合她的心意也往往拒绝，我得跟她商量商量，免得日后落下埋怨。”说着，起身走进内室。一会儿出来，他拱手笑道：“现在完全可以照太仆公的意思办了。”于是二人约定吉日。大郎告辞回家，向太仆报告了喜讯。王桂庵置办了丰盛的嫁妆，到孟家交了彩礼，借徐太仆家的房子举行了婚礼。

完婚后，住了三天，王桂庵带着芸娘，辞别岳父北返。途中夜间住在船上，新婚夫妻闲谈起来。王桂庵问芸娘道：“那一年就是在这一带遇见你的，当时就疑心你不像船家女，你那时乘船到哪里去呢？”芸娘说：“我叔父家在江北，那是我们借船去看望他。我家虽然贫寒，只够吃穿，没有积蓄，可是这种意外而来的财物，我们并不贪恋。我笑你当时两眼瞪得圆圆的，一次又一次地想用金钱打动人心。听你吟诵古人诗句，知道是个风雅文士，可又疑心你是轻薄浮浪子弟把人家当作荡妇挑逗呢。哼，假如让我爹发现了你那金镯，你就死无葬身之地啦，你看我爱财心切吗？”王桂庵听了笑道：“你固然聪明，却还是掉进我的圈套里了。”芸娘吃了一惊，忙问：“怎么回事？”王桂庵故意停住，笑而不言。芸娘一个劲儿地追问，王桂庵才说：“离家一天天近了，这事也不能再瞒你。实话告诉你吧，我家里是有妻子的，是吴尚书的女儿。”芸娘不信，王桂庵故意又郑重地说了一遍。芸娘听了，一声不响，突然起身跑出船舱。王桂庵急忙拖着鞋子往外赶，芸娘却已经跳进江中去了。王桂庵大喊救人，周围船只一阵骚动。然而但见江上夜色茫茫，星光点点，哪儿去找芸娘的影子呢？王桂庵号啕大哭，撕心裂肺，痛不欲生，悔恨莫及。他沿江出高价雇水手打捞芸娘的遗体，丝毫不见踪影；最后只好返回大名府家中，又是悲痛，又是忧愁，害怕岳父来探望闺女，那时如何交代？

恰巧，他的姐夫在河南做官，于是王桂庵到那里住了一年多才回来。归途中遇上大雨，王桂庵到村子里一个农家去避雨，见那院中房舍整洁，一个老太太抱着一个婴孩在房檐下面逗弄玩耍。婴孩看见王桂庵进来，就扑过来叫他抱。王桂庵觉得有点儿怪，又见婴孩长得秀气可爱，便抱过来搁在膝上。老太太唤他，他也不去。一会儿，雨过天晴，王桂庵把这小家伙举起来交给老太太，走下堂阶，让仆人整装动身。哪知婴孩却哭闹喊叫起来：“爹爹走了。”老太太笑这孩子喊陌生人为爹爹，连忙呵斥制止，抱起他回室内去了。王桂庵正在等待仆人整治行装，忽见一个美丽少妇抱着那婴孩从室内屏风后面走出来。王桂庵愈看愈像芸娘，正在疑惑，芸娘已经骂起来：“负心汉，你自己丢下的这块肉，叫人怎么处置？”王桂庵这才明白，原来这个婴孩是他的儿子，不禁一阵心酸，也来不及问他们母子如何来到这里，先把当初的戏言解释表白了一番，芸娘方才转怒为喜，二人相对流下泪来。接着芸娘述说了事情的经过：这家主人莫翁，因为六旬无子，领着老婆到浙江南海普陀寺去进香，归途中在长江岸边停船时，正好芸娘顺流而下，恰好碰到莫翁的船舷。莫翁急忙让人把她打捞上来，抢救了一夜，芸娘才苏醒过来。莫翁见芸娘是良家女子，便高兴地认作干女儿，带回家来。过了几个月，想给她聘个夫家，芸娘表示不愿改嫁。到十个月上，芸娘生下一个男孩，取名寄生。事有凑巧，王桂庵到这家来避雨，这时寄生已经快满周岁了。王桂庵听了，大喜过望，于是重新卸车，入室拜见了老翁和老太太，同样以岳父岳母相称。住了几天，夫妻携带儿子及莫老夫妇一起返回大名府。

一进家门，孟翁已来王家等待两月了。孟翁刚来时，王家人言辞闪躲，孟翁感到奇怪。现在相见，真相大白，大家高兴起来，孟翁才知道以前的闪烁支吾是事出有因的。

词苑撷英
真相大白：真实情况完全弄明白了。

寄生附

王寄生，字叫王孙，是郡中名士。小时候，父母因为他在襁褓中就能识得父亲，认为他天生聪慧，所以十分钟爱。他长大以后，出落得越发秀美，八九岁能写文章，十四岁考入郡学，立志要自己选择配偶。父亲王桂庵有个妹妹叫二娘，嫁给了秀才郑子侨，生了个非常聪明漂亮的女儿，起名叫闺秀。王孙见了闺秀后，十分爱慕，日思夜想，渐渐地就不吃不喝，生起病来。父母忧虑伤心，苦苦询问缘故，王孙便将心事讲了。父亲无可奈何，只得请媒人去妹妹家提亲。郑子侨为人古板严谨，觉得中表亲上再做亲于理不合，便推辞了这门亲事。王孙得知，病势更加沉重。母亲芸娘无计可施，只好暗地里恳求二娘，要闺秀来家安慰安慰王孙。郑子侨得知，怒不可遏，说的话也难听起来。于是，王桂庵夫妇彻底绝望，只好听任王孙死活了。

本郡有一姓张的大户人家，五个女儿都很漂亮。最小的一个叫五可，尤其美丽，是姊妹中最出类拔萃的，一直还没定亲。一天，五可在去扫墓的路上，碰到王孙，从车子中偷偷看了一眼，一见钟情，回家后告诉了母亲。母亲探知她的心事，便叫来一个姓于的媒婆，向她流露了许亲给王孙的意思。于氏会意，立即到王家来。这时，王孙还在病中。于氏得知，笑着说："公子的病我能治好。"芸娘询问缘故，于氏便说明来意，又把五可夸赞了一番。芸娘非常喜欢，让于氏快去跟王孙说说。于氏走进内室，抚摸着王孙告诉他这件事，王孙摇着头说："你请的医生不对我的病症，有什么办法。"于氏笑着说："治病，要问是不是好医生。如果是好的，即使求的是医和而来的是医缓，也可以啊，何必非求那个人，死了也要等她，这不是太傻了吗？"王孙流着泪叹息道："但普天下的医生，却再也没有好过医和的。"于氏讥

词苑撷英
一见钟情：一见面就产生了爱情。

笑道："公子怎么这样见识不广呢？"于是又把五可的容貌神情、体态衣着，连说带比画，极力描述了一番。王孙还是摇着头说："算了吧，这人并不是我心中所想的人！"于是便回过头去，面对墙壁，再也不听。于氏见他心意不变，只好起身离去。

又一天，王孙昏昏沉沉中，忽见一个丫鬟进来说："你想念的人来了。"王孙惊喜万分，从床上一跃而起，急忙出门，只见一个漂亮的美人已站在庭院中。仔细一看，却不是闺秀。美人穿着身松花色细褶绣裙，微微露出一双小脚，美丽绝伦，真是不亚于天仙。王孙忙施礼，询问姓名。美人回答说："我就是五可，您是一个痴情的人，却把情意都倾注到闺秀身上，叫人不平。"王孙道歉说："我平生没见过漂亮女子，所以心中只有一个闺秀，现在我知罪了。"两人便订下婚誓，正在手握着手依依不舍时，芸娘来探病，用手抚摸王孙，王孙一下子醒了过来，却是一个梦。回想梦中五可的音容笑貌，还历历在目。王孙暗想："五可如果真是像梦见的那样漂亮，何必非求那难以相遇的人呢。"便把刚才的梦告诉了母亲。芸娘很喜欢他心思转变，立即就要请媒人去提亲。王孙恐怕梦见的不确实，便托邻居一个熟悉张家的老太太借故去张家暗地里相看五可。老太太来到张家，五可正在病中，靠着枕头，手托着腮，婀娜多姿，无与伦比。老太太便上前问："姑娘得了什么病？"五可玩弄着腰带，默默不语。她母亲代答道："哪里有什么病，连续几天和爹娘怄气呢。"老太太又问缘故。五可母亲诉说道："好几家提亲的，都不愿意，非像王家寄生一样的不嫁。是我这个做娘的劝了两句，就使性子好几天不吃不喝了。"老太太笑着说："姑娘和王郎相配，倒真是一对玉人。他如果见了姑娘，恐怕也想念得憔悴要死。我回去后，就让他家来提亲，怎么样？"五可忙阻止说："您千万别，如果不成，越发成了笑料了。"老太太赌咒发誓，担保必定能成，五可才露出了笑容。回去后，老太太向王孙讲了五可的相貌，和于媒婆对五可的描述一模一样。王孙又详细询问五可的衣着，也与梦中见的一样，心中大喜，心情虽然稍舒畅了些，但还是不敢太相信别人说的。

又过了几天，王孙病渐渐好了，把于媒婆找了来，请她想办法让自己见见五可。于氏为难，姑且答应下走了，但过了很久，也没有回音。王孙焦躁不堪，正要打发人去询问，于氏突然笑眯眯地来了，说："幸亏有个好机会，五娘最近身体有病，每天都让奴婢们扶着到对院去散步。公子可去她家附近藏起来等着，五娘走路迟缓，到时你就可以仔细相看相看了。"王孙大喜。第二天，他早早骑马前去，于氏已先等在那里，让王孙把马拴在树上，领他进入临街的一处房子，为他取了座位，闭上门走了。不一会儿，五可果然扶着丫鬟走出家门来。王孙忙从门缝儿里凝目注视着。五可经过门外时，于氏故意指指天上的云，又指指路边的树，让五可看，以使她走慢点儿。王孙看了个仔细，心里惊喜得差点儿控制不住自己。不一会儿，于氏进门来笑着说："可以代替闺秀吗？"王孙欢欢喜喜，再三致谢。返回家后，他要父母立即托媒人去提亲。媒人赶到张家，张家却回答说五可已许了别人了。王孙闻听，悔恨忧闷，又立刻生起病来。父母既忧虑，又伤心，责备他自己耽误了好事。王孙也不说话，只是每天喝一小碗米汁度日。不几天，他便瘦骨嶙峋，病得比前次更厉害了。

几天后，于媒婆忽然来到王家，见了王孙，惊讶地问：“怎么病成这个样子了？”王孙流着泪，将五可已许人的事告诉了于氏。于氏笑道：“痴公子，起初人家主动许亲，你不答应。今天你求着人家，哪里就能那么爽快呢？即使她真许了人家，也还能再想办法。若早点儿和我商量，就是许给了京城皇帝老爷的儿子，我也能再夺回来。”王孙欢喜非常，求于氏给想个办法。于氏便叫他赶快写下书信庚帖，派人送去，约定第二天在张家会齐。王桂庵担心这样太唐突，会遭人家拒绝。于氏说：“前些天我已和张公说好，才过了几天又突然反悔，况且他真把女儿许给了人家，也还没有书信庚帖。俗话说‘先做饭的先吃’，还怀疑什么？”王桂庵只好依从。第二天，便派了两个仆人送信去。张家也没说别的，收下书信，重重地赏了两个仆人回来。王孙的病一下子就好了，从此以后，再不把闺秀放在心上了。

先前，郑子侨拒绝王家提亲时，闺秀便不高兴。后来闺秀听说王孙已与张家姑娘定亲，心里越发忧郁烦闷，也病了起来，身体逐渐衰弱。父母究问，也不说话。丫鬟窥知她的心事，悄悄地告诉了二娘。郑子侨听说后，非常生气，也不请医生诊治，听之任之。二娘怨怪地说：“我侄子也没什么不好的，你怎么这样迂腐固执，要害死我的女儿。”郑子侨大怒，骂道：“你生的好女儿，不如早点儿死了，也免得让人家笑话。”从此夫妻反目。二娘便和女儿商量，可以仍然嫁给王孙，只是只好做二房了。闺秀低着头，样子像是十分愿意。二娘又和丈夫商量，郑子侨更加恼怒，一切事都推给二娘，权当自己没有这个女儿，再也不闻不问了。二娘爱女心切，便想按照自己答应的去做，闺秀才欢喜，病也渐渐好了。

二娘暗地里打听，知道还有几天王孙就要娶亲了。到了那天，天刚明，二娘便以侄子要结婚，需要回娘家探亲为理由，打发人去向哥哥王桂庵借仆人和车马。王桂庵很爱护妹妹，觉得妹妹是邻村，路又不远，便让迎亲的车马先去接回二娘。车子一到，二娘便将女儿梳妆打扮好，命车子拉着，让两个仆人、两个婆子护送着往王家赶去。到了王家门口，用红毡铺地，走了进去。这时，鼓乐手早已会齐准备好，跟

词苑撷英

唐突：莽撞；冒失。

词苑撷英

人声鼎沸：人群发出声音像水在锅里沸腾一样。形容人声嘈杂喧闹。

知识延伸

三朝：指新婚后的第三天，俗称这一天新妇回娘家。

来的仆人便喝命奏乐，一时吹擂大作，人声鼎沸。王孙急忙跑过来一看，见一女子头蒙红帕，大吃一惊，刚想跑开，郑家仆人过来捉住，让两个人交拜。王孙稀里糊涂地拜完，两个婆子扶着女子径直到新房坐下，王孙才醒悟过来是闺秀。全家一片惊惶，不知如何办才好。这时，天渐渐黑了，王孙不敢再去张家迎亲。无可奈何中，王桂庵只得派仆人去张家说明情况。张公大怒，便想退亲。五可不肯，说："她虽然先到，但并没正式定婚，不如让王家快来迎娶。"事已至此，张公只得照此办理，让王家的仆人赶快回去禀报。王桂庵还是不敢去。父子二人相对谋划，真是喜也不是，怒也不是，无计可施。张家等了很久，没见王家来人，便自己备车，将五可送到了王家门上。王桂庵只得另设一新房，让五可住下。王孙来回奔跑于两座新房中，疲于应付。芸娘便给二女调停，让她们按年龄大小确定名分，两人都答应。可等五可听说闺秀比自己还稍大点儿，得称"姐姐"，便面有难色。芸娘很是担心，婚后"三朝"那天，二人同去拜见婆母，五可见闺秀风姿绰约，似乎比自己还略胜一筹，便甘心居次，二人的名分才终于定下来。但王桂庵夫妇始终担心二人时间长了会互不相容。没想到两人却是言语投机、相敬相爱，连衣服也换着穿，真像亲姊妹一般。

后来，王孙问五可当初为什么拒绝提亲。五可笑着说："没别的，当初你拒绝于媒婆来许亲，我只是想报复报复你。你还没见过我，心中只有闺秀。既然见了我，我也稍微傲慢点儿，看你对待我比对待闺秀如何。假若你为了她生病，而不为了我生病，我也就不强求了。"王孙笑道："这报应也太毒了，但如果不是于媒婆，我怎能够见你一面呢？"五可说："是我自己想让你看看的，媒婆有什么能力？经过那座房门时，我岂不知里面有个人正虎视眈眈，我们梦中已订下誓约，你怎么还不相信，非去看看不可呢？"王孙惊问："你是怎么知道梦中订下婚誓的事的？"五可说："我病中梦见到了你家，醒来后觉得太荒诞。后来听说你也梦见了我，我才知道我的魂魄真来过这里。"王孙极为惊异，详细地讲述了自己当时梦中的情景，二人做梦的日期时辰都完全相符。

王桂庵父子两人的姻缘都从梦中来，也算是奇事了，所以一并记下这两件事。

粉 蝶

阳曰旦，是琼州的文士。有一次，他偶然从外地回家，乘船在海上行驶，遭遇飓风。船眼看就要被浪打翻，忽然飘来一条空船，他急忙跳上去，回头一看，同船的人都被淹没了。风越来越狂，他闭着眼任风吹船行驶。

过了一会儿，风停了，阳曰旦睁开眼，忽见一个岛屿，房舍成片。他划着船靠近岸边，直到村口。村中寂静无声，阳曰旦走一会儿坐一会儿，过了很长时间，连鸡狗的叫声都听不到。阳曰旦看见一个朝北的大门，松竹掩映。这时已是初冬，墙内不知是什么花，满树蓓蕾。他心中很喜欢这种花，就慢慢地走进去，远远地听见弹琴声，就稍稍停下步子。这时一个婢女从里边出来，大约十四五岁，长得十分艳丽，看见阳曰旦，反身又进了屋。接着，琴声遏止，一个少年走出来，惊讶地问阳曰旦从什么地方来。阳曰旦详细地告诉了他。少年又问阳曰旦的家事，阳曰旦又告诉了他。少年高兴地说："我们是姻亲啊。"接着就客气地请阳曰旦进院子里来。

院中房舍华丽，又传来琴声。走进房中，见一个少妇端坐着，正在调琴弦，年龄大约在十八九岁，光彩照人。少妇看见客人进来，推开琴想避开，少年止住她说："不用走，这个人是你家亲戚。"就替阳曰旦说了根由。少妇说："原来是我侄子。"问阳曰旦："祖母还健在吗？父母多大岁数了？"阳曰旦说："父母四十多岁，都很安好。只是祖母年已六旬，得了重病，久治不愈，连走路都要人扶。侄儿实在不知道姑姑是哪一房的？请明白告诉我，以便回去告诉家人。"少妇说："路途遥远，和你家早就断了音信了。你回去只要告诉你父亲，十姑问候他，他自然就知道了。"阳曰旦问："姑丈是哪族？"少年说："海屿姓晏。这岛叫神仙岛，离琼州三千里路，我流寓这里时间也不长。"十娘进去，让婢女备办了酒食招待客人。新鲜的菜肴香美可口，也不知道叫什么名字。吃完饭，晏生带着阳曰旦四处游览。阳曰旦见园中桃花、杏花含苞待放，非常奇怪。晏生说："这里夏天无酷暑，冬天无大寒，四季花开不断。"阳曰旦高兴地说："真是仙乡啊，回去告诉父母，搬家来和你们作邻居。"晏生只是微笑。

回到书斋，点起蜡烛，见琴横放在桌案上，阳曰旦请求聆听一下晏生演奏的琴曲。晏生就抚琴调弦，这时十娘从里面出来，晏生说："来，为你的侄子弹一曲吧。"十娘坐下，问侄子："愿意听什么曲子？"阳曰旦说："侄儿从来没读过《琴操》，实在说不出愿听什么曲子。"十娘说："只要随意出个题目，都可以弹出曲调。"阳曰旦笑着说："海风引舟，也可以作一支曲子吗？"十娘说："可以。"于是拨弦弹奏起来。像早有曲谱，意调激昂，奔腾入耳。阳曰旦静静地领会，好像自身仍在船上，被飓风吹得随波颠荡。阳曰旦惊叹至极，说："我可以学学吗？"十娘把琴给他，让他试着勾拨琴弦，说："可以教你，想学什么曲调？"阳曰旦说："刚才弹奏的'飓风操'，不知道

细节描写
生动准确地表现出婢女喜悦而又害羞的心理。

知识延伸
尘缘：佛教称尘世间的色、声、香、味、触、法为“六尘”，人心与“六尘”有缘分，受其拖累称尘缘，泛指世俗的缘分。

词苑撷英
出神入化：形容技艺达到了绝妙的境界。

几天能学会？请先把曲写下来，我读熟它。”十娘说：“这个曲子没有文字，我是按自己的意想谱曲的。”就另拿了一张琴，作勾剔的动作，让阳曰旦照着做。阳曰旦练习到起更后，音节大略能合得上，晏生夫妻二人才告辞离去。阳曰旦一心一意，对着蜡烛自己弹奏，时间一长，就领悟到了其中的奥妙，不禁高兴得手舞足蹈。一抬头，忽见一个婢女站在灯下，阳曰旦吃惊地说：“你还没有走啊？”婢女笑着说：“十姑命我等你睡下后，关好门把灯移开。”阳曰旦仔细看婢女，见她眼睛明亮，姿态媚人，怦然心动，微微地挑逗她，婢女只是低头笑。阳曰旦更加迷了，猛地站起来搂住她的脖子。婢女急说：“不要这样，夜已经四更了，主人要起来了。如果我们有意，明天晚上也不晚。”正在戏弄拥抱时，听到晏生呼唤：“粉蝶。”婢女变了脸色说：“坏了。”急忙跑出去了。阳曰旦偷偷地跟过去听着，只听晏生说：“我本来就说这个婢女尘缘未灭，你一定要把她收下来，现在怎么样，应该打她三百鞭子。”十娘说：“这丫头有了这种心思，不能再使唤了，不如干脆给我侄子算了。”阳曰旦听了既惭愧又害怕，回到书斋灭了灯睡下了。天亮后，有个童子来侍候他盥洗，没有再看见粉蝶。阳曰旦心中惴惴不安，恐怕受到谴责被赶走。不多一会儿，晏生与十姑一块儿出来，好像没把那件事放在心上，就考他的琴技。阳曰旦弹了一曲，十娘说：“虽然还没达到出神入化的境界，但已经学到十之八九了，练熟了就可以达到神妙的地步了。”阳曰旦又请求教别的曲子，晏生教了他“天女谪降”之曲，这支曲子指法很难，阳曰旦练习了三天，仅能成调。晏生说：“已经学了个大概，以后只需熟就行了。只要练熟这两首曲子，就再没难弹的曲调了。”

阳曰旦很想家，告诉十娘说：“我住在这里，承蒙姑姑抚养，十分快乐，只是担心家中人挂念。这里离家三千里，不知什么时候才能回到家里。”十娘说：“这并不难，你原来坐的船还在，我助你一帆风。侄子没有成家，我已让粉蝶先去了。”又赠送他一张琴，并给他些药说：“回去给祖母医病，这药不但能治好病，还可以延年益寿。”说完就把阳曰旦送到海岸，让他上船。阳曰旦找船桨，十娘说：“不需要这东西。”说完，解下裙子当作船帆，系到船上。阳曰旦担心会迷路，十娘说："不要担忧，只管听凭风帆飘荡。"系好了帆，阳曰旦上了船，心情凄然，正想拜谢告别，忽然刮起了南风，离岸边已经很远了。阳曰旦见船上已经准备了干粮，但是只够吃一天的，心中埋怨十娘吝啬。他肚子饿了，又不敢多吃，怕一下子吃光，只吃了一块胡饼，觉得胡饼里外又甜又香。剩下的六七块，阳曰旦珍重地保存起来，也不觉得肚饿了。夕阳要下山了。阳曰旦正后悔来时没有要灯烛，转瞬间，远远看见有人烟。他仔细一看，原来这里是琼州。阳曰旦高兴极了，一会儿就到了岸边。他解下裙子，裹好胡饼，就回家了。

进了门，全家人十分惊奇，原来阳曰旦离家已经十六年了。这时阳曰旦才知道他遇到了神仙。看到祖母病重，阳曰旦便拿出药让祖母吃了，祖母多年的重病立刻好了。家里人都奇怪地问他，阳曰旦就把见到的事情都讲了。祖母伤心地说："那是你姑姑啊。"当年，老夫人有个小女儿，名叫十娘，生来就有仙姿，许配给晏家。女婿十六岁时，进山没有回来。十娘等到二十多岁，忽然病死了，埋葬了已经三十多年了。听了阳曰旦的话，大家都怀疑十娘没死。阳曰旦拿出裙子，正是十娘当年在家里穿的那条。阳曰旦又把胡饼分给家人吃，只吃一块，一天都不饿，而且精神倍增。老夫人命人打开十娘的棺墓验视，原来只是一具空棺材。

阳曰旦起初聘了吴家女儿，因为他出去几年没有回来，吴家女儿就嫁了别人。大家都相信十娘的话，等着粉蝶到来。过了一年多也没有音信，才商议另外娶亲。临邑的钱秀才，有个女儿叫荷生，远近都知道她长得漂亮，年已十六岁，还没嫁人，就死了三个未成亲的女婿。阳家就托媒人和钱家定了亲，选好日子成亲拜堂。娶到家后，荷生果然非常艳丽漂亮。阳曰旦仔细一看，原来是粉蝶。阳曰旦惊奇地问她过去的事，钱女茫然不知。原来粉蝶被赶走的日子，正是钱女降生的时辰。阳曰旦每次为她弹奏《天女谪降》，钱女总是手支下巴凝思，好像有所心领神会。

锦 瑟

沂水县有个姓王的书生，年少时父母就死了，家里十分贫困。但王生却是一个高雅修洁、清奇洒脱的美少年。当地有个姓兰的富翁，见了王生很喜欢，将自已的女儿嫁给了他，还答应为他盖房子、置田产。王生刚娶妻不久，兰富翁就去世了。妻子的弟兄们都鄙视王生，从不和他来往。特别是妻子兰氏，更是傲慢凶悍，常把丈夫当作奴仆使唤。她自己吃美味佳肴，让丈夫吃粗茶淡饭，吃饭时给折两根草秆当筷子，这些王生都忍了下来。

王生十九岁时，去郡里考秀才，结果名落孙山，心里很是懊丧。回到家中，正好妻子不在，锅里熬着羊肉羹，王生便舀起一碗吃起来。一会儿，兰氏走了进来，也不说话，劈手就把锅子端走了。王生十分羞愧，把筷子抛到地上，说："这种境遇，倒不如死了。"兰氏怨恨地问王生什么时候去死，扔过一盘绳子让他去上吊。王生大怒，将饭碗抛到了兰氏身上，把她的头打破了，自已离家出走了。路上他仔细想想，万念俱灰，活着实在是不如死了，便揣着根带子进入一条深谷中。他来到树丛里，正要选根树枝系带子，忽见土崖间微微露出条裙子。瞬间，一个小丫鬟冒出来，看见王生，急忙缩了回去，像影子一样消失了，土崖上却没有一点儿裂痕。王生心知是妖物，但正要寻死，所以也不害怕，便将带子放下，一屁股坐在地上，察看动静。一会儿，丫鬟又露出半张脸，往外看了一眼，立即缩了回去。王生心想，如能跟着这些鬼物去，倒能享受到死的乐趣，便抓起块石头，敲打着土崖说："地下如能进去，请指条路。我不是寻欢的，是求死的。"很久，没有动静。王生又敲着说了一遍，只听土崖内有人说道："想寻死先回去吧，晚上再来。"话音虽细得像蜂子鸣叫，却清晰刺耳。王生答道"好吧！"往回走了走，坐等天黑。

不长时间，夕阳落山，天空繁星闪烁。土崖间忽然冒出一片高大的府第，两扇大门静静地敞开着。王生一步步登上台阶，走了进去。才几步，见前面横着一条河，波浪汹涌，热气蒸腾，像是温泉。王生用手试试，水热得像沸水，不知河有多深。王生怀疑这就是鬼指给他寻死的地方，便一头扎了进去。热水浸透几层衣服，皮肤灼烫得像要烂了一样。幸亏他是浮在水面上，而没有沉下去。他在水中游了很久，渐渐能忍受水的热度，极力挣扎着才爬上河的南岸，所幸全身并没有烫伤；又往前走了会儿，远远望见一座大屋子内透出灯光，便朝着屋子走去。突然一条大狗窜出来，向王生猛扑，一口咬住了他的衣服，将袜子撕破了。王生急忙摸起块石头打去，狗才稍往后退了退。接着又有一群狗拦路狂叫起来，都像牛犊一样大。正在危急时刻，一个丫鬟出来将群狗喝退，看着王生说："寻死的人来，我家娘子可怜你遭受迫害，处境艰难，让我送你去'安乐窝'，从此以后再没有苦难了。"便挑着灯，领着王生开了后门，在昏黑的夜幕下往前走去。

不一会儿，来到一家，明亮的蜡烛照射着窗户。丫鬟说："你自己进去，我回去了。"王生进门四下一看，原来是自己家，急忙返身跑了出来，正碰上兰氏使唤的一个老妈子。老妈子见了王生说："找了你一整天，你又要往哪里去？"拉着王生进入屋内。只见兰氏用手帕包着脑门上的伤，笑眯眯地从床上下来迎接，说："我们做夫妻一年多了，连和你开个玩笑都不知道吗？我已经知罪了，你只是受了我一点儿责备，我可是实打实让你给打伤了，你也可以稍出口气了。"她从床头上拿出两锭金子，塞到王生怀里，说："以后全家的吃穿，你说了算，行了吧？"王生一语不发，将金子扔到地上，夺门跑了出去，仍想去深谷敲那座府第的大门。来到田野里，那个丫鬟行走缓慢，远远地挑着灯还能看得见。王生忙喊叫着追赶，灯停住了。等赶上，丫鬟说："你又来了，辜负了娘子一片苦心。"王生说："我想寻死，没和你商量再求活。娘子是大户人家，地下也需要人手，我愿意做苦役，实在感觉不到活着有什么快乐。"丫鬟劝道："好死不如赖活，你的想法怎么这样荒谬啊。我家也没别的活，只有淘河、洒扫、喂狗、搬尸，做不到规定数量，就要削下耳朵、割掉鼻子、敲断小腿、剁去脚趾，你能行吗？"王生忙回答说："能行。"他们又进入后门。王生问道："刚才说的那些差事都干些什么？还要搬尸，哪里来的那么多死尸？"丫鬟说："我家娘子以慈悲为怀，开了座'给孤园'，专门收养地下极深处那些无家可归的冤鬼游魂。鬼魂多得成百上千，每天都有死去的，所以需要背了去埋了，请你去看看。”

不一会儿，走近一座门，门上写着“给孤园”。王生进去一看，只见房屋又多又乱，十分污秽，臭气熏天。园里的鬼魂看见灯光，纷纷聚集过来，都是些没脑袋或缺胳膊少腿的，不堪入目。王生回过头来想走开，见一具鬼尸横躺在墙下，近前看看，血肉狼藉。丫鬟说：“才半天没搬，就被狗啃成这样。”让王生把鬼尸背走。王生面有难色。丫鬟见状，说：“你若办不到，请仍回你的‘安乐窝’享福。”王生迫不得已，只得将鬼尸背起来，放到偏僻的地方。王生请丫鬟向娘子求情干点儿别的，以免遭受尸污，丫鬟答应。走近一间屋子，丫鬟说：“先坐在这里等着，我进去替你说说。喂狗的活儿较轻，我替你谋求这个差事，你今后可要报答我。”去了刚一会儿，她又跑出来，招呼王生说：“快来，快来，娘子出来了。”王生急忙跟她进去，见大堂上四下里挂着灯笼，一个女郎靠窗坐着，是一个二十来岁的仙女。王生拜伏在阶下，女郎命丫鬟扶起来，说：“这是个书生，不能养狗。就让他住到西屋里，主管簿籍吧！”王生大喜，忙跪下谢恩。女郎又说：“你看上去是个诚朴的人，可好好做事。如有差错，罪过不小。”王生连声答应。

词苑撷英

狼藉：形容杂乱不堪，乱七八糟。

丫鬟领着他来到西屋，屋子非常整洁。王生心中很高兴，感谢丫鬟，又询问娘子的家世。丫鬟回答道：“娘子小名叫锦瑟，是东海薛侯的女儿。我叫春燕，早晚有什么事，就说一声。”说完便离开了。不一会儿，她又抱来衣服和被褥，放到床上。王生兴奋终于有了个落脚的地方，天刚明，便起来开始工作，抄录鬼魂名册。属下的仆役都来参见王生，送了很多酒肉。王生为了避嫌，将酒肉全部退回。每天两餐，都是吃的供应饭。锦瑟娘子察知王生廉洁谨慎，特别赐给他儒生巾和漂亮的新衣服。凡有赏赐，都命春燕送去。春燕生得很标致，跟王生熟了后，常常眉目送情。王生假装糊涂，谨慎地躲避，以免招致罪责。又过了两年多，锦瑟娘子赏给王生的东西超过日常薪俸一倍，但王生谦谨自守，一如既往。

一天夜晚，王生刚睡下，听到内院人声吵嚷，忙起床提刀出门，见内院一片火光，映红了天际。他跑到院中暗处一看，一群强盗正在抢劫，仆役们惊骇得四散逃窜。一个仆人

词苑撷英

逃窜：逃跑流窜。

发现了王生，催促他快逃。王生不肯，将脸上涂黑，紧了紧腰，杂在强盗中高呼：“不要惊吓了薛娘子，只搜掠财物，不要漏下。”这时，强盗们正到处搜不到锦瑟。王生得知锦瑟还没被捉到，便暗暗潜入府第后面，一个人寻找，碰到个藏着的老妇人，询问后才知道锦瑟和春燕都已翻墙逃走，便也跳过墙去，发现锦瑟二人藏在一个黑暗的角落里。王生说：“这地方怎能藏住人呢？”锦瑟回答道：“我实在走不动了。”王生扔下刀，背起她便跑起来，一直跑了二三里路，累得汗流浃背，才逃进深谷中。王生将锦瑟放下，让她坐在地上歇息歇息。忽然，一头猛虎挟着疾风窜了过来。王生大惊，急忙要拦住它，猛虎已一口叼住了锦瑟。王生紧紧地揪住虎耳朵，极力将自己的胳膊塞到虎口中，以代替锦瑟。老虎发怒，扔下锦瑟，咯吱一声咬断了王生的胳膊，断臂掉在地上，虎才离去了。锦瑟大哭着说：“苦了你了，苦了你了。”王生在急忙中还没感到疼痛，让丫鬟从衣服上撕下片布裹住伤口。锦瑟忙阻止，俯下身子找到那根断臂，安到断茬上接好，又包扎起来。东方渐渐发白，天要亮了，三人才慢慢地往回赶来。到家中一看，一片废墟。天亮后，仆人和婆子们才渐渐汇集起来。锦瑟亲自到西屋去，探视王生的伤臂，解开绷带一看，断臂已经接好，又拿出药敷到伤口上，才离开了。从此以后，锦瑟越发看重王生，让他享用的所有东西都和自己的一样。

王生臂伤痊愈以后，锦瑟在室内摆下酒宴慰劳他。王生来到，锦瑟赐他坐下；王生再三谦让，才在一角落座。锦瑟举杯劝酒，犹如对待贵宾。过了一会儿，锦瑟说：“我的身子已让你背过，我想效仿过去楚王女和钟建的故事，但没有媒人，羞于自荐。”王生恐慌地说：“娘子对我恩重如山，即使舍上这条命也难以报答。刚才娘子讲的对我是非分之事，我怕遭雷打，实在不敢从命。如果娘子可怜我没有妻室，赐一个丫鬟就已经太过了。”锦瑟默然无语。

一天，锦瑟的大姐瑶台忽然来了，是个四十多岁的美人。到了晚上，瑶台叫进王生，让他坐下，说：“我不远千里赶来，为我妹妹主婚，今晚就把她嫁给你。”王生急忙站起来推辞，瑶台命人拿酒来，又命两人喝交杯酒。王生苦苦推谢，瑶台夺过他的酒杯，为他们二人换盏。王生才伏到地上谢罪，接过锦瑟的酒喝了。瑶台出去后，锦瑟对王生说：“实话告诉你吧，我本是仙姬，因为有罪被谪。我自愿来到地下，收养冤鬼，以将功赎罪。赶上遭天魔劫难，才和你有附体姻缘。所以从远方请大姐来，一是为我们主婚；二是让她代理家务，以便我跟你回去。”王生恭敬地说：“在地下最快乐，我家有悍妇，而且屋子狭窄简陋，恐怕你受不了委屈。”锦瑟笑着说：“不妨事。”两人欢饮一场，便上床成就了好事。过了几天，锦瑟对王生说：“阴间聚会时间不可太长，你先回去，料理一下家务，我随后自己便去。”于是给王生一匹马骑着，开门出去后，土壁又合上了。

王生骑马回到村中，村里的人见了都大为惊骇。他来到家门口，只见高房大屋，焕然一新。原来，王生打伤兰氏离家出走后，兰氏叫来两个哥哥，想等王生回来痛打一顿报仇。等到天亮王生也没回家，两个哥哥才走了。有人在沟里找到王生的鞋子，怀疑他已经死去，后来一年多没有音讯。有个姓贾的陕中人，请媒人说通了兰氏，就在王生的家里娶了她，半年中又修建了好多房子。后来姓贾的外出经商，又买了一个小老婆回来，从此以后兰氏便经常在家吵闹，贾某也常常是几个月不回家。王生询问了实情，大怒，将马拴住，直奔入内。看见原来的那个老妈子，老妈子惊得忙伏在地上。王生痛骂她一顿，又让她领着去找兰氏，兰氏却已经跑了。不久，王生在屋子后面找到了她，她已经上吊自杀了。王生便让人将尸体送回她的娘家。王生将那个小妾叫来，见她十几岁年纪，生得还算标致，晚上便收留了她。贾某托村里的人传话，恳求还他的小老婆，小妾却哀号着不肯去。王生便写下诉状，要告贾某霸占家产，夺人妻子。贾某不敢再要，连忙收了店铺走了。王生怀疑锦瑟负约，一晚正在和妾喝酒，听见外面有车马声，接着有人敲门，原来是锦瑟来了。锦瑟只留下春燕，其他人都让回去了。进入室内，妾行拜见礼。锦瑟端详说："这人有生男之相，可以代我受苦了。"便赐给她华丽的衣服和明珠首饰，妾拜了后收下，立在一边侍奉。锦瑟拉她坐下，尽情谈笑。过了很久，锦瑟说："我醉了，想睡觉。"妾便辞出，王生也脱鞋上床。妾出门一进入自己的卧室，却见王生躺在床上，大吃一惊，忙返回原来的屋子窥视，屋里的灯已灭了，此后王生没有一晚不睡在妾处。一夜，妾起来，偷偷地到锦瑟卧室看看，见锦瑟和王生二人正在谈笑，十分惊骇，忙跑回去告诉王生，床上却没人了。天明后，她暗暗告诉王生这些奇怪的事，王生自己也不知道，只觉得有时候睡在锦瑟处，有时又睡在妾处，王生嘱咐妾不要宣扬这事。时间长了后，丫鬟也跟王生私通起来，锦瑟仿佛不知道一般。后来，丫鬟忽然难产，嘴里只叫"娘子"。锦瑟一进去，胎儿马上就下来了，还是一个男孩。锦瑟接生毕，把孩子递到丫鬟怀里，笑着说："奴婢不可再生啦！业障一多，割爱可就难了！"从此以后，丫鬟没再生产。妾生了五个男孩，两个女孩。锦瑟在王生家住了三十年，其间她常常返回老家，来来往往都是在黑夜。一天，她带着丫鬟走了，从此没再来。锦瑟走后，王生活到八十岁时，忽然带着一个老仆夜间外出，也一去不复返了。

词苑撷英

端详：仔细地看。

词苑撷英

割爱：放弃心爱的东西。

房文淑

开封人邓成德，游学来到兖州，住在一座破庙中，受雇为一个专造户口簿的人抄抄写写。到了年底，同事和仆役们都回家了，只剩下邓成德一个人，在庙里做点儿饭吃。

一天，天刚明，有个少妇敲门进来，十分艳丽，到佛像前烧上香，叩拜后走了。第二天，少妇又来拜佛。晚上，夜深后，邓生起床掌上灯，刚想做点儿什么，少妇却早早地来了。邓生便问："怎么来得这样早？"少妇说："天明后人太杂，所以不如黑夜来，又担心来得太早会打扰你睡觉休息。刚才望见灯光，知道你已起床，所以来了。"邓生调戏道："庙里没人，住在这里可免来回奔波之苦。"少妇讥笑道："庙里没人，难道你是鬼吗？"邓生见能和她亲近，等她拜完佛，就拉她坐下求欢。少妇说："在佛面前怎能做那种事，你身无片瓦，还敢妄想吗？"邓生执意恳求，少妇才说："离这里三十里地，有个村庄，村里有六七名儿童还没请到塾师。你可前去找一个叫李前川的人，请求这个差事，就说要带家眷去，让他另准备一间屋子，我就可以跟你过了，这是长久之计。"邓生担心拐人家妇女事发后会获罪，少妇说："不要紧，我姓房，小名叫文淑。没有亲属，常年寄居在舅父家里，不会有人知道的。"邓生大喜，辞别文淑，去那个村庄拜会李前川，果然被雇为塾师，又约定年前就带家眷来。返回后，她告诉了文淑经过。文淑先走一步，约定在路上等着他。邓生随后即告别同事，借了匹马往村庄赶去，文淑果然在半路等候。邓生下马，让她骑上，继续赶路。到了学馆，两个人便成了好事，生活在一起。一直过了六七年，竟然像夫妻一样，感情和好，安安稳稳，也没有追捕逃妇的。

后来，文淑忽然生了个儿子。邓生因为家里的妻子不生育，意外得子十分高兴，起名叫"兖生"。文淑却说："假婚配终究不会变成真的，我马上就要辞别你离去，又生下这么个累人的东西干什么。"邓生惊异地说："我正想倘若我命好，挣下点儿钱，和你一块儿逃回老家，怎么说这种话。"文淑忙笑着说："多谢，多谢！我可不会献媚谄笑，去仰大婆子的鼻息，给人作奶妈，让孩子难堪。"邓生忙替妻子辩白不妒忌，文淑默然无语。一个多月后，邓生辞馆，计划和李前川的儿子一同外出经商，告诉文淑说："我想，指望做塾师度日，难有宽裕的时候。不如学着做点儿买卖，倒还有赚些钱返回老家的希望。"文淑也不说话。到了夜晚，文淑忽然抱着孩子起来，邓生忙问："干什么？"文淑说："我要走了。"邓生急急起床，刚要追问，门没开，文淑却无影无踪了。邓生惊骇之下，才醒悟文淑不是凡人。因为文淑形迹可疑，她走了后，王生也不敢告诉别人，只推说是回娘家去了。

在此以前，邓生离家远游时，曾与妻子娄氏约定，年底一定回来。没想到他一去好几年没有消息。有人传言邓生已死，娄氏的哥哥因为娄氏并无子女，便劝她改嫁。娄氏不同意，和哥哥约下再等三年，每天靠纺线织布来维持生活。一天，天黑后，娄氏出去关大门，一个少妇忽然从门外挤进来，怀中抱着一个婴儿，说："我从娘家回来，正好天黑了。知道姐姐一个人住，所以来借宿一晚。"娄氏便让她进屋，到房中仔细一看，是一个二十来岁的美人。娄氏便高兴地和她同床而睡，两人一块逗弄着婴儿。娄氏见婴儿白得像瓠瓜一样，十分可爱，伤感地说："我怎么就没有这么个东西。"少妇便说："我正嫌他累人，就把他过继给姐姐做儿子，怎么样？"娄氏说："别说娘子不舍得，就是舍得，我也没有奶水养活他啊。"少妇道："这不难，这孩子刚出生时，我也没乳水，喝了半剂药就好了。剩下的药还在这里，就送给你吧。"说着，拿出一个小包放到窗台上。娄氏以为少妇在开玩笑，漫不经心地答应下，也没感到有什么奇怪的。第二天醒来，呼唤少妇，没人答应。一看，孩子在，少妇却已开门走了。娄氏十分惊骇，直等到辰时，婴儿饿得号哭起来，娄氏不得已，只得将那包药喝了，一会儿便有乳汁流出来，就喂婴儿。这样过了一年多，孩子长得又白又胖，渐渐会学人说话，娄氏喜爱他不亚于自己亲生的。从此以后，她便打消了改嫁的念头，只是每天早起后便抱孩子，再不能干活儿赚钱，家里越发困难起来。

一天，少妇忽然来了。娄氏大吃一惊，害怕她是来要孩子的，便先发制人，先责怪她当初不辞而别，接着又喋喋不休地讲起抚养孩子的艰难。少妇笑着说："姐姐诉说诉说难处，我就扔了儿子不要了吗？"便用手招呼小孩，孩子却哭着扑到了娄氏怀里。少妇骂道："小犊子不认得亲娘了。"又对娄氏说："这孩子可是百金不换，拿钱来吧，我们立下买卖字据。"娄氏信以为真，却又拿不出一文钱，脸不禁红了。少妇忙笑着说："姐姐别怕，我这次来正是为了孩子。自分别后，我一直担心姐姐没有养儿的资本，所以多方求借，凑了十多两银子拿来了。"于是拿出银子递给娄氏。娄氏又担心接受了银子，人家再要孩子自己就没话说了，死活不要。少妇放到床上，自己出门走了。娄氏忙抱着儿子追出门外，人已走远了，喊也不顾。娄氏怀疑少妇负气走了，心里惴惴不安。但自从得到银子，放债生息，家境富裕了不少。

又过了三年，邓生做买卖赚了钱，置办行装，返回家来。夫妻二人久别重逢，欣喜万分。邓生忽然看见了孩子，便问是谁家的，娄氏详细地讲了经过。邓生又问："叫什么名字？"娄氏说："他妈喊他宄生。"邓生大吃一惊，说："这真是我的儿子。"忙问少妇带着孩子来的时间，正是他和文淑分别的那晚。邓生便向妻子讲了和房文淑的悲欢离合，两人因终有一子，倍觉欣慰，期望着文淑还来，却再也没有音讯了。

浙东生

浙东有个书生房某，到陕西设馆教书，常常对人吹嘘自己胆大，啥也不怕。一夜，房某赤身躺在床上睡觉，正睡间，忽然觉得有一个怪物从空中掉下来，浑身毛茸茸的，一下打在他的胸膛上，还有声响。他觉得这怪物有狗那么大，气喘吁吁，四只爪子不断地挠动。房生一时大为害怕，想爬起身来，这怪物就用两爪扑倒他。不一会儿，房生就被吓晕了。

待了一个时辰，房生朦胧中觉得有人用尖东西刺他的鼻子，他立即打了个喷嚏，便苏醒了过来，睁眼一看，见屋里灯光荧荧。床边坐着一个美人，这美人笑着对他说："好一个男子汉，胆子就这么大吗？”房生马上意识到这女子一定是狐，不觉更害怕起来。女子渐渐走近房生，与他戏耍挑逗。房生这才慢慢胆子大了些，便与其相欢。待了半年，他俩感情更深。

一天，女子正睡在床上，房生起了不良之心，偷着用打猎的网子蒙住了她。女子醒来，不能动身，就请求房生放开她，但房生只是对她笑而不去放她。女子生气，忽然化作一团白气，从床下冒了出来，非常气愤地说：“你终究不是好朋友，赶快送我走。”说着就一手拉着房生出了门。房生就觉得身不由己地跟女子走起来，一霎又腾空而起，在天空飞行。约走了一顿饭的时间，女子忽然一放手，房生便晕头晕脑地从空中掉了下来，正好落在一个财主的园子里。这园子里有一口陷阱，上面盖着用绳子结的网子，房生落在网子上，肚子压在网上，把网也压偏了，半个身子悬在阱口上。他定了定神向下一看，一只老虎正蹲在阱底，仰起头来虎视眈眈地看着他。老虎想吃他，就猛地跳起来咬人，只差不到一尺就咬着房生，房生这时吓得心胆都碎了。主人的园丁来喂虎，见了房生很奇怪，便把他扶上来，这时房生已被吓昏。待了一会儿，他才慢慢醒来。园丁问他，他详细说了经过。这个地方是浙江地界，距离房生老家已有四百多里。主人知道这件事后，便赠给他路费，叫他回家。

词苑撷英

身不由己：身体不由自己做主。

词苑撷英

虎视眈眈：像老虎要扑食那样注视着。形容贪婪地恶狠狠地盯着。

房生回到家里，告诉别人说：“我虽然死过两次，都是狐所为，但没有狐，我还穷得回不了家呢。”

太原狱

太原有户人家，婆媳都是寡妇。婆婆方到中年，不能自守。村里一个无赖常常跑到她家里去跟她私通。媳妇看不惯，暗暗地在门口、墙头下阻挡那个无赖，不让他进门。婆婆十分羞愧恼恨，找了个茬儿要休了媳妇。媳妇不愿走，因此婆媳二人天天吵架。婆婆更加愤怒，便反咬一口，向官府诬告媳妇有奸情。官府问她奸夫的姓名。婆婆说：“那人黑夜来天明就走，谁知道是谁？拷打那淫妇，就会知道。”于是，官府又传唤媳妇。媳妇果然知道奸夫的姓名，但却说是婆婆跟那人私通，不是自己，二人争执不休。官府便将那个无赖拘拿了来，无赖又申辩说："她们两个我谁都没有私通，是她们婆媳合不来，所以胡说八道冤枉我。"官府说："一村上百人，怎么单单冤枉你？"将他重打一顿，无赖只得招供说是跟媳妇私通。官府拷打媳妇，她却始终不承认。官府便判决婆婆可以将媳妇赶出家门。媳妇不服，又告到了省里。像上次一样，省里也不能判决。

当时，正好淄川县的进士孙柳下做临晋县令，以善断案而闻名。省里便把这个案子下到临晋，让孙县令审理。人犯带到后，孙县令略略审讯了一遍，就将犯人暂且下到狱中，让衙役准备砖头、行块、刀子、尖锥等东西，等黎明时使用。

衙役们都困惑不解，说："要上酷刑，自有板子大棍，怎么拿这些不是刑具的东西审案呢？"不明白是什么意思，姑且准备再说。

第二天，孙县令升堂，问知吩咐预备的东西都已备好，便命都摆到大堂上。将犯人带上来，又挨个大略审问了一遍，才对婆媳二人说："这件事也没必要搞得多么清楚明白，淫妇是谁虽然定不下来，但奸夫已经明确。你们家本是清白人家，不过是被坏人一时诱骗罢了，罪责全在那奸夫身上。大堂上现有刀子、石块，你们自己拿去给我将那奸夫杀了。"婆媳听说，害怕一旦失手会偿命。孙县令说："不用担心，由我做主。"于是，婆媳二人一同起身，拾起石块砸那个无赖。媳妇早对那无赖恨入骨髓，两手搬起块大石头，恨不能立即砸死他。婆婆则只是拿些小石子往无赖的屁股、大腿上砸。孙县令又命用刀子，媳妇拿起刀来，一刀往那无赖的胸膛上捅去，婆婆则犹豫着不敢下手。孙县令见状，忙阻止说："行了，我已知道淫妇是谁了。"命将婆婆拿下，严刑拷打，果然讯知实情。孙县令痛打了那无赖三十大板，才了结了这个案子。

新郑讼

长山县石宗玉，是进士出身，在新郑县当县令。有一个远客张某人，在外经商，因生了病，既不能步行，又不能骑马，便雇了一辆人力车回家。他身上带着做买卖赚的五千贯钱，两个车夫载着他在路上走。

到了新郑县城，两个车夫把车子放在路边，去买东西吃，张某自己一人守着钱躺在车上。有个某甲从这车旁经过，偷眼一看，见车上没有别人，就去抢张的钱。张某有病不能抵挡，被某甲把钱抢了去。张某不顾有病，用尽全身力气爬起来，远远跟在某甲身后。走了不多时，见某甲进了一个村子，他仍紧跟不放，也进了村子。随后又见某甲进了一家门里，他不敢进人家的宅子，便从短墙上向里张望。恰好某甲放下钱回头一看，也看见了张某，就跑出来抓住张某喊抓贼，并将张某绑起来送到县署去见石县令，恶人先告状，诬告张某做贼。石公问张某，他详细说明了经过，喊冤叫屈。石公因没有什么证据，就责令他们先回去。

张某与某甲下了大堂，都说县官没有青红皂白，石公只当没听见。下堂后，石公回忆起某甲很早就欠赋税，就派人去某甲处追缴，结果，第二天，某甲就拿了三两银子来纳税。石公问他银子是哪里来的，某甲说："卖了衣物换来的。"并且说得有名有姓。石公命人去问纳税人中有没有与某甲一个村的，正好某甲的邻居也来了。石公就传来问他说："你是某甲的邻居，他的银子是哪里来的，你知道吗？"邻人说："不知道。"石公又对某甲说："邻居都不知道你的钱是哪里来的，一定来路不明。"某甲一听便害怕，使眼色给邻居说："我卖了某东西、某家具，你岂不知道？"邻人急忙说："对！对！是有这个事。"石公生气地说："你必定与某甲一同偷过，不动大刑你不会说实话。"邻人一听要动大刑，就赶忙说："因为我们是邻居，没有敢说实话。现在大刑眼看就到了我身上了，还隐瞒什么？他是抢的张某的钱。"石公问出了真情，便放了邻人。

这时，张某因丢了钱，还在城里未走，石公就命某甲把钱还给张某。从这件事，可以看出石公为官是真心为民办事。

精彩点拨

《锦瑟》叙述一人求死入地下与鬼女成婚的故事。沂水王生家贫，娶富家女为妻。妻骄横，欺凌王。王生不堪受，自杀死。鬼魂入地下，遇"给孤园"主人锦瑟，专门收养九幽横死无归之鬼，王生为锦瑟负尸。锦瑟对王好感，让王主簿记。一夜，给孤园遭天魔劫，王生竭力救护锦瑟逃出。锦瑟遂下嫁王生，并助王生复活回人间。王生回家，其妻已改嫁多时，羞愧自尽。后锦瑟携婢女同来人间，与王生团聚。

阅读积累

业　障

佛教指五种极端的罪恶行为，亦泛指妨碍成佛证果的罪恶思想和行为。南朝·梁·慧皎《高僧传·译经中·昙无谶》："进更思维：'但是我业障未消耳。'"《俱舍论》十七："一者害母、二者害父、三者害阿罗汉、四者破和合僧、五者恶心出佛身血，如是五种，名为业障。"近现代汉语中除用本义外，又用作骂语，犹言歹徒、坏蛋、罪恶的家伙，并常用"孽障"来代替。